U0053226

古典詩歌選讀

王文顏
顏天佑 編著
侯雅文

三民書局

國家圖書館出版品預行編目資料

古典詩歌選讀／王文顏,顏天佑,侯雅文編著.－－
初版四刷.－－臺北市：三民，2015
面；　公分.－－(文苑叢書)

ISBN 978-957-14-4619-6 (平裝)

831　　95016977

© 古典詩歌選讀

編著者	王文顏　顏天佑　侯雅文
發行人	劉振強
著作財產權人	三民書局股份有限公司
發行所	三民書局股份有限公司 地址　臺北市復興北路386號 電話　(02)25006600 郵撥帳號　0009998-5
門市部	(復北店) 臺北市復興北路386號 (重南店) 臺北市重慶南路一段61號
出版日期	初版一刷　2006年10月 初版四刷　2015年7月
編號	S 821030

行政院新聞局登記證局版臺業字第〇二〇〇號

ISBN 978-957-14-4619-6 (平裝)

http://www.sanmin.com.tw 三民網路書店

※本書如有缺頁、破損或裝訂錯誤，請寄回本公司更換。

三民網路書店
www.sanmin.com.tw

序

詩歌是中國文學的菁華，歷來即廣為世人所喜愛。目前大學院校的通識課程，普遍開設「中國古典詩歌選讀」科目，但苦無適當的課本教材，原因是一般的詩選教材，大都針對中文系（或國文系）學生需求而編撰，並不適合非中文系學生的需要。有鑑於此，我們編撰的目標，即以一般學生和社會大眾為對象，希望為這些詩歌愛好者提供優質的讀本。

本書的正文選詩大約一百五十首，每首正文又附錄「延伸閱讀」二首左右，總計選錄四百餘首。四百餘首在古典詩歌之中所占的比率，有如九牛一毛，但我們希望能有拋磚引玉的作用，為詩歌愛好者開啟研讀的門徑。

本書的編撰構想，有三項規劃：其一，遵循一般詩選教材選詩的原則，依年代先後，選擇代表詩人及其代表詩作。其二，選錄臺灣古典詩，臺灣的古典詩反映臺灣的歷史背景、地理環境、社群文化，具有獨特的風貌。其三，兼採「主題式」方法選詩，將同類型的詩歌集中呈現，讓讀者可以收到比較、鑑賞的研讀趣味，這是一種進階的研讀方式。

本書由三人合作編撰，侯雅文老師負責主題詩選，顏天佑老師負責唐、宋、元明清、臺灣詩選，本人負責先秦、漢代、魏晉南北朝詩選。由於選詩的範圍多元龐雜，難免錯漏失誤，祈請博雅君子，不吝賜教。

王文顏　謹識　二〇〇六年八月

古典詩歌選讀 目次

第一篇 歷代詩選

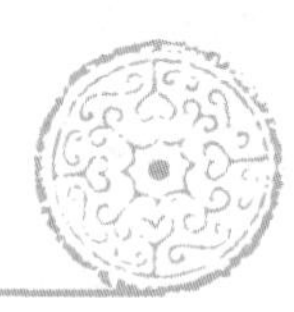
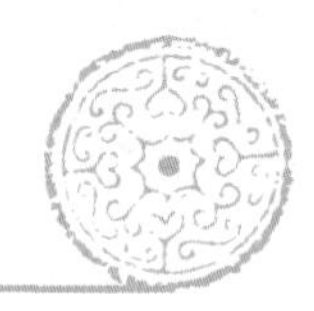

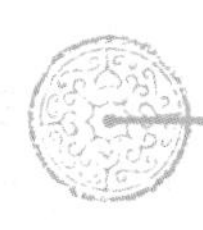

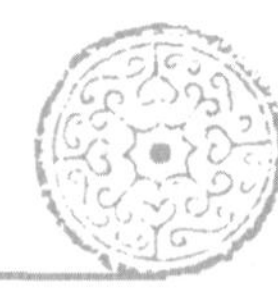

第二篇　主題詩選

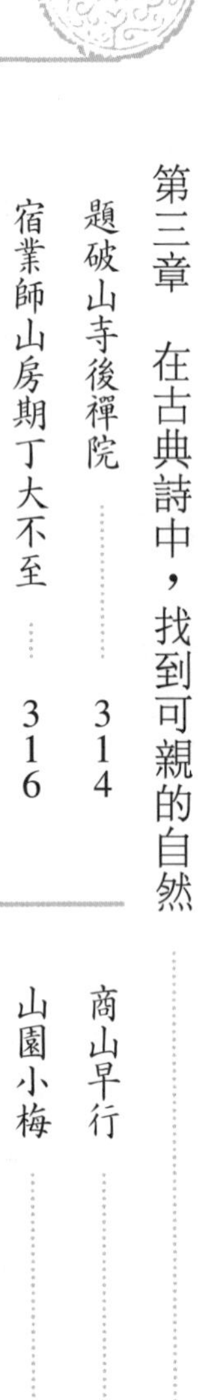

第一篇 歷代詩選

第一章　先秦詩歌選讀

先秦詩歌包括先民歌謠、詩經、楚辭等三部分。

㈠先民歌謠

在有文字之前，先民就有口頭流傳的歌謠，先民歌謠是上古時代流傳在先民口頭的詩歌作品。因為當時沒有文字可以記錄，所以先民歌謠的數量和確實情況，我們無法詳知。今人所看到的先民歌謠，是有文字之後，再加以追記寫定的。追記時，難免受到當代背景和詩歌型式的影響，追記者也可能給予某種程度的修飾，因此我們今日所見的先民歌謠，不論型式或內容，都呈現相當成熟詩歌的面貌，有人據此而否定先民歌謠的價值，認為先民歌謠都是出於後人偽作，這種見解並不正確。

先民歌謠反映先民的生活形態，吳越春秋記載一首彈歌：「斷竹，續竹，飛土，逐肉。」在短短八字、四句之中，描述先民製造彈弓、彈出土丸、追趕飛禽走獸的狩獵生活。此外，相傳是堯、舜時代的擊壤歌、卿雲歌，則是歌頌堯、舜時代天下太平，百姓安居樂業，天空出現祥瑞的雲彩。先民歌謠雖然是出於後人的追記，但其所反映的時代意義，還是極為濃厚，除了代表中國詩歌的初始作品外，也具備珍貴的史料價值。

㈡詩　經

詩經是中國第一部詩歌總集，收錄詩歌作品三百十一篇，其中六篇為笙詩，有聲無辭，所以現存的作品，只有三百零五篇，歷來習稱為「詩三百」。詩經的年代，大約起於西周初年，止於春秋中葉，距今約三千一百年至二千六百年。

詩經分為風、雅、頌三類。

風有一百六十篇，分為十五國風，是十五個諸侯國或地區的民間詩歌，範圍包含陝西、山西、河南、河北、山東、湖北北部，相當於當時中國的全部區域。國風是來自民間的詩歌，所反映的內容非常廣泛，舉凡農民生活、行役之苦、婦女婚姻、青年男女的戀歌、社會風俗等等，幾乎無所不包，是後人了解周代社會的重要資料。

雅分為大雅、小雅。大雅三十一篇，小雅七十四篇。雅是朝會、宴饗的詩歌，主要應用於諸侯朝聘或貴族宴會，其中有一部分是中下階層士大夫或貴族的諷諫之作。雅所反映的是貴族階層的生活和習俗。

頌有四十篇，包括周頌三十一篇、魯頌四篇、商頌五篇。周頌是周王室祭祀宗廟的樂歌，魯頌是魯國祭祀宗廟的樂歌，商頌是宋國祭祀宗廟的樂歌，宋國是殷商的後裔。頌詩的內容，除了歌頌先王的豐功偉業，或祈求福祐外，往往也追述先人的創業歷史，所以具有史詩的價值。

詩經的表現技巧，分為賦、比、興等三種，賦是直接陳述事物，鋪敘情節，抒發情志，如小星：「嘒彼小星，三五在東。肅肅宵征，夙夜在公，實命不同。」比是借用兩種事物的相似性來打比方，或利用淺顯常見的事物來說明抽象的道理，如魏風碩鼠：「碩鼠碩鼠，無食我黍，三歲貫女，莫我肯顧。逝將去女，適彼樂土，樂土樂土，爰得我所。」興是先敘述某種事物的情況，用以引起所要描述的內容，使二者產生聯想啟發的效果，如周南關雎：「關關雎鳩，在河之洲。窈窕淑女，君子好逑。」

詩經給後世詩歌留下許多寶貴的創作經驗，成為中國歷代詩歌的重要泉源。其重視現實社會，反映當代人民生活的面貌，使詩經具備珍貴的史料價值。此種現實主義的創作精神，更成為後代詩歌的優良傳統。

㈢楚　辭

古代楚國原有一種充滿楚地色彩的歌謠，每句之中大都有語助詞「兮」字，如越人歌、論語中的楚狂接輿歌、孟子中的孺子歌，這種音樂被稱為「南風」或「南音」。它和北方的詩經相比，形式或風格都不相同。戰國中期，楚國大夫屈原運用這種「南風」或「南音」的形式，創作出了離騷、九歌、九章、天問、哀郢等二十餘篇不朽的作品，通稱為「楚辭」。其中離騷最具代表性，因此後人也以「騷」作為楚辭的稱呼。

屈原的作品，具有許多特點，內容方面，充滿強烈的愛國精神，離騷和哀郢，運用迴旋反覆的詩句，將愛國精神發揮到極致。風格方面，詩經代表北方現實主義的創作精神，楚辭則代表南方浪漫主義的創作精神，情感熱烈、幻想豐富、文采華麗，再加入神話傳說、宗教風俗的描寫，形成詭異而積極的藝術美感。技巧方面，楚辭運用南方歌謠的韻律，大量吸收楚國特有的方言，使作品充滿地方色彩。另外，象徵和譬喻手法的運用，也是楚辭的一大特色，屈原用香草美人象徵正人君子，用惡禽臭草比喻小人惡徒，成功地拓展比興的寫作技巧。

漢初，皇室及大臣多楚人，因此有人承襲楚辭而從事創作，漢高祖劉邦的大風歌、漢武帝的秋風辭等，都是傑出的楚辭體作品。

楚辭在中國詩史上占有重要地位，與詩經並稱，成為中國古典詩歌的兩大源頭。楚辭對後代的讀書人和文學家的影響，尤其遠大，屈原的偉大人格和愛國精神，成為愛國主義者的典範。漢代的辭賦家和歷代詩人，無不從中汲取養分，豐富和發展自己的作品。司馬遷說：「余讀離騷、天問、招魂、哀郢，悲其志，適長沙，觀屈原所自沉淵，未嘗不垂涕，想見其為人。」劉勰說：「其衣被詞人，非一代也。」都是肯定屈原的偉大成就。

擊壤歌❶

引自帝王世紀

日出而作，日入而息，鑿井而飲，耕田而食，帝力于我何有哉❷？

注釋

❶擊壤歌　相傳上古帝堯時代，路邊一位八十多歲的老農夫所唱的歌謠。擊壤，鋤地。一說：古時遊戲名，以木塊為二壤，前廣後銳，形似鞋子，先置一壤於地，於相當距離外以手中壤投擊，中者為勝，因名遊戲為擊壤。

❷帝力于我何有哉　堯帝的力量、功德對我有何影響。

賞析

本詩見於東漢王充論衡感虛篇，也見於西晉皇甫謐的帝王世紀和高士傳，詩句大體相同，只有最後一句略為差異（王充作「堯何等力？」皇甫謐作「帝力于我何有哉？」、「帝何德於我哉？」），其中「帝力于我何有哉？」最為通行。

本詩有二個主要內容，一是描繪先民的原始農業生活，第一、二句描寫農家的作息情況，反映出農民與大自然相處的和諧狀態；第三、四句描寫從事農業工作的具體內容，樸實中顯現和樂的太平景象。另一是傳達先民的政治感受，從最後一句可以看出，先民不感覺政治力量的存在，這位老農夫，只要依循自然的軌則生活，政治上的紛紛擾擾，絲毫與他無關。

從形式上看，本詩文字流暢，句法簡單工整，除最後一句外，其餘四句都是四言句，每句又都有「而」字，表面看來，似乎缺少變化，其實正是農民樸拙言詞的表現。

延伸閱讀

壤父者，堯時人也。帝堯之時，天下太和，百姓無事。壤父年八十餘而擊壤於道中，觀者曰：「大哉！帝之德也。」壤父曰：「吾日出而作，日入而息，鑿井而飲，耕田而食，帝何德於我哉？」（晉皇甫謐高士傳）

南風之薰兮，可以解吾民之慍兮。南風之時兮，可以阜吾民之財兮。（帝舜南風歌引自王肅孔子家語）

楚狂接輿歌❶

引自論語　微子

鳳兮❷！鳳兮！何德之衰❸？往者不可諫❹，來者猶可追❺。已而❻！已而！今之從政者殆而！

注釋

❶楚狂接輿歌　本篇出自論語微子。孔子到楚國，有一位狂夫攔車唱歌，意在諷刺、規勸孔子。論語中出現的隱士，都不記載

其姓名，而以所發生的事情為名，例如：守門者稱晨門，拄著拐杖的老人稱丈人。本篇中的「接輿」，是指從車前走過的人，或攔車的人。輿，馬車。

❷鳳兮　鳳凰啊。鳳凰是古代人民圖騰崇拜的神鳥，比擬孔子。

❸何德之衰　為何德政如此衰敗。

❹往者不可諫　過去的事情已經無法挽回。

❺來者猶可追　未來的事情還來得及把握。

❻已而　算了吧。

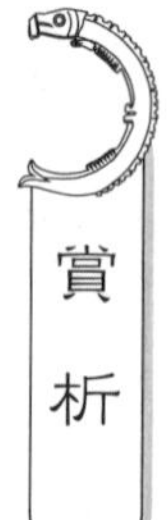

賞析

據論語微子記載，孔子周遊列國到了楚國，路上遇到一位狂人，名叫「接輿」，他從孔子的車前走過，唱出這首歌謠。從歌詞的內容推測，接輿應該是一位隱士，在春秋末期，禮崩樂壞的環境中，接輿對於從政的險惡，非常介意，所以佯狂不仕。孔子的出處態度，恰巧相反，在歷史大轉折時期，仍然徨徨不可終日，孔子自己說：「纍纍如喪家之狗」（史記孔子世家），他想維護舊的禮制，挽回已經崩潰的世局，展現「知其不可為而為之」的積極態度，因此遭到楚狂接輿的譏笑。

歌詞總共有八句，前三句是對孔子的諷刺，中間二句是規勸，結尾三句是警告。鳳鳥是傳說中的祥瑞之鳥，在政治清明的時候才出現，本詩的前三句：「鳳鳥啊！鳳鳥啊！何以在德政衰敗的時候出現？」接輿將孔子比喻為鳳鳥，孔子自己也說：「鳳鳥不至，河不出圖，吾已矣夫。」（論語子罕）孔子既然是鳳鳥，就不宜在亂世出現，應該趕緊隱藏起來。前三句的用意在於諷刺孔子的不合時宜。

本詩的中間二句：「過去的事情已經無法挽回，未來的事情還來得及把握。」用意在於規勸孔子，知錯能改，趕快避亂世而隱居。本詩的結尾三句：「算了吧！算了吧！現在從政的人處境險惡！」用意在於警告孔子，如果一直執迷不悟，一意孤行，可能會惹來殺身之禍。

由於有楚狂接輿歌的出現，「楚狂」、「接輿」成為後代佯狂避世的典型，文士詩人常常自比為「楚狂」、「接輿」，用以表達自己的隱居不仕或放誕不羈，如：李白「我本楚狂人，鳳歌笑孔丘」（廬山謠寄盧侍郎虛舟）、王維「復值接輿醉，狂歌五柳前」（輞川閑居贈裴秀才迪）、韋莊「世隨漁父醉，身效接輿狂」（和鄭拾遺秋日感事一百韻）等等。

延伸閱讀

楚狂接輿歌而過孔子，曰：「鳳兮！鳳兮！何德之衰？往者不可諫，來者猶可追。已而！已而！今之從政者殆而！」孔子下，欲與之言，趨而辟之，不得與之言。（論語微子）

登彼西山兮，采其薇矣。以暴易暴兮，不知其非矣。神農、虞、夏忽焉沒兮，我安適歸矣。于嗟徂兮，命之衰矣。（采薇歌引自史記伯夷列傳）

越人❶歌

引自說苑　善說

今夕何夕兮搴❷洲中流。今日何日兮得與王子同舟。蒙羞被好❸兮不訾詬恥❹。

心幾煩而不絕兮得知王子。山有木兮木有枝。心悅君兮君不知。

注釋

❶越人　古代居住在江、浙、閩、粵一帶的少數民族。
❷搴　拔。此指划船。
❸蒙羞被好　蒙受善待。羞，善。「蒙羞」與「被好」意思相同。
❹不訾詬恥　不辱罵，不以為恥辱。

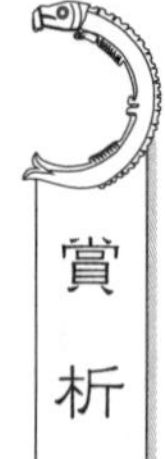
賞析

越人歌是中國第一首譯詩，據漢代劉向說苑善說記載，楚國國君的親弟弟鄂君子皙，位高權重，某日，鄂君子皙泛舟於江上，划槳的船夫是越人，用越語唱出一首歌曲，鄂君子皙是楚人，不懂越語，吩咐身邊的人翻譯成楚語，即為現在的「越人歌」。現在越語和楚語的歌詞，都保留在說苑善說之中。

歌詞以第一人稱行文，划槳的越人就是詩中的主角。第一、二句是越人表達喜悅的情緒，他感覺和鄂君子皙一同泛舟，並且為鄂君子皙划槳、服務，是人生夢寐以求的好機會。第三句是越人表達對鄂君子皙的景仰與讚頌，「蒙羞被好」是讚美鄂君子皙的垂愛下人，「不訾詬恥」是讚美鄂君子皙雖然權傾楚國，但卻平易近人，不會隨便責罵下人，也不會鄙視下人。第四句和第六句是越人表達內心的遺憾，越人擔心自己的一番心意，不能得到鄂君子皙的體會。第五句「山有木兮木有枝」應該是歌曲的套語，字面似乎與上下文無關，但在韻律上卻有迴旋的效果，能夠增加韻律之美；其實第五句除了套語功能外，也含有「藏詞」功能，「山上有樹木，樹木有枝幹」，這是自然界極其自然的事；相應的，人間有情愛，「我景仰鄂君子皙，鄂君子皙也應該給我關愛的回報吧！」

楚語的歌詞是用楚辭體翻譯，文詞優美，音律婉轉，絲毫沒有翻譯的痕跡，是一首千古傳頌的名作。其中「今夕何夕兮」、「今日何日兮」二句，更成為後世文人經常借用的名句，用以表達時日之珍貴難逢。

延伸閱讀

鄂君子皙之泛舟於新波之中也……榜枻越人擁楫而歌，歌辭曰：「濫兮抃草濫予，昌枑澤予，昌州州䬻。州焉乎秦胥胥，縵予乎昭澶秦踰滲，惿隨河湖。」鄂君子皙曰：「吾不知越歌，子試為我楚說之。」於是乃召越譯，乃楚說之曰：「今夕何夕兮搴洲中流。今日何日兮得與王子同舟。蒙羞被好兮不訾詬恥。心幾煩而不絕兮得知王子。山有木兮木有枝。心悅君兮君不知。」於是鄂君子皙乃揄修袂，行而擁之，舉繡被而覆之。鄂君子皙，親楚王母弟也，官為令尹，爵為執珪。一榜枻越人猶得交歡盡意焉。（漢劉向說苑善說）

滄浪之水清兮，可以濯我纓。滄浪之水濁兮，可以濯我足。（孺子歌引自孟子離婁上）

關 雎❶

詩經　周南❷

關關雎鳩❸，在河之洲❹。窈窕淑女❺，君子好逑❻。

參差荇菜❼，左右流之❽。窈窕淑女，寤寐求之❾，求之不得，寤寐思服❿，悠哉！悠哉⓫！輾轉反側⓬。

參差荇菜，左右采之⓭。窈窕淑女，琴瑟友之⓮。參差荇菜，左右芼之⓯。窈窕淑女，鐘鼓樂之⓰。

注釋

❶關雎　詩經的第一篇。詩經的篇名都取自該篇的第一句，用以區別，無特殊意義。

❷周南　詩經十五國風之一，收錄詩歌十一篇。周成王時代，周公與召公分陝而治，周公負責治理東方諸侯，周南為其轄區，相當於今河南、洛陽、湖北一帶。

❸關關雎鳩　關關唱和著的雎鳩。關關，擬聲詞，雎鳩唱和的聲音。雎鳩，水鳥名，情意專一，長年雙宿雙飛，絕不離異變心。

❹在河之洲　在黃河的沙洲上。

❺窈窕淑女　體態優美，心地善良的女子。

❻君子好逑　君子的好配偶。君子，古代男子的美稱。逑，音ㄑㄧㄡˊ。配偶。

❼參差荇菜　參差不齊的荇菜。荇菜，水生植物，根生水底，葉浮水面，可當蔬菜。荇，音ㄒㄧㄥˋ。

❽左右流之　順著水流而左右擺動。

❾寤寐求之　醒時、睡時都在追求。

❿思服　思念。

⓫悠哉悠哉　夜晚的時間太漫長啊。悠，長。

⓬輾轉反側　翻來覆去睡不著。

⓭左右采之　採摘左邊右邊的荇菜。采，同「採」。

⓮琴瑟友之　彈琴鼓瑟親近她。琴，樂器，五弦或七弦。瑟，樂器，二十五弦。友，親近、結交。

⓯左右芼之　擇取左邊右邊的荇菜。芼，音ㄇㄠˋ。擇取；採摘。

⓰鐘鼓樂之　敲鐘擊鼓使她快樂。樂，音ㄌㄜˋ。使……快樂。

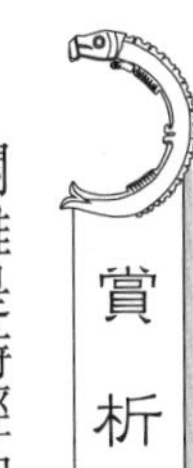

賞析

關雎是詩經的第一篇，從詩的內容來看，它應該是一首戀愛歌謠，描寫一位青年男子對一位漂亮女子的追求，它很可能用於祝賀新婚。

全詩分三章，首章四句，以雎鳩的和鳴起興，點出淑女是君子的理想配偶。第二章有八句，寫君子對淑女的追求與思念；淑女在河邊採荇菜，君子展開熱烈的追求，在尚未得到淑女芳心許可之時，「寤寐求之」、「寤寐思服」、「輾轉反側」，極盡相思之苦。第三章也有八句，描寫有情人終成眷屬，淑女與君子結為夫婦。古代演奏音樂，「琴瑟在堂上，鐘鼓在堂下」，可見「琴瑟友之」、「鐘鼓樂之」，應該是描寫婚禮的喜氣洋洋。

中國儒家的倫理思想，認為夫婦為人倫之始。有夫婦而後有父母子女，而後有兄弟姊妹，而後有朋友親戚，而後有君臣上下。總之，一切人倫道德，都必須以夫婦之德為基礎。戀愛、男女相互愛慕追求，是結為夫婦的前奏階段，所以必須謹慎從事。自古以來，儒家非常重視關雎，將它視為「風天下而正夫婦」的倫理道德教材，原因就在於此。

由於儒家非常重視關雎，因此古代的讀書人都能琅琅上口，使其詩句成為耳熟能詳的名言，如「窈窕淑女，君子好逑」、「悠哉！悠哉！」、「輾轉反側」、「琴瑟之好」、「鐘鼓之樂」等等，今日仍然活用在人們口中，成為文雅人士的日常用語。

延伸閱讀

關雎，后妃之德也，風之始也，所以風天下而正夫婦也。故用之鄉人焉，用之邦國焉……是以關雎樂得淑女以配君子，愛在進賢，不淫其色。哀窈窕，思賢才，而無傷善之心焉，是關雎之義也。（毛詩序）

靜女其姝，俟我於城隅。愛而不見，搔首踟躕。
靜女其孌，貽我彤管，彤管有煒，說懌女美。
自牧歸荑，洵美且異，匪女之為美，美人之貽。（詩經邶風靜女）

桃夭

詩經　周南

桃之夭夭❶，灼灼其華❷。之子于歸❸，宜❹其室家。
桃之夭夭，有蕡其實❺。之子于歸，宜其家室。
桃之夭夭，其葉蓁蓁❻。之子于歸，宜其家人。

注釋

❶桃之夭夭　充滿生命力的桃樹。夭夭，樹齡不高，枝葉美好的樣子。

❷灼灼其華　開滿火紅的桃花。灼灼，火燒的樣子，此指桃花火紅的樣子。華，同「花」。

❸之子于歸　這位女子要出嫁了。于歸，古代女子出嫁曰于歸。

❹宜　合適。指和睦相處。

❺有蕡其實　果實累累的樣子。有，助詞，無義。蕡，音ㄈㄣˊ。果實大而多的樣子。

❻其葉蓁蓁　枝葉茂密的樣子。蓁，音ㄓㄣ。枝葉茂密。

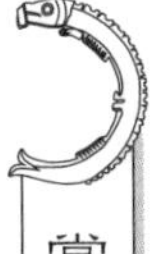

賞析

桃夭是一首祝賀女子出嫁的詩。在春光明媚，桃花盛開的時候，女子出嫁，所以詩人以桃花起興，為新娘唱了這首讚歌。詩中既寫景又寫人，情景交融，烘托了一股歡樂熱鬧的氣氛。

全詩分三章，第一章以滿樹火紅的桃花起興，比喻新娘之美豔動人，並且祝福她婚後能與家人和睦相處。第二章以桃樹結實累累起興，預祝新娘早生貴子，兒孫滿堂，並且能與家人和睦相處。第三章以桃樹枝葉茂密起興，預祝新娘婚後家族興旺發達，並且能與家人和睦相處。

古人非常重視婚禮，認為男女結婚的意義，一則在於壯大雙方家族的影響力，二則在於繁衍子孫，傳承家族生命。詩中三句祝福語：「宜其室家」、「宜其家室」、「宜其家人」，意義相同都以家族為命意，充分反映古人的婚姻觀念。後世「百年好合」、「永浴愛河」、「白頭偕老」等祝福語，則偏向個人的愛情，立意與桃夭有很大的差別。

自從有桃夭詩之後，桃花就被人們用來比喻新娘、美人、姻緣、感情等等。「宜室宜家」更成為婚禮常見的賀辭，「于歸」也成為女子出嫁的專用名詞，可見桃夭詩的影響層次非常廣泛而深遠。

延伸閱讀

昏禮者，將合二姓之好，上以事宗廟而下以繼後世也。故君子重之。是以昏禮，納采、問名、納吉、納徵、請期，皆主人筵几於廟，而拜迎於門外；入，揖讓而升，聽命於朝，所以敬慎重正昏禮也。（禮記昏義）

摽有梅，其實七兮。求我庶士，迨其吉兮。
摽有梅，其實三兮。求我庶士，迨其今兮。
摽有梅，頃筐塈之。求我庶士，迨其謂之。（詩經召南摽有梅）

伯❶兮

詩經　衛風❷

伯兮朅❸兮，邦之桀❹兮，伯也執殳❺，為王前驅❻。
自伯之東❼，首如飛蓬❽，豈無膏沐❾，誰適為容❿。

其雨其雨⓫，杲杲⓬出日，願言⓭思伯，甘心首疾。
焉得諼草⓮，言樹之背⓯，願言思伯，使我心痗⓰。

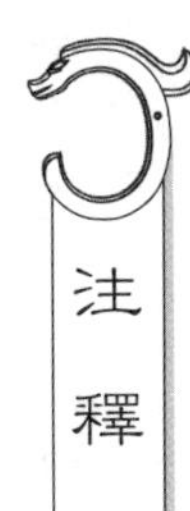
注釋

❶伯　古人以「伯、仲、叔、季」作為兄弟排行的稱呼，也常作為名字。本詩中的「伯」，是婦人丈夫的名字。
❷衛風　詩經十五國風之一，收錄詩歌十首，是流行於衛國的民歌。
❸朅　威武強壯的樣子。
❹桀　同「傑」。傑出的人才。
❺殳　音ㄕㄨ。古代棍類的長兵器，長一丈二尺，戰車上武士所執。
❻前驅　前鋒。
❼之東　到東方出征。之，往；到。
❽首如飛蓬　頭髮像風中的蓬草一樣零亂。蓬，草名，遇風則枝葉零亂，或連根拔起，到處飛揚。
❾豈無膏沐　難道是沒有洗頭或沒有髮油可以潤髮。膏，髮油。沐，洗頭。
❿誰適為容　為取悅誰而美容化妝。適，悅，當動詞。
⓫其雨其雨　下雨吧！下雨吧。其，語助詞。雨，下雨，當動詞。
⓬杲杲　音ㄍㄠˇ　ㄍㄠˇ。陽光猛烈的樣子。
⓭言　語助詞。
⓮諼草　又名忘憂草、金針花。諼，音ㄒㄩㄢ。

⑮言樹之背　種植在屋後。樹，種植，當動詞。背，指屋後。

⑯心痗　心痛。痗，音ㄇㄟˋ。病痛。

賞析

伯兮是一首閨怨詩，描寫一位婦人懷念從軍出征的丈夫。詩篇以第一人稱行文，內容包括婦人為英勇出征的丈夫感到驕傲，並且表達深切思念丈夫的情緒。

全詩分四章，第一章婦人以自豪的口吻，描述丈夫的英武長相，以及勇敢為國出征的表現。第二章描寫自從丈夫出征後，婦人就不再打扮自己，任由頭髮零亂得像一堆蓬草；這種以「女為悅己者容」為基調的表現技巧，成為後代女子懷人的基本模式，常常出現在詩文之中。第三章婦人以大旱之望雲霓，比喻自己對丈夫的盼望，期待有久別重逢的機會。第四章婦人進一步表達對丈夫的期待、失望與難以排遣的痛苦，婦人甚至希望有「忘憂草」能夠治療她的相思之苦。從第二章開始，婦人的相思之苦，一層深過一層，將閨怨的情緒，寫得飽滿深厚，這是十分成功的布局技巧。

戰爭、出征、戍守邊疆，是中國古代詩歌的重要類型，與戰爭、出征、戍守邊疆有關的閨怨詩，也屢見不鮮，伯兮可以說是它們的原型，例如樂府詩青青河畔草、唐詩人王昌齡閨怨，似乎都有伯兮的影子。

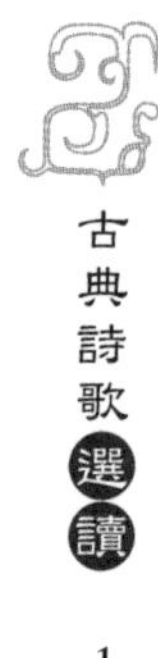

延伸閱讀

君子于役，不知其期，曷至哉？雞棲于塒，日之夕矣，羊牛下來。君子于役，如之何勿思？

君子于役，不日不月，曷其有佸？雞棲于桀，日之夕矣，羊牛下括。君子于役，苟無飢渴？（詩經王風君子于役）

殷其雷，在南山之陽。何斯違斯？莫敢或遑。振振君子，歸哉歸哉！

殷其雷，在南山之側。何斯違斯？莫敢遑息。振振君子，歸哉歸哉！

殷其雷，在南山之下。何斯違斯？莫或遑處。振振君子，歸哉歸哉！（詩經召南殷其雷）

黍離

詩經　王風❶

彼黍離離❷，彼稷❸之苗。行邁靡靡❹，中心搖搖❺。知我者謂我心憂，不知我者謂我何求，悠悠蒼天❻，此何人哉？

彼黍離離，彼稷之穗❼。行邁靡靡，中心如醉。知我者謂我心憂，不知我者謂我何求，悠悠蒼天，此何人哉？

彼黍離離，彼稷之實。行邁靡靡，中心如噎。知我者謂我心憂，不知我者謂我何求，悠悠蒼天，此何人哉？

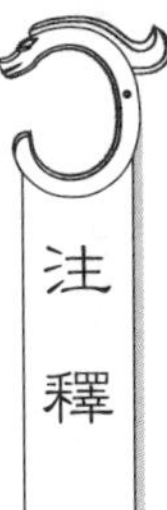

注釋

❶王風　詩經十五國風之一，收錄詩歌十首，是洛邑（今洛陽）一帶的民歌。

❷彼黍離離　那些黃小米行列整齊。黍，黃小米。離離，行列整齊的樣子。

❸稷　音ㄐㄧˋ。高粱。

❹靡靡　走路遲緩的樣子。

❺中心搖搖　心神不安。中心，即心中。搖搖，心神不安的樣子。

❻悠悠蒼天　茫茫的蒼天啊。悠悠，高遠的樣子。

❼穗　指吐穗開花。

賞析

黍離是周平王東遷洛陽不久，朝中一位大夫行役經過舊都鎬京，見到昔日繁華的宗廟宮室都已毀壞消失，眼前盡為田園，長滿黍稷之類的農作物，內心極度感傷，因而寫下這首詩。

全詩分三章，每章八句，除了每章的第二、四句的幾個字不同外，三章的文句完全相同。詩人通過反覆慨嘆，淋漓盡致地抒發了在田野間四處徘徊，憑弔故國，不知所歸的哀傷心情。前後三章描繪的景象，先是高粱、小米的幼「苗」，繼而是高粱、小米的吐「穗」，最後是高粱、小米的結「實」，從農作物的成長過程，暗寫光陰雖然與時推移，但詩人的悲情，卻無休止的時刻。詩人的心情，從「搖搖」（憂而無告，內心愁悶）到「如醉」（像喝醉酒一樣煩亂），再到「如噎」（喘不過氣來），由情緒的逐步遞進，反映詩人的痛苦，隨時都在加深之中。「苦極呼天」是人之常情，詩人在最徬徨無助，最無奈的時候，終於發出「悠悠蒼天，此何人哉？」的深沉哀嘆。

詩中運用「離離」、「靡靡」、「搖搖」等疊字，形象生動，音節婉轉，具有一唱三嘆，迴腸盪氣的韻律效果。

每逢改朝換代之際，士大夫常常吟誦黍離一詩，藉以抒發感懷故國，悲悼前朝的情緒。「故宮黍離」、「黍離之悲」也成為人們描寫亡國之痛的典故。

延伸閱讀

黍離，閔宗周也。周大夫行役，至於宗周，過故宗廟宮室，盡為禾黍，閔周室之顛覆，彷徨不忍去，而作是詩也。（毛詩序）

冽彼下泉，浸彼苞稂。愾我寤嘆，念彼周京。
冽彼下泉，浸彼苞蕭。愾我寤嘆，念彼京周。
冽彼下泉，浸彼苞蓍。愾我寤嘆，念彼京師。
芃芃黍苗，陰雨膏之。四國有王，郇伯勞之。（詩經曹風下泉）

碩鼠

詩經　魏風❶

碩鼠❷碩鼠，無食我黍，三歲貫女❸，莫我肯顧❹。逝將去女❺，適彼樂土❻，樂土樂土，爰❼得我所。

碩鼠碩鼠，無食我麥，三歲貫女，莫我肯德❽。逝將去女，適彼樂國❾，樂國樂國，爰得我直⑩。

碩鼠碩鼠，無食我苗，三歲貫女，莫我肯勞⑪。逝將去女，適彼樂郊⑫，樂郊樂郊，誰之永號⑬。

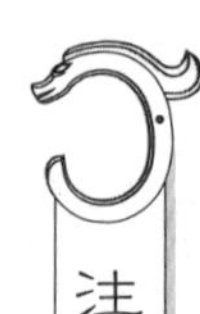

注釋

❶魏風　詩經十五國風之一，收錄詩歌七首，是魏國的民歌。
❷碩鼠　大田鼠。
❸三歲貫女　多年來養活你。三歲，指多年。貫，養活；侍奉。女，通「汝」。你。
❹莫我肯顧　不肯照顧我。顧，照顧。
❺逝將去女　發誓要離開你。逝，通「誓」。發誓。
❻適彼樂土　遷徙到能夠安居樂業的地方。適，往；到。樂土，能夠安居樂業的地方。
❼爰　乃；才是。
❽莫我肯德　不肯施恩惠給我。德，恩惠，當動詞。
❾樂國　能夠安居樂業的國家。
❿直　所在地。
⓫莫我肯勞　不肯慰勞我。勞，音ㄌㄠˋ。慰勞。
⓬樂郊　遷徙到能夠安居樂業的區域。

⑬誰之永號　誰會長聲哀號。永，長。號，哀號。

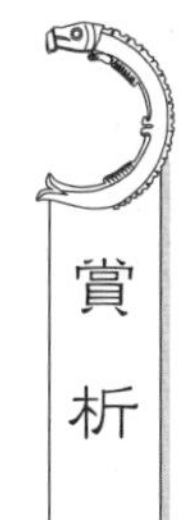

賞析

碩鼠是一首諷刺「重斂」的詩歌，全篇用「比」的技巧表達，將剝削百姓的統治者比擬為大老鼠。老鼠的形象醜陋，個性狡猾，喜歡竊食穀物，用來比擬貪得無厭的統治者，十分恰當。

全詩分三章，每章八句，結構完全相同。開頭兩句直接將剝削者比擬為「碩鼠」，並且警告牠們：「無食我黍（麥、苗）」。三、四句進一步揭露剝削者的刻薄寡恩：「三歲貫女，莫我肯顧（德、勞）」。最後四句表達與剝削者決裂的態度，發誓要離開剝削者，尋找一塊能夠安居樂業的淨土。

自古以來，「苛政猛於虎」的情況，屢見不鮮。被壓迫者除了逃避之外，只有憧憬「樂土、樂國、樂郊」的出現。尋求沒有剝削重稅的生活環境，千百年來一直是窮苦百姓的最大願望。每逢政治出現腐敗的現象，描寫「重斂」的詩文就頻頻出現，碩鼠是這一類作品的典型，具有指標意義。

延伸閱讀

黃鳥！黃鳥！無集於穀，無啄我粟。此邦之人，不我肯穀。言旋言歸，復我邦族。
黃鳥！黃鳥！無集於桑，無啄我粱。此邦之人，不可與明。言旋言歸，復我諸兄。
黃鳥！黃鳥！無集於栩，無啄我黍。此邦之人，不可與處。言旋言歸，復我諸父。（詩經小雅黃鳥）

二月賣新絲，五月糶新穀。醫得眼前瘡，剜卻心頭肉。我願君王心，化作光明燭。不照綺羅筵，只照逃

亡屋。（唐聶夷中詠田家）

伐檀

詩經　魏風

坎坎伐檀❶兮，寘之河之干❷兮，河水清且漣猗❸！不稼不穡❹，胡取禾三百廛❺兮？不狩不獵❻，胡瞻爾庭有縣貆❼兮？彼君子兮！不素餐❽兮！

坎坎伐輻❾兮，寘之河之側兮，河水清且直猗❿！不稼不穡，胡取禾三百億⓫兮？不狩不獵，胡瞻爾庭有縣特⓬兮？彼君子兮！不素食兮！

坎坎伐輪兮，寘之河之漘⓭兮，河水清且淪猗⓮！不稼不穡，胡取禾三百囷⓯兮？不狩不獵，胡瞻爾庭有縣鶉⓰兮？彼君子兮！不素飧⓱兮！

注釋

❶坎坎伐檀　砍伐檀木。坎坎，伐木聲。擬聲詞。檀，檀木。木質堅實，適合造車。

❷寘之河之干　放置在河岸邊。寘，音ㄓˋ。同「置」。放置。干，岸。

❸漣猗　水波紋。猗，語助詞。

❹不稼不穡　不耕種，不收成。稼，耕種。穡，收成。

❺廛　一百畝田。

❻不狩不獵　不去打獵。狩，集體圍獵。獵，單人打獵。

❼縣貆　懸掛豬貆。縣，通「懸」。懸掛。貆，音ㄏㄨㄢˊ。豬獾。

❽不素餐　不白吃飯。

❾輻　車輪中的輻條。

❿直猗　水面的直紋。

⓫億　通「庾」。露天的穀堆。

⓬特　三歲的大野獸。

⓭漘　水邊。

⓮淪猗　水中的漩渦。

⓯囷　音ㄐㄩㄣ。圓形的穀倉。

⓰鶉　鵪鶉，鳥名。

⓱飧　音ㄙㄨㄣ。熟食。

賞析

伐檀是一群伐木工人所唱的歌謠，用意在控訴剝削者不勞而獲的罪行。從詩的內容看，這群工人兼具伐木工人、農民、獵人等三種身分。砍伐檀木是為統治者製造堅固的車子。農民收成的穀物，被統治者搜括，累積成為一座一座數不盡的糧倉。獵人打獵所得的飛禽走獸，成為統治者的臘肉，掛在庭院晾乾。

全詩分三章，每章九句，結構和詩意大體相同。每章的開頭三句，有敘述，有寫景；砍伐檀木準備製造車輛的工人，既要辛苦的伐木，又要親手把砍伐下來的檀木運到河邊，當時河水清澈，河面泛著漣漪。四、五句描寫莊稼被剝奪，六、七句描寫獵物被強占。總之，這群工人辛勤努力，結果卻一無所有，於是愈想愈憤怒，爆發出嚴厲的譴責。最後二句，以反詰的口吻，控訴剝削者，警告他們不應該「尸位素餐」！

民間歌謠具有「飢者歌其食，勞者歌其事」的特質，伐檀正是一篇典型的作品，伐木工人將他們眼前所見的不合理現象，用歌聲表達出來，內容具體鮮明。歌謠採用長短不齊的雜言句，有四言、五言、六言、七言，這種靈活多變的句式，更有利於感情的抒發。

延伸閱讀

北風其涼，雨雪其雱。惠而好我，攜手同行。其虛其邪？既亟只且！
北風其喈，雨雪其霏。惠而好我，攜手同歸。其虛其邪？既亟只且！
莫赤匪狐，莫黑匪烏。惠而好我，攜手同車。其虛其邪？既亟只且！（詩經邶風北風）

老農家貧在山住，耕種山田三四畝。苗疏稅多不得食，輸入官倉化為土。歲暮鋤犁傍空屋，呼兒登山收橡實。西江賈客珠百斛，船中養犬長食肉。（唐張籍山農詞）

無衣

詩經　秦風❶

豈曰無衣❷？與子同袍❸。王于興師❹，脩我戈矛，與子同仇❺。
豈曰無衣？與子同澤❻。王于興師，脩我矛戟❼，與子偕作❽。

豈曰無衣？與子同裳❾。王于興師，脩我甲兵，與子偕行❿。

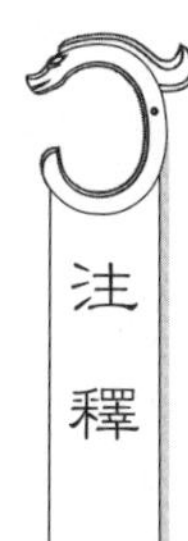

注釋

❶秦風　詩經十五國風之一，收錄詩歌十首，是秦國的民歌。
❷豈曰無衣　豈能以沒有衣服可穿為藉口。
❸與子同袍　與你共用一件戰袍。袍，指戰袍。
❹興師　興兵打仗。
❺同仇　一同去攻打仇敵。
❻澤　貼身的內衣。
❼戟　古代長柄的武器，長一丈六尺，有橫、直二道鋒刃。
❽偕作　一同起身。偕，一同。作，起。
❾裳　下身穿的圍裙。
❿偕行　一同出發。

賞析

周幽王十一年（秦襄公七年，西元前七七一年），周王室內訌，導致戎族入侵，攻占鎬京，周王朝土地大部分淪陷，秦國靠近王畿，與周王室休戚相關，遂奮起勤王，抵抗戎族。此為本詩的產生背景。詩中體現從軍報國的豪情壯志，也反映秦人的尚武精神，他們一呼百諾，團結友愛，協同作戰，表現出崇高無私的英雄氣概。

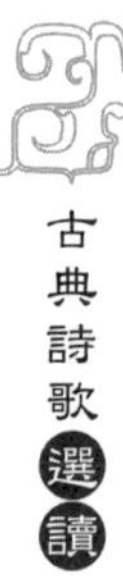

全詩三章，每章都採用自問自答的表現技巧，增加對話的戲劇效果。「豈曰無衣？」翻譯成白話：「豈能以沒有衣服可穿為藉口？」在全國一片從軍報國的聲勢中，有少數膽小退縮的人，分別以「無袍」、「無澤」、「無裳」為藉口，不願共赴國難，眾人則異口同聲的大聲疾呼：「與子同袍」、「與子同澤」、「與子同裳」，展現同甘共苦的情義。

整齊明快的語言，容易產生震撼力量，軍歌歌詞大都如此。本詩三章結構完全相同，全篇都是四言句，完全合乎軍歌歌詞的特性。詩中也運用形象描寫的技巧，「脩我戈矛」、「脩我矛戟」、「脩我甲兵」，使人宛如看到戰士們磨刀霍霍，舞弄戈矛的場面，表明奔赴前線殺敵的決心。

這是一首軍歌，軍歌可以協調步伐、振作士氣，素為善於用兵之道者所重視。聽到軍樂奏起，戰士就會熱血沸騰，抱定今天就死在戰場上的決心，去同敵人頑強拚搏。

左傳記載，魯定公四年（西元前五〇六年）吳國軍隊攻陷楚國郢都，楚臣申包胥到秦國求援，「立依於庭牆而哭，日夜不絕聲，勺飲不入口七日，秦哀公為之賦無衣，九頓首而坐，秦師乃出」，可見此詩在秦國具有動員、誓師的效果。後人稱軍中的戰友為「同袍」、「袍澤」，軍中的友誼為「袍澤之誼」，都由本詩而來。

延伸閱讀

擊鼓其鏜，踴躍用兵。土國城漕，我獨南行。

從孫子仲，平陳與宋。不我以歸，憂心有忡。

爰居爰處，爰喪其馬，于以求之，于林之下。

死生契闊，與子成說。執子之手，與子偕老。

于嗟闊兮，不我活兮，于嗟洵兮，不我信兮。（詩經邶風擊鼓）

交交黃鳥，止於棘。誰從穆公，子車奄息。維此奄息，百夫之特。臨其穴，惴惴其慄。彼蒼者天，殲我良人，如可贖兮，人百其身。

交交黃鳥，止於桑。誰從穆公，子車仲行。維此仲行，百夫之防。臨其穴，惴惴其慄。彼蒼者天，殲我良人，如可贖兮，人百其身。

交交黃鳥，止於楚。誰從穆公，子車鍼虎。維此鍼虎，百夫之禦。臨其穴，惴惴其慄。彼蒼者天，殲我良人，如可贖兮，人百其身。（詩經秦風黃鳥）

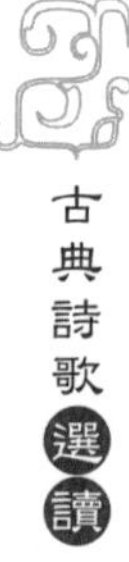

第二章　漢代詩歌選讀

漢代詩歌以樂府詩和五言古詩為大宗，另外還包括謠諺和少數有名詩人的作品。西漢初期，有名作家的作品，大都模仿詩經、楚辭的形式從事創作。項羽、劉邦是楚人，偏好楚歌，因此，項羽的垓下歌、漢高祖劉邦的大風歌，以及漢武帝的秋風辭等，都是模仿楚辭體的傑出作品。模仿詩經體的作品，佳作較少。

樂府詩是漢代詩歌的主流，樂府詩的由來，與漢武帝設立樂府官署有關，武帝任命精通音樂的李延年為協律都尉（樂府官署的主官）。樂府官署的職責有二，一是廣泛收集、整理民間歌謠，二是創作郊廟朝會使用的歌曲。後者具有文獻史料價值，但藝文成分比較薄弱，所以後世選讀的人不多。前者是來自民間的詩歌，不論內容、形式、創作精神，都是上乘作品，本身具有不朽的價值，從中可以了解漢代社會的真實面貌，以及當時人們的思想感情，對後代詩歌，影響十分重大，後世都將其視為漢代詩壇的代表。

漢代樂府詩的內容非常多樣化，有民歌小詩，如江南可採蓮是一首採蓮曲，描繪江南女子集體採蓮的快樂生活，反映農村美麗的自然風光。也有戀愛詩，如有所思、上邪，描寫熱烈的戀情和誓言。樂府詩中的社會詩，揭露現實生活，最為後人重視。例如東門行寫貧士被迫鋌而走險。十五從軍征寫八十歲的老兵，解甲歸田後的孤苦。陌上桑歌頌機智的採桑女子秦羅敷，當面勇敢的痛斥太守的調戲。孔雀東南飛描繪一對恩愛的夫妻，因為受到雙方家長的迫害，雙雙殉情。這些社會詩，不論時代意義或藝術成就，都具有不朽的價值。

五言古詩的產生，也是漢代詩歌的重大成就。有關五言古詩的起源，劉勰文心雕龍、徐陵玉臺新詠、鍾嶸詩品、昭明文選等書，分別有起於枚乘、李陵等人的說法，但這種說法不正確，理由是枚乘、李陵等人是文帝、景帝、武帝時候的人物，同時代的詩人，並無五言古詩的創作，而且枚乘、李陵等人的傳記之中，也沒有記載他們有五言古詩的作品。

有關五言古詩的起源，比較正確的說法，必須從詩歌的發展過程考察。西漢是五言古詩的醞釀時期，東漢是五言古詩的定型和成熟時期。西漢的戚夫人歌：「子為王，母為虜。終日舂薄暮，相與死為伍。相離三千里，當誰使告汝。」李延年李夫人歌：「北方有佳人，絕世而獨立。一顧傾人城，再顧傾人國。寧不知傾城與傾國，佳人難再得。」都是以五言為主的雜言體形式，全詩雖以五言為主，但還參雜三言或八言的句子，不能算是純粹的五言古詩。東漢班固詠史，歌詠漢文帝時緹縈救父的故事，全詩都是五言句，正式確立五言古詩的規模。但就藝文成就而言，鍾嶸詩品評論說：「班固詠史，質木無文」，因此還不算是完美的作品。東漢後期，學習五言古詩從事創作的詩人就逐漸增多，作品也日趨可觀，他們是五言古詩的早期作家。古詩十九首是東漢末年一群無名氏詩人的作品，代表漢代五言古詩的最高成就，最早著錄於昭明文選，對後世的影響極大，劉勰文心雕龍明詩稱譽為「五言之冠冕」。

古詩十九首廣泛流傳於民間，內容主要在於抒發下層文士失志傷時的情緒，包括離愁別怨、諷世刺俗、人生無常、嚮往仕進、渴望團聚、追求愛情等等。

漢代的謠諺，散見於歷史文獻之中，它的特點是：語言精鍊，寓意深厚，在短短的數句之中，往往具有強烈的諷刺功能。例如城中謠、桓靈時童謠、衛皇后歌等等，都具有諷諭的時代意義。

大風歌❶

漢高祖 劉邦❷

大風起兮雲飛揚，威加海內❸兮歸故鄉，安得猛士❹兮守四方。

注釋

❶大風歌　漢高祖十二年（西元前一九五年），漢高祖劉邦率軍平定淮南王黥布，回程折返故鄉沛縣（今江蘇沛縣），在沛宮設宴，招待父老鄉親，並挑選沛中兒童一百二十人，劉邦親自教導他們歌舞「大風歌」。漢朝人稱之為「三侯之章」，後人改稱「大風歌」。

❷劉邦　字季，沛縣人。生於周赧王五十九年（西元前二五六年），卒於漢高祖十二年（西元前一九五年）。少年時代生活放蕩，曾任泗水亭長。秦末陳勝起義抗秦，劉邦起兵響應。後與項羽聯合攻秦，率先攻占咸陽。秦亡後，與項羽展開長達五年的楚漢相爭，最後建立漢朝政權。卒謚高祖。今存詩大風歌、鴻鵠歌二首。

❸威加海內　指統一天下。

❹安得猛士　如何得到勇士。猛士，即勇士，指有能力鞏固天下的賢能之士。

賞析

漢十二年（西元前一九五年），劉邦率軍平定淮南王黥布造反後，歸途順道返回故鄉沛縣，於沛宮置酒，與故人、父老、子弟歡飲，酒酣之際，劉邦一邊擊筑，一邊起舞，應節唱出大風歌。

大風歌是一首楚辭體的詩歌，全詩三句，共二十三字，句句押韻，每句之中有一「兮」字，是典型的楚辭體詩歌。全詩三句分別描寫三個時間，首句以「大風起」、「雲飛揚」大自然的景象，象徵劉邦以往起義抗秦、楚漢相爭、誅滅異姓王侯的壯烈事跡，不但意象鮮明，而且富於概括功能，充分表達劉邦叱吒風雲，開國帝王的豪情與威勢。第二句描寫當下，抒發一統天下，榮歸故里的喜悅。第三句寄寓對未來的期望，劉邦在平定淮南王黥布時，不幸被流矢所傷，健康情況大不如前，加以春秋已高，因此有生命無多的憂慮，更有帝業如何維護的不安。此時，天下雖然統一，但外患未除，匈奴時常騷擾邊境；國內的異姓王侯，雖然剪除殆盡，但同姓王侯又有割據的隱憂；太子劉盈（後來的惠帝）又「仁弱無能」，劉邦對於自己百年後，江山如何傳承，感到憂心忡忡，因此在父老鄉親舉杯敬酒之際，情不自禁的發出「安得猛士兮守四方」。其實，劉邦在建國之時，手下有許多猛將能臣，這些都合乎「猛士」的資格，可惜劉邦登基後，這些「猛士」都被誅除將盡，因此「安得猛士兮守四方」的慨嘆，除了憂慮身後，憂慮江山之外，也隱含「英雄寂寞」的悲情，所以歌唱時劉邦會激動得「慷慨傷懷，泣數行下」。全詩形式簡短，語言淺顯通俗，內容充分展現帝王雄渾壯麗的氣象，明朝胡應麟詩藪讚美為「冠絕古今、千秋氣概之祖」，確實是恰當的評論。

延伸閱讀

十二年十月，高祖已擊布軍會甀，布走，令別將追之。高祖還歸過沛，留，置酒沛宮，悉召故父老子弟縱酒，發沛中兒得百二十人，教之歌，酒酣，高擊筑，自為歌詩：「大風起兮雲飛揚，威加海內兮歸故鄉，安得猛士兮守四方。」令兒皆和習之，高祖乃起舞，慷慨傷懷，泣數行下。謂沛父老曰：「游子悲故鄉，吾雖都關中，萬歲後，吾魂魄猶樂思沛；且朕自沛公以誅暴逆，遂有天下，其以沛為朕湯沐邑，復其民，世世無有所與。」（史記高祖本紀）

鴻鵠高飛，一舉千里，羽翮已就，橫絕四海，橫絕四海，當可奈何，雖有繒繳，尚安所施。（漢高祖劉邦鴻鵠歌）

垓下❶歌

項籍❷

力拔山兮氣蓋世，時不利❸兮騅❹不逝❺，騅不逝兮可奈何，虞❻兮！虞兮！奈若何。

注釋

❶垓下　古代地名，在今安徽靈璧東南。漢軍圍困項羽於此。

❷項籍　字羽（一作子羽），下相（今江蘇宿遷）人。生於秦王政十五年（西元前二三二年），卒於漢高祖五年（西元前二〇二年）。出身貴族，世為楚將。秦末，隨叔父項梁起兵於吳中，轉戰於河、淮之間，項梁死，乃率軍渡河，鉅鹿之戰大破秦軍。秦亡後，自立為西楚霸王。後與劉邦爭天下，兵敗於垓下，逃至烏江（今安徽和縣烏江鎮）自刎。今存詩垓下歌一首。

❸時不利　天時不利。項羽兵敗之時，曾說：「此天之亡我，非戰之罪也。」

❹騅　音ㄓㄨㄟ。毛色青白相雜的馬匹。指項羽最心愛的馬匹。

❺逝　往；奔馳。

❻虞　指虞姬，項羽最寵愛的姬妾，項羽出戰，常幸從。項羽兵敗自刎，虞姬亦自刎。

賞析

漢五年（西元前二〇二年），楚漢相爭已近尾聲，項羽軍在垓下（今安徽靈璧東南），被漢軍重重包圍，兵員既少，糧食又盡。夜中，項羽聞四面皆楚歌，大驚，乃起身飲於帳中，作此悲歌，美人虞姬歌舞和之。又稱力拔山操。

垓下歌是一首楚辭體的詩歌，全詩四句（「虞兮！虞兮！奈若何」視為一句），每句七言，共二十八字，每句之中有「兮」字，是典型的楚辭體詩歌。

全詩慷慨悲壯，既寫出項羽「霸王」的形象，也寫出項羽「兒女情長」的面貌。項羽從起義抗秦開始，直到垓下會戰失敗，自刎於烏江，始終是極端自負，不可一世的模樣。鉅鹿之戰使他成為抗秦的領袖，秦朝滅亡之後，他自立為「西楚霸王」，分封天下王侯。垓下會戰失敗，他說：「吾起兵至今八歲矣，身七十餘戰，所當者破，所擊者服，未嘗敗北，遂霸有天下。然今卒困於此，此天之亡我，非戰之罪也！」（見史記項羽本紀）本詩第一句充分表達項羽對自己「力、氣」的自豪，認為足以「拔山」、「蓋世」，第二、三句則將失敗的原因，歸咎於天時不利、騅馬不逝，凡此種種，都是項羽霸王口氣的展現。可是當項羽「英雄末路」的時候，唯一求援的對象，竟是他的美人「虞姬」，本詩第四句寫的是項羽「英雄氣短，兒女情長」的嗚咽。自古英雄配美人、駿馬，項羽在最危急、最無奈的生死存亡時刻，心中放不下的還是天下英雄共同的心愛之物，真是「英雄本色」的迴光返照。

項羽的成敗是非，後代評論的意見，史不絕書，或褒或貶，見解分歧。但是「霸王別姬」卻是公認最悲壯淒美的故事，成為英雄美人悲劇的典型，讓人憑弔無窮。

延伸閱讀

（漢五年）項羽軍壁垓下，兵少食盡，漢軍及諸侯兵圍之數重，夜聞漢軍四面皆楚歌，項王乃大驚曰：「漢皆已得楚乎？是何楚人之多也！」項王則夜起，飲帳中，有美人名虞，常幸從，駿馬名騅，常騎之，於是項王乃悲歌，慷慨自為詩曰：「力拔山兮氣蓋世，時不利兮騅不逝，騅不逝兮可奈何，虞兮！虞兮！奈若何。」歌數闋，美人和之，項王泣數行下，左右皆泣，莫能仰視。（史記項羽本紀）

生當作人傑，死亦為鬼雄。至今思項羽，不肯過江東。（南宋李清照烏江）

秋風辭❶

漢武帝　劉徹❷

秋風起兮白雲飛，草木黃落兮雁南歸，蘭有秀兮菊有芳❸，懷佳人❹兮不能忘。
汎樓船❺兮濟汾河，橫中流兮揚素波❻，簫鼓鳴兮發棹歌❼。歡樂極兮哀情多，
少壯幾時兮奈老何？

注釋

❶秋風辭　漢武帝元鼎四年（西元前一一三年），武帝行幸河東汾陽（今山西萬榮）祭祀后土，途中與群臣宴飲於樓船上，一時興起，作秋風辭，時武帝年四十三歲。

❷劉徹　生於漢景帝元年（西元前一五六年），卒於漢武帝後元二年（西元前八七年）。漢景帝之子，四歲立為膠東王，七歲立為皇太子，十六歲即位，在位五十四年。武帝具有雄才大略，對內穩定政局，對外開疆拓土，建立強大的大漢帝國。武帝又尊崇儒學，愛好文藝。曾設立樂府機構，掌管宮廷音樂，並採集民間詩歌，以作為施政參考。隋書經籍志載其集二卷，已佚。今僅存詩數首而已。

❸蘭有秀兮菊有芳　蘭花、菊花都盛開，而且散發芬芳的花香。有，語助詞，無義。秀，草本植物的花。芳，花的香氣。

❹佳人　指思慕的人。

❺樓船　有樓臺構造的大船。

❻揚素波　激起白色的浪花。

❼棹歌　船歌；搖槳時所唱歌曲。

賞析

秋風辭是一首楚辭體的詩歌，全詩九句，每句之中有一「兮」字，是典型的楚辭體詩歌。漢初的詩歌，受楚辭影響較多，許多作品都以楚辭體的形式呈現，項羽的垓下歌、高祖劉邦的大風歌是如此，武帝劉徹的秋風辭也是如此。

全詩描寫的是一幅君臣宴飲圖，武帝在樓船上，即景、即事賦詩，抒發帝王的情懷。詩意分二節，前節四句，是武帝即景抒懷；後節五句，是武帝即事抒懷；不論寫景、敘事，都是武帝眼見耳聞的情境。秋風起、白雲飛、草木黃落、雁南歸、蘭有秀、菊有芳，都是沿途所見的秋天景象，武帝觸景生情，產生「懷佳人兮不能忘」的情懷。「佳人」就是美人，詩中的美人是指武帝心愛的真實美人，還是另有意指？屈原在楚辭中運用象徵比興的技巧，香草、美人象徵君子、忠臣，所以本詩中的「懷佳人」，解釋為「思忠臣、懷君子」，應該較切合帝王的心意。汎樓船、濟汾河、橫中流、揚素波、簫鼓鳴、發棹歌，是當下正在進行的事情，武帝由此警惕君臣「歡樂極兮哀情多」，同時也感嘆「少壯幾時兮奈老何」。

自古君臨天下的帝王，都以拔擢賢能的人才為施政要務，漢武帝是一位雄才大略的君王，詩中表達「懷佳人」的情懷，十分切合他的身分。上天給人的歲數，不因貴賤賢愚而有壽夭的區別，自古帝王常感嘆年命無多，因此藉由求仙服食以期延年益壽，漢武帝雖然貴為天子，也不能擺脫宿命，所以詩中不免俗的感嘆「少壯幾時兮奈老何」。

延伸閱讀

瓠子決兮將奈何，浩浩洋洋兮慮殫為河。殫為河兮地不得寧，功無已時兮吾山平。吾山平兮鉅野溢，魚弗鬱兮柏冬日。正道弛兮離常流，蛟龍騁兮放遠遊。歸舊川兮神哉沛，不封禪兮安知外。為我謂河伯兮何不仁，泛濫不止兮愁吾人。齧桑浮兮淮泗滿，久不返兮水維緩。（漢武帝劉徹瓠子歌之一）

北方有佳人，絕世而獨立。一顧傾人城，再顧傾人國。寧不知傾城與傾國，佳人難再得。（漢李延年佳人歌）

有所思❶

漢樂府古辭❷

有所思，乃在大海南。何用問遺君❸？雙珠玳瑁簪，用玉紹繚之❹。聞君有他心❺，拉雜摧燒之❻。摧燒之，當風揚其灰。從今以往，勿復相思！相思！與君絕！雞鳴狗吠，兄嫂當知之。妃呼狶❼秋風肅肅❽晨風颸❾，東方須臾❿高⓫知之。

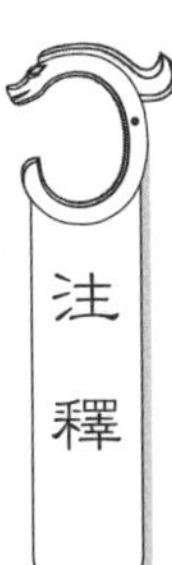

注釋

❶有所思　漢樂府古題，是漢鐃歌十八曲之一，屬鼓吹曲辭，原為軍中的樂曲。

❷古辭　漢代樂府詩凡署名古辭者，都是採集自民間的歌謠。晉書樂志：「凡樂章古辭存者，並漢世街陌謳謠，江南可采蓮、烏生八九子、白頭吟之屬。」

❸何用問遺君　用什麼禮物贈送給你。問、遺，為同義複詞，意思是贈送。遺，音ㄨㄟˋ。君，指懷念的人。

❹雙珠玳瑁簪二句　將鑲有二顆珍珠的玳瑁簪和玉珮，細心的纏繞包裝在一起。玳瑁，海中龜類動物，甲殼光亮多紋彩，適合作裝飾品。簪，髮針。玉，指玉珮。紹繚，纏繞，指包裝。

❺他心　變心。指愛上別人。

❻拉雜摧燒之　拆碎焚燬的動作。之，代名詞，指雙珠玳瑁簪和玉珮。

❼妃呼狶　擬聲詞，悲嘆聲。
❽肅肅　擬聲詞，風聲。
❾晨風颸　晨風鳥在風中疾速飛翔。晨風，鳥名，即鸇，鷹類。颸，風吹疾速。此指鳥在風中疾速飛翔。
❿須臾　不久；片刻。
⓫高　通「皓」。指天亮。

賞析

有所思是漢鐃歌十八曲之一。漢鐃歌十八曲原屬軍樂，但現存漢鐃歌十八曲的古辭，除戰城南一首外，內容都與軍旅戰爭無關。原因何在，今已不詳。有說：鐃歌本是有曲調無歌詞的軍樂，後人陸續填入歌詞，所以內容龐雜，多數與軍旅無關。有所思描寫一位女子，對變心的情人，又愛又恨的行為和心理。

全詩的詩意分三節，前五句為第一節，描寫女子對情人的思念與愛意。情人遠在大海之南，不能隨時見面，女子選擇鑲有二顆珍珠的玳瑁簪和玉珮當禮物，送給遠方的情人，表達自己的深情。從禮物的選擇和包裝，可以看出女子的細心與深愛之意，簪是玳瑁簪，又鑲有二顆珍珠，可見它不是普通的簪。贈送「雙珠玳瑁簪」和「玉珮」，是希望情人隨身佩帶，隨時睹物懷人。第二節詩意從「聞君有他心」至「與君絕」，描寫女子得知情人變心後的行為與對策，「拉、雜、摧、燒之、當風揚其灰」等一連串的動作，將女子對情人「愛之深、恨之切」的情緒，形象鮮明的呈現出來，最後女子決定「勿復相思、與君絕」。「雞鳴狗吠」以下為第三節詩意，描寫女子對情人感情生變的善後處置；因為「拉、雜、摧、燒之、當風揚其灰」的動作太過激烈，所以惹得「雞鳴狗吠」，也因為「雞鳴狗吠」，所以惹得「兄嫂當知之」，天亮之後，女子思考如何向親人解釋情變的苦悶。「妃呼狶」是詩歌中的表聲詞，描摹女子「悔恨、無奈、長聲嘆息」的口氣。

在中國古典描寫戀情的詩歌之中，有所思是一首非常具有代表意義的作品，它描寫的是一位「敢愛敢恨」、「愛恨分明」的女子形象，展現民間歌謠生動活潑的精神，與傳統強調的「溫柔敦厚、含蓄」者，有很大的區隔。

延伸閱讀

蒲生我池中，其葉何離離。傍能行仁義，莫若妾自知。眾口鑠黃金，使君生別離。念君去我時，獨愁常苦悲。想見君顏色，感結傷心脾。念君常苦悲，夜夜不能寐。莫以豪賢故，棄捐素所愛。莫以魚肉賤，棄捐蔥與薤。莫以麻枲賤，棄捐菅與蒯。出亦復苦愁，入亦復苦愁。邊地多悲風，樹林何翛翛。從君致獨樂，延年壽千秋。（漢樂府古辭塘上行）

皚如山上雪，皎若雲間月。聞君有兩意，故來相決絕。今日斗酒會，明日溝水頭。躞蹀御溝上，溝水東西流。淒淒復淒淒，嫁娶不須啼。願得一心人，白頭不相離。竹竿何嫋嫋，魚尾何簁簁。男兒重意氣，何用錢刀為！（漢樂府古辭白頭吟）

長安有狹斜行❶

漢樂府古辭

長安有狹斜❷，狹斜不容車❸，適逢兩少年，夾轂❹問君家。君家新市旁，易知復難忘。大子二千石❺，中子孝廉郎❻，小子無官職，衣冠仕洛陽，三子俱入室，室中自生光。大婦織綺羅❼，中婦織流黃❽，小婦無所為，挾琴上高堂❾：「丈人❿且徐徐，調琴詎未央⓫」。

注釋

❶長安有狹斜行　漢樂府古題，屬相和歌辭，與相逢行、雞鳴篇相關。
❷狹斜　街坊小巷。
❸不容車　無法會車。
❹轂　音ㄍㄨˇ。車軸凸出的部位。
❺二千石　漢代僅次於三公的九卿的俸祿，外官則是郡太守。
❻孝廉郎　漢代由郡國薦舉的優秀人才，是仕進的必要資歷。
❼綺羅　有紋彩的絲織品。
❽流黃　雜色絲織品。
❾高堂　廳堂。
❿丈人　公公，此包含婆婆。
⓫詎未央　漢代通行語，指尚未完成。

賞析

長安有狹斜行是以長安街上三位少年會車作引子，歌頌某戶權貴人家，三位兒子官場得意，三位媳婦賢慧孝順。演唱情境，可能是為某戶權貴人家的老主人祝壽。

全詩的詩意分三節，前六句為第一節，是歌唱者的隨機起興，屬於「開頭語」的性質，歌唱者將路途中所遇到的情景，當作歌曲的開場。從「狹斜不容車」、「君家新市旁」可以探知，這戶人家的府第，位於繁華的地點，目標顯著。中六句為第二節，採用排比的技巧，讚揚權貴人家的三位兒子在官場上的成就。大兒子薪俸二千石，漢代的官制，朝廷的九卿（相當於今日的部會首長），以及郡國的太守，薪俸是二千石，可見二千石是顯赫的大官。二兒子是孝廉郎，孝廉郎是由郡國推舉，為仕進必經之途，代表前程遠大。三兒子目前雖無官職，但將來一定會是朝廷的棟樑。

末六句為第三節，也是採用排比的技巧，讚揚權貴人家的三位媳婦，長媳、二媳擅長織「綺羅、流黃」，都是紋彩精緻的絲織品。小媳婦可能新婚不久，無事可做，所以「挾琴上高堂」，負責娛樂公婆。但從「丈人且徐徐，調琴詎未央」的話語，可以推測，小媳婦孝心感人，但琴藝不佳，公婆見她又來獻藝，做出避之唯恐不及的慌張動作，極為俏皮滑稽。

本詩的結構非常單純，三節詩意區隔清楚，全詩歌頌的旨意亦極明確，詩末穿插俏皮的對話，充分反映民間文學樸實可愛的面貌。

延伸閱讀

相逢狹路間，道隘不容車，不知何年少，夾轂問君家，君家誠易知，易知復難忘。黃金為君門，白玉為君堂，堂上置樽酒，作使邯鄲倡，中庭生桂樹，華燈何煌煌。兄弟兩三人，中子為侍郎，五日一來歸，道上自生光，黃金絡馬頭，觀者盈道旁，入門時左顧，但見雙鴛鴦，鴛鴦七十二，羅列自成行，聲音何雍雍，鶴鳴東西廂。大婦織綺羅，中婦織流黃，少婦無所為，挾瑟上高堂，「丈人且安坐，調絲方未央」。

（漢樂府古辭相逢行）

雞鳴高樹巔，狗吠深宮中，蕩子何所之，天下方太平，刑法非有貸，柔協正亂名。黃金為君門，碧玉為軒堂，上有雙樽酒，作使邯鄲倡，劉王碧青甓，後出郭門王，舍後有方池，池中雙鴛鴦，鴛鴦七十二，羅列自成行，鳴聲何啾啾，聞我殿東廂。兄弟四五人，皆為侍中郎，五日一時來，觀者滿路旁，黃金絡馬頭，熲熲何煌煌。桃生露井上，李樹生桃旁，蟲來齧桃根，李樹代桃僵，樹木身相代，兄弟還相忘。

（漢樂府古辭雞鳴篇）

陌上桑❶

漢樂府古辭

日出東南隅，照我秦氏樓。秦氏有好女❷，自名❸為羅敷。羅敷喜蠶桑，採桑城南隅。青絲為籠係，桂枝為籠鉤❹。頭上倭墮髻❺，耳中明月珠❻。緗綺❼為下裙，紫綺為上襦❽。行者見羅敷，下擔捋髭鬚❾。少年見羅敷，脫帽著帩頭❿。耕者忘其犁，鋤者忘其鋤。來歸相怒怨，但坐⓫觀羅敷。

使君⓬從南來，五馬立踟躕⓭。使君遣吏往，「問是誰家姝⓮。」「秦氏有好女，自名為羅敷。」「羅敷年幾何？」「二十尚不足，十五頗有餘。」「使君謝⑮羅敷，寧可共載不⑯？」羅敷前置辭⑰：「使君一何愚！使君自有婦，羅敷自有夫。東方千餘騎，夫婿居上頭。何用識夫婿？白馬從驪駒⑱，青絲繫馬尾，黃金絡馬頭，腰中鹿盧劍⑲，可值千萬餘。十五府小史⑳，二十朝大夫，三十侍中郎㉑，四十專城居㉒。為人潔白皙㉓，鬑鬑頗有鬚㉔，盈盈公府步㉕，冉冉府中趨㉖。坐中數千人，皆言夫婿殊。」

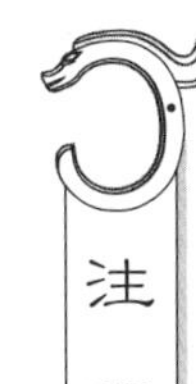

注釋

❶陌上桑　本詩是漢代著名的敘事詩，描寫採桑女子秦羅敷嚴詞拒絕太守調戲的故事。又名豔歌羅敷行、日出東南隅行。

❷好女　美女。

❸自名　本名。

❹青絲為籠係二句　用青色的絲繩作裝桑葉的籠子的絡繩，用桂樹的枝幹作裝桑葉的籠子的提柄。指使用的器具非常精緻。

❺倭墮髻　漢代婦女時髦的髮型，又稱墮馬髻，髮髻歪在一邊，形成似墮非墮的樣子。

❻明月珠　寶珠名，相傳出自西域大秦國。

❼緗綺　杏黃色的綾子。

❽襦　短襖。

❾捋髭鬚　撫摸髭鬚。捋，音ㄌㄜˋ。撫摸。髭，嘴上的鬍子。鬚，面頰下的鬍子。

❿帩頭　頭巾。帩，音ㄑㄧㄠˋ。

⓫但坐　只因為。坐，因為。

⓬使君　太守；刺史。

⓭五馬立踟躕　坐著五匹馬拉的馬車，馬車或靜止站立，或徘徊打轉。五馬，漢制太守坐五匹馬的馬車。

⓮姝　音ㄕㄨ。美女。

⓯謝　問；告訴。

⓰不　同「否」。

⓱置辭　答話。

⓲驪駒　二歲深黑色的馬匹。驪，深黑色的馬匹。駒，二歲馬。

⓳鹿盧劍　劍柄有圖案裝飾的寶劍。鹿盧，即「轆轤」，古代井上汲水用的滑輪。

⓴府小史　太守府的小官員，地位卑下。

㉑侍中郎　官名，侍從皇帝左右。

㉒專城居　州牧；太守。

㉓潔白皙　同義複詞，指皮膚潔白。

㉔鬑鬑頗有鬚　鬚髮略為疏薄，外貌俊偉的樣子。鬑鬑，音ㄌㄧㄢˊ　ㄌㄧㄢˊ。鬚髮疏薄的樣子。頗，略為。

㉕盈盈公府步　在太守府中走路，步伐精神飽滿。盈盈，步伐精神飽滿的樣子。

㉖冉冉府中趨　在太守府中走路，步伐舒緩穩重。冉冉，步伐舒緩穩重的樣子。

賞析

陌上桑又名豔歌羅敷行，是漢代著名的敘事詩，描寫美麗的採桑女子秦羅敷，被路過的使君（太守）調戲，秦羅敷不但不畏懼權勢，反而勇敢又機智的給予當面的斥責和數落，反映百姓勇於抗拒強權的高貴情操，也揭露漢代統治者霸占民女的惡劣行徑。

全詩的詩意分二節，前節從起首至「但坐觀羅敷」句，內容主要是描寫採桑女子秦羅敷的美貌。詩人首先運用鋪敘的技巧，分別敘述秦羅敷使用的器具、髮型、飾物、服裝，藉以襯托秦羅敷絕代美女的形象。其次詩人運用側面描寫的技巧，描寫行者、少年、耕者、鋤者對秦羅敷的仰慕和傾倒，他們因為見到秦羅敷採桑而耽誤行程或工作，再一次強化秦羅敷的完美形象。

後節運用「對話」的方式，描寫使君對秦羅敷的調戲和秦羅敷的反擊。使君就是太守，在漢代是一方之霸，是大官，「寧可共載不？」一句的語氣雖然和緩，其實就是要霸占為妻妾，強搶民女的意思。「羅敷前置辭」一句，表現秦羅敷勇敢的行為。使君對秦羅敷的調戲，是透過小吏傳話，秦羅敷的反擊則是親自上前斥責，一位採桑女子敢於當面對抗大官，其勇氣令人喝采。「東方千餘騎」以下，秦羅敷分別從權勢、富貴、經歷、官職、相貌、風度等方面，盛誇自己的丈夫，用意在於藐視、威脅、嘲諷使君，讓使君不但不敢再調戲，說不定還恐懼逃竄。

全詩不但將秦羅敷美麗、勇敢、機智的形象，描繪得淋漓盡致，而且還保留了許多漢代珍貴的史料，例如「頭上倭墮髻，耳中明月珠。緗綺為下裙，紫綺為上襦」，是漢代仕女盛裝的模樣；「十五府小史，二十朝大夫，三十侍中郎，四十專城居」是漢代士大夫平步青雲的寫照。另外，民間文學常見的「詼諧性技巧」，也在詩中出現，例如：秦羅敷從事採桑的工作，必須穿梭桑林之間，攀條折枝，可是詩人卻讓她以盛裝禮服出場，顯然矛盾。又如：秦羅敷的年齡是「二十尚不足，十五頗有餘」，她的丈夫則四十歲以上，老少配的婚姻，應該不算理想。因此秦羅敷是否已婚，故事是否真實，都有人提出懷疑。

延伸閱讀

昔有霍家姝，姓馮名子都。依倚將軍勢，調笑酒家胡。胡姬年十五，春日獨當壚。長裾連理帶，廣袖合歡襦。頭上藍田玉，耳後大秦珠。兩鬟何窈窕，一世良所無。一鬟五百萬，兩鬟千萬餘。不意金吾子，娉婷過我廬。銀鞍何煜爚，翠蓋空踟躕。就我求清酒，絲繩提玉壺。就我求珍肴，金盤膾鯉魚。貽我青銅鏡，結我紅羅裾。不惜紅羅裂，何論輕賤軀。男兒愛後婦，女子重前夫。人生有新故，貴賤不相逾。多謝金吾子，私愛徒區區。（漢辛延年羽林郎）

魯人秋胡，娶妻三月，而遊宦三年，休還家。其婦採桑於郊，胡至郊而不識其妻也。見而悅之，乃遺黃金一鎰。妻曰：「妾有夫，遊宦不返，幽閨獨處，三年於茲，未有被辱於今日也。」採桑不顧，胡慚而退。至家，問：「妻何在？」曰：「行採桑於郊，未返。」既歸還，乃向所挑之婦也。夫妻並慚，妻赴沂水而死。（西京雜記）

長歌行❶ 三首之三

漢樂府古辭

岧岧❷山上亭，皎皎❸雲間星，遠望使心思，遊子戀所生❹。驅車出北門，遙觀洛陽城。凱風吹長棘，夭夭枝葉傾❺。黃鳥❻飛相追，咬咬❼弄❽音聲，佇立望西河❾，泣下沾羅纓❿。

注釋

❶長歌行　漢樂府古題，共有三首，屬相和歌辭。

❷岧岧　音ㄊㄧㄠˊ　ㄊㄧㄠˊ。山高的樣子。

❸皎皎　指星星潔白明亮的樣子。

❹所生　指父母。

❺凱風吹長棘二句　南風吹著高大的棘樹，茂盛的枝葉隨風搖擺。凱風，南風。夭夭，枝葉茂盛的樣子。傾，指枝葉隨風搖擺。此二句出自詩經邶風凱風：「凱風自南，吹彼棘心，棘心夭夭，母氏劬勞。」意在懷念母親。

❻黃鳥　黃雀。

❼咬咬　鳥鳴聲。

❽弄　戲耍。

❾佇立望西河　久立而遙望西河。佇立，久立。西河，古稱黃河上游南北流向的一段為西河，戰國時代吳起為魏國西河守將。史記孫子吳起列傳：（去衛）與其母訣，嚙臂而盟曰：「起不為卿相，不復入衛。」遂事魯君，居頃，其母死，起終不歸。

❿纓　帽帶，自上而下，繫於頸。

賞析

長歌行古辭共有三首，此為第三首，描寫一位遊子登高望鄉，懷念親人。長歌行的題意有二說：崔豹古今注：「長歌、短歌，言人壽命長短，各有定分，不可妄求。」李善文選注：「行聲有長短，非言壽命也。」一般認為李善說法較可取，「長歌、短歌」是指歌曲的長短。

本詩的主旨明確，描寫一位遊子登高望鄉，懷念親人。但本詩的詩意布局，卻很特別，每二句描寫一個詩意，詩意銜接成跳躍模式，因此要解析本詩，必須將各個詩意重新組合，才能理出它的情節、頭緒。

從「驅車出北門」到「岧岧山上亭」，是詩中主人翁登高、望鄉、懷親所經過的路程。從「遙觀洛陽城」和「佇立望西河」二句詩意推測，詩中主人翁的身分，應該是一位官員。洛陽城是東漢的首都，是政治的中心，更是官員夢寐以求的地方。西河是用吳起的典故，戰國時代吳起曾擔任魏國西河守將，但他先前失意之時，曾為求官而與母親訣別，母親辭世時，他也未返鄉奔喪，不能盡孝道。「凱風吹長棘，夭夭枝葉傾」是沿途所見的景象，借用詩經邶風凱風的詩意，表達對母親的懷念。「黃鳥飛相追，咬咬弄音聲」也是沿途所見的景象，可能勾引詩人回想當年在故鄉的時候，兄弟姊妹嬉戲笑鬧的兒時生活。

延伸閱讀

青青園中葵，朝露待日晞。陽春布德澤，萬物生光輝。常恐秋節至，焜黃華葉衰。百川東到海，何時復西歸。少壯不努力，老大徒傷悲。（漢樂府古辭長歌行之一）

仙人騎白鹿，髮短耳何長。導我上太華，攬芝獲赤幢。來到主人門，奉藥一玉箱。主人服此藥，身體日康強，髮白復更黑，延年壽命長。（漢樂府古辭長歌行之二）

東門行❶

漢樂府古辭

出東門，不顧歸，來入門，悵欲悲。盎中無斗米儲❷，還視架上無懸衣。拔劍東門去，舍中兒母牽衣啼：「他家但願富貴，賤妾與君共餔糜❸。上用倉浪天故❹，下當用此黃口兒❺。」「今非❻！咄❼！行！吾去為遲！白髮時下難久居❽。」

注釋

❶東門行　漢樂府古題，屬相和歌辭。
❷盎中無斗米儲　米缸中沒有一斗米的儲存量。盎，音ㄤˋ。口小腹大的瓦缸。
❸餔糜　吃稀粥。餔，音ㄅㄨ。吃。糜，稀粥。
❹上用倉浪天故　就上而言，為了青天的緣故。用，為了。倉浪天，青天。
❺黃口兒　幼兒。
❻今非　現在情況不同。
❼咄　斥喝聲。
❽白髮時下難久居　白髮掉不停，無法長期生活下去。

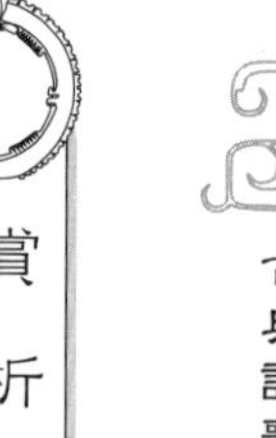

賞析

東門行是一首著名的社會詩，從「盎中無斗米儲，還視架上無懸衣」、「拔劍東門去」等詩意推測，本詩的內容，可能是描寫一位壯士，因為妻兒生活困頓，吃不飽、穿不暖，逼不得已鋌而走險，要去抗爭或攔路搶劫，具有強烈的時代意義。

詩中運用形象描寫的技巧，讓讀者印象深刻，例如「拔劍」二字，形象鮮明，如果用「攜劍、提劍、帶劍」等詞，則詩意索然無味。又如「出東門，不顧歸，來入門，悵欲悲」四句，描寫詩中的壯士，被衣食所迫，內心煎熬，焦躁不安的神情，在「出出、入入」之間，表露無遺。

詩中的對話技巧也精彩至極，用語通俗有力，是其特色。妻子規勸丈夫只用四句話，卻包含夫妻之情、天理、父子之情等豐富內容。「咄！行！」翻譯成白話：「囉嗦！滾開！」將壯士的焦躁、無奈，「表演」在讀者眼前。

古辭東門行的詩句，曾被後人改動，晉樂所奏的東門行（見「延伸閱讀」），後段詩句被加入「今時清廉，難犯教言」等內容，顯然是當政者為了粉飾政績，故意扭曲事實的劣行，嚴重損害古辭東門行的時代價值。

延伸閱讀

出東門，不顧歸。來入門，悵欲悲。盎中無斗儲，還視桁上無懸衣。拔劍出門去，兒女牽衣啼。「他家但願富貴，賤妾與君共餔糜。共餔糜，上用倉浪天故，下為黃口小兒。今時清廉，難犯教言，君復自愛莫

為非！今時清廉，難犯教言。君復自愛莫為非！」「行！吾去為遲！」「平慎行，望君歸！」（晉樂所奏東門行）

孤兒生，孤子遇生，命獨當苦。父母在時，乘堅車，駕駟馬。父母已去，兄嫂令我行賈。南到九江，東到齊與魯。臘月來歸，不敢自言苦。頭多蟣虱，面目多塵土。大兄言辦飯，大嫂言視馬。上高堂，行取殿下堂。孤兒淚下如雨。使我朝行汲，暮得水來歸。手為錯，足下無菲。愴愴履霜，中多蒺藜。拔斷蒺藜腸肉中，愴欲悲。淚下渫渫，清涕累累。冬無複襦，夏無單衣。居生不樂，不如早去，下從地下黃泉。春氣動，草萌芽。三月蠶桑，六月收瓜。將是瓜車，來到還家。瓜車反覆。助我者少，啖瓜者多。願還我蒂，兄與嫂嚴。獨且急歸，當興校計。亂曰：里中一何譊譊，願欲寄尺書，將與地下父母，兄嫂難與久居。（漢樂府古辭孤兒行）

飲馬長城窟行❶

漢樂府古辭

青青河畔草，綿綿思遠道❷。遠道不可思，宿昔❸夢見之。夢見在我傍，忽覺在他鄉。他鄉各異縣，輾轉❹不相見。枯桑知天風，海水知天寒❺。入門各自媚❻，誰肯相為言！客從遠方來，遺我雙鯉魚❼。呼兒烹鯉魚，中有尺素書❽。長跪❾讀素書，書中竟何如？上言加餐食，下言長相憶。

注釋

❶飲馬長城窟行　漢樂府古題，屬相和歌辭。

❷思遠道　思念在遠方的人。

❸宿昔　昨夜。昔，通「夕」。

❹輾轉　翻來覆去睡不著。詩經關雎：「悠哉！悠哉！輾轉反側。」

❺枯桑知天風二句　枯桑和海水沒有知覺，尚知天候寒冷。暗喻人有感情，感受當然更深。此二句在詩中為「套語」性質，具有烘托詩意或美化韻律的效果，古代詩歌常見此種現象。

❻入門各自媚　指返鄉回家的遊子，每人都有各自歡愛的親人。媚，愛；愛悅。

❼雙鯉魚　指信函。古代裝書信的木函，由上下二片組成，外作鯉魚形。下句「烹鯉魚」指拆書信。

❽尺素書　一尺見方，用絹帛書寫的信件。素，指用以書寫信件的絹帛。

❾長跪　古人席地而坐，雙膝著地，長跪是指直腰而跪，表示恭敬或慎重。

賞析

飲馬長城窟行最早見於昭明文選，是一首閨怨詩，描寫婦人思念遠方的丈夫。詩的內容與詩的題目「飲馬長城窟」無直接關連，或許婦人思念的丈夫，是在長城服勞役或兵役。漢代應該另有一首描寫「飲馬長城窟」的詩歌，本詩模擬其曲調從事創作。有說是東漢末年蔡邕的作品。

詩歌以「青青河畔草」起興，婦人看見河畔的青草，感覺春光美好，丈夫卻遠在他鄉，因而引發對丈夫的思念。「綿綿」二字，語意雙關，既寫青草綿綿，也寫懷思綿綿。現實情況因「遠道」而無見面機會，婦人只得在夢中與丈夫團聚，可是一旦夢醒，伊人依舊在他鄉。

「入門各自媚，誰肯相為言！」描寫另一種思念丈夫的情境，夢中雖然短暫與丈夫會面，但畢竟是虛幻不實的慰藉。婦人轉而向左右鄰居打探丈夫的音信，與丈夫同行出征的人，如今有幸返鄉，應該有丈夫的消息。但是返鄉的鄰居，也是「遠道」、久別，難得與親人團聚，哪有傳話的時間。別人家的歡樂團聚，與婦人的形單影隻，形成另一種淒涼的對比。

最後八句描寫婦人終於盼到丈夫的來信，她急迫的「呼兒烹鯉魚」、「長跪讀素書」，得知丈夫也關心她、懷念她，和自己一樣，可是最盼望的何時是歸期，依舊沒有寫在信中，留給婦人的還是惆悵、思念。

飲馬長城窟行是一首相當典型的閨怨詩，詩中以「青青河畔草」起興，和「入夢懷人」的寫作技巧，已經成為後代詩人描寫閨怨、懷人類詩歌的常模。另外，詩中「頂針」句法的運用，自然活潑，能夠充分增加詩句的韻律效果，體現樂府民歌的特色。

延伸閱讀

酈善長水經曰：「余至長城，其下往往有泉窟，可飲馬，古詩飲馬長城窟行，信不虛也。然長城，蒙恬所築也，言征戍之客，至於長城而飲其馬，婦思之，故為長城窟行。」（昭明文選李善注）

飲馬長城窟，水寒傷馬骨。往謂長城吏：「慎莫稽留太原卒。」「官作自有程，舉築諧汝聲。」「男兒寧當格鬥死，何能怫鬱築長城。」長城何連連，連連三千里。邊城多健少，內舍多寡婦。作書與內舍：「便嫁莫留住，善事新姑嫜，時時念我故夫子。」報書往邊地：「君今出語一何鄙，身在禍難中，何為稽留他家子。」「生男慎莫舉，生女哺用脯。君獨不見長城下，死人骸骨相撐拄。」「結髮行事君，慊慊心意

關。明知邊地苦，賤妾何能久自全。」（東漢陳琳飲馬長城窟行）

城中謠❶

漢代謠諺

城中好高髻❷，四方❸高一尺。城中好廣眉，四方且半額。城中好大袖，四方全匹帛❹。

注釋

❶城中謠　漢代謠諺，屬雜歌謠辭。
❷城中好高髻　京城的婦女喜歡梳理高聳的髮結。城中，指京城，西漢京城長安。
❸四方　指全國各地。
❹全匹帛　整匹的絲綢布料。匹，布料四丈為一匹。

賞析

城中謠是西漢時代流行於民間的謠諺，東漢章帝時，衛尉馬廖引用它，用以勸諫馬太后，希望馬太后發揚勤儉的美德。馬太后是馬廖的妹妹。本謠諺的用意是：居上位者的喜好，會影響全國的風氣，要改善社會風氣，居上位者必須身體力行，不能光靠口說宣導。

本謠諺列舉婦女的髮型、畫眉、衣袖等三個妝扮式樣為例，運用對照、排比的技巧，將「上行下效」的社會心理現象，刻畫得入木三分。一般而言，謠諺具有淺顯易懂、切合時代、諷刺功能等特質。言者可以利用簡單的事例，傳達嚴肅的議題，聽者也容易領會其中的用意，言者不必擔心引來文字迫害，聽者也抓不到加罪於人的把柄。所以謠諺是古代民間常見的通俗作品，代代都有，流傳廣泛，影響深遠。

據漢書記載，馬太后採納兄長馬廖的意見，力行儉樸，成為歷史上有名的好皇后。

延伸閱讀

舉秀才，不知書；舉孝廉，父別居；寒素清白濁如泥，高第良將怯如黽（青蛙類動物）。（桓靈時童謠）

生男無喜，生女無怒，獨不見衛子夫霸天下。（漢代謠諺衛皇后歌）

廉叔度，來何暮。不火禁，民安作，平生無襦今五褲。（漢代謠諺廉叔度歌）

行行重行行❶

古詩十九首之一

行行重行行，與君生別離❷。相去萬餘里，各在天一涯。道路阻且長❸，會面安可知？胡馬依北風，越鳥巢南枝❹。相去日已遠，衣帶日已緩❺。浮雲蔽白日，遊子不顧返。思君令人老，歲月忽已晚。棄捐勿復道，努力加餐飯。

注釋

❶行行重行行　本詩是古詩十九首的第一首，以第一句為篇名。古詩十九首最早收入於梁朝昭明太子蕭統所編纂的昭明文選，作者已不可考，據推測這些詩應當作於東漢末年，並且非一時一地一人所作。古詩十九首的文字質樸，沒有運用什麼高深的寫作技巧，但卻能刻畫出極為深刻真摯的情感。

❷生別離　活生生的分離。楚辭九歌少司命：「悲莫悲兮生別離。」

❸道路阻且長　道路艱險而遙遠。阻，指地形險要。

❹胡馬依北風二句　胡馬南來後，仍然依戀於北風。越鳥北飛後，仍然築巢於向南的樹枝。意謂：獸鳥尚依戀故鄉，何況於人呢？

❺衣帶日已緩　衣帶日漸寬鬆。指人因相思而日漸消瘦。

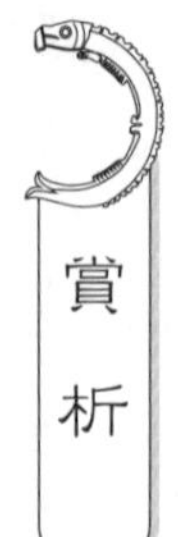
賞析

本詩是一首閨怨詩，描寫婦人懷念遠行的遊子。首句運用疊字技巧，以四個「行」字寫出距離遙遠的空曠孤寂之感，第六句則點出見面遙遙無期的悲嘆。七、八句以動物作為比喻，胡馬在北風吹起時，會「依」風而哀鳴，越鳥不論在哪，總在樹枝的南向結巢，可見連動物都會眷戀家鄉，何況於人？「相去日已遠，衣帶日已緩」，描寫婦人因長期的思念而日漸消瘦。「浮雲蔽白日，遊子不顧返」，以「浮雲蔽日」為比喻，說明遊子不歸的原因，當然，「浮雲蔽白日」是小事，是自然界常有的現象，遊子絕對不可能因此而不歸，它是婦人為遊子的設想之詞，也是婦人慰藉自己的託詞。「思君令人老，歲月忽已晚」兩句凸顯出思念的煎熬，因思念最讓人感到時間緩慢冗長，婦人容顏彷彿也為之迅速衰老。最後，婦人自訴不必再多說什麼，唯有期勉自己與遊子努力加餐，維持身體的健康，所盼望的，無非還是可以見到遊子歸來的那天。

遊子雖然歸來無期，但婦人心中一點怨恨之意都沒有，而且還懷抱重逢的希望，更為遊子設想不歸的原因，婦人的苦心期盼，以及對於遊子的牽掛眷戀，更顯得深厚感人。

延伸閱讀

古詩十九首，不必一人之辭，一時之作。大率逐臣棄婦，朋友闊絕，遊子他鄉，死生新故之感。或寓言，或顯言，或反覆言，初無奇闢之思，驚險之句，而西京古詩，皆在其下。（清沈德潛說詩晬語）

青青河畔草，鬱鬱園中柳。盈盈樓上女，皎皎當窗牖。娥娥紅粉妝，纖纖出素手。昔為倡家女，今為蕩子婦。蕩子行不歸，空床難獨守。（古詩十九首之二青青河畔草）

冉冉孤生竹，結根泰山阿。與君為新婚，兔絲附女蘿。兔絲生有時，夫婦會有宜。千里遠結婚，悠悠隔山陂。思君令人老，軒車來何遲。傷彼蕙蘭花，含英揚光輝。過時而不採，將隨秋草萎。君亮執高節，賤妾亦何為。（古詩十九首之八冉冉孤生竹）

驅車上東門❶

古詩十九首之十三

驅車上東門❷，遙望郭北墓❸。白楊何蕭蕭，松柏夾廣路❹。下有陳死人❺，杳杳❻即長暮❼。潛寐黃泉下，千載永不寤❽。浩浩陰陽移❾，年命如朝露。人生忽如寄，壽無金石固。萬歲更相送⑩，賢聖莫能度。服食⑪求神仙，多為藥所誤。不如飲美酒，被服紈與素⑫。

注釋

❶驅車上東門　本詩是古詩十九首的第十三首，以首句為篇名。

❷上東門　漢代洛陽城的東門。

❸郭北墓　漢代習俗，死者大都葬於城北。洛陽城北有北芒山，為墳場所在地。

❹白楊何蕭蕭二句　大路兩旁種植白楊、松、柏等樹木，風吹枝葉，發出「蕭蕭」的聲音。蕭蕭，擬聲詞，風吹枝葉的聲音。白楊、松、柏，都是墳地常見的樹木。

❺陳死人　死去很久的人。陳，久。

❻杳杳　幽暗的樣子。

❼長暮　長夜。

❽潛寐黃泉下二句　沉默的長眠地下，永遠不會醒來。潛，沉默。寤，醒。

❾浩浩陰陽移　時光流轉，無窮無盡。浩浩，無窮盡的樣子。陰陽移，指日月運行。

❿萬歲更相送　從古到今，年復一年，更相替代。

⓫服食　指吞服丹藥。下句「藥」字，亦指丹藥。

⓬被服紈與素　穿著絲綢衣服。被服，穿著，動詞。紈、素，指絲綢類的衣服。

賞析

本詩的內容，描寫對於生命短促的無奈，在無能為力的悲嘆之中，又表達出及時行樂的思想。詩的前四句，敘寫驅車上東門，遙望城北墓園所見的景象，白楊、松、柏都是古人習慣栽植於墳墓周圍的樹木，「蕭蕭」指風吹枝葉的聲音，凸顯出景象的荒涼死寂。詩人接著感嘆：人一旦死去，便要在黃泉之下長眠不醒，再無復甦的可能，由此可見生命的短暫。但無奈的是，隨著時間的推移，生命誕生之後，消逝是必然的，在時光輪迴之下，人的生命短促，就有如露水一般，當朝陽東昇，瞬間就可能蒸發殆盡。人們想要長生不死，壽比金石之堅，那是連聖賢也無法辦到的事情，或者有人想以服用丹藥的方式求取長生，卻往往反而被丹藥毒死。最後詩人的結論是，既然面對死亡降臨是無法改變的事實，人們只好把握當下，及時行樂，痛飲美酒，穿著華麗的服飾出門尋歡遊樂。

面對死亡的無奈與悲嘆，不論古今，都是人們共有的感受。特別在動盪的時代，這種感受尤其強烈。本詩的生命態度，看似消極墮落，其實正是完全表達千百年來人們心靈深處的悲歌。

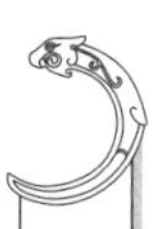

延伸閱讀

生年不滿百，常懷千歲憂。晝短苦夜長，何不秉燭遊。為樂當及時，何能待來茲。愚者愛惜費，但為後世嗤。仙人王子喬，難可與等期。（古詩十九首之十五生年不滿百）

出西門，步念之，今日不作樂，當待何時？逮為樂！逮為樂！當及時。何能愁怫鬱，當復待來茲？釀美酒，炙肥牛。請呼心所懽，可用解憂愁。人生不滿百，常懷千歲憂。晝短苦夜長，何不秉燭遊？遊行去去如雲除，弊車羸馬為自儲。（漢樂府古辭西門行）

第三章　魏晉南北朝詩歌選讀

魏晉南北朝的詩歌，承東漢之後，五言古詩得到進一步的發展，成為詩壇的主流；依時代先後和風格的差異，大約可分為建安、正始、太康、永嘉、田園、元嘉、永明等時期。另外，南北朝因為社會經濟、地理環境、風俗習慣等等的差異，分別產生不同風格的民歌，富於地方色彩和時代意義。

建安時期詩人

建安是漢獻帝的年號（西元一九六～二二〇年），時代屬於東漢，但政權和文學的主導權，則掌握在曹操的手中，因此在中國文學史上，習慣將「建安」劃歸魏代。

建安詩人以曹氏父子（曹操、曹丕、曹植）和建安七子（孔融、陳琳、王粲、徐幹、阮瑀、應瑒、劉楨）為代表。他們繼承和發揚漢代樂府詩的傳統，用擬樂府的詩體，描寫社會的動亂和民生的疾苦。

曹操流傳下來的詩歌不多，全部是擬樂府歌辭，他採用舊曲作新辭的創作方式，反映當日離亂的社會和百姓的困苦生活，薤露行、蒿里行、苦寒行、卻東西門行等，都是名篇。詩經之後，曹操是四言詩最傑出的作家，短歌行氣魄雄偉，表達渴慕賢才的政治抱負和感慨人生如朝露，格調尤其高遠。

曹丕的擬樂府詩，語言通俗，形式多樣化，具有民歌精神；他的二首燕歌行，是完整的七言體，在中國詩歌史上，代表七言詩體的正式成立。

曹植是建安時期最負盛名的詩人，他傾全力創作五言詩，對提高五言詩的藝術性有推動作用。他的詩歌分前後二期，前期因受父親曹操賞識，生活優渥，與鄴下文士宴遊唱和是其主要的作品內容；後期是指曹丕稱帝之後，他受到嚴重的打壓迫害，贈白馬王彪是其長篇代表作，抒發了身為親王而遭受殘酷的政治迫害，與兄弟死別生離的悲憤心情，篇幅宏肆，筆力非凡。

王粲是建安七子的代表，他身材短小、其貌不揚，但少有文名，才學顯著。建安七子大都經歷戰亂，親眼目睹百姓困苦的離亂遭遇，所以作品中有許多反映現實的作品，描寫深刻，情景感人，王粲的七哀詩尤為傑作。

正始時期詩人

正始是魏廢帝的年號（西元二四〇～二四八年），竹林七賢的阮籍、嵇康為代表詩人。當時正是司馬氏父子擅權的年代，政治情勢十分險惡。司馬氏為了奪取政權，進行一連串的翦除宗室，排除異己，屠殺文士等恐怖活動。詩人為了明哲保身，避免慘遭不測，因此詩歌內容都有消極玄虛的傾向；創作技巧則經常採用隱蔽象徵的手法，藉此表達他們內心的苦悶，以及對虛偽禮教的不滿。阮籍有詠懷八十二首，顏延之說：「嗣宗（阮籍的字）身事亂朝，常恐罹謗遇禍，因茲發詠，故每有憂生之嗟，雖志在刺譏，而文多隱蔽，百代之下，難以情測。」鍾嶸詩品說：「厥旨淵放，歸趣難求。」就是指阮籍使用曲折的方式，表達對現實的不滿和反抗。

阮籍專寫五言詩，嵇康則寫作許多四言詩，現存五十餘首詩作之中，有半數是四言詩。嵇康的學問淵博，人品高尚，在當時有「臥龍」之稱。後來遭受友人呂安牽連入獄，遇害臨刑時，太學生三千人為其求情。他的詩文表現強烈的反抗精神，比阮籍激切直接，幽憤、贈秀才入軍十九首是代表作。

太康時期詩人

太康是西晉武帝的年號（西元二八〇～二八九年），代表詩人主要有：三張（張載、張協、張亢兄弟）、二陸（陸機、陸雲兄弟）、兩潘（潘岳、潘尼叔姪）、一左（左思）。西晉司馬氏篡魏之後，進一步統一天下，結束了數十年三國紛爭的局面，社會生活暫時安定，文學活動因而比較活躍，但內容與漢魏以來相比，顯得相對貧乏。太康詩人普遍重視修鍊辭藻，講究對偶工整，文辭華麗，用字造句，呈現雕琢刻畫的痕跡，作品大都辭華有餘而骨力不足。

潘岳有悼亡詩三首，是悼念亡妻的名作，具有開風氣之先的地位。左思有詠史八首，藉古人、古事寄託自己的懷抱，對堵塞賢路的士族門閥社會，表示憤慨，是太康詩歌的不群之作。

永嘉時期詩人

永嘉是西晉末年懷帝的年號（西元三〇七～三一二年），以愛國詩人劉琨、遊仙詩人郭璞、玄言詩人孫綽、許詢為代表詩人。永嘉是西晉大亂的時代，懷、愍二帝被虜北去，司馬氏政權南遷。

劉琨出身士族，愍帝時拜為大將軍，都督并、幽、薊三州軍事，他是身繫國家安危的將領，在國家遭逢困頓，自己卻又無力扭轉頹勢時，發而為詩，盡是故宮禾黍，英雄末路的悲憤。扶風歌一首、答盧諶八首，都充滿強烈的愛國情緒。

郭璞是一位學問淵博的文士，文采斐然，曾任尚書郎，後出家當道士。郭璞的時代與劉琨相當，雖然遭逢亂世，但因身分不同，不必肩負國家興亡的責任，所以應對的態度也不相同，他選擇消極迴避的方式，幻想仙境以寄託其憤懣不平的情緒，游仙詩十四首是其代表作。

玄言詩是受玄學影響而產生的詩作，孫綽、許詢等人，他們以詩歌闡述玄理，鍾嶸詩品評論：「理過其辭，淡乎寡味……皆平典似道德論」，使詩歌變成歌訣或偈語，因此成就不高。

田園詩人陶淵明

陶淵明是東晉末年、劉宋初年的詩人，他以描寫田園景象和隱逸生活著稱，歷來都稱他為田園詩人或隱逸詩人。

魏晉以來，文學有趨向華麗淫靡的方向發展，加以玄言詩彌漫詩壇，陶詩的出現，給人耳目一新的感覺。陶淵明的詩歌現存一百二十餘首，內容分前、後二期，以四十一歲辭去彭澤令作為分界點。前期，他為貧困的生活所迫，陸陸續續出任州祭酒、鎮軍參軍、彭澤令等職，作品中表達悲嘆行役和厭倦仕途的情緒。四十一歲擔任彭澤令時，他深深體會自己的個性不適合在汙濁的官場發展，他說：「我不能為五斗米向鄉里小兒折腰」，在官八十餘日，毅然辭職，回到故鄉，以躬耕為業，以詩酒為樂，直到老死都未再任職。後期作品以描寫大自然景象和農村生活為主，代表作有歸園田居五首、飲酒二十首。

陶淵明的人品高尚，朱子語錄說：「晉、宋人物，雖曰尚清高，然個個要官職，這邊一面清談，那邊一面招權納貨，陶淵明真個能不要，所以高於晉、宋人物。」後代有氣節的士人，都仰慕陶淵明樂天安分的生活態度，許為效法的榜樣。陶詩的藝術成就，以樸實自然見長，語言平淡處見精鍊，後代大詩人李白、杜甫、王維、孟浩然、柳宗元、蘇軾、辛棄疾等人，都曾衷心表達景仰和學習之意。

元嘉時期詩人

元嘉是南朝宋文帝的年號（西元四二四～四五三年），以顏延之、謝靈運、鮑照為代表詩人。顏延之出身貧寒，後來輾轉仕途，日漸顯赫，但人品高潔，從不諂媚權貴。他的詩歌存有雕琢藻飾和喜用典故的缺點，佳作有五君詠（詠竹林七賢的阮籍、嵇康、劉伶、阮咸、向秀等五人，山濤、王戎二人因顯貴而不詠）、北使洛、還至梁城作等。

謝靈運是東晉淝水之戰名將謝玄的孫子，他的詩歌開山水寫實一派。東晉以來，南遷的貴族大都移居於江浙的山水秀麗之地，一般士大夫也以隱逸山林為清高的象徵，因此山水成為他們遊賞和描寫的對象。謝靈運的山水詩，絕大部分是在他擔任永嘉太守以後寫的，內容以描繪浙江、彭蠡湖等地的自然景色為主。他描繪山水，力求精工與形似，對自然界的優美景色，有許多生動細緻的刻畫。

陶淵明的田園詩和謝靈運的山水詩，改變當時玄言詩的創作風氣。對於詩境的開拓，起了劃時代的重大意義，唐代詩人將其合而為一，形成一個聲勢浩大的山水田園詩派。

鮑照是一位家境清寒，懷才不遇的詩人。他擅於運用雜言體的樂府歌辭，五七言交叉運用，抒發對於現實生活的不滿情緒，行路難十八首是其代表作品。七言詩自曹丕燕歌行二首之後，鮑照是最能運用自如的一位，在七言詩體的發展史上，有其重要地位。

永明時期詩人

永明是南齊武帝蕭賾的年號（西元四八三～四九三年），當時沈約、謝朓、王融、周顒等詩人，運用「四聲八病」的規則，從事新詩體的創作，使詩歌逐漸遠離漢魏以來的渾厚樸拙，而趨向精妍新巧，史稱「永明體」，是唐代近體詩發展的源頭。

永明體繼續在梁、陳時代的宮廷流行，演變成一種詞藻綺麗，內容淫豔的詩體，當時號稱「宮體」。主要作家有梁簡文帝蕭綱、梁元帝蕭繹，以及陳後主、江總、陳瑄、孔範等人。他們的作品反映君王貴族荒淫腐朽的生活，而以美麗的文詞包裝外表，詩格墮落至極，後代大都給予負面評價。

南朝民歌

現存的南朝民歌，包括吳歌、西曲、神弦歌。吳歌約有三百二十餘首，西曲約有一百四十餘首，神弦歌約有十餘首。

吳歌是長江下游，以建業為流行中心的民歌。西曲則是長江中游和漢水流域的民歌。吳歌、西曲的產生，與長江沿岸的商業經濟和城市生活有密切的關係，描寫商人和歌伎的戀情，內容比較狹窄，都屬言情道愛之作。吳歌和西曲的形式，大都簡短，以五言四句居多。

吳歌和西曲的藝術手法，最明顯的特點是雙關語的運用和新奇的想像。例如「理絲入殘機，何悟不成匹」（子夜歌），「絲」雙關「思」，「匹」雙關「匹配」。「乘月採芙蓉，夜夜得蓮子」（子夜四時歌夏歌），「芙蓉」雙關「夫容」，「蓮子」雙關「憐子」。「願作比目魚，隨歡千里游」（三洲歌），情人搭船遠行，希望自己化成比目魚，在江水中隨情人遠行千里。「願得篙櫓折，交郎到頭還」（那呵灘），在江邊渡口送行，不說珍重再見或祝福一帆風順的離別之語，反而祈禱撐船用的竹竿，或搖船用的大槳折斷，好讓情人無法成行，以延長相聚的時光。

神弦歌是江南人民祭神的樂歌，所祭之神不盡可考，大多是地方性的神祇。歌辭的內容，有描寫祠廟的環境，有描寫祭祀的場景，有想像神祇的生活。例如白石郎曲：「白石郎，臨江居，前導江伯後從魚。積石如玉，列松如翠，郎豔獨絕，世無其二。」白石是建業附近的山名，白石郎可能就是此山之神。又如青溪小姑曲：「開門白水，側近橋梁。小姑所居，獨處無郎。」清溪小姑傳說是三國時代吳國將軍蔣子文的第三妹。這兩首歌辭都以表達神祇的愛悅之意為主，手法與吳歌相似，頗有楚辭九歌的韻味。

北朝民歌

北朝民歌今存約六十餘首。北朝是指匈奴、鮮卑、氐、羌、羯等外族所建立的政權，畜牧是他們共同的生活習慣，因此民歌之中，經常出現放牧牛羊或彎弓逐馬的描寫。又北朝先後建立十六個政權，史稱五胡十六國，國與國之間，不時發生征伐的情況，因此民歌也常見與戰爭有關的題材，例如尚武精神、孤兒寡婦的遭遇、行役之苦等等。

塞上民族，個性雄健剛強，情感表達，具有直爽、熱烈、率真等特質，例如折楊柳枝歌：「阿婆不嫁女，那得兒孫抱」、「阿婆許嫁女，今年無消息。」歌詞中將一位想要成婚，又無緣成婚女子的急迫心情，毫無掩飾的表達出來。地驅樂歌：「老女不嫁，蹋地喚天。」更形象生動的描繪出即將錯過適婚年齡的急迫態度。這種粗獷和坦率的感情表達方式，與南朝民歌的委婉細膩，風格完全不同。

北朝是胡人的天下，民歌之中一定有許多是用胡語歌唱，例如折楊柳歌辭：「遙看孟津河，楊柳鬱婆娑。我是虜家兒，不解漢兒歌。」這首情歌的歌辭，很可能是胡語，經漢人翻譯成漢語，其他北朝民歌應該有不少作品與此相似。

短歌行❶

魏武帝　曹操❷

對酒當歌，人生幾何？譬如朝露，去日苦多❸。慨當以慷❹，憂思難忘。何以解憂？唯有杜康❺。青青子衿，悠悠我心❻。但為君故，沉吟❼至今。呦呦鹿鳴，食野之苹。我有嘉賓，鼓瑟吹笙❽。明明如月，何時可掇？憂從中來，不可斷絕。越陌度阡，枉用相存❾。契闊談讌❿，心念舊恩。月明星稀，烏鵲南飛。繞樹三匝，何枝可依？山不厭高，海不厭深⓫。周公吐哺，天下歸心⓬。

注釋

❶短歌行　短歌行原為漢樂府古題，屬相和歌辭，曹操模擬它以從事創作。

❷曹操　字孟德，小名阿瞞，東漢譙（今安徽亳縣）人。生於漢桓帝永壽元年（西元一五五年），卒於漢獻帝延康元年（西元二二〇年）。東漢末年，挾天子以令諸侯，拜丞相，封魏王。子曹丕篡位，追尊為魏武帝。曹操雅愛詩章，擅長樂府舊題創作，

風格古直悲涼，為建安詩人之重要代表。

❸去日苦多　過去的日子有太多的辛苦。

❹慨當以慷　即「慷慨」的間隔用法，指激昂的情懷。當以，助詞。

❺杜康　古代擅於釀酒的人。詩中作為「酒」的代稱。

❻青青子衿二句　青年朋友們！我內心一直懷念你們。引自詩經鄭風子衿：「青青子衿，悠悠我心，縱我不往，子寧不嗣音。」衿，衣領，青衿是周代學子的服裝。

❼沉吟　低聲吟唸。

❽呦呦鹿鳴四句　引自詩經小雅鹿鳴。鹿鳴是描寫君臣宴會，上下歡樂的詩歌。

❾枉用相存　委屈大家前來探望我。存，問、探望。

❿契闊談讌　感情親密而久別的人，歡宴在一起，談心敘舊。

⓫山不厭高二句　引自管子形勢解：「海不辭水，故能成其大，山不辭土，故能成其高，明主不厭人，故能成其眾，士不厭學，故能成其聖。」

⓬周公吐哺二句　引自史記魯世家：「周公戒伯禽（周公之子）曰：我一沐三握髮，一飯三吐哺，起以待士，猶恐失天下之賢人，子之魯，慎無以國驕人。」

賞析

漢獻帝建安十三年（西元二〇八年），曹操親率大軍南征孫權、劉備，赤壁之戰一觸即發。大戰前夕，曹操與群臣宴飲軍營之中，賦短歌行，抒發渴慕賢才的情懷。時年五十四歲。

全詩結構井然，或四句、或八句為一組，每組的作用，或扣緊慰勞勸酒，或扣緊懷念舊情，或扣緊渴慕賢才。段落之間的詩意，看似不連貫，其實綰合緊密，不容分割。

起首八句，描寫曹操對與會部屬的慰勞，鼓勵他們歡飲唱歌，擺脫往日的愁思。「青青子衿」以下八句，借用詩經的句子，表達對於青年部屬的思念和關懷。「明明如月」以下四句，和「月明星稀」以下四句，既是實景的描寫，也具有象徵意義。上天攬明月，象徵曹操對理想抱負的追求。良禽擇木而棲，象徵曹操對賢才的渴慕。「越陌度阡」以下四句，曹操再次表達對部屬的感謝和勸酒之意。最後四句，曹操自比周公，希望廣納賢才，成就大業。

曹操在短歌行中，展現一股高度自信的霸氣，而且妥善運用比、興的詩歌技巧，以朝露、青衿、鹿鳴、明月、星稀、烏鵲、山海等豐富的意象來表達情感，使全篇讀來情韻悠揚，錯落有致。

延伸閱讀

湛湛露斯，匪陽不晞。厭厭夜飲，不醉無歸。
湛湛露斯，在彼豐草。厭厭夜飲，在宗載考。
湛湛露斯，在彼杞棘。顯允君子，莫不令德。
其桐其椅，其實離離。豈弟君子，莫不令儀。（詩經小雅湛露）

來日大難，口燥唇乾，今日相樂，皆當喜歡。經歷名山，芝草翻翻，仙人王喬，奉藥一丸。自惜袖短，內手知寒，慚無靈輒，以報趙宣。月沒參橫，北斗闌干，親交在門，飢不及餐。歡日尚少，戚日苦多，

以何忘憂，彈箏酒歌。淮南八公，要道不煩，參駕六龍，遊戲雲端。（漢樂府古辭善哉行）

對酒當歌，人生幾何？譬如朝露，去日苦多。慨當以慷，憂思難忘。以何解愁？唯有杜康。青青子衿，悠悠我心。但為君故，沉吟至今。明明如月，何時可輟？憂從中來，不可斷絕。呦呦鹿鳴，食野之苹。我有嘉賓，鼓瑟吹笙。山不厭高，水不厭深，周公吐哺，天下歸心。（短歌行晉樂所奏）

苦寒行❶

魏武帝　曹操

北上太行山，艱哉何巍巍！羊腸阪詰屈❷，車輪為之摧。樹木何蕭瑟❸，北風聲正悲。熊羆對我蹲，虎豹夾路啼。谿谷少人民，雪落何霏霏❹。延頸長歎息，遠行多所懷。我心何怫鬱❺，思欲一東歸❻。水深橋梁絕，中路❼正徘徊。迷惑失故路，薄暮無宿棲。行行日已遠，人馬同時飢。擔囊行取薪，斧冰持作糜。悲彼東山詩❽，悠悠使我哀。

注釋

❶苦寒行　苦寒行原為漢樂府古題，屬相和歌辭，曹操模擬它以從事創作。

❷羊腸阪詰屈　羊腸阪的山路，盤旋彎曲。羊腸阪，地名，在今河南沁陽北。阪，斜坡。詰屈，指山路盤旋彎曲。

❸蕭瑟　風吹枝葉的聲音。

❹霏霏　雪花紛飛的樣子。
❺怫鬱　憂愁不安的樣子。
❻東歸　回到東方的故鄉。指曹操的故鄉譙郡（今安徽亳縣）。
❼中路　路中；中途。
❽東山詩　指詩經豳風東山，描寫周公東征，士卒懷念故鄉。

賞析

漢獻帝建安十一年（西元二〇六年）元月，曹操率軍北伐袁紹之甥高幹，行經太行山羊腸阪，作苦寒行一篇，描寫行軍的艱苦與思歸的心緒。

開篇兩句點明行軍的地點與艱困的感受，以下即具體描寫「苦寒」行軍的情況，有山路崎嶇、車輪毀損、寒風蕭瑟、猛獸環伺、雪花紛飛、橋樑斷絕、人馬饑寒，悲慘的行軍窘況，不一而足，充分發揮寫實的技巧。最後兩句借用詩經豳風東山作結，東山的內容，描寫周公東征，士卒懷念故鄉。曹操一直以周公自比，所以最後二句，除表達曹操的思鄉情懷之外，也暗寓曹操的政治抱負，與曹操其他詩篇所表現的意旨相似。

全詩圍繞「苦寒」的主軸展開，破題之後，即進入「苦寒」情狀的描寫，最後再以東山作結，達成抒懷的效果，結構簡明，文字古直無華，是曹操詩歌之中，社會寫實的代表佳作。

延伸閱讀

神龜雖壽，猶有竟時。騰蛇成霧，終為土灰。老驥伏櫪，志在千里。烈士暮年，壯心不已。盈縮之期，不獨在天。養怡之福，可得永年。幸甚至哉，歌以詠志。（魏武帝曹操龜雖壽）

鴻雁出塞北，乃在無人鄉，舉翅萬里餘，行止自成行，冬節食南稻，春日復北翔。田中有轉蓬，隨風遠飄揚，長與故根絕，萬歲不相當。奈何此征夫，安得去四方，戎馬不解鞍，鎧甲不離傍，冉冉老將至，何時反故鄉。神龍藏深泉，猛獸步高岡，狐死歸首丘，故鄉安可忘。（魏武帝曹操卻東西門行）

燕歌行❶二首之一　　魏文帝　曹丕❷

秋風蕭瑟天氣涼，草木搖落露為霜，群燕辭歸雁南翔，念君客遊思斷腸。慊慊❸思歸戀故鄉，君何淹留❹寄他方！賤妾煢煢❺守空房，憂來思君不敢忘，不覺淚下霑衣裳。援琴鳴絃發清商❻，短歌微吟不能長❼。明月皎皎照我床，星漢西流夜未央❽。牽牛織女遙相望，爾獨何辜限河梁？

注釋

❶燕歌行　燕歌行原為漢樂府古題，屬相和歌辭，曹丕模擬它以從事創作，是現存最早的七言詩。

❷曹丕　字子桓。三國譙（今安徽亳縣）人。生於漢靈帝中平四年（西元一八九年），卒於魏文帝黃初七年（西元二二六年）。曹操的次子，篡漢後為魏文帝。曹丕是中國著名的文論家，著有典論論文。詩歌創作擅長描寫遊子思婦的題材。

❸慊慊　心有嫌恨的樣子。

❹淹留　久留。

❺煢煢　孤單的樣子。

❻清商　指清商曲，曲調短促激越。

❼不能長　指不能彈唱舒緩和平的歌曲。

❽星漢西流夜未央　指銀河西沉，夜色已深。星漢，指銀河。夜未央，夜色已深。

賞析

燕歌行是一首閨怨詩，描寫婦人思念遠方的丈夫。「燕」是北方的邊地，自古以來征戰不斷，因此燕地的詩歌，有許多是描寫征夫、離婦的相思之情。

全詩以第一人稱的手法，巧妙融合寫景與抒情的技巧，娓娓道出一位婦人對於丈夫經年不歸的思念。前三句純然寫景，而從深秋肅殺的風霜之中，讀者已能隱約感受一種悲哀的情緒，這是由宋玉九辯開出的「悲秋」傳統；再透過群燕南歸和北雁南飛，引出「物猶如此，人何以堪」的感慨，含蓄烘托女子對丈夫的深切思念。「慊慊思歸戀故鄉」以下五句，皆正面抒寫婦人的思情，先是思念丈夫歸來，接著詰問「君何淹留寄他方」，每念及此，獨守空閨，不禁潸然落淚。「援琴鳴絃發清商」二句，是藉彈琴排遣思念之情，所彈亦為哀惋淒涼的清商曲，所吟盡屬急促悲怨的短調。最後四句，婦人藉由皎皎明月，仰望夜空中的牽牛、織女星，表達對牽牛、織女的同情，「爾獨何辜限河梁」一句，是感傷牽牛、織女的不幸遭遇，也是對自己的慰藉和自傷。

在中國詩史上，曹丕燕歌行占有重要地位，除情景交融、委婉含蓄、敘寫細膩、感人至深等高超的藝術成就之外，它更是七言詩形成過程中的一座里程碑。前此東漢張衡四愁詩通篇雖作七言，但句中有一「兮」字，仍有楚辭體的痕跡，不算完全成熟的七言詩，曹丕此作，不論句法謀篇，都是上乘的七言傑作，標幟著成熟七言詩的歷史意義。

延伸閱讀

別日何易會日難，山川遙遠路漫漫。鬱陶思君未敢言，寄聲浮雲往不還。涕零雨面毀容顏，誰能懷憂獨不嘆。展詩清歌聊自寬，樂往哀來摧肺肝。耿耿伏枕不能眠，披衣出戶步東西。仰看星月觀雲間，飛鳥晨鳴聲可憐，留連顧懷不能存。（魏文帝曹丕燕歌行二首之二）

漫漫秋夜長，烈烈北風涼。輾轉不能寐，披衣起彷徨。彷徨忽已久，白露霑我裳。俯視清水波，仰看明月光。天漢回西流，三五正縱橫。草蟲鳴何悲，孤雁獨南翔。鬱鬱多悲思，綿綿思故鄉。願飛安得翼，欲濟河無梁。向風長嘆息，斷絕我中腸。（魏文帝曹丕雜詩二首之一）

名都篇❶

魏　曹植❷

名都多妖女❸，京洛❹出少年。寶劍直千金，被服麗且鮮。鬥雞東郊道，走馬長楸❺間。馳騁未及半，雙兔過我前。攬弓捷鳴鏑❻，長驅上南山。左挽因右發，一縱兩禽連。餘巧未及展，仰手接飛鳶❼。觀者咸稱善，眾工歸我妍❽。歸來宴平樂⑨，美酒斗⑩十千。膾鯉臇胎蝦⑪，寒鱉炙熊蹯⑫。鳴儔嘯匹侶⑬，列坐竟長筵。連翩擊鞠壤⑭，巧捷惟萬端。白日西南馳，光景不可攀⑮。雲散還城邑，清晨復來還。

注釋

❶名都篇　名都篇是曹植自制的新題樂府，以首句為題目，屬雜曲歌辭。名都意為著名的都城，指趙國邯鄲、齊國臨淄等都城。

❷曹植　字子建。三國譙（今安徽亳縣）人。生於漢獻帝初平三年（西元一九二年），卒於魏明帝太和六年（西元二三二年）。曹操的第三子。少穎悟，有文才，深得曹操寵愛，有意立為太子。曹丕登位後，百般猜忌迫害。今存詩八十餘首，為五言之宗師。

❸妖女　豔麗的女子，指樂伎而言。

❹京洛　京城洛陽。

❺長楸　高大的楸樹。楸，樹木名，常為行道樹。

❻鳴鏑　響箭。鏑，箭頭。

❼鳶　鷹類猛禽，用以打獵。

❽眾工歸我妍　許多善射的伙伴，都讚美我的技巧精湛。妍，美。此指技巧精湛。

❾平樂　平樂觀，漢明帝所造，在洛陽西門外，是華麗的宮殿。

❿斗　酒的容器。

⓫膾鯉臇胎蝦　細切的鯉魚和胎蝦作的肉羹。胎蝦，有卵的蝦子。

⓬寒鱉炙熊蹯　醬漬的甲魚和燒烤的熊掌。

⓭鳴儔嘯匹侶　指呼喚朋友入座。

⓮連翩擊鞠壤　踢毛球和擊壤的動作非常優美。連翩，指遊戲的動作非常優美。鞠，踢毛球。壤，擊壤。古人酒後常作的餘興活動。

⓯光景不可攀　時光無法留住。

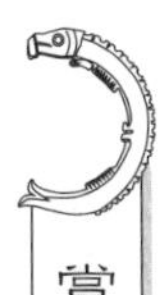

賞析

曹植的詩歌，分為前後二期，前期是指曹操未死之前的作品，曹植深受父親曹操賞識，生活安富尊榮，年少得志，故風格輕快活潑，內容多敘遊宴。後期是指曹丕篡漢之後的作品，曹植備受壓抑，詩風轉為悲涼沉痛。〈名都篇〉是曹植前期作品的代表，描繪京洛少年奢華的生活，其實也是曹植自己生活的寫照。

首二句以名都妖女、京洛少年開場，接著刻畫少年的裝飾，由「寶」、「千金」、「麗」、「鮮」等字眼，可知其身分地位不凡。自「鬥雞東郊道」以下十二句，詩人將鏡頭轉向戶外活動，描寫鬥雞、騎馬、獵兔、射飛禽，並透過直接的描繪及「觀眾」的評價，顯現少年的技藝高超。「歸來宴平樂」以下八句，進一步以工麗之筆寫酒宴的壯盛與食材的珍稀，筵席結束後，尚有蹴鞠、擊壤等遊樂活動。最末四句指出，白日西斜，光陰易逝，一天的玩耍終須散場了，但少年之間相互約期「清晨復來還」，這除了是字面上所指明晨繼續今日的遊玩，其實也暗示今日的遊玩帶給他們極大的歡樂！

從詩人描寫的眾多活動，不難發現當中貫穿一種輕快的速度感，先是鬥雞，隨即走馬，又臨時加入獵兔、彎弓射飛禽，並以多達八句的篇幅描寫宴會的盛況，林林總總，予人熱鬧非凡，目不暇給的感受。

延伸閱讀

公子敬愛客，終宴不知疲。清夜遊西園，飛蓋相追隨。明月澄清影，列宿正參差。秋蘭被長坂，朱華冒綠池。潛魚躍清波，好鳥鳴高枝。神飆接丹轂，輕輦隨風移。飄颻放志意，千秋長若斯。（魏曹植〈公宴〉）

遊目極妙伎，清聽厭宮商。主人寂無為，眾賓進樂方。長筵坐戲客，鬬雞閒觀房。群雄正翕赫，雙翹自飛揚。揮羽激清風，悍目發朱光。觜落輕毛散，嚴距往往傷。長鳴入青雲，扇翼獨翱翔。願蒙狸膏助，常得擅此場。（魏曹植〈鬬雞篇〉）

吁嗟篇❶

魏　曹植

吁嗟此轉蓬❷，居世何獨然。長去本根逝，宿夜無休閒。東西經七陌，南北越九阡。卒遇回風起❸，吹我入雲間。自謂❹終天路，忽然下沉泉❺。驚飆❻接我出，故歸彼中田。當南而更北，謂東而反西。宕宕❼當何依，忽亡而復存。飄颻周八澤❽，連翩歷五山❾。流轉無恆處，誰知吾苦艱。願為中林草，秋隨野火燔。糜滅❿豈不痛，願與根荄連。

注釋

❶吁嗟篇　吁嗟篇是曹植自制的新題樂府，以首句為題目，屬雜曲歌辭。

❷轉蓬　蓬草到秋天枯萎，遇風即到處飄轉，所以稱為轉蓬。

❸卒遇回風起　突然遭遇旋風吹起。卒，音ㄘㄨˋ。通「猝」。突然。回風，旋風。

❹自謂　自以為。

❺沉泉　深淵。唐人避高祖李淵諱，改「淵」為「泉」。

❻驚飆　暴風。

❼宕宕　猶「蕩蕩」。飄飄蕩蕩的樣子。

❽周八澤　經歷八大澤。淮南子說中國境內有八大澤。

❾連翩歷五山　連續飛翔，經過五座大山。五山，史記孝武本紀指華山、首山、太室、泰山、東萊。

❿糜滅　指被燒成灰燼。

賞析

建安二十五年（西元二二〇年）十月，曹丕篡漢自立。此後，曹植在名義上雖貴為侯王，實則備受打壓，不受重用，非有宣詔，不得入京。魏志本傳說：「十一年中而三徙都」，無異於放逐。吁嗟篇是曹植以「轉蓬」自喻，表達自己的飄泊之苦。

全詩凡二十四句，前二十句由各個面向，致力描寫飄轉不定的蓬草，詩中三次以「我」、「吾」代稱轉蓬，顯示曹植是運用擬人的手法，引轉蓬以自喻。風吹轉蓬，倏忽辭離本根，四處飄蕩。「宿夜無休閒」一句，顯示其辛苦奔波，可能是暗指曹植封地的屢次遷改。「卒遇回風起」以下四句，可能是暗指黃初四年（西元二二三年）曹植首次應詔進京，但隨即外放。最後四句以轉蓬的口吻，抒發願望：願為秋草，秋草雖有野火焚燒之痛，但始終皆與本根緊密相連。

透過此詩，不難覺察曹植期待回歸京城，進而與兄弟和睦相處、一展鴻才。只是多年以來，這項看似平常的心願，終成泡影，不得不將滿腔的哀苦，隱於字裡行間。全詩運用「比」的技巧，以轉蓬自喻，對轉蓬形象化的描述，就是曹植飄飖際遇的含蓄表現。

延伸閱讀

煮豆燃豆萁，豆在釜中泣。本是同根生，相煎何太急。（魏曹植七步詩）

浮萍寄清水，隨風東西流。結髮辭嚴親，來為君子仇。恪勤在朝夕，無端獲罪尤。在昔蒙恩惠，和樂如琴瑟。何意今摧頹，曠若商與參。茱萸自有芳，不若桂與蘭。新人雖可愛，無若故所歡。行雲有返期，君恩儻中還。慊慊仰天嘆，愁心將何愬？日月不常處，人生忽若寓。悲風來入懷，淚下如垂露。發篋造新衣，裁縫紈與素。（魏曹植浮萍篇）

七哀詩❶三首之一

漢　王粲❷

西京❸亂無象，豺虎方遘患❹。復棄中國❺去，委身適荊蠻❻。親戚對我悲，朋友相追攀。出門無所見，白骨蔽平原。路有飢婦人，抱子棄草間。顧聞號泣聲，揮涕獨不還。「未知身死處，何能兩相完。」驅馬棄之去，不忍聽此言。南登霸陵岸❼，回首望長安。悟彼下泉人❽，喟然❾傷心肝。

注釋

❶七哀詩　七哀詩是東漢末年產生的新題樂府。昭明文選注：「七哀，謂痛而哀，義而哀，感而哀，怨而哀，耳目聞見而哀，口歎而哀也，鼻酸而哀也。」

❷王粲　字仲宣，漢末山陽高平（今山東金鄉）人。生於漢靈帝熹平六年（西元一七七年），卒於漢獻帝建安二十二年（西元二一七年）。出身豪門，貌醜而才高，是建安七子的冠冕。

❸西京　指長安。

❹豺虎方遘患　指董卓的部將李傕、郭汜等人在長安作亂。遘，同「構」。造。

❺中國　指中原地區。

❻委身適荊蠻　託身到荊州。委身，託身；寄身。適，往；到。荊蠻，指荊州。荊州為楚地，周人稱楚人為南蠻。

❼霸陵岸　漢文帝陵墓所在地，今陝西長安東。岸，指高地。

❽悟彼下泉人　想念黃泉的人。悟，體悟；想念。下泉人，暗指漢文帝。詩經曹風有下泉，內容是思念明王賢君。

❾喟然　嘆息的樣子。

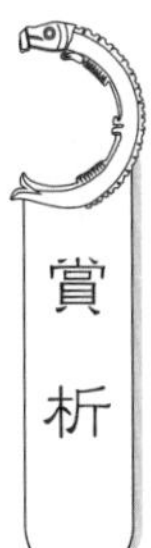

賞析

漢獻帝初平三年（西元一九二年），董卓的部將李傕、郭汜等人，為了爭權奪利，交兵於長安城中，戰雲密布，民不聊生，王粲由長安往依荊州刺史劉表，寫下這首七哀詩，描述逃難時所見的景象。王粲時年十五歲。

全詩呈現的是一幅怵目驚心的難民圖。前六句交代王粲離京的緣由、目的地和親友的送別。「出門無所見」以下十句是全詩的重心，具體描述離亂不堪的景象，在橫屍遍野的背景中，最令王粲不忍的是飢婦狠心棄子、割捨天倫的事件。婦人「顧聞號泣聲，揮涕獨不還」的行為，以及「未知身死處，何能兩相完」的自白，寥寥二十字，沉痛地揭露婦人內心的掙扎與矛盾。最後，王粲行經長安東郊的霸陵，霸陵為漢文帝陵墓所在，文帝是開創西漢「文景之治」的賢君，與當下「亂無象」的長安，形成強烈對比，又想起詩經下泉敘述人民不堪暴政而思慕明君，心有戚戚焉。

藉文學作品反映戰爭的殘酷，代代有之，王粲的七哀詩被歷代文人許為箇中傑作，除了情景俱真之外，另一項重要原因，在於取材十分真切，詩中對「飢婦棄子」作了特寫，讓千百年後的今日，仍可如實地感受到飢婦的心情波動，以及東漢末年天下大亂的時代悲劇。

延伸閱讀

荊蠻非我鄉，何為久滯淫？方舟泝大江，日暮愁我心。山岡有餘映，岩阿增重陰。狐狸馳赴穴，飛鳥翔故林。流波激清響，猴猿臨岸吟。迅風拂裳袂，白露沾衣襟。獨夜不能寐，攝衣起撫琴。絲桐感人情，為我發悲音。羈旅無終極，憂思壯難任。（漢王粲七哀詩三首之二）

邊城使心悲，昔吾親更之。冰雪截肌膚，風飄無止期。百里不見人，草木誰當遲。登城望亭燧，翩翩飛戍旗。行者不顧反，出門與家辭。子弟多俘虜，哭泣無已時。天下盡樂土，何為久留茲。蓼蟲不知辛，去來勿與諮。（漢王粲七哀詩三首之三）

駕出北郭門，馬樊不肯馳。下車步踟躕，仰折枯楊枝。顧聞丘林中，噭噭有悲啼。借問啼者出，何為乃如斯。「親母舍我殁，後母憎孤兒。饑寒無衣食，舉動鞭捶施。骨消肌肉盡，體若枯樹皮。藏我空室中，父還不能知。上冢察故處，存亡永別離。親母何可見，淚下聲正嘶。棄我於此間，窮厄豈有貲。傳告後代人，以此為明規。」（漢阮瑀駕出北郭門行）

詠懷❶

魏　阮籍❷

夜中不能寐，起坐彈鳴琴。薄帷鑒明月❸，清風吹我襟。孤鴻號外野，翔鳥鳴北林。徘徊將何見，憂思獨傷心。（八十二首之一）

昔年十四五，志尚好詩書。被褐懷珠玉❹，顏閔相與期❺。開軒臨四野，登高望所思。丘墓蔽山岡，萬代同一時。千秋萬歲後，榮名安所之❻？乃悟羨門子❼，噭噭❽今自嗤。（八十二首之十五）

注釋

❶詠懷　主要抒發亂世中的個人感懷。由於魏、晉易代之際，政治黑暗殘酷，因此詩中多用象徵、隱晦的手法創作，造成後人研讀的困難。鍾嶸詩品評論說：「厥旨淵放，歸趣難求」。

❷阮籍　字嗣宗，陳留尉氏（在今河南）人，其父阮瑀為「建安七子」之一。生於漢獻帝建安十五年（西元二一〇年），卒於魏元帝景元四年（西元二六三年）。籍好老莊，志氣宏放，為「竹林七賢」之一。著有詠懷八十二首，非一時一地之作。

❸薄帷鑒明月　明月照著薄薄的帳幔。鑒，照著。

❹被褐懷珠玉　比喻貧窮而有才德。褐，粗布衣服。珠玉，比喻好的才德。

❺顏閔相與期　期待和顏淵、閔子騫一樣。顏淵、閔子騫為孔子的弟子，以德行著稱。

❻榮名安所之　榮耀的名聲到哪裡去。安，何。之，到；往。

❼羨門子　神仙名。

❽噭噭　音ㄐㄧㄠˋ　ㄐㄧㄠˋ。號泣的聲音。

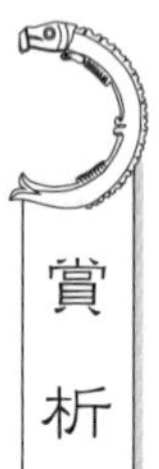

賞析

第一首可視為詠懷八十二首的總序，寫深夜不寐，滿懷愁思的孤獨之情。三、四句以明月、清風為伴，顯示阮籍感慨世無知音，有口不能明言，只能將心中幽思寄託明月清風。「孤鴻號外野，翔鳥鳴北林」二句，對偶工整，李善注認為：「孤鴻」喻賢臣處於廟堂之外，「翔鳥」喻權臣盤桓在朝廷之中。此即詩人「憂思」之因，但恐因直言而罹禍，所以雖然志在譏刺，而文多隱蔽，唯有清風明月可照鑒詩心。

第十五首是詩人自述思想由儒而道的轉變，然而細究詠懷詩可以發現，阮籍事實上長期以來都處於儒、道糾纏的矛盾之中。「昔年十四五，志尚好詩書」，頗有孔子「吾十五而志於學」的風範，晉書本傳載籍「本有濟世志，屬魏晉之際，天下多故，名士少有全者，籍由是不與世事，遂酣飲為常。」因此放棄「濟世」的志向，實為不得已的選擇。但現實環境的黑暗，使他不得不以道家曠達的精神自我安慰。當詩人開軒登高之際，心中所思，轉而興起「萬代同一時」的感嘆。羨門子是傳說中的仙人，詩人所欣羨的與其說是神仙之術，不如說是感慨羨門子能夠超脫世俗，而詩人卻負累於濁世的對比，領悟這點，詩人在號泣之餘，也只有他自己才能夠了解他內心的痛苦吧。

延伸閱讀

魏、晉是玄言詩盛行的時代，阮籍的詠懷詩，雖然寫得隱晦不明，但在當時卻具有別樹一幟的特殊意義。

昔聞東陵瓜，近在青門外。連畛距阡陌，子母相鉤帶。五色曜朝日，嘉賓四面會。膏火自煎熬，多財為患害。布衣可終身，寵祿豈足賴。（魏阮籍詠懷八十二首之六）

獨坐空堂上，誰可與歡者。出門臨永路，不見行車馬。登高望九州，悠悠分曠野。孤鳥西北飛，離獸東南下。日暮思親友，晤言用自寫。（魏阮籍詠懷八十二首之十七）

林中有奇鳥，自言是鳳凰。清朝飲醴泉，日夕棲山岡。高鳴徹九州，延頸望八荒。適逢商風起，羽翼自摧藏。一去崑崙西，何時復迴翔。但恨處非位，愴恨使心傷。（魏阮籍詠懷八十二首之七十九）

贈秀才入軍❶

魏　嵇康❷

良馬既閑❸，麗服有暉。左攬繁弱❹，右接忘歸❺。風馳電逝，躡景追飛❻。凌

厲中原，顧盼生姿。（十九首之九）

息徒蘭圃❼，秣馬華山。流磻平皋，垂綸長川❽。目送歸鴻，手揮五絃❾。俯仰自得，游心太玄❿。嘉彼釣叟，得魚忘筌⓫。郢人逝矣⓬，誰與盡言。（十九首之十四）

注釋

❶贈秀才入軍　共十九首，四言十八首，五言一首，乃嵇康為其兄嵇喜參軍入伍而作，此時嵇康大約三十歲左右。十八首詩亦非一時之作。嵇喜，字公穆，曹魏時曾被薦舉為秀才，入晉，曾任徐州、揚州刺史，後官至太僕、宗正卿。嵇康本人雖不仕於司馬氏，但與其從兄嵇喜的感情卻相當深厚。

❷嵇康　字叔夜，魏譙郡銍縣（今安徽宿縣）人，為曹魏宗室的女婿。生於魏文帝黃初五年（西元二二四年），卒於魏元帝景元四年（西元二六三年）。曾任郎中、中散大夫，世稱嵇中散。魏晉易代之際，嵇康不滿司馬氏圖謀曹魏政權，後因呂安事被鍾會構陷，為司馬昭所殺。

❸良馬既閑　騎著訓練有素的好馬。閑，熟習。

❹繁弱　古代良弓名。

❺忘歸　古代箭矢名。

❻躡景追飛　速度很快，可以追上日影和飛鳥。

❼息徒蘭圃　軍隊在蘭圃休息。徒，指士卒。

❽流磻平皋二句　在平原草澤射飛鳥，在長河邊垂釣。流磻，用生絲線繫在箭尾射飛鳥叫弋，絲線另一端繫石塊叫磻。平皋，平原草澤。

❾五絃　樂器名，似琵琶而略小。

❿太玄　指天地自然的大道。

⓫得魚忘筌　比喻求得事物的本質，而不在乎它的形跡。見莊子外物。

⓬郢人逝矣　郢人已經死了。郢，楚國的都城。逝，死亡。此用莊子徐无鬼「運斤成風」的典故。

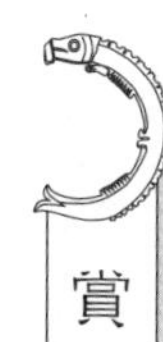

賞析

贈秀才入軍第九首，敘寫兄長行軍的景況。首先以「良馬」、「麗服」描寫兄長戎裝出行。再以「左攬繁弱」、「右接忘歸」描寫軍旅的裝備。「風馳」兩句，寫士卒行軍的速度。「凌厲」兩句，則寫兄長御馬縱橫原野，左右顧盼的雄姿。整首詩無論在押韻和對仗上，都相當考究，韻腳密集，凸顯行軍的疾速，對襯的詩句，則營造出軍人的英姿勃發。

贈秀才入軍第十四首，依詩意可分為兩段，前半段描寫軍旅生活，後半段則情感一轉，道出詩人與兄長分別後的思念之情。相較於第九首中所描寫的行軍經歷，第十四首詩中描寫的是停在蘭圃、華山休息的士卒與馬匹。但詩中畫面並不是完全靜止的，士卒在平皋上射飛鳥，在長河邊垂釣，同樣是描寫畋獵的詩句，卻有不同的情致。

「目送歸鴻」以下四句，則漸轉入玄思，展現清新灑脫的風格。最後四句雖可視為玄言套語，但放在詩末，卻別有深意。兄長與我，皆遊心於太玄大道之中，故在詩人的領會裡，嵇喜既是兄長，亦是能體會大道的知音。「郢人逝矣，誰與盡言」二句，更以莊子徐无鬼中，匠石失其郢友的典故，表達嵇喜入軍之後，兄弟兩人分離兩地，知音難再尋得，無人可與盡言的感嘆。

嵇康的四言詩，上承曹操，下啟陶潛，既有建安風骨之遺韻，亦有個人的開創。是正始文學中，相當重要的代表性作品。

延伸閱讀

鴛鴦於飛，嘯侶命儔。朝遊高原，夕宿中洲。交頸振翼，容與清流。咀嚼蘭蕙，俛仰優遊。（魏嵇康贈秀才入軍十九首之二）

攜我好仇，載我輕車。南凌長阜，北厲清渠。仰落驚鴻，俯引淵魚。盤于遊田，其樂只且。（魏嵇康贈秀才入軍十九首之十）

琴詩自樂，遠遊可珍。含道獨往，棄智遺身。寂乎無累，何求於人。長寄靈嶽，怡志養神。（魏嵇康贈秀才入軍十九首之十七）

悼亡詩❶三首之一

晉　潘岳❷

荏苒❸冬春謝，寒暑忽流易❹。之子❺歸窮泉，重壤永幽隔。私懷誰克從？淹留❻

亦何益。僶勉❼恭朝命，迴心反初役❽。望廬思其人，入室想所歷。幃屏無髣髴❾，翰墨有餘跡。流芳❿未及歇，遺挂⓫猶在壁，悵怳⓬如或存，周遑忡驚惕⓭。如彼翰林鳥，雙栖一朝隻。如彼遊川魚，比目中路析。春風緣隙來，晨霤⓮承簷滴，寢息何時忘？沉憂日盈積。庶幾有時衰，莊缶猶可擊⓯。

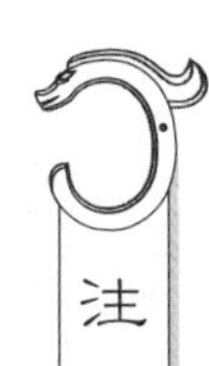

注釋

❶悼亡詩　潘岳的妻子楊氏在元康八年（西元二九八年）初冬去世，次年春季下葬。依禮制，妻亡，夫服喪一年，做官者服滿歸任。悼亡詩共三首，為其妻亡逝期年所作，此為第一首。

❷潘岳　字安仁，西晉滎陽（今河南中牟）人。生於魏廢帝正始五年（西元二四四年），卒於晉惠帝永康元年（西元三〇〇年）。晉武帝、惠帝時曾出仕為官，後為趙王倫、孫秀所害。潘岳善詩賦，文辭華靡，與陸機齊名，世稱「潘陸」。潘岳尤善為哀誄之文。

❸荏苒　形容光陰逐漸消逝。

❹流易　消逝變換。

❺之子　伊人；那人。指潘岳的亡妻。

❻淹留　滯留於家中。

❼僶勉　勉力；勉強。

❽反初役　返回擔任原來的官職。

❾髣髴　相似。指相似的形影。
❿流芳　指遺留下來的墨跡。
⓫遺挂　指遺留下來的影像。
⓬悵怳　神志恍惚。怳，音ㄏㄨㄤˇ。
⓭周遑忡驚惕　指心情轉而惶恐不安。遑、忡、驚、惕，為同義複詞。
⓮晨霤　早晨從屋簷流下的水。霤，音ㄌㄧㄡˋ。
⓯莊缶猶可擊　莊子至樂記載，莊子妻死，惠子弔之，莊子鼓盆而歌。缶，瓦盆。古代的打擊樂器。

賞析

本詩是一首五言古詩，共二十六句，詩中情感深切，哀痛可見。悼亡詩三首影響後世悼亡詩歌相當深遠，是潘岳詩中的經典作品。

本詩前八句寫詩人為妻子服喪期年，即將離家赴任的心情。首兩句以「冬春」、「寒暑」的交替寫時間的消逝。服喪一年期間，詩人與妻子「重壤永幽隔」的現實，在服喪期滿後，再度躍然目前，基於喪禮的規定，不能繼續服喪，但詩人哀慟之情，顯然仍未獲得平復。五到八句，敘述詩人必須按照朝廷的命令，返任公職，以自問自答的方式，勸解自己「淹留無益」，不如回歸過去正常的生活步調。然而情感上的傷痛依舊如新，居第之中、閨房之內，幃幕、屏風之間，處處可見妻子過去生活的痕跡，諸如：「翰墨」、「遺挂」等，在在使人睹物思人，儘管伊人芳魂已邈，但身影卻又「悵怳如或存」，使詩人在恍惚間以為她仍然在世，心緒因而又再不安。

接下來更以「翰林鳥」、「比目魚」為喻，以今昔對比的方式，直接表露失偶的傷痛。此時春風自門隙吹來，清晨自屋簷滴下的水滴，再次提醒詩人時間的消逝，以及過去一年來隻身無眠，聽雨到天明的孤獨，而未來這樣的孤獨，恐將持續下去。一個人究竟能承受多少這樣的悲傷呢？或者該問，這樣的悲傷有無隨著時間撫平的一刻？因此詩人不禁希望，能像莊子面對妻子死亡時，仍能擊缶而歌，將死亡視為天經地義自然之事。這是故作曠達之詞，也是寬慰自身之詞，然而這樣的期望，卻更加襯托出詩人的傷悼之情。

張銑注文選曰：「安仁痛妻亡，故賦詩以自寬。」也許治療傷痛最好的方式，便是將傷痛鉅細靡遺地描述出來吧？也因此，在悼亡詩中，可以使人體會到潘岳對於亡妻的深情與思念。

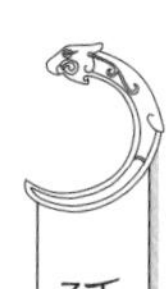

延伸閱讀

皎皎窗中月，照我室南端。清商應秋至，溽暑隨節闌。凜凜涼風升，始覺夏衾單。豈曰無重纊，誰與同歲寒。歲寒無與同，朗月何朧朧。展轉眄枕席，長簟竟床空。床空委清塵，室虛來悲風。獨無李氏靈，髣髴睹爾容。撫衿長歎息，不覺涕霑胸。霑胸安能已，悲懷從中起。寢興目存形，遺音猶在耳。上慚東門吳，下愧蒙莊子。賦詩欲言志，此志難具紀。命也可奈何，長戚自令鄙。（晉潘岳悼亡詩三首之二）

曜靈運天機，四節代遷逝。淒淒朝露凝，烈烈夕風厲。奈何悼淑儷，儀容永潛翳。念此如昨日，誰知已卒歲。改服從朝政，哀心寄私制。茵幬張故房，朔望臨爾祭。爾祭詎幾時，朔望忽復盡。衾裳一毀撤，千載不復引。亹亹期月周，戚戚彌相慼。悲懷感物來，泣涕應情隕。駕言陟東阜，望墳思紆軫。徘徊墟墓間，欲去復不忍。徘徊不忍去，徙倚步踟躕。落葉委埏側，枯荄帶墳隅。孤魂獨煢煢，安知靈與無。

投心遵朝命，揮涕強就車。誰謂帝宮遠，路極悲有餘。（晉潘岳悼亡詩三首之三）

詠史❶八首之一

晉 左思❷

弱冠弄柔翰❸，卓犖❹觀群書。著論準過秦❺，作賦擬子虛❻。邊城苦鳴鏑❼，羽檄❽飛京都。雖非甲冑士，疇昔覽穰苴❾。長嘯激清風，志若無東吳❿。鉛刀⓫貴一割。夢想騁良圖。左眄澄江湘，右盼定羌胡。功成不受爵，長揖歸田廬。

注釋

❶詠史　左思詠史共八首，此為第一首，可視為八首詠史的總序。本詩寫作時間約在太康元年（西元二八〇年）西晉滅東吳之前。詩意在於自抒懷抱，表明立功報國的心志與功成身退的情操。

❷左思　字太沖，臨淄（今山東淄博）人。約生於魏廢帝嘉平五年（西元二五三年），約卒於晉惠帝永興二年（西元三〇五年）。出身於儒學世家，家世寒微，晉書記載，相貌醜陋、口不善言詞，但辭藻壯麗。

❸弱冠弄柔翰　二十歲時，就會寫作好文章。弱冠，古代男子二十歲行冠禮，體猶未壯，故稱為弱冠。柔翰，毛筆。

❹卓犖　卓越。

❺過秦　指西漢賈誼的過秦論。

❻子虛　指西漢司馬相如的子虛賦。

❼鳴鏑　響箭，古代用以傳送戰鬥信號。鏑，箭頭。

❽羽檄　緊急的軍中文書，傳送時，插有鳥羽，稱為羽檄。檄，軍中文書。
❾穰苴　指司馬穰苴兵法。司馬穰苴為春秋時代齊國的兵學家，有兵法傳世。
❿無東吳　沒有將東吳放在眼中。
⓫鉛刀　鉛質的鈍刀。謙虛的比喻自己。

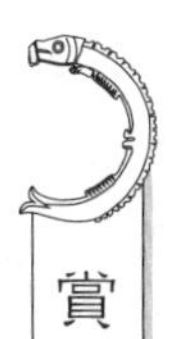

賞析

歷來以「詠史」為詩題者甚多，但多是單純歌詠史事，不涉個人詠懷。至西晉左思詠史一出，才開展「詠史」詩的新格局，將「詠史」與「詠懷」結合，藉史事自抒懷抱，因此題為「詠史」，實為「詠懷」，對後代詩歌產生深遠的影響。

全詩依詩意可分兩層，前八句充滿少年意氣飛揚的自許，表明自己具有非凡的才略。「弱冠」四句寫文才，以賈誼、司馬相如為典範。「邊城」四句寫武略，先陳言邊城的形勢，再言自己精通韜略。這八句可說是自薦之語。

後八句抒寫詩人的報國壯志，「長嘯」二句點出寫作年代在西晉滅吳之前，並表達詩人對晉朝的擁護。最後「功成不受爵，長揖歸田廬」二句，傳達傳統中國文士的性格與願望。

延伸閱讀

濟濟京城內，赫赫王侯居。冠蓋蔭四術，朱輪竟長衢。朝集金張館，暮宿許史廬。南鄰擊鐘磬，北里吹笙竽。寂寂揚子宅，門無卿相輿。寥寥空宇中，所講在玄虛。言論準宣尼，辭賦擬相如。悠悠百世後，英名擅八區。（晉左思詠史八首之四）

皓天舒白日，靈景耀神州。列宅紫宮裡，飛宇若雲浮。峨峨高門內，藹藹皆王侯。自非攀龍客，何為欻來游。被褐出閶闔，高步追許由。振衣千仞岡，濯足萬里流。（晉左思詠史八首之五）

荊軻飲燕市，酒酣氣益震。哀歌和漸離，謂若傍無人。雖無壯士節，與世亦殊倫。高眄邈四海，豪右何足陳。貴者雖自貴，視之若埃塵。賤者雖自賤，重之若千鈞。（晉左思詠史八首之六）

扶風歌❶

晉　劉琨❷

朝發廣莫門❸，暮宿丹水山❹。左手彎繁弱❺，右手揮龍淵❻。顧瞻望宮闕，俯仰御飛軒❼。據鞍長歎息，淚下如流泉。繫馬長松下，發鞍高岳頭。烈烈悲風起❽，泠泠澗水流。揮手長相謝，哽咽不能言。浮雲為我結，歸鳥為我旋。去家日已遠，安知存與亡。慷慨窮林中，抱膝獨摧藏❾。麋鹿遊我前，猿猴戲我側。資糧既乏盡，薇蕨安可食。攬轡❿命徒侶，吟嘯絕巖中。君子道微矣，夫子故有窮。惟昔李騫期⓫，寄在匈奴庭。忠信反獲罪，漢武不見明。我欲竟此曲，此曲悲且長。棄置勿重陳，重陳令心傷。

注釋

❶扶風歌　晉惠帝永嘉元年（西元三〇七年），劉琨由洛陽赴任并州（在今山西）刺史，途中歷經風霜跋涉之苦，因作此詩。據晉書劉琨傳記載，當時「道嶮山峻，胡寇塞路」，再加上并州飢荒，是以劉琨沿途所見，盡是百姓流離四散，鬻賣妻子，白骨橫野的慘狀。時年三十七歲。

❷劉琨　字越石，西晉中山魏昌（今河北無極）人。生於晉武帝泰始六年（西元二七〇年），卒於晉元帝建武元年（西元三一七年）。曾與祖逖同為司州主簿，同被共寢，聞雞起舞，傳為佳話。愍帝時拜為大將軍，都督并、冀、幽三州軍事，與劉聰、石勒多次戰鬥，兵敗，為幽州刺史段匹磾所殺。所作詩歌，充滿愛國精神，有故宮禾黍之感。

❸廣莫門　晉朝首都洛陽城北門。

❹丹水山　即丹朱嶺，丹水發源地，今山西高平北。

❺繁弱　古代良弓名。

❻龍淵　古代寶劍名。

❼御飛軒　駕御飛快的馬車。

❽烈烈悲風起　吹起猛烈而淒涼的北風。

❾摧藏　即悽愴。

❿攬轡　挽住馬的轡繩。

⓫李騫期　指漢代李陵征伐匈奴，耽誤行程。騫期，即「愆期」。

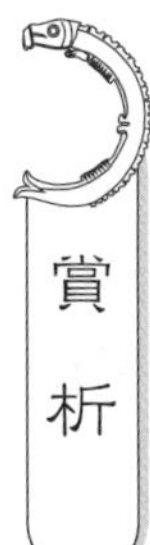

賞析

全詩共三十六句，四句一章，每句五字，隔句押韻，句式整齊，結構完整，是一首感亂抒懷之作。前四句以兩組對偶開出恢弘氣勢。「朝發廣莫門，暮宿丹水山」，帶出時間與空間上的移轉，有民歌風味。在壯闊河山的襯托下，詩人「左手彎繁弱，右手揮龍淵」，帶出他的英雄氣勢。下四句情感隨即一轉，回顧宮廷與家園，不禁嘆息淚下。「烈烈悲風」、「泠泠澗水」，以景寓情，在此，使詩人嘆息回顧的原因並無法阻止他繼續前行，只好「揮手長相謝，哽咽不能言」。「浮雲」與「歸鳥」則點明了使詩人心中傷悲的原因，此時不僅只是用外在的景物來烘托內心的情感，而儼然是物我合一了，「浮雲」是在外遊人的象徵，「歸鳥」亦是詩人自喻，兩句帶出「去家日已遠，安知亡與存」的感嘆。此時詩人內心孤單悲涼的心情到達了最高點，「慷慨」的英雄豪情，至此也只能獨自「摧藏」。而途中所聞所見，更令詩人感嘆。「麋鹿」、「猿猴」輕盈不受人間世拘束的「遊」、「戲」，與詩人「資糧乏盡」而嘆問「薇蕨安可食」的窘境，形成鮮明的對比。昔日伯夷、叔齊絕食首陽，其道已微矣，詩人因生感慨，以孔子困於陳時所生「君子固窮，小人窮斯濫矣」的慨嘆來安慰自己，然而他所面臨的現實是「漢主不明」的尷尬。西晉時期，整個時代的動盪不安，人臣動輒得咎，事功難全的處境，才是造成人民流離失所、物資匱乏、乃至個人心靈無所依從、無所寄託的主要原因。最後四句，詩人借用樂府詩常用的技巧，以「我欲竟此曲」結束全詩，留下感人的遺音。

延伸閱讀

厄運初遘，陽爻在六，乾象棟傾，坤儀舟覆。橫厲糾紛，群妖競逐，火燎神州，洪流華域。彼黍離離，彼稷育育，哀我皇晉，痛心在目。（晉劉琨答盧諶八首之一）

握中有玄璧，本自荊山璆。惟彼太公望，昔在渭濱叟。鄧生何感激，千里來相求。白登幸曲逆，鴻門賴留侯。重耳任五賢，小白相射鉤。苟能隆二伯，安問黨與讎。中夜撫枕歎，相與數子遊。吾衰久矣夫，何其不夢周。雖云聖達節，知命故不憂。宣尼悲獲麟，西狩涕孔丘。功業未及見，夕陽乎西流。時哉不我與，去乎若雲浮。朱實隕勁風，繁英落素秋。狹路傾華蓋，駭駟摧雙輈。何意百鍊鋼，化為繞指柔。

（晉劉琨重答盧諶）

游仙詩❶十四首之一　晉　郭璞❷

京華游俠窟❸，山林隱遯棲❹。朱門❺何足榮，未若託蓬萊❻。臨源挹清波❼，
陵岡掇丹荑❽。靈谿可潛盤❾，安事登雲梯❿。漆園有傲吏⓫，萊氏有逸妻⓬。
進則保龍見⓭，退為觸藩羝⓮。高蹈風塵⓯外，長揖謝夷齊⓰。

❶游仙詩　游仙詩的產生，與道家生命哲學有關，楚辭遠遊已呈現游仙內容。東漢末年以來，道教形成之後，更為游仙詩提供了有利的書寫條件，游仙詩的內容，往往與道教的求仙思想相連結。郭璞的游仙詩十四首，以憤世和求仙為寫作基調，除反映自己憤世嫉俗的思想，亦富於道教服食求仙的色彩。

❷郭璞　字景純，晉河東聞喜（今山西聞喜）人。生於晉武帝咸寧二年（西元二七六年），卒於晉明帝太寧二年（西元三二四年）。博學多才，又善陰陽曆算及卜筮之術。曾任尚書郎、參筆等職，後為王敦所殺。郭璞善屬文，工詩賦，游仙詩為其代表作。

❸京華游俠窟　繁華的京城是遊俠活動的地方。
❹山林隱遯棲　山林是隱士棲身的地方。
❺朱門　指豪門貴宅。
❻託蓬萊　託身海上的仙山。蓬萊，傳說中的海上仙山。
❼挹清波　斟飲清水。挹，用器物取水。
❽掇丹荑　採摘赤芝草。荑，初生的草通稱為荑。
❾靈谿可潛盤　靈谿可以隱居盤桓。靈谿，地名，在荊州大城西。
❿安事登雲梯　何用升天求仙。安，何。雲梯，傳說升天因雲而上，稱為雲梯。
⓫漆園有傲吏　指莊子。莊子嘗為楚國漆園吏。
⓬萊氏有逸妻　指老萊子的妻子。列女傳記載，老萊子隨妻隱居。
⓭進則保龍見　指隱居求仙則大吉大利。保，保證。龍見，易經乾卦九二：「見龍在田，利見大人。」
⓮退為觸藩羝　指入俗則處境困窘。易經大壯上六：「羝羊觸藩，不能退。」藩，籬笆。羝，壯羊。
⓯風塵　塵世；人間。
⓰夷齊　伯夷、叔齊，古代的隱士。見史記伯夷列傳。

賞析

西晉經過太康、元康短暫的繁榮、安定之後，社會、政經因八王之亂而分崩離析，至懷帝永嘉之後，更因北方遊牧民族入侵，迫使政權南渡偏安。在離亂的歷史境遇下，郭璞寫作游仙詩來抒發憤世之情。

本詩的旨意，在於傳達：仕宦求榮，不如高蹈謝世的處世態度，反映道家的避世思想。詩意可分為兩層，一是對「世俗」榮華富貴之鄙視，詩中「朱門」隱喻名利富貴，對於名利富貴之人生價值，詩人採取否定的態度；另一是對「蓬萊」仙鄉之嚮往，投射著詩人的精神歸向。現實世界的「朱門」和虛擬的「蓬萊」仙境，形成「虛/實」之映襯，現實的人生景象是詩人所要拋棄的，而虛幻的仙境，則是追求的理想。「進則保龍見」和「退為觸藩羝」，是兩種不同的人生道路，意即進入山林隱遁則「見龍在田」，退處世俗則如羊隻困於圍籬一般，進退不得。詩人一開始即說京城是遊俠聚居的地方，山林是隱士的棲身之所，面對混亂的世局，詩人以歷史人物漆園吏（莊子）、萊氏逸妻（老萊子之妻）、伯夷、叔齊等人作為偶像，表達願意「高蹈風塵外」的心志。

本詩產生於西晉永嘉亂後，反映當時知識分子求安、隱遁、避世的思想，雖不符合儒家的經世理念，但卻表達遭逢亂世，文士為了明哲保身，而發展出來的創作模式。

延伸閱讀

青谿千餘仞，中有一道士。雲生梁棟間，風出窗戶裡。借問此何誰，云是鬼谷子。翹跡企潁陽，臨河思洗耳。閶闔西南來，潛波渙鱗起。靈妃顧我笑，粲然啟玉齒。蹇修時不存，要之將誰使。（晉郭璞游仙詩十四首之二）

暘谷吐靈曜，扶桑森千丈。朱霞升東山，朝日何晃朗。迴風流曲欞，幽室發逸響。悠然心永懷，眇爾自遐想。仰思舉雲翼，延首矯玉掌。嘯傲遺世羅，縱情在獨往。明道雖若昧，其中有妙象。希賢宜勵德，羨魚當結網。（晉郭璞游仙詩十四首之八）

歸園田居❶五首之一

晉 陶淵明❷

少無適俗韻❸，性本愛丘山。誤落塵網❹中，一去十三年❺。羈鳥❻戀舊林，池魚❼思故淵。開荒南野際，守拙❽歸田園。方宅十餘畝，草屋八九間。榆柳蔭後簷，桃李羅堂前。曖曖❾遠人村，依依墟里煙❿。狗吠深巷中，雞鳴桑樹顛。戶庭無塵雜⓫，虛室有餘閒。久在樊籠⓬裡，復得返自然。

注釋

❶歸園田居　園田居是陶淵明的住宅，陶淵明辭去彭澤令的第二年寫作本組詩作，共五首，詩中傳達歸隱田園之後的愉悅心情，是陶詩的重要代表作品。

❷陶淵明　一名潛，一字元亮。潯陽柴桑（今江西九江）人。生於晉哀帝興寧三年（西元三六五年），卒於南朝宋文帝元嘉四年（西元四二七年），年六十三，朋友私諡為靖節，世稱靖節先生。淵明是晉朝名將陶侃的曾孫，祖父官至太守，父早卒，家道中落。淵明人格高尚，不慕榮利，二十九歲起，曾斷斷續續做過江州祭酒、鎮軍參軍、建威參軍等小官。四十一歲，又因「耕植不足以自給」，出任彭澤令，到職八十五日，說：「我不能為五斗米向鄉里小兒折腰」，辭官歸隱田園，此後二十餘年不再出仕。淵明的詩文，平淡自然，樸實清新。詩歌多寫田園生活，性情真摯，在駢儷文風盛行的時代，獨樹一格，被譽為田園詩人之祖、隱逸詩人之宗。人品和詩風對後代影響很大，是高風亮節的典範。著有靖節先生集，存詩一百二十餘首。

❸適俗韻　適應世俗的意願。

❹塵網　指塵世、仕途。

❺一去十三年　陶淵明於東晉孝武帝太元十八年（西元三九三年），年二十九，為江州祭酒，至東晉安帝義熙元年（西元四〇五年），年四十一，辭去彭澤令，前後恰為十三年。

❻羈鳥　被養在籠子裡的鳥兒。

❼池魚　被養在池中的魚兒。

❽守拙　固守愚拙的生活模式。陶淵明自謙之詞。

❾曖曖　模糊昏暗的樣子。

❿依依墟里煙　村落升起輕柔的炊煙。依依，輕柔的樣子。墟里，村落。

⓫塵雜　塵世雜務。

⓬樊籠　關獸鳥的圍籬和籠子。喻指塵世、仕途。

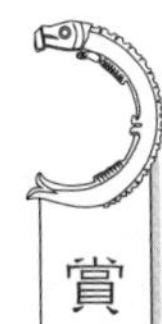

賞析

陶淵明是晉代的第一等詩人，但在當時並未受到全面肯定。他的詩歌表達出真切的性情與高潔的人格典範。在魏晉以前，文人較少將田園生活入詩，直到了陶淵明，以誠摯的心靈融入詩歌創作，將田園詩提升到盡善盡美的境地，後人將他視為田園詩人的宗師。又由於陶淵明的田園詩蘊含著隱逸思想，所以鍾嶸詩品稱其為「古今隱逸詩人之宗」。

本詩寫於陶淵明四十一歲之時，當時他剛剛辭去彭澤令，歸隱田園。詩的內容，表達出詩人擺脫塵世的苦悶，以及歸隱田園的喜悅，側面也反映魏晉政局的混亂，人民困頓的生活情境。陶淵明感覺「塵世」就像一張繫縛生命的羅網，入世的宦海生涯，讓他有「誤落塵網」的感嘆。羈鳥、池魚是陶淵明自身處境的比喻，而歸返「自然」即成為尋求身心解脫的最後歸趨。

詩中對鄉村的書寫，與其桃花源記所描繪的世外桃源，相為表裡。方宅、草屋、榆柳、桃李、遠人村、墟里煙、狗吠、雞鳴，一連串的景象描寫，形塑田園生活安逸的氣氛，「戶庭無塵雜，虛室有餘閒」就成為陶淵明理想生活的具體寫照，這與莊子的逍遙適性，相互呼應。

延伸閱讀

昔欲居南村，非為卜其宅。聞多素心人，樂與數晨夕。懷此頗有年，今日從茲役。弊廬何必廣？取足蔽床席。鄰曲時時來，抗言談在昔。奇文共欣賞，疑義相與析。（晉陶淵明移居二首之一）

春秋多佳日，登高賦新詩。過門更相呼，有酒斟酌之。農務各自歸，閑暇輒相思。相思則披衣，言笑無厭時。此理將不勝，無為忽去茲。衣食當須紀，力耕不吾欺。（晉陶淵明移居二首之二）

飲酒❶二十首之五

晉　陶淵明

結廬❷在人境，而無車馬喧。問君何能爾，心遠地自偏。採菊東籬下，悠然見南山。山氣日夕❸佳，飛鳥相與還。此中有真意❹，欲辨已忘言❺。

注釋

❶飲酒　飲酒詩共二十首，是陶淵明辭去彭澤令歸隱田園的作品，詩前有序文（見「延伸閱讀」），說明創作的緣由。詩歌雖以「飲酒」為題，但並非每一首都與酒有關，而是作者酒後藉酒為題，抒發情懷，寄寓感慨，是陶詩中的重要代表作品。詩中表現作者對現實生活和人生意義的深刻體會，具有樸實自然的藝術價值。本詩為第五首，描寫作者遠離塵俗，陶醉自然的趣味，歷來被譽為上品名篇。

❷結廬　建構房屋。此指居住。

❸日夕　黃昏；傍晚。

❹真意　淳樸的意趣。

❺忘言　指找不到適當的言語來表達。莊子外物：「言者所以在意，得意而忘言。」

賞析

本詩是飲酒詩二十首的第五首，描寫詩人隱居自得的趣味。文字樸實，意境深遠，充分表達陶詩的風格。

前四句描寫詩人「心遠」的處世態度。首二句是詩人的自述：「結廬在人境，而無車馬喧」，一般而言，只要居住在人間，就會有車馬的喧囂之聲，詩人所居，卻是相反，讓人感覺奇怪。接著詩人自問自答：「問君何能爾，心遠地自偏」，原來詩人所居之地，並不偏僻，由於「心遠」的緣故，所以才會「無車馬喧」，「心遠」成為全詩的軸心。詩人在歸去來辭說：「請息交以絕遊」，立意相同。

中間四句，詩人以具體的景象，印證「心遠」之後，萬物自得，心領神會的悠閒境界。「採菊東籬下，悠然見南山」，這是詩人結廬在人境的生活片段，採菊之時，心境與南山勝景相會，因為「無意」，所以意境深遠。

蘇東坡說：「因採菊而見南山，境與意會，此句最有妙處。近歲俗本皆作『望南山』，則此一篇神氣都索然矣。」（見題淵明飲酒詩後）「山氣日夕佳，飛鳥相與還」，映入眼中的山嵐和歸鳥，是大自然的景象，也是愜意的圖畫，更是詩人出仕、歸隱的寫照，詩人歸去來辭說：「雲無心以出岫，鳥倦飛而知還」，無心的雲、倦飛的鳥，蘊含豐富的意味。

最後二句，總結全詩，並且提出「真意」、「忘言」的哲學思維。「真意」是剎那間的感受，「忘言」是莊子的命題，外物說：「言者所以在意，得意而忘言」，詩中的結廬人境、菊花、南山、山氣、飛鳥等等，因「心遠」的緣故，「真意」已得，不必再以言語加以分辨，這也合乎詩人「好讀書，不求甚解，每有會意，便欣然忘食。」（見五柳先生傳）的自在性格。

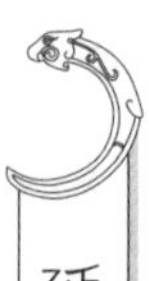

延伸閱讀

余閒居寡歡，兼秋夜已長，偶有名酒，無夕不飲。顧影獨盡，忽焉復醉。既醉之後，輒題數句自娛；紙墨遂多，辭無詮次。聊命故人書之，以為歡笑爾。（晉陶淵明飲酒詩序）

飢來驅我去，不知竟何之。行行至斯里，叩門拙言辭。主人解余意，遺贈豈虛來。談諧終日夕，觴至輒傾杯。情欣新知歡，言詠遂賦詩。感子漂母惠，愧我非韓才。銜戢知何謝，冥報以相貽。（晉陶淵明乞食）

白髮被兩鬢，肌膚不復實。雖有五男兒，總不好紙筆。阿舒已二八，懶惰固無匹。阿宣行志學，而不愛文術。雍端年十三，不識六與七。通子垂九齡，但覓梨與栗。天運苟如此，且進杯中物。（晉陶淵明責子）

石壁精舍還湖中作❶

晉　謝靈運❷

昏旦變氣候❸，山水含清暉❹。清暉能娛人❺，遊子憺忘歸❻。出谷日尚早，入舟陽已微❼。林壑斂暝色❽，雲霞收夕霏❾。芰荷迭映蔚❿，蒲稗相因依⓫。披拂⓬趨南徑，愉悅偃東扉⓭。慮澹物自輕⓮，意愜理無違⓯。寄言攝生客⓰，試用此道推。

注釋

❶石壁精舍還湖中作　石壁，山名，屬於東山，在今浙江上虞上浦附近。精舍，佛教寺院或供修道者靜修之處所。此指宋少帝景平元年左右，謝靈運在石壁山所建之招提精舍。招提是「拓提」的訛字，本是梵語，即「拓斗提奢」的簡稱，意指四方。謝靈運政途失意，轉而習佛，建招提精舍，以招待四方來往僧侶，並供自己靜修。湖，指巫湖。謝靈運遊名山志指出精舍位於巫湖南邊南山宅園裡。景平元年，謝靈運稱病辭退永嘉太守一職，歸返會稽始寧（今浙江上虞）的莊園。此一莊園分南山和北山二大宅園，中間隔著巫湖。兩地之間陸路不通，全靠巫湖往返。這首詩乃詩人抒寫從石壁精舍下山，渡湖之後，登上陸地回到居處，沿途所見景色。就內容來看，應當作於南朝宋文帝即位前後，約四十歲時。

❷謝靈運　陳郡陽夏（今河南太康）人。生於晉孝武帝太元十年（西元三八五年），卒於南朝宋文帝元嘉十年（西元四三三年）。五歲時，被送往錢塘杜明師處教養，小名客兒，世稱謝客。謝玄是他的祖父，因而襲封康樂公。東晉時曾任記室參軍、中書侍郎。南朝宋立國之後，降為康樂侯。出任永嘉太守。宋少帝景平元年秋天，辭官返回故鄉。宋文帝元嘉三年，因朝廷之敦

促及范泰、顏延之書信催請，北上就任祕書監。元嘉五年，第二次返回始寧隱居，因與謝惠連等人宴飲無度，遭劾。元嘉八年，因為「決湖為田」一案，為了自證無謀反的意圖，因而留滯京師，後轉赴臨川內吏。元嘉十年因為荒怠政事，遭流放廣州。後因被控謀反，慘遭死刑棄市。今有明張溥謝康樂集輯本。

❸昏旦變氣候　從早到晚，整天氣候多變。
❹清暉　清淡柔和的陽光。
❺娛人　使人快樂。
❻遊子憺忘歸　使我心情安適而忘了回家。遊子，遊客。此指謝靈運自己。憺，音ㄉㄢˋ。安適。
❼陽已微　陽光已經微弱，指接近傍晚時分。
❽斂暝色　籠罩蒼茫的暮色。斂，聚集；籠罩。
❾收夕霏　傍晚的雲氣漸漸消失。收，使消失。夕霏，傍晚的雲氣。
❿芰荷迭映蔚　茂密的菱葉和荷花，相互映襯。芰荷，菱葉和荷花。芰，音ㄐㄧˋ。迭，相互。
⓫蒲稗相因依　菖蒲和稗草間雜叢生。相因依，相互依倚。
⓬披拂　撥開掩路的雜草。
⓭偃東扉　在東邊的廂房偃臥休息。偃，偃臥；休息。扉，房門。代指居室。
⓮慮澹物自輕　思慮澹泊自然就會看輕外物。物，指功名利祿。
⓯意愜理無違　心裡舒坦就不會違背人生的道理。
⓰攝生客　講究養生之道的人。攝生，養生。

賞析

謝靈運於劉宋景平元年（西元四二三年），辭去永嘉太守一職，返回故鄉會稽始寧（今浙江上虞）的莊園居住，優遊於山水之間，過著縱情山水的生活。此詩即作於此時。莊園的規模宏大，有南北二山，祖宅在南山，謝靈運又在北山營造住宅，石壁精舍就是他在北山修建的書齋，用以讀書、誦經、禮佛。湖，指巫湖，在南北二山之間，是往返二山之間的唯一水道。

東晉以來，玄言詩主導著詩壇，晉宋之際，山水詩興起，逐漸取代玄言詩的地位，成為詩歌主流。謝靈運是開創山水詩的宗師，以山水作為寫作題材，藉山水興情悟理，使山水詩邁入輝煌時代。永明詩人謝朓是謝靈運的同宗兄弟，為南朝兩大重要山水詩人，並稱「大小謝」。

本詩是謝靈運在政治失意後，寄情山水的代表作品，詩中運用「記遊、寫景、悟理」的書寫結構。前四句，詩人描寫石壁精舍附近，大自然昏旦景致的變幻，山水娛人，人娛山水，詩人的生命體驗和山水的自然美景，融合為一。「忘歸」二字，表達詩人流連忘返，人與山水完全融合的境界。

中間八句，描寫歸途行經湖中的晚景，巫湖的黃昏，風景宜人，山巒林壑之中，夜幕低垂，天際流霞變幻，湖中菱葉、荷花交相輝映，菖蒲和稗草搖曳蕩漾，天光水景，交織出平和旖旎的情境。回到家中，詩人還深深回味今日所經歷的山光水色。

最後四句，敘寫詩人的體悟，謝靈運認為，一個人只要澹泊名利，便能置窮達榮辱於身外，不受名韁利鎖的拘絆。日常生活，不必刻意造作，只要適情順性，隨遇而安，就是自然的真理。養生的道理，就在老莊的「澹泊去物憂，適己養天年」而已。

延伸閱讀

束髮懷耿介，逐物遂推遷。違志似如昨，二紀及茲年。緇磷謝清曠，疲薾慚貞堅。拙疾相倚薄，還得靜者便。剖竹守滄海，枉帆過舊山。山行窮登頓，水涉盡洄沿。岩峭嶺稠疊，洲縈渚連綿。白雲抱幽石，綠筱媚清漣。葺宇臨迴江，築觀基曾巔。揮手告鄉曲，三載期歸旋。且為樹枌檟，無令孤願言。（晉謝靈運過始寧墅）

羈心積秋晨，晨積展遊眺。孤客傷逝湍，徒旅苦奔峭。石淺水潺湲，日落山照曜。荒林紛沃若，哀禽相叫嘯。遭物悼遷斥，存期得要妙。既秉上皇心，豈屑末代誚。目睹嚴子瀨，想屬任公釣。誰謂古今殊，異代可同調。（晉謝靈運七里瀨）

齋中讀書❶

晉 謝靈運

昔余遊京華❷，未嘗廢丘壑❸。矧❹乃歸山川，心跡雙寂漠❺。虛館絕諍訟❻，空庭來鳥雀。臥疾豐暇豫❼，翰墨❽時間作。懷抱觀古今❾，寢食展戲謔❿。既笑沮溺⓫苦，又哂子雲閣⓬。執戟⓭亦以疲，耕稼豈云樂。萬事難並歡，達生⓮幸可託。

注釋

❶齋中讀書　謝靈運三十八年被貶為永嘉太守時，寫作本詩，表達其對「仕與隱」的矛盾心理。齋，指讀書齋。

❷京華　指都城建康（今南京）。

❸未嘗廢丘壑　未嘗忘情於山水遊樂。丘壑，山川。

❹矧　況且；何況。

❺心跡雙寂漠　心境和行為，二者同歸清淨。寂漠，清淨。指無俗務干擾。

❻虛館絕諍訟　衙門清閒，完全沒有人打官司。館，指衙門。

❼臥疾豐暇豫　因為臥病在床，所以有許多閒暇快樂的時間。豐，多。

❽翰墨　指詩文作品。

❾懷抱觀古今　指閱讀書籍，觀察古今人物的得失。

❿寢食展戲謔　指日常生活中，有許多好玩、好笑的事。寢食，指日常生活。

⓫沮溺　長沮、桀溺。春秋時代楚國隱居務農的人士，曾經唱歌諷刺孔子的積極從政。

⓬子雲閣　東漢揚雄，字子雲。王莽時為天祿閣校書，為躲避追捕，曾跳閣自殺。

⓭執戟　秦漢郎官有中郎、侍郎、郎中，負責護衛君王，值勤時都執戟。後世用以比喻官位不高。

⓮達生　通曉人生的道理。道家語，莊子有達生。

賞析

謝靈運是東晉謝玄的孫子，襲封康樂公，劉宋建國後，降為康樂侯。宋武帝永初三年（西元四二二年），時謝靈運三十八歲，被貶為永嘉太守。官場失意，鬱鬱寡歡，乃放懷於永嘉的山水，恣意遨遊，以歷覽各地的山水為樂。本詩即作於此時。

本詩前四句，表明自己早在京華之時，就有遊賞山水的心志，何況現在被貶為永嘉太守，職務清閒，又處身在山水之間，更可盡興的遊山玩水。

「虛館絕諍訟」以下六句，描寫眼前的生活情況。衙門沒有爭訟之事，庭院有鳥雀嬉戲。即使臥病，也能偷閒找到許多好玩、好笑的事，或從事詩文創作、或閱讀書籍。

最後六句，列舉長沮、桀溺、揚雄為例。長沮、桀溺隱居務農，辛苦度日。揚雄積極仕進，追求功名，但卻落得跳天祿閣避禍。最後，謝靈運認為「萬事難並歡，達生幸可託」，選擇莊子「達生」的生命態度，作為立身處世的價值觀。

延伸閱讀

江南倦歷覽，江北曠周旋。懷新道轉迥，尋異景不延。亂流趨孤嶼，孤嶼媚中川。雲日相輝映，空水共澄鮮。表靈物莫賞，蘊真誰為傳。想像崑山姿，緬邈區中緣。始信安期術，得盡養生年。（晉謝靈運登江中孤嶼）

朝搴苑中蘭，畏彼霜下歇。暝還雲際宿，弄此石上月。鳥鳴識夜棲，木落知風發。異音同至聽，殊響俱清越。妙物莫為賞，芳醑誰與伐。美人竟不來，陽阿徒晞髮。（晉謝靈運石門岩上宿）

擬行路難❶

南朝宋　鮑照❷

瀉水置平地，各自東西南北流。人生亦有命，安能行嘆復坐愁。酌酒以自寬，舉杯斷絕歌路難。心非木石豈無感，吞聲❸躑躅❹不敢言。（十八首之四）

對案不能食，拔劍擊柱長嘆息。丈夫生世能幾時，安能蹀躞❺垂羽翼。棄置罷官去，還家自休息。朝出與親辭，暮還在親側。弄兒床前戲，看婦機中織。自古聖賢盡貧賤，何況我輩孤且直❻。（十八首之六）

注釋

❶擬行路難　行路難原為漢代的歌謠，屬雜曲歌辭，內容描述世路艱難或離別相思之苦。鮑照模仿其形式，擬作十八首，用以抒發生命坎坷，懷才不遇的情緒。詩中採用七言或雜言的句法。

❷鮑照　字明遠，南朝宋東海（今山東郯城）人。生年不詳，卒於南朝宋明帝泰始二年（西元四六六年）。出身寒微，但卻才華橫逸。曾任舍人、縣令、參軍等職，世稱「鮑參軍」。詩作以擬樂府見長，氣勢雄放，音節激昂，富於浪漫氣息。善於七言詩。

❸吞聲　想說話而不敢說話。

❹躑躅　裹足不前的樣子。

❺蹀躞　音ㄉㄧㄝˊ ㄒㄧㄝˋ。小步行走的樣子。

❻孤且直　族寒勢孤而且個性耿直。

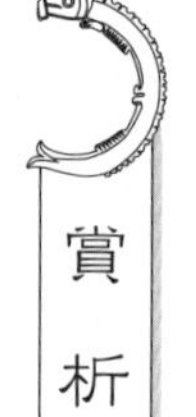

賞析

鮑照是南朝劉宋時代的詩人，東海人，字明遠。南朝是門閥特權盛行的時代，非豪門士族出身的人，往往不容易取得出人頭地的機會，在政治上常受到排擠和歧視。鮑照出身寒微，面對此種時代氛圍，相當不滿，常常藉詩歌抨擊當權，並抒發懷才不遇的慨嘆。

中國詩歌的發展歷史，七言詩自曹丕燕歌行後，幾成絕響，鮑照寫作擬行路難十八首後，才將七言詩的藝術成就往前推進一大步。鮑照最擅長七言歌行，詩的格調高昂，情感充沛，語言淺顯流暢。所作擬行路難，具有鮮明的藝術特色，唐代的高適、岑參、李白諸人，都受到他的啟發。

選錄的二首詩，旨意相似，表達詩人對門閥制度的憤慨和不滿。前一首，先說明了人的天命像瀉地的水流，東西南北亂流。雖然人生有命，安能嘆愁。詩人雖然說安能嘆愁，然則事實上內心的愁悶正復不少，因而要借酒澆愁，以寬慰不得志之情，並且高歌，唱出青雲之路的困難。詩人對於門閥抑制人才，並非沒有憤慨，只是吞聲不敢言罷了。

後一首，描寫詩人因為內心抑鬱而食不下嚥，甚至拔劍擊柱而長嘆，憤憤不平地說：「丈夫生世能幾時，安能蹀躞垂羽翼。」接著描寫罷官賦閒在家，與家人相聚，看似享受天倫之樂，實則內心充滿寂寞，而以「自古聖賢盡貧賤，何況我輩孤且直」來消解懷才不遇的悲憤。

郭璞游仙詩將精神寄託於仙鄉，陶淵明回歸田園以尋求逍遙適性，謝靈運以「達生」的智慧退隱山林，皆表現出道家的生命態度。鮑照顯然與他們不同，他拔劍擊柱，感嘆貧賤孤直，反映的是積極進取的人生觀，展現豪邁的入世精神。

延伸閱讀

君不見河邊草，冬時枯死春滿道。君不見城上日，今暝沒盡去，明朝復更出。今我何時當然得，一去永滅入黃泉。人生苦多歡樂少，意氣敷腴在盛年。且願得志數相就，床頭恆有沽酒錢。功名竹帛非我事，存亡貴賤付皇天。（南朝宋鮑照擬行路難十八首之五）

君不見少壯從軍去，白首流離不得還。故鄉窅窅日夜隔，音塵斷絕阻河關。朔風蕭條白雲飛，胡笳哀急邊氣寒。聽此愁人兮奈何？登山遠望得留顏。將死胡馬迹，寧見妻子難。男兒生世轗軻欲何道，綿憂摧抑起長嘆。（南朝宋鮑照擬行路難十八首之十四）

吳歌

宿昔❶不梳頭，絲髮披兩肩，婉伸❷郎膝上，何處不可憐❸。（子夜歌四十二首之三）

始欲識郎時，兩心望如一，理絲入殘機❹，何悟不成匹❺。（子夜歌四十二首之七）

梅花落已盡，柳花隨風散，歎我當春年❻，無人相要喚。（子夜四時歌春歌）

暑盛靜無風，夏雲薄暮起，攜手密葉下，浮瓜沉朱李❼。（子夜四時歌夏歌）

白露朝夕生，秋風淒長夜，憶郎須寒服❽，乘月擣白素。（子夜四時歌秋歌）

果欲結金蘭❾，但看松柏林，經霜不墜地，歲寒無異心❿。（子夜四時歌冬歌）

逋髮⓫不可料⓬，憔悴為誰睹，欲知相憶時，但看裙帶緩⓭幾許。（讀曲歌八十九首之二十一）

打殺長鳴雞，彈去烏臼鳥⓮，願得連冥⓯不復曙，一年都⓰一曉。（讀曲歌八十九首之五十五）

白石郎⓱，臨江居，前導江伯⓲後從魚。積石⓳如玉，列松如翠⓴，郎豔獨絕，世無其二。（白石郎曲）

開門白水㉑，側近橋梁，小姑㉒所居，獨處無郎。（清溪小姑曲）

❶宿昔　昨夜。昔，通「夕」。

❷婉伸　屈伸。
❸可憐　可愛。
❹殘機　織布機尚未織完一匹布。
❺不成匹　不能織完一匹布。匹，雙關語，指匹配成夫妻。
❻當春年　春光明媚的時節。春，雙關語，指青春年華。
❼浮瓜沉朱李　將瓜、李等果實拋入水中，使其冰涼。
❽寒服　禦寒的衣服。
❾結金蘭　結同心。易繫辭上：「二人同心，其利斷金。同心之言，其臭如蘭。」
❿無異心　指松柏的枝幹不凋零。雙關語，指情人的心意不變。
⓫逋髮　頭髮散亂。
⓬料　整理。
⓭緩　寬鬆。
⓮彈去烏臼鳥　用彈丸趕走鴉舅鳥。彈，用彈丸射擊。烏臼鳥，鳥名，即鴉舅鳥，黎明時比雞先啼叫。
⓯連冥　夜晚連續。
⓰都　總共。
⓱白石郎　民間祭祀的神名。
⓲江伯　江神。
⓳積石　指階梯的石頭。
⓴列松如翠　指列於兩旁的松樹的枝葉青翠如翡翠。

㉑白水　水名。發源於鍾山。

㉒小姑　神名。三國時代吳國將軍蔣子文的第三妹。

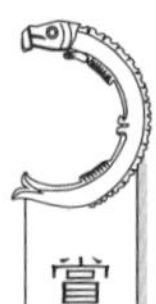

賞析

南朝民歌以吳歌、西曲為主，它們是以長江沿岸的商業城市為背景，描寫離鄉背井的商人和歌伎、酒女的戀情為主。民歌的篇幅短小，以五言四句的小詩居多。表現技巧方面，常用雙關語和新奇的想像。子夜歌、子夜四時歌、讀曲歌是吳歌中比較著名的代表作品。

子夜歌總共有四十二首，「宿昔不梳頭」是第三首，描寫一位女子嬌美柔媚的模樣，她披散著秀髮，枕在情郎的膝上，撒嬌模樣，惹人憐愛。「始欲識郎時」是子夜歌的第七首，描寫女子對於情郎的專情，第三句的「絲」，與「思」同音，既是細密的線絲，也是女子細密的情思，第四句的「匹」，既有布匹之意，也有匹配的意思，這是雙關語的表現，女子將絲線交結織成布匹，也希望能與情郎匹配成佳偶。

子夜四時歌是子夜歌的變化，描寫春、夏、秋、冬，四季的不同戀情。總共有七十五首，包括春歌二十首、夏歌二十首、秋歌十八首、冬歌十七首。「梅花落已盡」一首，描寫一位女子在暮春的時候，眼看梅花落盡，柳絮飄零，心裡也擔心自己就像這些梅花、柳絮一樣，縱使美好，倘若無人賞識，也只能徒自凋零。

「暑盛靜無風」一首，描寫一位女子在夏天的時候，與情人嬉戲遊玩，傍晚的時節，與情人攜手密葉之下，將朱李瓜果沉浮於沁涼的水中，等待冰涼之後，一起品嚐消暑。

「白露朝夕生」一首，描寫一位女子在秋天的時候，白露已經凝結，淒風長夜，但女子顧不得天冷，因為她想起情郎需要禦寒的衣物，所以乘著月光，擣絲製衣，表達對情郎的掛念與關懷。

「果欲結金蘭」一首，描寫一位女子在冬天的時候，看到大地皚皚，草木蕭瑟凋零，唯有松柏不改其綠。女子觸景生情，感慨人間愛情何嘗不是如此？如果想永結金蘭之好，必須經得起霜雪的摧殘考驗。

在吳歌之中，讀曲歌的數量最多，總共有八十九首。「逋髮不可料」是第二十一首，描寫一位女子因情郎遠離，無心妝扮，頭髮散亂，面容憔悴，甚至茶飯不思，以至於形容消瘦，衣帶漸為寬鬆，短短數字，將思念的煎熬，刻畫得淋漓盡致，充分表達「女為悅己者容」的傳統愛情。

「打殺長鳴雞」是讀曲歌的第五十五首，描寫一位女子因情郎遠離，現實生活中無由和情郎會面，只得將會面的希望寄託在夜夢中，女子希望將司晨的長鳴雞，在枝頭啼叫擾眠的烏臼鳥驅走，使得終年如長夜，夢境永遠不驚醒。雖然整首詩歌隻字不提相思之情，但女子苦戀相思的情懷，早已躍然紙上。

吳歌之中，有十餘首神絃曲，是江邊人家祭祀用的歌曲，祭祀的對象，是區域性的地方小神，內容採用吳歌之中「言情道愛」的方式，與一般祭祀作品的典雅莊嚴不同。白石郎曲是描寫白石郎其人其居的樣子，他臨江而居，領導江人的行船和捕魚，顯然是江邊居民祭祀的對象，他所居住的地方，階石如精美玉石，周遭還有翠綠的松樹圍繞，襯托出白石郎的英俊瀟灑。

清溪小姑是三國時代吳國將軍蔣子文的第三妹，蔣子文被建祠祭祀之後，清溪小姑也可能同時被江邊居民祭祀。詩中先寫清溪小姑的居住處所，再寫小姑獨處無郎。「小姑獨處無郎」既是清溪小姑的處境，也是江邊男女長期共同關心的切身問題，同情小姑，也是同情自己。

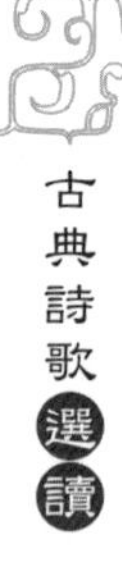

延伸閱讀

郎為傍人取，負儂非一事，擿門不安橫，無復相關意。（子夜歌四十二首之十五）

攬裙未結帶，約眉出前窗，羅裳易飄颺，小開罵春風。（子夜歌四十二首之二十四）

自從別歡後，歎音不絕響，黃蘗向春生，苦心隨日長。（子夜四時歌春歌）

朝登涼臺上，夕宿蘭池裡，乘月採芙蓉，夜夜得蓮子。（子夜四時歌夏歌）

秋風入窗裡，羅帳起飄颺，仰頭看明月，寄情千里光。（子夜四時歌秋歌）

淵冰厚三尺，素雪覆千里，我心如松柏，君情復何似。（子夜四時歌冬歌）

江陵去揚州，三千三百里，已行一千三，所有二千在。（懊儂歌十四首之三）

泛舟採菱葉，過摘芙蓉花，扣楫命童侶，齊聲採蓮歌。（採蓮童曲二首之一）

東湖扶菰童，西湖採菱伎，不持歌作樂，為持解愁思。（採蓮童曲二首之二）

西曲歌

聞歡❶下揚州，相送楚山頭，探手抱腰看，江水斷不流。（莫愁樂二首之二）

風流❷不暫停，三山隱行舟，願作比目魚，隨歡千里游。（三洲歌三首之二）

吳中細布❸，闊幅長度，我有一端❹，與郎作褲。（安東平五首之二）

微物雖輕❺，拙手所作，餘有三丈，為郎別厝❻。（安東平五首之三）

制為輕巾，以奉故人，不持作好❼，與郎拭塵。（安東平五首之四）

聞歡下揚州，相送江津灣，願得篙櫓折，交❽郎到頭還。（那呵灘六首之四）

春蠶不應老，晝夜常懷絲❾，何惜微軀盡，纏綿❿自有時。（作蠶絲四首之二）

注釋

❶歡　情人。

❷風流　風信潮流。

❸細布　細緻的布料。

❹端　布料的計算單位。普通二丈為一端，又有丈六、丈八、六丈之說。

❺微物雖輕　小禮物雖然不貴重。

❻厝　通「措」。措置；安排。

❼作好　討好。

❽交　通「教」。使得。

❾懷絲　懷著蠶絲。雙關語「懷思」。

❿纏綿　蠶吐絲結成綿。雙關戀人情意固結。

賞析

西曲和吳歌同為南朝民歌，在題材、內容方面，大體相似。但流行區域和表現技巧，則有些不同。吳歌流行於長江下游，及太湖一帶，以建業（今南京）為中心，相當於古代吳國領域。西曲流行於長江中游，及漢水一帶，以雍州、襄陽、荊州、江陵等地為中心。表現技巧方面，吳歌常用雙關語，情感表達較為含蓄。西曲則常見新奇的想像，情感表達較為直接熱烈。

莫愁樂「聞歡下揚州」，描寫一位女子，聽說情郎要下揚州，特地趕到楚山頭來送行，當情郎的船隻要遠離之時，女子突然伸出雙手環腰抱住情郎，希望江水也被她抱住，從此靜止不流，如此就能將情郎留在身邊，永不分離。伸手擁抱情郎，希望江水靜止不流，此種想像，極為新穎，而且動作熱情。

三洲歌「風流不暫停」，描寫一位女子在江邊送別了情郎之後，風信、江流毫不停歇，情郎的船隻很快地隱沒於群山之間，女子才猛然驚覺，情郎真的已經遠離。於是她期望自己能夠變成比目魚，隨著情郎游行到遠方。傳說比目魚只有一隻眼睛，必須兩魚並列同游，才能自在前行，後人用以象徵夫妻或情人，感情親密，出雙入對，永不分離。

安東平三首是組詩，以女子的口吻，描寫女子為情郎製作衣物，以表達深情愛意。女子先為情郎挑選一端吳地出產的細緻布料，「端」是古代布匹的單位，「闊幅長度」是說布匹既寬且長，較為別緻。女子希望用這端布料為情郎製作一件褲子。第二首承第一首而來，女子委婉含蓄地說：褲子雖然只是不值錢的小禮物，但卻是親手所做，一針一線，都有特別的情意。餘下三丈多的布料，還希望為情郎製作別的衣物。第三首，女子又製作一條「輕巾」，希望情郎圍在脖子上，隨時隨地，永不分離。但女子卻故意說：「輕巾不是用來討好情郎，是給情郎當抹布，擦灰塵。」從挑選布料，製作褲子、輕巾，可以看出女子對情郎的用情深厚。從「不持作好，與郎拭塵」，可以看出女子對情郎的撒嬌與俏皮。

那呵灘「聞歡下揚州」，描寫一位女子，聽聞情郎將下揚州，特地趕到江津灣送別，臨別之際，女子突發奇想，竟然希望情郎船上的篙、櫓摧折損壞，讓情郎不得成行，如此就可以與情郎暫時不分離。常人送別，總是祝福遠行者一帆風順，路途平安，女子卻反其道而行，藉以表達對情郎的愛戀不捨。

作蠶絲「春蠶不應老」，用春蠶吐絲的意象，傳達男女戀人，對於情意的付出，應該綿密不斷，無怨無悔。春蠶吐絲，絲盡身亡，終不後悔，感情倘若如此，何等教人讚嘆。「懷絲」雙關「懷思」，比喻思念不已。「纏綿」一語也是雙關，意謂情意要如蠶絲的綿密不斷。

延伸閱讀

聞歡遠行去，相送方山亭，風吹黄蘗藩，惡聞苦籬聲。（石城樂五首之五）

送歡板橋灣，相待三山頭，遙見千幅帆，知是逐風流。（三洲歌三首之一）

自從別君來，不復著綾羅，畫眉不注口，施朱當奈何。（攀楊枝）

雞亭故儂去，九里新儂還，送一卻迎兩，無有暫時閑。（尋陽樂）

北朝民歌

敕勒川，陰山下，天似穹廬❶，籠蓋四野；天蒼蒼，野茫茫，風吹、草低、見牛羊。（敕勒歌）

男兒可憐蟲，出門懷死憂，尸喪狹谷中，白骨無人收。（企喻歌四首之四）

新買五尺刀，懸著中梁柱❷，一日三摩娑❸，劇於十五女。（瑯琊王歌八首之一）

驅羊入谷，白羊在前，老女不嫁，蹋地喚天。（地驅樂歌四首之二）

遙看孟津❹河，楊柳鬱婆娑，我是虜家兒❺，不解漢兒歌。（折楊柳歌辭五首之四）

門前一株棗，歲歲不知老，阿婆不嫁女，那得孫兒抱。（折楊柳枝歌辭四首之二）

注釋

❶穹廬　氈帳，俗稱蒙古包。

❷中梁柱　支撐蒙古包的柱子，是蒙古包內最顯眼的中心位置。

❸摩娑　撫摸把玩。

❹孟津　地名。古黃河渡口。在今河南孟津東北。

❺虜家兒　胡人的兒女。

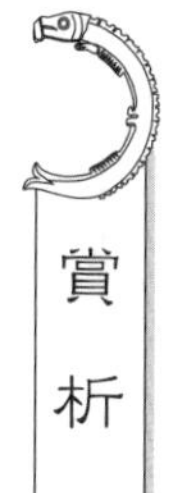

賞析

北朝民歌與南朝民歌在風格上大異其趣，就內容上來說，北朝民歌以游牧生活為背景，樣貌更為多元廣泛，它並不只限定於愛情，也包含戰爭、徭役、社會生活等題材。在表現技巧方面，則顯得十分直率暢快，罕見婉約柔順的筆觸與口吻。這是因為北方人比較陽剛、質樸、尚武的緣故。

敕勒歌是北朝民歌的代表作之一，描寫原野草原天高地闊的景象。說天似氈帳一般籠罩原野，「蒼蒼」、「茫茫」都給人一種遼闊無限之感，風吹草低，詩人的視線彷彿也像風一樣，從高處俯視而下，因此才會看見草原上成群的牛羊。整首歌不過寥寥數字，透過幾個景象的轉換，就把草原的壯闊景色，生動的描寫出來，這是這首歌所以膾炙人口的主因。

企喻歌描述的是戰爭的悲涼，說男兒是可憐蟲，一旦被徵召去從軍征戰，就必須擔心一去不返，若果不幸客死他鄉，暴屍於峽谷荒涼之地，即使化成白骨，也可能無人知曉。這種亂世中男兒的悲苦，讓人百般無奈。

瑯琊王歌表現的是一種尚武的精神，作者買了一把五尺長刀，將它懸掛在家中（蒙古包）最顯眼的地方，一日之中，把它取下撫摸把玩好幾次，作者對這把刀的喜愛，甚至超過妙齡女子。作者並沒有對這把刀作太多的描繪，也沒有告訴讀者自己多麼喜愛這把刀，但字裡行間已經把對刀的寶愛說盡了。

地驪樂歌的前兩句，描寫深秋時節，牧羊女趕著羊群要到山谷避寒過冬。後兩句描寫牧羊女已經到了適婚年齡，但先前放牧期間，並未找到如意郎君，「蹋地喚天」一句，形象誇張的表達急於成婚的舉動。

折楊柳歌辭描寫黃河岸邊的戀情，孟津河是黃河的支流，胡人的少女，遠眺孟津河的河水奔流，又見楊柳枝條茂密（鬱、婆娑，都是茂密的樣子）的景象，隱隱傳達一種遼闊、不羈的氛圍。「我是虜家兒，不解漢兒歌」兩句，是胡人少女撒嬌的口吻，看似睥睨漢兒郎的情意，其實傳達了既豪邁又婉約的承諾，這種陽剛的風格，正是北方情歌的本色。

折楊柳枝歌辭是從門前一株棗樹寫起，樹木長大之後，本身並不會因為時間的流逝而在外貌上有顯著的改變，所以才能「歲歲不知老」，但女子就不同了，隨著青春歲月的消逝，如果不能找到好的歸宿，不但自己緊張，家人也會感到惶恐，若與「阿婆許嫁女，今年無消息」一起閱讀，則母親的急切和女兒的盼望，相映成趣。

延伸閱讀

野火燒野田，野鴨飛上天，童男娶寡婦，壯女笑殺人。（紫騮馬歌六首之一）

兄在城中弟在外，弓無弦，箭無栝，食糧乏盡若為活，救我來，救我來。（隔谷歌二首之一）

兄為俘虜受困辱，骨露力疲食不足，弟為官吏馬食粟，何惜錢刀來我贖。（隔谷歌二首之二）

粟穀難舂付石臼，弊衣難護付巧婦，男兒千凶飽人手，老女不嫁只生口。（捉搦歌四首之一）

腹中愁不樂，願作郎馬鞭，出入擐郎臂，蹀坐郎膝邊。（折楊柳歌辭五首之二）

快馬常苦瘦，勦兒常苦貧，黃禾起羸馬，有錢始作人。（幽州馬客吟歌辭五首之一）

第四章　唐詩選讀

如果說中國是一個詩歌的民族，那麼，唐代便是中國詩歌史上的黃金時代。從七世紀初到十世紀初這樣一段近三百年的時光裡，詩歌空前蓬勃地發展著。形式方面，無論古體律絕、五言七言，都已粲然大備；而其內容的豐富、風格的多樣，也呈現出爭奇競豔的繁盛景象。據清朝康熙年間敕編的全唐詩所錄，作者凡兩千兩百餘人，詩四萬八千九百多首。詩人之多、作品之富，真是令人嘆為觀止，無怪乎前人會以「唐詩晉字漢文章」來相互媲美了。

但是唐詩又為什麼能站上中國詩歌的巔峰並蔚為大唐一代的文學表徵呢？這當然有著種種的緣由。而如果從「史」的發展、變遷的角度切入分析，我們或許可以獲致一個較為宏觀的認知。歷史的發展既是綿綿不絕，文學的演化亦復環環相扣。朱光潛詩論一書便指出：「文學史本來不可強分時期，如果一定要分，中國詩的轉變只有兩個大關鍵。」第一個是樂府五言的興盛，從古詩十九首起到陶潛止；第二個便是律詩的興起，其中尤以律詩的興起為最重要。它標示著中國詩歌由「自然藝術」到「人為藝術」、由渾厚古拙到精研新巧的重大轉變。無論是意義的排偶或聲音的對仗，我們可以說，經由晉宋齊梁等時代詩人的嘗試與努力，近體詩到了唐代，終於成熟並大放異彩了。

當然，南北朝民族的揉合，也帶給了唐詩一種新的發展契機。北方民族的勇悍質樸和中國的溫柔敦厚，風格情調，原本是各異其趣的。但是隨著時代的演進，彼此之間漸漸陶冶融合。到了唐代統一南北局勢，建立起一個文治武功都盛極一時的大帝國，中外的民族性更高度地揉合、發展起來，形成唐詩恢宏開展的新氣象。梁啟超在中國韻文裡頭所表現的情感就如是說道：

> 經南北朝幾百年民族的化學作用，到唐朝算是告一段落。唐朝的文學，用溫柔敦厚的底子，加入許多慷慨悲歌的新成分，不知不覺，便產生出一種異彩來。盛唐各大家，為什麼能在文學史上占很重要位置呢？他們的價值，在能洗卻南朝的鉛華靡曼，參以伉爽真率，卻又不是北朝粗獷一路。拿歐洲來比，好像古代希臘、羅馬文明，攙入些森林裡頭日耳曼蠻人色彩，便開闢一個新天地。

另外，必須一提的是，由於唐代用科舉考試掄才，使得一般中下層知識分子也有了人生充分展現的機會。這些對社會現實有著較深刻體驗的中下層知識分子，在政治上、文化上既得到人生充分展現的機會，於是文學的創作，自然一改六朝以來「上品無寒門，下品無貴族」的貴游氣息，廣泛地反映社會各層面的生活與感情，從而豐富了唐代文學的內容。所以劉大杰中國文學發展史一書以為：「從君主貴族所掌握的詩壇，轉移到中下層知識分子的手裡，實在是使唐詩發達起來、充實起來的最重要的原因。」

形式也好、氣象也好、內容也好，唐詩就在這樣的條件下，蓬蓬勃勃地發展了起來。它一方面繼承了漢魏六朝的詩歌生命，同時也開啟了五代、兩宋的詩風。有唐一代近三百年，可說名家輩出，而一些傳世不朽的佳篇警句，更是影響深遠，至今吟誦不休。

當然，如此輝煌的三百年唐詩時代本是一整個脈絡的發展過程，照說既不應強行劃分界線，也不宜粗疏地割裂為幾個片段。但為了研究與敘述的方便，前人仍對唐詩進行了分期的工作。以目前所知，唐詩分期之說大概始於宋人嚴羽的滄浪詩話。至於一般人熟知的初、盛、中、晚的分法，則出自明人高棅編選唐詩品彙一書的序文。此一分法適當與否，固然見仁見智，不過它多少仍貼近了唐詩發展脈絡起、盛、變、衰的一個完整過程。

初唐的詩壇，基本上可說是唐詩的準備階段。這一時期的詩歌一方面沿襲六朝以來聲律說的發展趨勢，追求格律與辭藻，像沈佺期、宋之問等人，便充分表現出典型宮廷詩人唯美而豔麗的靡靡詩風。另一方面，如初唐四傑王勃、楊炯、盧照鄰、駱賓王等人，他們雖仍未能完全擺脫靡麗的宮體氣息，卻已初步洗除了前人的淫靡與庸俗，展現出新時代的氣象。至於標舉建安風骨、以復古自任的陳子昂，他的作品與理論，既結束了初唐百年間的齊、梁詩風，更下開盛唐雄渾浪漫一派，在唐詩發展史上的地位，絕對是不容忽視的。

就詩的體裁來說，經過了初唐詩壇試驗與準備的階段，我們很自然地在盛唐詩人爭妍競豔的詩篇中，感受到一種藝術上的熟練、一種唯有充分熟練後才能流露的活潑與自然。另外，相較於初唐時期的太平背景，盛唐從天寶以後，便是一個兵革不息、紛亂如麻的世界。這樣的時代背景雖然是黑暗的，但它卻大大拓展並豐富了盛唐詩人的人生與創作。清王漁洋以王維為詩佛、李白為詩仙、杜甫為詩聖，不僅指出了他們各自差異的生命情調，同時也肯定了在中國詩歌發展史上三峰並峙的意義。當然，從王維、李白、杜甫三個並世而出的大詩人身上，我們清楚看到了盛唐詩的開展氣象，正在於徹底擺脫了詩歌創作「緣情綺靡」的狹窄路子。不管是風雨江山、歷史滄桑、邊塞窮荒、民生社稷、山水田園、離懷別緒等等，詩的內容是如此的多采多姿；而一時詩人如王之渙、王翰、孟浩然、王昌齡、高適、岑參、儲光羲等，也無不聯鑣並轡、爭奇競勝。

天寶亂後，江河日下，國事一發不可收拾，到中唐時期，局勢是更加紛亂了。就內容而言，胡雲翼唐詩研究如是說道：「紛亂便是中唐詩的泉源。」一方面，詩人不得不走出斗室，去經歷一種遊歷式的奔波生活。唐詩中許多行旅、山水、送別、懷古、登覽、傷感等的名篇，都源自於這樣的生活基礎。另一方面，因著社會動亂敗壞的刺激，富於現實性的詩作也大量出現了。而就創作精神來說，有了盛唐詩在新形式、新風格、新內容各方面的全力開拓，中唐詩人也只能在承襲的情況下嘗試著去推動另一波創造與發展。張籍、白居易、元稹、劉禹錫等人對社會現實揭露的作品，固然是杜甫關懷精神的繼承與通俗化；孟郊、韓愈、賈島、李賀等人的吐奇驚俗，說穿了，其實仍是杜詩奇險深細的推擴。至於韋應物、柳宗元、劉長卿等人，以雋永的五、七絕體裁，繼承了王維、孟浩然輩山水詩的發展；李益、張繼、顧況、王建等人則接續了王昌齡、李白絕詩的風華，進一步反映在生活的各種面向上。

唐詩經盛唐、中唐長時期的鋪張揚厲、變化出奇，到了晚唐，便全為唯美主義所籠罩、所支配。技巧和工麗，是晚唐詩人的信條、也是晚唐詩的最大特色。風流俊賞的杜牧、寄託遙深的李商隱，可說是此一時期最重要的兩位作家。然而「夕陽無限好，只是近黃昏」，唐詩至此發展到極處、亦即是發展到絕處了。文學史上，同時期的詩人溫庭筠、韋莊已轉而在填詞上獲致更大的成就。這樣的訊息，當然是有其意義的。

送杜少府之任蜀川❶

唐　王勃❷

城闕輔三秦❸，風煙望五津❹。與君離別意，同是宦遊❺人。海內存知己，天涯若比鄰❻。無為在歧路❼，兒女共沾巾。

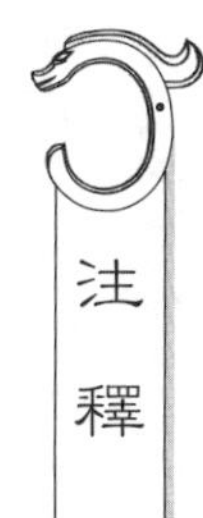

❶送杜少府之任蜀川　這一篇送別之作，可說是王勃現存不足百首詩中的代表作。作者時任職長安，他的杜姓友人外放到蜀川（治所在今四川崇慶）做縣尉。少府，當時縣尉的通稱。之任，赴任。蜀川，別本多作「蜀州」。唐代在武則天垂拱時始置蜀州，當以「蜀川」為是。

❷王勃　字子安，絳州龍門（今山西河津）人。生於唐高宗永徽元年（西元六五〇年），卒於唐高宗上元二年（西元六七五年）。幼年時才思敏捷，有「神童」之譽。十五歲即對策高第，只是仕途坎坷，雖做過幾任小官，卻兩次遭到斥逐和除名。二十六歲時，赴交趾省親，渡海落水，驚悸致病而卒。王勃詩格調高華，與楊炯、盧照鄰、駱賓王齊名，並稱「初唐四傑」。

❸城闕輔三秦　此句謂遼闊的三秦之地輔翼著京城長安。三秦，泛指關中地區。項羽滅秦之後，將其舊地分封給章邯等三個秦國的降將，故稱。

❹五津　指四川之地。岷江自灌縣至犍為，共有華津、萬里津、江首津、涉頭津、江南津五個渡口，皆在四川境內。

❺宦遊　在外做官，四處奔波。

❻天涯若比鄰　此句謂天涯之遙亦覺近在咫尺。比鄰，近鄰。唐制以四家為鄰。

❼歧路 岔路。指分手各自西東之處。

賞析

近人俞陛雲在其詩境淺說一書中，曾如是分析這首詩說：「首句言所居之地，次言送友所往之處，先將本題敘明。以下六句皆送友之詞，一氣貫注，如娓娓清談，極行雲流水之妙。」寥寥數語，卻清楚指出了這首詩的結構安排與精彩奧妙之所在。

從執手送別的巍峨壯觀的長安帝闕，視線一路延伸到遼闊無邊的關中之地，而朋友即將赴任的蜀川，則更在視線窮盡處的茫茫風煙中。就這樣，千里江山便全都收納在短短十個字的兩句詩裡。詩人「縮地」的描寫功夫，無疑使得這首詩一開始即顯現出十足的氣象與張力。同時由具體而遼闊而迷濛的意象運用，也為朋友遠別的依依相送，先行渲染了幾許迷離感傷的色彩。

離鄉背井、奔波在外，心中已自有一重別懷愁緒；而京華憔悴又是何等感傷的心境呢？承續著首聯遠別的抒寫，三、四兩句如是深化了朋友間「離別在須臾」的落寞與不捨。而一句「同是宦遊人」，既寫出了彼此共鳴共感的蒼涼悽惻，也在同情同理中，寄寓了朋友間默默的支持與關懷。因著這樣的曲折，所以底下的四句，由深狹轉為豁朗、由感傷轉為豪邁。誠然，貌合神離的人即使朝夕不離，咫尺亦同天涯；相反的，相知相惜的人就算睽隔經年，天涯仍如咫尺。曹植贈白馬王彪一詩中有這麼幾句：「心悲動我神，棄置勿復陳。丈夫志四海，萬里猶比鄰。恩愛苟不虧，在遠分日親。何必同衾幬，然後展殷勤。」悲歡離合，自古難全，而既然如此，在臨歧話別時，又何須同那小兒小女般淚流沾巾呢？

這首詩情感真摯，寫送別之悲是情，寫送別之不可悲、不必悲仍然是情。更重要的是，整首詩結構謹嚴，鍛鍊精巧，卻又能於深沉處見氣象。初唐近體詩逐漸成熟，也慢慢擺脫了六朝以來積漸日久的綺麗之習。從王勃這首送杜少府之任蜀川，我們看到的正是這樣一種文學上的轉變。

延伸閱讀

送送多窮路，遑遑獨問津。悲涼千里道，淒斷百年身。心事同漂泊，生涯共苦辛。無論去與住，俱是夢中人。（唐王勃別薛華）

亂烟籠碧砌，飛月向南端。寂寞離亭掩，江山此夜寒。（唐王勃江亭夜月送別二首之一）

感遇❶三十八首之二　唐　陳子昂❷

蘭若❸生春夏，芊蔚何青青❹。幽獨空林色❺，朱蕤冒紫莖❻。遲遲❼白日晚，嫋嫋❽秋風生。歲華盡搖落❾，芳意竟何成。

注釋

❶感遇　是陳子昂所寫以感慨身世及諷諭時政為主旨的組詩，杜甫過陳拾遺故宅云：「終古立忠義，感遇有遺篇。」足見其寓懷寄慨，早有知音。整組詩共三十八首，本篇為其中的第二首。詩中以蘭若自比，寄託了個人年華漸老、遭時不遇的感嘆。

❷陳子昂　字伯玉，梓州射洪（今四川三臺東南）人。生於唐高宗龍朔元年（西元六六一年），卒於唐武則天長安二年（西元

七〇二年)。年少時任俠使氣,十七、八歲始孜孜向學,二十四歲登進士第。子昂雖頗有政治才幹,但處武后亂政之際,屢受擠壓。後以父老解官歸侍,為縣令詐誣繫獄,憂憤而死。在「猶帶六朝錦色」的初唐詩壇,子昂首倡復古之議,並主張詩歌必須反映現實,所以韓愈薦士乃云:「國朝盛文章,子昂始高蹈。」他的作品雅正雄渾,確實為唐詩開創了新的局面。

❸蘭若　蘭草、杜若這兩種香草的合稱。詩人以蘭若之幽獨喻己之耿耿孤芳。

❹芊蔚何青青　芊蔚、青青,都是形容枝葉茂盛的樣子。青,同「菁」。

❺幽獨空林色　意謂蘭若幽寂獨芳,處空林之中,不為人知。

❻朱蕤冒紫莖　茂密的紅花綻放在紫色的莖幹上。蕤,音ㄖㄨㄟˊ。形容草木花開茂盛的樣子。

❼遲遲　慢慢地。

❽嫋嫋　風飄蕩的樣子。

❾歲華盡搖落　美好的光景盡已成空。歲華,用語雙關,既指蘭若的盛開景況,也暗喻人的青春年華。

賞析

陳子昂這首感遇詩,基本上是一首藉詠物以詠懷的詩。從屈原離騷大量使用「善鳥香草,以配忠貞;惡禽臭物,以比讒佞;讒佞靈脩美人,以媲於君」來進行創作後,「託喻」方式便成為中國文學中一種普遍運用的傳統了。陳子昂身處朝綱壞散、讒佞當道的武后時代,滿懷理想卻報效無門,詩文中自然流露著懷才不遇、落寞感傷的情緒。只是多言往往賈禍,詩人不得不選擇以一種曲折幽微的表達方式,來傾吐他心中難以遏抑的苦悶。就這樣,「以配忠貞」的香草獲得青睞,成為詩人筆下寄慨抒懷的歌詠對象了。

點明生長的季節之後,詩人很快地便進入物象主體的歌詠。蘭若雖美,仍須綠葉相扶。芊蔚、青青,都是形容枝葉茂盛的樣子。以一個充滿驚訝的「何」字加以銜接貫串，詩人嘆賞之情，自然就溢於言表了。有了「芊蔚何青青」的襯托，底下的「朱蕤冒紫莖」則是由莖而花，進一步做了正面的描繪。紫色的莖幹上，綻放著朵朵朱紅色的花。呈現在我們眼前的，是蘭若的秀色，更是它枝葉茂盛、花朵紛披的情態。然而如此的卓然丰姿，卻只能在冷清清的林子裡，幽寂地獨自開放，又有誰來欣賞呢？

不錯，「幽獨」寫出了蘭若眾芳蕪穢、孤潔自賞的精神，但也點出了它不隨流俗、知音難覓的命運。而這一切，不斷流逝的時光做了殘酷的見證。由春夏而秋風嫋嫋而歲華搖落，詩人不斷感嘆著蘭若的幽獨空林、芳意何成。白日漸晚、秋風蕭瑟，美好的光景盡已成空，然則理想幻滅，年華流逝的詩人又如何呢？

正如「哀怨起騷人」的屈原，如果我們熟悉楚辭中這些句子：「秋蘭兮青青，綠葉兮紫莖」（九歌）、「蘭茝幽而獨芳」（九章）、「白日晼晚其將入兮」（九辯）、「嫋嫋兮秋風」（九歌）、「草木搖落而變衰」（九辯），便不難看出陳子昂的這首感遇詩，是如何地汲取著楚辭的養分而飽含著「美人香草」的託喻情懷了。當然，就組詩託物感懷的角度來說，阮籍詠懷詩八十二首對後世「詠懷」、「感遇」類詩歌、包括陳子昂這組三十八首感遇詩的影響，也是勿庸置疑的。

這首詩是一首五言古詩，卻帶著些近體工整鍾鍊的意味。但重要的是，它感情的真摯、寓意的深遠，絕不是初唐詩壇那些「采麗競繁」的作品所能比擬的。

延伸閱讀

翡翠巢南海，雄雌珠樹林。何知美人意，驕愛比黃金。殺身炎洲裡，委羽玉堂陰。旖旎光首飾，葳蕤爛

錦衾。豈不在遐遠，虞羅忽見尋。多材信為累，嘆息此珍禽。（唐陳子昂感遇三十八首之二十三）

蘭葉春葳蕤，桂華秋皎潔。欣欣此生意，自爾為佳節。誰知林棲者，聞風坐相悅。草木有本心，何求美人折？（唐張九齡感遇十二首之一）

涼州詞❶二首之一　唐　王之渙❷

黃河遠上白雲間，一片孤城萬仞山❸。羌笛何須怨楊柳❹，春風不度玉門關❺。

注釋

❶涼州詞　此詩別本或題出塞。涼州是唐代樂府曲名，配此曲演唱之詞即為涼州詞。天寶年間樂曲，每以邊地為名，如涼州、甘州、伊州之類。涼州為今甘肅武威。

❷王之渙　字季淩，本家晉陽（今山西太原），後徙居絳郡（今山西新絳）。生於唐武則天垂拱四年（西元六八八年），卒於唐玄宗天寶元年（西元七四二年）。少負俠氣，慷慨悲歌。中年折節為文，優遊大江南北，與王昌齡等相唱和，其詩往往隨樂傳誦，名動一時。今全唐詩中僅存詩作六首。

❸萬仞山　極言山勢之高。古代八尺曰仞。

❹羌笛何須怨楊柳　此處指的是笛奏曲折楊柳，屬樂府橫吹曲辭。古人離別，常折柳相送；笛吹楊柳，亦以喻別離之悽苦。所以句中的「怨楊柳」實是怨別。

❺玉門關　在今甘肅敦煌西、陽關西北，是通西域的要道。後漢書班超傳載超上疏曰：「臣不敢望到酒泉郡，但願生入玉門關。」

賞析

很難相信，一個「名動一時」的詩人一生中只有六首詩留存下來；但更令人難以相信的是，這六首詩中，卻有兩首膾炙人口而使詩人得以傳世不朽。登鸛鵲樓一詩當然是詩境壯闊、豁人心胸的佳作，至於涼州詞，則更是詩人自己都引以自豪的名篇。

登鸛鵲樓一開始，就極力鋪寫那種「登高望遠」的氣象。一句「黃河入海流」，彷彿讓我們看見了那流經樓前下方的黃河，是如此奔騰翻掀地滾滾東去，一路流向遠在天邊、詩人視力所無以窮盡的大海。相對於這種「順流而下」的描寫，涼州詞顯然有著不同的觀照方式。由下而上、由近而遠、由澎湃而閒止，在詩人想像無端的筆下，原本壯闊無邊的黃河，竟然漸行漸渺、乃至於如一條白色絲帶般迤邐沒入茫茫雲端。

於是，黃河成了一種導引，將我們的視線牽到一個「上與天齊」的渺茫世界；不僅如此，它彷彿還是一支流動的量尺，為我們標示出一段遙不可測的距離。有了如此烘托的外圍背景，詩人終於點出這一長幅畫面上真正的主體，那就是綿綿塞上一座與外面世界隔絕的小小城堡。而作為一種文學意象，「孤城」總讓人聯想到胡天烽煙、征戰苦寒、明月鄉思、冷清寂寥等等戰爭永無止息的傷害。

然而「武皇開邊意未已」，除了默默承受之外，「孤城」中長年戍守的漢家兒郎又能如何呢？玉門關外，既然春風吹拂不至，楊柳不青，離人即使要折柔條寄情也是難能，那又何須在羌笛中吹奏著哀哀切切的折楊柳呢？春風不度，既寫出了邊地苦寒，也暗示了君王恩澤事實上是不及邊地的。然則「何須怨」一語，在看似曠達的自我寬解中，又含藏著多少的蒼涼悲苦呢？

相較於登鸛鵲樓的壯闊昂揚，這首詩則神韻縹緲、令人咀嚼不盡，王漁洋甚至譽為唐詩絕句的壓卷之作，其評價之高，可說無以復加了。

延伸閱讀

開元中，詩人王昌齡、高適、王之渙齊名，共詣旗亭貰酒。忽有伶官十數人會讌，三人因私約曰：「我輩各擅詩名，今觀諸伶謳，若詩入歌辭多者為優。」俄一伶唱「寒雨連江夜入吳」，昌齡引手畫壁曰：「一絕句。」又一伶謳「開篋淚霑臆」，適引手畫壁曰：「一絕句。」尋又一伶謳「奉帚平明金殿開」，昌齡又畫壁曰：「二絕句。」之渙因指諸妓中最佳者曰：「此子所唱，如非我詩，終身不敢與爭衡矣。」須臾雙鬟發聲，則「黃河遠上白雲間」。之渙揶揄二子曰：「田舍奴，我豈妄哉？」因大諧笑，飲醉竟日。

（唐薛用弱集異記卷二）

過故人莊❶

唐　孟浩然❷

故人具雞黍，邀我至田家。綠樹村邊合❸，青山郭外斜。開軒面場圃❹，把酒話桑麻❺。待到重陽日❻，還來就❼菊花。

注釋

❶過故人莊　這是作者到老友莊園拜訪、作客時所寫的一首有名的田園詩。沈德潛唐詩別裁說孟浩然詩「語淡而味終不薄」，

這首詩自然而親切、平淡而有味，正是這種風格的典型寫照。過，探訪。莊，田莊；莊園。

❷孟浩然　襄州襄陽（今屬湖北）人。生於唐武則天永昌元年（西元六八九年），卒於唐玄宗開元二十八年（西元七四〇年）。早年隱居不仕，四十歲始遊京師，不遇，又還襄陽。晚年曾入荊州長史張九齡幕中，不久即病疽而死。詩人一意求為世用卻不幸隱淪終身，但也因隱逸的生活，其詩寫山水、田園之趣，將初唐以來王績所開啟的自然詩風發揚光大，所以在文學史上，得與王維齊名而為盛唐重要詩人。

❸合　環繞的意思。

❹開軒面場圃　打開窗戶，面對著農舍前的園地。場圃，場為打穀之地，而種菜者為圃。但古人也有「場圃同地」之說，即平日耕治之用以種菜，秋收之後，則整理為打穀之用。

❺桑麻　桑麻為蠶織所需，古人常以喻農事或農家生活。

❻重陽日　指陰曆九月九日。九為陽數，九九重陽。又九與「久」音諧，舊時以為有長長久久之意，多於是日舉宴，並有登高飲菊花酒及插茱萸避邪的習俗。

❼就　接近；親近。引申而有欣賞之意。

賞析

這是一首樸實無華的田園詩，詩人以最真淳、最自然的語言寫出了田家的風光、樂趣以及故人殷殷的情意。前兩句點明過故人莊的詩題。熟悉的老友、淳樸的農家，還有鄉村風味的雞黍，這一切是多麼的親切自然、多麼的無拘無束！無怪乎一經邀約，詩人就迫不及待地欣然以赴了。接著的「綠樹村邊合，青山郭外斜」兩句，寫一路經行的田家風光。村莊掩映在綠樹環繞之中，而郭外青山依依相伴。平疇遠山，綠意盎然，這是詩人筆下「故人莊」的速寫。其中「合」、「斜」兩字，極生動、極傳神，彷彿讓整個畫面都活了起來。而後由遠及近，由景物而人情。「開軒面場圃，把酒話桑麻」簡單兩句，概括寫出了在田家賓主盡歡的景況。較諸陶淵明詩「相見無雜言，但道桑麻長」的素心相悅、與世無爭，孟浩然詩句中更多了一分朋友間情意融融的舒暢開懷。結語兩句尤其有意思，正因著這趟「故人莊」之邀太愜意了，詩人於是「自行決定」重陽日再來一親菊花芳澤。首尾呼應，由赴故人之邀到不待邀而將再至，則田家風光、樂趣以及故人殷殷情意的引人之處，就盡在不言之中了。

或許在這首詩中，一生隱淪不遇的孟浩然也暫時拋開了所有的不如意，鬱結打開了、情緒舒展了，一切都自自然然地流露出來。於是一首本該講求格律、技巧的五言律詩，讀起來也像古詩般的樸實自然了。

延伸閱讀

北場芸藿罷，東皋刈黍歸。相逢秋月滿，更值夜螢飛。（唐王績秋夜喜遇王處士）

莫笑農家臘酒渾，豐年留客足雞豚。山重水複疑無路，柳暗花明又一村。簫鼓追隨春社近，衣冠簡樸古風存。從今若許閒乘月，拄杖無時夜叩門。（宋陸游遊山西村）

春宮曲❶

唐　王昌齡❷

昨夜風開露井桃❸，未央❹前殿月輪高。平陽歌舞新承寵❺，簾外春寒賜錦袍。

注釋

❶春宮曲　南朝時描寫宮廷瑣事，風格香豔婉媚的宮體詩，因君臣競尚，所以蔚為一時風氣。入唐之後，遺風猶存，但新體宮詞的語意已轉趨新穎，詩人用心也以諷諫當道或寄託個人境遇為主了。

❷王昌齡　字少伯，舊唐書謂為「京兆人」（今陝西西安）。約生於唐武則天聖曆元年（西元六九八年），約卒於唐肅宗至德二年（西元七五七年）。玄宗開元十五年（西元七二七年）中進士，這一年正是殷璠河嶽英靈集訂為盛唐開端的一年，而他一生活動和創作的年代，主要即在此一盛唐階段。仕途雖極坎坷，詩歌創作卻得以輝耀古今，時人甚至推尊為「詩家天子」。

❸露井桃　井邊的桃樹。露井，無蓋的井。

❹未央　即未央宮，漢宮殿名。

❺平陽歌舞新承寵　漢武帝曾於其姊平陽公主家看上歌女衛子夫（衛青之姊），公主將她送入宮中，極蒙聖眷，遂導致陳皇后的失寵。

賞析

王昌齡詩歌的題材內容以邊塞、婦女二類最為著名。其中婦女題材描寫了江南女子的天真美麗、閨中少婦對青春幸福的憧憬期盼，以及失寵妃嬪幽居深宮的閒愁暗恨。如果說邊塞詩映照的是盛唐那個壯闊時代的氛圍與氣象，那麼以婦女為題材的一些詩篇則多少投射了對宮廷聲色的諷刺或詩人本身嚮慕與失落的矛盾情懷。

這首宮詞寫宮女春怨，全詩從花開月圓與他人承寵情景的側面描寫，見出自己失寵落寞的心境。首句點明時令，以「桃之夭夭，灼灼其華」的風開桃花，扣合詩題的「春」字。次句寫未央前殿的圓月高掛，既切詩題的「宮」字，也暗示了自己的殷殷佇望。宋詞人張先一叢花令詞中有如是的句子：「沉恨細思，不如桃杏，猶解嫁東風。」然則花開而心不開、月圓而人難圓，對照之下，該是什麼樣的一種心情呢？三、四兩句承續宮人之怨下筆，不正面著墨，而偏從側面得寵者寫起。榮枯相比，愈見可怨。

王昌齡詩約一百八十餘首，其中七絕即有七十五首左右，比例之高，並世無雙，可說是唐代第一位致力七絕寫作的詩人。這首詩神傳象外、不落言筌的藝術手法，充分體現了王昌齡七絕詩「深情幽怨，意旨微茫，令人測之無端，玩之不盡」的特色。

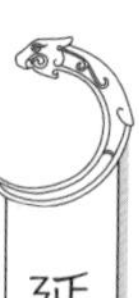

延伸閱讀

清谿深不測，隱處惟孤雲。松際露微月，清光猶為君。茅亭宿花影，藥院滋苔紋。余亦謝時去，西山鸞鶴群？（唐常建宿王昌齡隱居）

楊花落盡子規啼，聞道龍標過五溪。我寄愁心與明月，隨風直到夜郎西。（唐李白聞王昌齡左遷龍標遙有此寄）

鹿柴❶

唐　王維❷

空山不見人，但聞人語響。返景❸入深林，復照青苔上。

注釋

❶鹿柴　作者有輞川集五絕組詩二十首，此為其一。輞川在今陝西藍田終南山下，輞川別業是王維晚年隱居之處，中有鹿柴、竹里館、辛夷塢等景。柴，通「寨」、「砦」。柵籬。

❷王維　字摩詰，太原祁（今山西祁縣）人，其後父遷家於蒲（今山西永濟），遂為河東人。生於唐武則天大足元年（西元七〇一年），卒於唐肅宗上元二年（西元七六一年）。二十一歲即中進士，在政治上本有其抱負，但因朝綱漸壞，兼以中年喪偶無子，所以四十歲後就隱居藍田輞川，過著恬澹無爭的生活。王維詩、書、畫、樂兼擅，蘇軾曾謂：「味摩詰之詩，詩中有畫；觀摩詰之畫，畫中有詩。」詩作傳世的有四百餘首，與李、杜齊名，世稱「詩佛」。

❸返景　謂日光返照。景，同「影」。

賞析

「空山新雨後，天氣晚來秋」（山居秋暝）、「人閑桂花落，夜靜春山空」（鳥鳴澗）、「峽裡誰知有人事，世中遙望空雲山」（桃源行）。不錯，正如我們耳熟能詳的這些詩句，「空山」這一流露著幽靜空靈氣氛的意象，確實常出現在王維的詩篇中。不過還得進一步說明的是，王維詩中的「空山」乃是一個隱者隔絕俗世擾攘喧囂的地方，它幽靜空靈而不是一片索漠枯寂。所以在鹿柴一詩中，詩人用「不見人」、「但聞人語響」來烘托「空山」，一方面是要點出自己生活天地與人間世「不即不離，若即若離」的微妙聯繫；同時以如此局部、短暫的聲響來作反襯，進一步傳達聲響止歇後，幽深山林中那種彷彿永恆般的空寂。

「空山」、「深林」、「青苔」，詩的場景就在不知不覺中轉換著，由大而小而凝止不動了。如果說詩人在前兩句用一種似有似無的聲響寫「空山」，那麼接著的三、四句，由聲而色，詩人正是抓住了緩緩移動的斜陽返照來襯托幽暗的「深林」。

我們試想，林深處，斜陽返照緩緩穿過茂密的枝葉，灑落在蒼蒼青苔之上，這是什麼樣的一種情境呢？詩人以他敏銳的心思觀照了一個空山深林中幽靜午後的景象，我們其實並不能確切掌握它具體的意涵，但正如蘇軾送參寥師詩所言：「靜故了群動，空故納萬境」，從這一「剎那即為永恆」情境的捕捉，詩人的感覺、心境，似乎又不斷地在字裡行間、乃至於語言之外滲透出來。

古人常說：「詩如其人」，那麼鹿柴這首詩，無疑地讓我們讀到了集詩人、畫家、音樂家、學佛者於一身的王維。

延伸閱讀

獨坐幽篁裡，彈琴復長嘯。深林人不知，明月來相照。（唐王維竹里館）

晚年惟好靜，萬事不關心。自顧無長策，空知返舊林。松風吹解帶，山月照彈琴。君問窮通理，漁歌入浦深。（唐王維酬張少府）

把酒問月❶

唐　李白❷

青天有月來幾時，我今停杯一問之。人攀明月不可得，月行卻與人相隨。皎如飛鏡臨丹闕，綠煙滅盡清輝發❸。但見宵從海上來，寧知曉向雲間沒。白兔搗藥秋復春，嫦娥孤棲與誰鄰❹。今人不見古時月，今月曾經照古人。古人今人若流水，共看明月皆如此。唯願當歌對酒時❺，月光長照金樽裡。

注釋

❶把酒問月　本詩題下自注曰：「故人賈淳令余問之」，可以想見這是一首朋友間詩酒酣暢時的作品。「把酒問月」，正見詩人豪邁不拘、縱恣自如的個性。彼不自問而「令余問之」，詩人的風流自賞更溢於言表。宋蘇軾名作水調歌頭（明月幾時有）應是淵源於此。

❷李白　字太白，號青蓮居士，祖籍隴西成紀（今甘肅秦安），出生於中亞碎葉城（前蘇聯吉爾吉斯境內，唐屬安西都護府），五歲時隨父至蜀。生於唐武則天大足元年（西元七〇一年），卒於唐肅宗寶應元年（西元七六二年）。李白一生曲折離奇，曾供奉翰林，卻也曾被囚、被判責放夜郎。雖然遇赦得釋，最後仍落拓天涯，病死於當塗（今屬安徽）。白居易詩：「但是詩人最薄命，就中淪落莫如君」，可謂一語得之。存詩約一千首，大抵雄放飄逸、清新自然，其中又以絕句與樂府歌行最為後人稱道。世謂「詩仙」，與杜甫並稱「李杜」。

❸皎如飛鏡臨丹闕二句　形容月如明鏡飛升，下臨人間宮闕，雲煙散盡，清輝煥發。綠煙，指遮蔽月光的雲影。

❹白兔搗藥秋復春二句　此處借用白兔搗藥與嫦娥奔月的月宮傳說，來寫人在永恆時間中無以紓解的苦辛與孤寂。

❺唯願當歌對酒時　此處用曹操短歌行「對酒當歌，人生幾何」的詩句。

賞析

浪漫的李白據說是醉酒撈月而溺死的。傳說或許不可盡信，但果真因著「酒」、因著「月」，這樣詩般的人生休止，倒也是極貼切李白風格的。因為沒有了酒、沒有了月，李白的人生、李白的詩恐怕就要走味、就要減了光彩。把酒問月一詩的特別，正在於它充分抓住這兩個恍惚、迷離的意象，傾吐了詩人那靈魂深處低徊縈繞的寂寞孤高。

這首詩在詩題下，原另有「故人賈淳令余問之」的注文。我們不難想像這樣的一幅畫面：杯觥交錯，明月當空，在老友慫恿下，詩人帶著酒意、也帶著一貫睥睨一切的自豪，舉杯對月。「青天有月來幾時」，破空而來的一問，是詩人對亙古宇宙的無限迷惑與神往，也是詩人與天外明月忘情對話的醉態可掬。而整首詩就以四句一韻的形式與節奏展開，從酒寫到月、又從月歸到酒，同時從空間感受寫到時間感受。其中抑揚頓挫、轉折變化，可說徹底發揮了傳統詩歌的聲情之美，也充分展現了詩人恣肆無端的想像力與藝術才情。

然則一路寫月的似遠似近、若即若離，寫月的鏡懸雲綴、來去無蹤，乃至於寫月宮傳說的浪漫神祕，最終仍不得不歸結於一個無可奈何的概嘆：明月亙古如斯，而古人今人豈止恆河沙數，卻只如逝水般瞬間消失。即便天才如李白、自負如李白，又能如何？

我們且看看詩人另一首情境相彷彿的月下獨酌，「永結無情遊，相期邈雲漢」，一如「謫仙」的名號，詩人仰首穹蒼，他從來不屬於人間。只是孤高如月，也只能希冀當歌對酒時，明月長相伴隨了。月光灑落金樽，全詩結束時這一迷離的意象，是詩人想像縱情恣肆後對詩題「把酒」的回應，也是明月對李白這一位不世出詩人舉杯相問的深情回答吧！

延伸閱讀

窮愁千萬端，美酒三百杯。愁多酒雖少，酒傾愁不來。所以知酒聖，酒酣心自開。辭粟臥首陽，屢空饑顏回。當代不樂飲，虛名安用哉？蟹螯即金液，糟丘是蓬萊。且須飲美酒，乘月最高臺。（唐李白月下獨酌四首之四）

明月幾時有？把酒問青天。不知天上宮闕，今夕是何年？我欲乘風歸去，惟恐瓊樓玉宇，高處不勝寒。起舞弄清影，何似在人間。

轉朱閣，低綺戶，照無眠。不應有恨，何事長向別時圓？人有悲歡離合，月有陰晴圓缺，此事古難全。但願人長久，千里共嬋娟。（宋蘇軾水調歌頭丙辰中秋，歡飲達旦，大醉，作此篇，兼懷子由）

越中覽古❶

唐　李白

越王句踐破吳歸❷，戰士還家盡錦衣。宮女如花滿春殿，只今惟有鷓鴣飛。

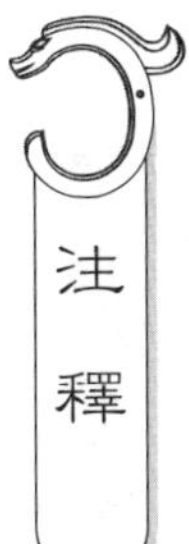

注釋

❶越中覽古　這是詩人遊覽越中（唐越州，治所在今浙江紹興），感慨今昔，所寫的一首懷古之作。

❷越王句踐破吳歸　用越王句踐十年生聚、十年教訓，最後終於雪恥復仇，滅吳而歸的故事。

賞析

杜甫在贈李白詩中有句云：「秋來相顧尚飄蓬，未就丹砂愧葛洪」，不錯，空有縱恣不羈的才情，李白的一生卻是如此的進退失據。抱負成空，蓬飄四處；而即使五嶽求仙，又何能超越短暫的肉身生命呢？永恆、不朽的追求，終究是一場不切實際的迷夢罷了。越中覽古一詩透露的正是詩人這種俯仰今昔、感嘆無端的心境。

徘徊在荒煙蔓草間，悠悠蕩蕩地，詩人進入了一處久遠的時空之中。十年生聚、十年教訓，這一些就略過不提吧！但歷盡艱辛、流盡血淚，那凱旋歸來的一刻，又是什麼樣的滋味呢？是的，曾經受盡人世不堪的越王句踐終於雪恥了。敵愾同仇、上下一心的將士們，也雄赳赳、氣昂昂地衣錦還鄉了。就在這裡，詩人腳下所踩的這片土地上，宮殿曾經是如此的巍峨璀璨，貌美如花的宮女穿梭往來，翩翩似飛。只是才一霎間，像從夢境中醒來一般，繁華消逝無蹤，觸目無非斷垣殘壁，詩人重又跌回了現實裡。明媚的春光中，越宮舊址卻早殘敗荒蕪，而彷彿是當年翩翩宮女魂魄幻化的鷓鴣，依舊飛來飛去。

與一般詩歌「起、承、轉、合」的結構方式大異其趣，這首詩最值得注意的是，它以整整三句鋪排往昔盛況，直到最後一句才寄寓作者眼前不堪的傷逝之情。而就此一句，其力道足以將三句扳倒。「只今惟有」四字，可說有著扛千鈞鼎之力。更何況就虛實而言，前三句歷歷敘述，終究是「想當然耳」的鏡中花、水中月而已。「鷓鴣飛」寥寥三字，卻是無可移易的眼前實景。在如此強烈的對照之下，滄桑變改、浮生若夢的感慨，乃不覺溢於言表。而正是在此等處，我們不僅撫觸到詩人的生命情懷，也充分體會了他揮灑自如、變化多端的詩歌技巧。

舊苑荒臺楊柳新，菱歌清唱不勝春。只今惟有西江月，曾照吳王宮裡人。（唐李白蘇臺覽古）

西施越溪女，出自苧蘿山。秀色掩今古，荷花羞玉顏。浣紗弄碧水，自與清波閑。皓齒信難開，沉吟碧雲間。句踐徵絕豔，揚蛾入吳關。提攜館娃宮，杳渺詎可攀。一破夫差國，千秋竟不還。（唐李白西施）

九日藍田崔氏莊❶

唐　杜甫❷

老去悲秋強自寬，興來今日盡君歡。羞將短髮還吹帽❸，笑倩❹旁人為正冠。藍水❺遠從千澗落，玉山高並兩峰寒❻。明年此會知誰健，醉把茱萸❼仔細看。

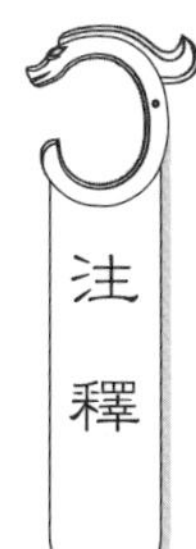

注釋

❶九日藍田崔氏莊　肅宗乾元元年（西元七五八年），杜甫貶為華州司功參軍，時四十七歲，而安史之亂已進入第四個年頭。這首詩應是作者當時至藍田所作。藍田在長安東南七十里，唐屬京兆府。

❷杜甫　字子美，祖籍襄陽（今屬湖北），出生鞏縣（今屬河南）。生於唐玄宗先天元年（西元七一二年），卒於唐代宗大曆五年（西元七七〇年）。年輕時曾南遊吳越、北歷齊趙。雖然抱負遠大、學問品行俱佳，但屢試不第，一生仕途坎坷。兼以身遭安史之亂，奔波流離，可說飽經憂患。存詩一千四百多首，內容充分反映了當時的民生社會，故有「詩史」之稱。而格律精細，詩風沉鬱，後人尊為「詩聖」。元稹甚至以為「詩人以來，未有如子美者」，則其於詩歌史上的地位，實不難想見。

❸羞將短髮還吹帽　此句用典以扣合重陽，並藉「短髮」寫「老去悲秋」。吹帽，晉朝孟嘉九月九日遊龍山，風吹帽落而渾然不覺。

❹倩　請求的意思。

❺藍水　藍田地方的溪流，出玉石。

❻玉山高並兩峰寒　藍田山出玉石，亦名玉山。又華山東北有雲臺山，兩峰崢嶸，四面懸絕，與藍田山近，故曰「高並兩峰寒」。

❼茱萸　古人於九月九日佩茱萸，飲菊花酒，認為可以去邪益壽。

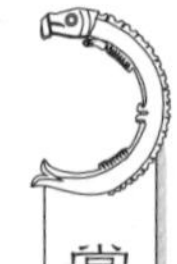

賞析

晚明小品文作家譚元春在秋尋草自序中有一段文字：「予嘗言宋玉有悲，是以悲秋；後人未嘗有悲而悲之，不信胸中而信紙上，予悲夫悲秋者也。」對一般「為賦新詞強說愁」的作家來說，這真是一段極盡諷刺的話。但拿來論杜甫九日藍田崔氏莊的「老去悲秋」，卻彌覺其蒼涼感慨，動人肺腑。

詩人是如此地滿懷著理想抱負、如此地希望一展長才，但大半生蹭蹬失志，空自蹉跎了歲月。眼看著年華逐漸逝去，而四海驚擾，安史之亂的禍害仍排山倒海地蔓延著。憂心國事、憂心一己，就在這樣如焚的心境下，一年晚秋的重陽又悄悄到來。應邀至莊園作客，主人自是情意殷殷，但烽火下的節慶，又是什麼樣的況味呢？

對詩人而言，「老去」乃一長時以往悲秋的歲月，「今日」則無非逢節興來的短短片刻；「悲秋」是真正無以遏抑的由「己」，「興來」只不過勉強一時的為「君」而已。交織著兩種如此矛盾的心境，詩人可沒有模糊了它們的主從。在概括全詩意旨的第一句裡，「老去悲秋」是根幹，「強自寬」是枝葉。「興來今日盡君歡」一句，作為一種短暫情緒的抒寫，很明顯地是承「強自寬」而來。「羞將短髮還吹帽」，用重陽的典故，暗寫「老去」之「悲」。「笑倩旁人為正冠」則承上句之典，貼切形容「自寬」的勉「強」。接著的「藍水遠從千澗落，玉山高並兩峰寒」兩句，明寫崔氏莊遠處晚秋之景，深一層則是藉山水長健，反襯人壽幾何，以寄託朝露無常的感慨。最後逼出「明年此會知誰健，醉把茱萸仔細看」兩句作結，仍然緊扣重陽節序，而還原脈注於「老去悲秋」之主旨。其中「醉把」、「仔細看」這兩個傳神至極的細微動作，更是令人會心動容，勝過千言萬語。

這首詩通篇不離悲秋嘆老，卻絕不作低喟沉吟之語。詩人運筆騰挪變化、酣暢淋漓，而逸態豪情之中，益覺悲涼蕭瑟。前人謂杜詩「沉鬱頓挫」，九日藍田崔氏莊一詩正足以見之。

延伸閱讀

去年登高郪縣北，今日重在涪江濱。苦遭白髮不相放，羞見黃花無數新。世亂鬱鬱久為客，路難悠悠常傍人。酒闌卻憶十年事，腸斷驪山清路塵。（唐杜甫九日）

風急天高猿嘯哀，渚清沙白鳥飛迴。無邊落木蕭蕭下，不盡長江滾滾來。萬里悲秋常作客，百年多病獨登臺。艱難苦恨繁霜鬢，潦倒新停濁酒杯。（唐杜甫登高）

石壕吏❶

唐　杜甫

暮投石壕村，有吏夜捉人。老翁踰牆走，老婦出門看❷。吏呼一何怒，婦啼一何苦。聽婦前致詞：「三男鄴城❸戍。一男附書至，二男新戰死。存者且偷生，死者長已矣。室中更無人，惟有乳下孫。有孫母未去，出入無完裙。老嫗力雖衰，請從吏夜歸。急應河陽❹役，猶得備晨炊。」夜久語聲絕，如聞泣幽咽。天明登前途，獨與老翁別。

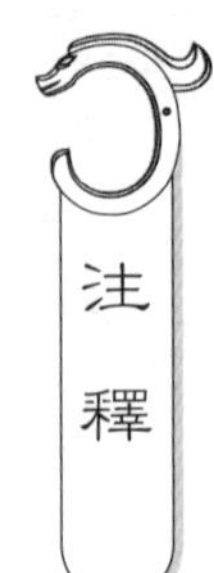

注釋

❶石壕吏　肅宗乾元二年（西元七五九年）春，鄴城一役，郭子儀等九節度使的六十萬大軍被史思明擊潰。唐王朝為緊急補充兵力，便四處強行抓人。這時，杜甫正由洛陽經潼關，要趕回華州任所。途中耳聞目睹，於是寫下了有名的三吏、三別。石壕吏是三吏中的一篇，全詩透過對「有吏夜捉人」的深刻描繪，反映戰亂下無辜百姓的苦難。石壕，鎮名。在今河南陝縣東七十里。

❷出門看　他版或作「出看門」、「出門守」、「出門首」。看，寒韻，與「村」（元韻）、「人」（真韻）在古詩押韻中是相通的。

❸鄴城　即相州，在今河南安陽。

❹河陽　今河南孟縣。鄴城兵敗後，接替郭子儀指揮的李光弼退守河陽，與史思明叛軍在此激戰數月。

賞析

劉大杰中國文學發展史說：「『不眠憂戰伐，無力正乾坤』（宿江邊閣），是杜甫詩歌藝術和生活的思想基礎！」這話真是說得好！我們看杜甫的一生，在大唐由盛而衰的變亂時局中，他無時無刻不在注意著社會民生。他不可能去過王維那種林隱禪誦的生活，也無法如李白般以追求精神的解脫為滿足。所以「詩聖」的尊稱，不只標示了詩人在詩歌國度的崇高地位，更具體說明了詩人與眾不同的生命情調。而正是這種生命情調的自然流露，杜甫常借用便於敘事的古詩體裁，來抒寫一些現實社會生活的內容，三吏、三別等詩就是典型的例子。

以石壕吏一詩而言，詩人以飽蘸著感情的筆墨，具體反映了亂離時局中小老百姓哀哀無告的苦楚。最值得一提的是，在詩人極用心思、卻又極為自然的編排下，這首詩成了「一幕用心傾聽的悲劇」。以暗夜中的「傾耳聽聞」作為整首詩的結構主線，一開始，詩人就以「吏呼一何怒，婦啼一何苦」這兩種強烈對照的聲音，來揭開此一人間悲劇的序幕。而後「一何怒」的「吏呼」被詩人消了音，舞臺上只剩下老婦「一何苦」的哀切啼訴。三男戍、二男死、孫方乳、媳無裙，老婦一一細數的亂離情節，誠然悲痛莫名；但回答中刻意略過「踰牆走」的老翁，同時「力雖衰」卻毫不遲疑地「請從吏夜歸」，這種一心護持與犧牲的精神，更是令人動容。只是憂世憂民卻人微言輕的杜甫，又豈能像菩薩般「聞聲救苦」呢！夜已深，「一何怒」、「一何苦」的聲音也止息了。詩人依舊屏息諦聽著，暗夜裡，他彷彿聽到了一聲聲幽咽啜泣。好不容易捱過漫漫長夜，揮別了孤單單的老翁，前路方遙，但詩人的腳步是如此的沉重……。

由濃而淡而餘韻不絕，這首詩全篇句句敘事，卻又句句議論、句句抒情，可說是詩人對「天地不仁，以萬物為芻狗」的一篇無言控訴！

延伸閱讀

客行新安道，喧呼聞點兵。借問新安吏，縣小更無丁。府帖昨夜下，次選中男行。中男絕短小，何以守王城。肥男有母送，瘦男獨伶俜。白水暮東流，青山猶哭聲。莫自使眼枯，收汝淚縱橫。眼枯即見骨，天地終無情。我軍取相州，日夕望其平。豈意賊難料，歸軍星散營。就糧近故壘，練卒依舊京。掘壕不

到水，牧馬役亦輕。況乃王師順，撫養甚分明。送行勿泣血，僕射如父兄。（唐杜甫新安吏）

四郊未寧靜，垂老不得安。子孫陣亡盡，焉用身獨完。投杖出門去，同行為心酸。幸有牙齒存，所悲骨髓乾。男兒既介胄，長揖別上官。老妻臥路啼，歲暮衣裳單。孰知是死別，且復傷其寒。此去必不歸，還聞勸加餐。土門壁甚堅，杏園度亦難。勢異鄴城下，縱死時猶寬。人生有離合，豈擇衰老端。憶昔少壯日，遲迴竟長嘆。萬國盡征戍，烽火被岡巒。積屍草木腥，流血川原丹。何鄉為樂土，安敢尚盤桓。棄絕蓬室居，塌然摧肺肝。（唐杜甫垂老別）

聽穎師彈琴❶

唐　韓愈❷

昵昵兒女語，恩怨相爾汝❸。劃然變軒昂，勇士赴敵場。浮雲柳絮無根蒂，天地闊遠隨飛揚❹。喧啾百鳥群，忽見孤鳳凰❺。躋攀分寸不可上，失勢一落千丈強❻。嗟余有兩耳，未省聽絲篁❼。自聞穎師彈，起坐在一旁❽。推手遽止之，濕衣淚滂滂。穎乎爾誠能，無以冰炭置我腸❾。

注釋

❶聽穎師彈琴　本詩作於唐憲宗元和十一年（西元八一六年）。穎師是當時一位善於彈琴的出家人，李賀也有聽穎師彈琴歌詩。

❷韓愈　字退之，孟州河陽（今河南孟縣）人。生於唐代宗大曆三年（西元七六八年），卒於唐穆宗長慶四年（西元八二四年）。

他一生的行事風格極具爭議性，兩受貶斥而倔強如故，力排佛法卻愛與僧人來往。詩文一如其人，也每每表現出不同流俗的個性。在文的方面，他與柳宗元一起提倡古文運動，力矯六朝以來駢文的浮豔文風。詩的方面，則以「奇崛險怪」的風格自闢蹊徑。

❸昵昵兒女語二句　寫琴聲的輕柔細碎，有如小兒女間夾雜著嗔怪、親昵的竊竊私語。爾汝，原指直接以你我相稱的至友交誼，這裡用以表示親昵。

❹浮雲柳絮無根蒂二句　寫琴聲如浮雲柳絮般飛揚飄蕩。

❺喧啾百鳥群二句　眾聲喧譁中，獨有鳳凰清吟。此處描寫琴聲的變化，清苦孤絕，不同於俚俗之音。

❻躋攀分寸不可上二句　承前之鳳凰而來，以「躋攀」、「失勢」來比喻琴聲的起伏抑揚。強，有餘。

❼嗟余有兩耳二句　以下作者寫自己雖不精通音樂，於穎師彈琴中，感受卻是如此深刻。

❽自聞穎師彈二句　忽起忽坐，寫聆聽琴聲時內心的激盪不已。

❾穎乎爾誠能二句　極寫穎師琴藝的出神入化，遂使詩人時而慷慨興奮、時而沮喪失落，有如冰炭置於衷腸之中。

賞析

唐代是我國詩歌的時代，也是音樂的時代。

唐代詩歌中有很多描寫音樂之美的作品，以中唐來說，白居易的琵琶行、李賀的李憑箜篌引，還有韓愈的聽穎師彈琴，即是清人方扶南並推為「摹寫聲音至文」的名篇。

以韓愈這一首聽穎師彈琴來說，它既充分描摹了穎師彈琴的無窮變化，也寫出了詩人聆聽時心情的波動起伏。兩者似分似合、渾化無間，使得整首詩的意境更加深厚雋永，耐人尋味。在結構上，詩分兩部分，前十句緊扣題目中的「聽」字，正面摹寫聲音。由兒女呢喃而英雄軒昂、由雲絮飛揚而鳳凰孤鳴，一系列形象鮮活的比喻，不只寫出了聲音、寫出了影像，也寫出了琴聲中蘊含的無限情意。後八句寫自己聆聽彈琴時的心情感應，既具體呼應前面的琴聲變化，同時更不落痕跡地讚頌了穎師出神入化的琴藝。讀完全詩，我們彷彿接受了一場淋漓酣暢的音樂洗禮。而嘗試著去感受詩人如此劇烈的心情起伏，我們或許也可以進一步撫觸到一位倔強詩人的心靈世界。

陸侃如、馮沅君的中國詩史一書曾指出，中唐詩人中，「從杜甫詩的內容上衍出來的是白居易一群，從杜甫詩的形式上衍出來的是韓愈一群」。確實，從句法、章法、用韻各方面的不平常，我們都不難看出韓愈以及李賀、孟郊、賈島等人在形式技巧上承續杜甫，追求奇險新變、另闢蹊徑的用心。而這樣的詩歌演化，韓愈的這首聽穎師彈琴，多少能見出一些端倪。

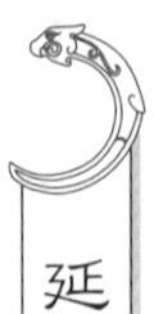

延伸閱讀

吳絲蜀桐張高秋，空山凝雲頹不流。江娥啼竹素女愁，李憑中國彈箜篌。崑山玉碎鳳凰叫，芙蓉泣露香蘭笑。十二門前融冷光，二十三絲動紫皇。女媧鍊石補天處，石破天驚逗秋雨。夢入神山教神嫗，老魚跳波瘦蛟舞。吳質不眠倚桂樹，露腳斜飛濕寒兔。（唐李賀李憑箜篌引）

昵昵兒女語，燈火夜微明。恩怨爾汝來去，彈指淚和聲。忽變軒昂勇士，一鼓填然作氣，千里不留行。回首暮雲遠，飛絮攪青冥。　眾禽裡，真彩鳳，獨不鳴。躋攀寸步千險，一落百尋輕。煩子指間風雨，置我腸中冰炭，起坐不能平。推手從歸去，無淚與君傾。（宋蘇軾水調歌頭）

賣炭翁❶

唐　白居易❷

賣炭翁，伐薪燒炭南山中。滿面塵灰煙火色，兩鬢蒼蒼十指黑。賣炭得錢何所營？身上衣裳口中食。可憐身上衣正單，心憂炭賤願天寒。夜來城外一尺雪，曉駕炭車輾冰轍。牛困人飢日已高，市南門外泥中歇。翩翩兩騎來是誰？黃衣使者白衫兒❸。手把文書口稱敕，回車叱牛牽向北❹。一車炭，千餘斤，宮使驅將惜不得❺。半匹紅紗一丈綾，繫向牛頭充炭直❻。

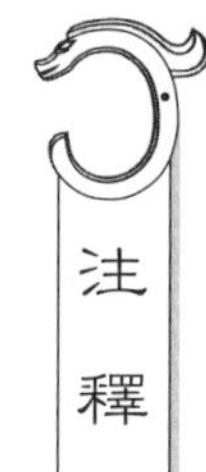

注釋

❶賣炭翁　這是白居易「新樂府」組詩五十篇中的第三十二篇。原詩自注云：「苦宮市也。」「宮市」是指採買皇宮所需的物品，例有官吏專職負責。中唐時期，宦官橫行濫權，往往藉此中飽。他們常率眾在長安市坊，以低價強購貨物，有時甚至分文不給，還勒索費用。作者以一個賣炭翁被掠奪的悲慘遭遇，來反映黑暗政治下老百姓的痛苦與無奈。

❷白居易　字樂天，其先乃太原（今山西太原）人，後徙下邽（今陝西渭南東北）。生於唐代宗大曆七年（西元七七二年），卒於唐武宗會昌六年（西元八四六年）。德宗貞元十六年登進士第，補祕書省校書郎。憲宗元和元年，作樂府及詩百餘篇，規諷時事，帝悅之，召拜翰林學士、左拾遺。傳言白母墮井死，而居易賦新井篇，「言既浮華，行不可用」，貶江州司馬。文宗即位，召遷刑部侍郎。武宗會昌二年，以刑部尚書致仕。會昌六年卒。曾自號「醉吟先生」，好佛，稱「香山居士」。與元稹善，

天下曰「元白」。元卒，又與劉禹錫齊名，並稱「劉白」，有白氏長慶集。

❸黃衣使者白衫兒　黃衣使者指太監，白衫兒指太監手下的爪牙。

❹手把文書口稱敕二句　手拿公文，嘴裡假託皇帝有命令。又唐代長安市場大都在南面，皇宮在城北，所以叱牛車迴轉向北。

❺一車炭三句　整車炭被宮使驅趕而去，卻半點惜不得。宮使指太監。

❻半匹紅紗一丈綾二句　唐代商品交易，絹帛等絲織品可代貨幣使用。太監們只用半匹紗和一丈綾，便強奪了整整一車的炭。炭直，炭的價錢。

賞析

一般都認為，白居易詩的最大成功，簡單說起來，便是一方面用白話作詩，一改中唐詩漸趨典雅的風格；另一方面則以社會問題作題材，打破中唐詩吟風弄月的描寫方式。其中如賣炭翁、新豐折臂翁、婦人苦、母別子、傷友、村居苦寒、買花等，都是傳世不朽的名篇。

以賣炭翁一詩為例，詩人藉由質樸自然的語言，申訴了一個現實生活中卑微人物的悲苦與無奈。開頭四句，極寫賣炭翁的炭來之不易。「伐薪」、「燒炭」，概括了無止息的勞動歷程；灰薰火炙、鬢蒼指黑，是勞動者斑駁滄桑的容顏寫照。而這一切的代價該當幾何呢？不錯，就是「身上衣裳口中食」的區區溫飽而已。甚至為了憂心炭價，詩中的賣炭翁顧不得「身上衣正單」，居然還一心祈願天寒人凍。而似乎天從人願，總算盼到一場大雪了。雪路遙遠、牛困人飢、輾冰轍、泥中歇，只要不必再「心憂炭賤」，這些苦又算什麼呢？希望的背後，竟是如此沉重的負荷。而接著的一幕，詩人提筆之際，恐怕也是掩面歔欷的。一張文書、信口稱敕，兩個作威作福的宮使，便讓賣炭翁所有的辛苦、所有的希望，一下子全都化為泡影了。喜慶的、富貴的「半匹紅紗一丈綾」，繫向牛頭，這是多麼諷刺的畫面、又是多麼有力的控訴啊！

白居易在寄唐生中曾經如是寫道：「不能發聲哭，轉作樂府詩。……非求宮律高，不務文字奇。惟歌生民病，願得天子知。」讀賣炭翁這樣的詩，我們確實可以感受到有如杜詩中那種社會關懷的可貴情操，而這正是白居易能在中唐詩壇獨領風騷的主要原因。

延伸閱讀

八年十二月，五日雪紛紛。竹柏皆凍死，況彼無衣民。回觀村閭間，十室八九貧。北風利如劍，布絮不蔽身。唯燒蒿棘火，愁坐夜待晨。乃知大寒歲，農者尤苦辛。顧我當此日，草堂深掩門。褐裘覆絁被，坐臥有餘溫。幸免飢凍苦，又無壠畝勤。念彼深可愧，自問是何人？（唐白居易村居苦寒）

帝城春欲暮，喧喧車馬度。共道牡丹時，相隨買花去。貴賤無常價，酬值看花數。灼灼百朵紅，戔戔五束素。上張幄幕庇，旁織笆籬護。水灑復泥封，移來色如故。家家習為俗，人人迷不悟。有一田舍翁，偶來買花處。低頭獨長嘆，此嘆無人諭。一叢深色花，十戶中人賦。（唐白居易買花）

烏衣巷❶

唐　劉禹錫❷

朱雀橋❸邊野草花，烏衣巷口夕陽斜。舊時王謝堂前燕，飛入尋常百姓家。

注釋

❶烏衣巷　這是金陵五題中的一首，也是作者最為得意的懷古名篇之一。烏衣巷，故址在今南京市秦淮河之南，朱雀橋附近。本孫吳時烏衣營戍守之處，故名。晉南渡後，王導卜居於此，謝鯤與族子謝靈運等亦居此巷。詩人藉此來寫人世滄桑變改的感嘆。

❷劉禹錫　字夢得，其先洛陽人，後遷移到滎陽（在今河南）。生於唐代宗大曆七年（西元七七二年），卒於唐代宗會昌二年（西元八四二年）。德宗貞元間進士。順宗時，與柳宗元等積極參與王叔文新政。順宗退位，支持新政者皆遭受貶謫的命運。劉禹錫自難倖免。其後起起落落，仕途並不順暢。晚年辭官歸返洛陽，與裴度、白居易詩酒唱和。在反映現實生活的思想內容上，他的詩雖不如白居易，但善於吸取民歌的精華，同時又具有優美圓熟的藝術技巧，在詩史上，仍足以劉、白並稱。

❸朱雀橋　一名朱雀航，乃秦淮河上浮橋，東晉時建，故址在今南京市淮橋東。

賞析

強烈敏感的時間意識乃是中國詩歌極為明顯的一個特色，小自春秋代序、人生盛衰，大至朝代興替、世事滄桑，無不引發詩人的無窮感喟。而在中國歷史上，吳、東晉、宋、齊、梁、陳六朝均建都金陵。這些國祚既短，卻又相互傾軋、悲恨相續的朝代，不可避免地成了後人詠懷歷史的負面例證。而作為六朝故都，金陵懷古幾乎就是一個詠史詩的專題了。劉禹錫這首烏衣巷，便是他有名的金陵五題中的一首。

整首詩中，彷彿瀰漫著一種「予欲無言」的低沉情緒，詩人只是默默地引領我們穿梭在一段充滿感嘆的歷史時空裡。朱雀橋、烏衣巷、舊時王謝堂，一路經行處，早已不復當年車馬喧闐、繁華競逐的景況了。如今映入眼簾的是朱雀橋邊野草蔓生、花開花落，而烏衣巷口冷冷清清，更是不知幾度夕陽斜照了。野草、夕陽，烘托之下，今昔滄桑之感已是油然而生。但接著的神來之筆，尤令人叫絕。詩人抓住燕子歸棲舊巢的習性，讓它成為筆下無言的歷史見證者。年去歲來，簷巢依舊，然而四百年前的王謝堂宅，人事全非，早已淪為尋常百姓之家了。

一般詠史懷古，作者總免不了要講一兩句心中感嘆的話，這首烏衣巷卻妙在不說。整首詩經由一系列意象的單純呈現，略作點染，而無窮詩意已盡藏言外。中國詩歌，尤其是絕句的餘韻，於茲足見，無怪乎白居易讀此詩時會「掉頭苦吟，嘆賞良久」了。

延伸閱讀

山圍故國周遭在，潮打空城寂寞回。淮水東邊舊時月，夜深還過女牆來。（唐劉禹錫金陵五題石頭城）

江雨霏霏江草齊，六朝如夢鳥空啼。無情最是臺城柳，依舊煙籠十里堤。（唐韋莊金陵圖）

蘇小小墓❶

唐　李賀❷

幽蘭露，如啼眼。無物結同心❸，烟花不堪剪。草如茵，松如蓋❹。風為裳，水為珮❺。油壁車❻，夕相待。冷翠燭❼，勞光彩。西陵❽下，風吹雨。

注釋

❶蘇小小墓　蘇小小是南齊時錢塘名妓，其墓在嘉興西南。古樂府蘇小小歌：「妾乘油壁車，郎騎青驄馬。何處結同心，西陵松柏下。」唐李紳真娘墓詩序：「嘉興縣前有吳妓人蘇小小墓。風雨之夕，或聞其上有歌吹之音。」與李紳同時代的「鬼才」詩人李賀即以這一淒迷的民間傳說，寫出了幽冥隔絕下蘇小小永世等待的鬼魂形象。

❷李賀　字長吉，河南府福昌（今河南宜陽）昌谷人，李淵之子鄭王元懿之裔孫。生於唐德宗貞元六年（西元七九〇年），卒於唐憲宗元和十一年（西元八一六年）。舉進士，因受爭名者毀謗，以父名（晉肅）犯諱之禍，未能中第。後以恩蔭任太常寺奉禮郎。鬱鬱不得志，卒年才二十七。賀詩往往嘔心苦吟而來，在形式上長於樂府古風，內容則色彩瑰麗、想像獨絕。尤值得注意的是，他的詩多描寫鬼神死亡的超現實世界，故有「詩鬼」、「鬼仙」之名。

❸結同心　即「同心結」，古人以絲帶綰為連環迴文式，用來表示相愛之意，因美其名曰同心結。

❹蓋　大傘。

❺珮　一種佩在腰間的玉製飾品，會隨著人的步伐發出有節奏的聲響。

❻油壁車　車廂用油彩塗飾的車子。

❼冷翠燭　此處指的是陰森森的燐火。

❽西陵　橋名，一名西泠，是西湖十景之一。相傳為蘇小小好遊之處，今有其墓在。

賞析

在佛洛伊德(Freud)有關潛意識的主張裡，除了「性的本能」，還有「死的本能」。對某些人而言，這一人類心靈底層最原始、最隱匿的部分，同樣會在不自覺中流露出來。李賀是一個身體極度衰弱、一生偃蹇的窮苦詩人，也因此，短短二十七年的生命中，死亡森寒的夢魘總是如影隨形地籠罩在他的心上。臨終時，詩人留下親自刪定的詩歌二百三十三首，描寫冥界便是其中極具特色的部分。他喜歡寫死亡、寫鬼魂、寫黑夜、寫寒冷、寫神祕、寫陰森，透過這樣的描寫，我們不難感受到一個苦悶而陰鬱的靈魂的震顫。

蘇小小墓是詩人憑弔一位作古多年的名妓的詩篇。因著一些繪聲繪影的淒迷傳說，詩人以短促的音節、變換的韻腳，加上淒美的意象和豐富的聯想，寫出了這樣一首迥異於傳統樂府詩體的創新作品。全詩情景交融，一系列極盡經濟能事的意象安排，既是墓園愁慘氣氛的渲染，也是一縷芳魂飄忽幽怨的傳神寫照。幽蘭花葉上晶瑩的露珠，一如墓中人依舊啜泣的眼眸，那是千百年不死心的等候啊！只是生前的追求都已落空，而今幽冥懸隔，再沒有什麼可以綰結同心了。孤墳上淒迷如煙的野花，又怎堪剪摘持贈呢？接著的幾句，碧草如茵、蒼松如蓋、衣袂隨風飄拂、環珮似水聲輕響，一切似乎是如此的美好，然而油壁車急急趕赴的約會，竟是一夜一夜的空自等待。最後四句，詩中呈現出來的是一幕陰森迷離的景象。生前期會、死後埋骨的西陵，只見淒風苦雨中，鬼火一如冷冷翠燭，兀自燐燐不已。

或許人世間的愁苦不幸，反而讓詩人貼近了一般人避之唯恐不及的幽冥世界。於是「無物結同心」的孤獨、「烟花不堪剪」的失落，便不僅是在摹寫蘇小小的魂魄深處了。

延伸閱讀

南山何其悲，鬼雨灑空草。長安夜半秋，風剪春姿老。低迷黃昏徑，裊裊青櫟道。月午樹立影，一山惟白曉。漆炬迎新人，幽壙螢擾擾。（唐李賀感諷五首之三）

桐風驚心壯士苦，衰燈絡緯啼寒素。誰看青簡一編書，不遣花蟲粉空蠹。思牽今夜腸應直，雨冷香魂弔

書客。秋墳鬼唱鮑家詩，恨血千年土中碧。（唐李賀秋來）

江南春❶

唐　杜牧❷

千里鶯啼綠映紅，水村山郭酒旗❸風。南朝四百八十寺❹，多少樓臺煙雨中。

注釋

❶江南春　這首描寫江南春光的七絕，是杜牧極為膾炙人口的名篇。詩中不專指一處，立意既廣，所以總而命曰「江南春」。

❷杜牧　字牧之，京兆萬年（今陝西長安）人。生於唐德宗貞元十九年（西元八〇三年），卒於唐宣宗大宗六年（西元八五二年）。文宗太和二年進士及第，任校書郎。因阿房宮賦而頗受公卿推許。杜牧為人風流倜儻，好「狹斜遊」，然而他也「剛直有奇節，敢論列大事，指陳利病尤切」。其傳世作品詩文兼擅，於韓、柳之外屹然成家。詩作悲悽感慨、抑揚頓挫，識者擬之杜甫，稱為「小杜」。

❸山郭酒旗　山郭，山城。酒旗，即酒帘，是酒店所懸用以攬客的標幟。

❹南朝四百八十寺　南朝，統稱建都於建康（今南京）的宋、齊、梁、陳等朝代。四百八十寺，言其寺廟之多。南朝皇帝及世家大族大多崇信佛教，所以寺廟興建既多且窮極宏麗。

賞析

「陽春召我以煙景，大塊假我以文章」，這是李白春夜宴桃李園序中古今傳誦的名句。不錯，在幾個月的天寒地凍、萬物寂然之後，春回人間，一切重又欣欣向榮。春光是有情的，它以幻夢般美景召喚我；大地是有情的，它以繽紛的文采獻給我。敞開心胸，詩人是如此深深感受到大地春光的迷人與多情。而如果嘗試著以此體會，那麼杜牧的江南春絕句所要抒寫的，不也是這樣的景致與情懷、再加上一點點歷史的觸動嗎？

是的，大地又已春回，看得到的是一片桃紅柳綠、聽得到的是處處鶯啼婉轉。傍水的村落、依山的城郭、迎風招展的酒旗，在明媚的春光中，也都一一在望。經由一系列色彩、動靜、高低等等錯綜豐富的映對，詩人鮮活地描繪出柳暗花明、山重水複、風拂鶯囀的江南春。接著寫掩映於迷濛煙雨中的佛寺浮屠，一方面進一步呈顯江南春的別具意韻，同時也讓原本一二句渲染出的明朗絢麗，增添幾許深邃迷離。「南朝」兩字在看似不經意中，更將這首詩從單純的空間敘寫，深入為另一層次的歷史思緒。如此一來，令人沉醉、令人悠然神往的江南春光，又豈只是它的明朗絢麗、它的深邃迷離而已呢？

杜牧是晚唐重要的詩人，他的詩以七絕最為人激賞。他能在小小的形式中，表現出一幅幅優美的畫面，同時用精鍊的語言，傳達含蓄的情思。尤其身處唐代國勢漸蹙之際，風流俊賞卻又懷才不遇，他的詩往往在豔麗俊逸中，帶有淡淡的愁緒，使人玩味無窮。這首江南春以及遣懷、寄揚州韓綽判官等詩，可說都是極佳的例證。

延伸閱讀

落魄江湖載酒行，楚腰纖細掌中輕。十年一覺揚州夢，贏得青樓薄倖名。（唐杜牧遣懷）

青山隱隱水迢迢，秋盡江南草木凋。二十四橋明月夜，玉人何處教吹簫？（唐杜牧寄揚州韓綽判官）

無題❶四首之一

唐　李商隱❷

來是空言去絕蹤❸，月斜樓上五更鐘。夢為遠別啼難喚，書被催成墨未濃❹。蠟照半籠金翡翠，麝薰微度繡芙蓉❺。劉郎已恨蓬山遠❻，更隔蓬山一萬重。

注釋

❶無題　是無以命題的意思。這或許是詩人自覺所要抒發的內容不便明說，遂託「無題」以寄意。李商隱詩集中有不少隱晦的無題詩，往往引起後人的猜測議論。像這首無題詩，即有人解讀為政治寄託之作。其實強加附會，還不如依照它的本來面目，作為一首優美的愛情詩來欣賞。

❷李商隱　字義山，號玉谿生，原籍懷州河內縣（今河南沁陽附近）。至其祖父始遷居鄭州（今河南滎陽附近）。生於唐憲宗元和七年（西元八一二年），卒於唐宣宗大中十二年（西元八五八年）。少孤貧，幸受知於令狐楚，甚受獎掖。唐文宗開成二年進士，次年赴涇原節度使王茂元幕，娶茂元女。令狐楚為牛僧孺黨，王茂元為李德裕黨；李商隱從此身陷黨爭。終其一生，四方飄泊，所任官職皆不高。他的作品「精美綺豔」，卻「晦澀難解」，所以元好問論詩絕句即謂：「詩家總愛西崑好，獨恨無人作鄭箋」。七律穠麗沉鬱，為杜甫後之第一人。

❸來是空言去絕蹤　寫夢境的虛幻，一切是如此的來去無蹤，不可捉摸。

❹夢為遠別啼難喚二句　謂夢為遠別而成，故夢中也為傷離而啼泣，雖啼泣仍不能喚回一切。而夢醒後，雖墨未磨濃，卻情不自禁地急欲修書傾訴衷情。

❺蠟照半籠金翡翠二句　寫夢醒後室內的景物和氣氛。第一句指燭光隱隱約約地籠罩在飾以金翡翠的屏風外（或燈罩中），第二句寫麝香微微地薰透繡著芙蓉花的帳子。

❻劉郎已恨蓬山遠　「劉郎」、「蓬山」是李商隱詩中常用的意象，指的是漢武帝遣人赴蓬萊求仙而終不可得的故事。此句不過借喻情人遠在天邊，求之不得而已，並非確指武帝求仙之事。或謂用劉晨入天台山遇仙女事，似較不合。

賞析

李商隱的無題詩大多寫纏綿悱惻的男女情愛，而不論是抒發追求的熾烈、離別的痛苦，抑或內心深處無盡的思念，乃至難以自拔的惆悵，他的愛情詩總是一首首令人泫然欲泣的悲歌。像這首無題詩便藉由長夜漫漫中的一場夢境，將愛情的虛幻縹緲和遠別的絕望痛苦，幽微曲折地抒寫了出來。

一開始，詩中人從來去無蹤、難以捉摸的夢境悠悠醒來，此時五更鐘響、月斜樓頭，漫漫長夜將了未了，心中的冷清、悵惘，又豈是別人所能體會的呢？遠別的夢既已醒覺，聲聲啼泣也難再喚回。而思念之情一時間是如此濃烈，乃至於墨未磨濃，便迫不及待地要執筆傾訴了。接著由情而景、由濃烈而緩和，如果說「月斜樓上五更鐘」是夢醒後外面的光景，那麼「蠟照半籠金翡翠，麝薰微度繡芙蓉」兩句，便是此刻閨房中的寫照了。華麗歡合的閨房中，燭影朦朧、麝香微度，剛從遠別夢中醒來的閨中人該是什麼心情呢？詩人淡淡寫來，其中卻有無限情思耐人咀嚼。更何況不只夢境虛幻難憑，現實生活中，又何嘗能遂心如願？在反覆渲染了一場夢境所透露的離愁別恨之後，詩人更進一步藉由美麗的傳說，集中訴說了天涯阻隔的無盡憾恨。

如此的纏綿悱惻、如此的盪氣迴腸，這就是李商隱的無題詩，這就是李商隱痛苦的愛情詩。

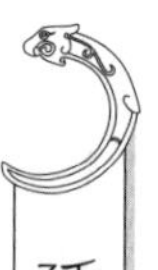

延伸閱讀

颯颯東風細雨來，芙蓉塘外有輕雷。金蟾齧鎖燒香入，玉虎牽絲汲井迴。賈氏窺簾韓掾少，宓妃留枕魏王才。春心莫共花爭發，一寸相思一寸灰。（唐李商隱無題四首之二）

昨夜星辰昨夜風，畫樓西畔桂堂東。身無彩鳳雙飛翼，心有靈犀一點通。隔座送鈎春酒暖，分曹射覆蠟燈紅。嗟余聽鼓應官去，走馬蘭臺類轉蓬。（唐李商隱無題二首之一）

第五章　宋詩選讀

如果說詩於唐代開始確立了它在文學中的主體地位，那麼，宋代則是更全面、更廣泛地繼承了這種包括古體與近體的文學體式。根據中國大百科全書中國文學一書對宋代詩的介紹，有宋一代，已知的詩人多達八千人左右；傳世的詩歌作品，則估計要超過全唐詩的四萬多首好幾倍。同時因為宋詩中的流派較多，發展演變複雜，詩歌的風格自然也就更加豐富了。

很顯然地，在中國詩歌史上，宋詩絕對是該有它的一席之地的。但是滄浪詩話的作者嚴羽卻極力批評宋詩氣象不及唐詩，劉克莊也不留情地指斥宋詩為有韻之文。宋人既如此看輕自己時代的詩歌，後來者如明代的李夢陽、何景明那些主張「詩必盛唐」的復古派健將，當然更無視於宋詩的價值了。

我們承認唐詩中許多獨具的特色，譬如說那些邊塞詩的悲壯、社會詩的感傷、閨怨宮怨詩的哀豔、情詩的纏綿，在宋詩中確實都日漸衰落、乃至消失不見了。胡雲翼宋詩研究一書便這樣說道：

在唐詩裡面，有令人鼓舞的悲壯、有令人悽愴的哀豔、有令人低徊的纏綿、有令人痛哭的感傷，把我們讀者的觀感完全掉在一個情化的世界裡面去。宋人詩似乎最缺乏這種狂熱的情調，常常給我們看著一個冷靜的模樣，儼然少年老成，沒有一點青春時期應有的活潑浪漫氣息。

或許因著如此的差別，多數人喜歡唐詩往往遠過於宋詩。但從宏觀些的角度來看，文學正如一條長河，在悠悠的歷史歲月中，不停的變換姿態、增生風情。所以從激烈與冷靜、緊湊與從容的對比中，我們其實也可以欣賞到與唐代大異其趣的宋詩風格。而如果進一步探討，則唐宋詩風的轉換交替，與宋代社會文化的轉型當然是緊密相繫的。

儘管外患頻仍、邊境多事，但朝廷一直以維安自守為治國策略，不敢輕啟戰爭殺戮。加上提倡科舉、重用文人，也避免了過去那種驕兵悍將內戰內亂的禍害。所以較諸其他朝代，南北宋共三百十年間，國內基本上算是相當安定的。同時這也是一個崇尚人文藝術，讀書人普遍努力著通過對儒家經典再解釋，將傳統思想系統化而集大成的時代。因著這樣的時代氛圍，所以「其時人心靜弱而不雄強，向內收斂而不向外擴發，喜深微而不喜廣闊」（繆鉞論宋詩）。有了如此的一層認知，則吉川幸次郎宋詩概說中的這段話自然就不難理解了：

> 如果再作比較，唐詩是酒，是很容易令人興奮的東西，不能晝夜不停地喝。宋詩是茶，茶雖然不能像酒那樣令人興奮，卻能給人以寧靜的喜悅。……唐人嗜酒而宋人好茶，不僅是實在的生活習慣，不僅代表著唐詩與宋詩的不同風味，而且也表示著唐宋兩代文明一般的差異。

而這樣的差異究竟會如何顯現在詩歌中呢？吉川幸次郎首先概括指出了它的根本：「宋人不但把詩視為抒情或流露感情的場所，同時也把詩當作傳達理智的地方。」譬如過去的詩以內在抒情為主，不免陷於抽象空虛，宋詩人則想要進一步探索是什麼引發了詩人內在的情緒，於是他們把眼光儘可能轉向外界，從事客觀而深入的考察，找出新的題材來加以敘述和議論。而當詩人的眼光更大幅度地去觀照外面的世界時，原本被認為瑣碎、難登大雅之堂的日常生活，因此也成為他們詩歌的素材了。且不僅止於一些週遭的尋常事物而已，隨著理性思維與人道精神的洗禮，宋詩人對社會、國家也表現了空前強烈而深刻的關懷。尤其值得注意的是，身處這樣一個理學大盛的時代，宋詩人普遍喜歡於詩中談哲理、談人生。而他們思索哲理、正視人生的看法、態度，在詩歌呈現出來的便是一種揚棄悲哀的特色，這是宋詩與過去詩歌最顯著的不同之處。經由以上大略的分析，或許我們多少可以品會到宋詩如茶一般苦後回甘、提神醒腦的滋味了。

西元九百六十年，趙匡胤受禪登基，開啟了三百多年歷史的大宋王朝。只是歷史的肇始並不等於詩風的開端，在建國的前半個世紀，宋代詩人基本上仍繼續步武唐人，尤以模仿晚唐詩為主，如王禹偁學白居易，魏野、寇準等效法賈島都是。至於西崑體的楊億、劉筠、錢惟演等則追摹李商隱的用典屬事、雕琢詞藻，影響更是深遠。其後梅堯臣、歐陽修、蘇舜欽以豐富的創作，來極力導正當時的西崑詩風。我們可以說，宋詩在很大程度上是沿著他們開創的道路發展前進的。有了這樣的基礎，神宗以降的北宋後期，便成為宋代詩歌繁榮的時期。這時詩人輩出，蔚為不同的流派，其中主宰詩壇風氣的是王安石、蘇軾、黃庭堅三人。王安石喜歡杜甫，開宋人學杜的風氣。蘇軾才情縱橫、恣肆自如，更是隨物賦形、不拘一格。就這樣，從梅堯臣、歐陽修到王安石、蘇軾，如此一脈相承，宋詩終於建立了自己的特色。而黃庭堅詩學杜甫，專研形式技巧，追隨效法的人極多，所以以他為主的江西詩派，也成為宋代影響最大、最深遠的一個詩歌流派。

江西詩派講拗律、用硬語，嘗試在細微事物中體現更大更廣的意義，但追隨摹仿者限於格局功力，便不免流於粗豪淺薄。南宋初期的一些江西派詩人如呂本中、陳與義、曾幾等，開始了他們補救的工作，長久以來的詩風因之慢慢有了轉變。其中陳與義天分既高、用心亦苦，北宋淪亡之後，感時撫事，寄託遙深，堪稱南渡時期第一大詩人。接著被稱為「南宋四大家」的陸游、范成大、楊萬里、尤袤，終於擺脫江西詩派，自立門戶，代表了宋代詩歌第二個繁榮的時期。另外，同時期的朱熹以理學家為詩，卻不流於酸腐；姜夔以詞人為詩，反能自成一格，也值得帶上一筆。這些詩人力矯江西派之弊，但他們的詩基本上仍是承續梅、歐、蘇、黃的。到了南宋後期，號稱「永嘉四靈」的趙師秀、翁卷、徐照、徐璣又轉學晚唐，以賈島、姚合為師法對象。四靈之所以能在宋詩中有小小的一席之地，可以說全然是因為反江西詩的緣故，其實他們詩創作的成就並不高。其後「江湖派」詩人多效四靈之體，雖反映了一些地位低微詩人的生活與感情，但終究格局不高。至於宋亡前後的文天祥、鄭思肖等人，則悲歌慷慨、沉鬱奇崛，為宋代詩壇增添了最後的一抹光彩。

傳說中李白登黃鶴樓，不禁感慨道：「眼前有景道不得，崔顥題詩在上頭」，但在眾芳爭豔的唐詩之後，宋詩卻能風華別具，展現出自己的時代特色，可說是相當難能了。後世「尊唐」、「宗宋」的長期論爭，不也是對宋詩的某種肯定嗎？

悼亡❶三首之一

宋　梅堯臣❷

結髮❸為夫婦，於今十七年❹。相看猶不足，何況是長捐❺。我鬢已多白，此身寧久全。終當與同穴❻，未死淚漣漣。

❶悼亡　自西晉潘岳作悼亡詩後，此一「亡」字就特指亡妻。這是作者悼念亡妻謝氏的詩篇，全詩句句從真性情中來，所以能感人至深。

❷梅堯臣　字聖俞，宣州宣城（今屬安徽）人。宣城古名宛陵，故世稱宛陵先生。生於宋真宗咸平五年（西元一〇〇二年），卒於宋仁宗嘉祐五年（西元一〇六〇年）。為詩與蘇舜欽齊名，時號「蘇梅」，有宛陵先生文集傳世。錢鍾書談藝錄舉詩句「花上有微陰，水邊無近思」，以譬況其詩境。這對致力追求平淡詩風的梅堯臣來說，頗稱中肯。至於梅詩在宋詩中的成就，則宋詩鈔所引龔嘯的兩句話最有分寸：「去浮靡之習於崑體極弊之際，存古淡之道於諸大家未起之先」。

❸結髮　古代成婚之夕，有男左女右共髻束髮的儀式。

❹於今十七年　作者夫人謝氏二十歲來歸，經十七載而死於隨夫返京的途中。因貧無以歸葬，乃葬於潤州。

❺長捐　指永別人世。捐，棄也。

❻同穴　指夫妻合葬。

夫妻結縭、白首同心，可說是人世間最值得珍惜的情誼了。但人有禍福、命各修短，詩經中「執子之手，與子偕老」的信誓，終究不是每個人都能擁有的福分。於是梧桐半死、鴛鴦失伴，這種刻骨銘心的痛苦，便凝鑄成一篇篇感人的文學作品。潘岳的悼亡三首、元稹的遣悲懷三首，以及蘇軾的江城子等，都是千古不朽的悼亡名篇。

遣悲懷詩中有這樣一句：「貧賤夫妻百事哀」，在妻子撒手人寰之後，回首前塵往事，元稹不免要悲思涕零、百感交集了。梅堯臣二十六歲與謝氏成親時，生活極為窮困，他的懷悲詩中所寫：「自爾歸我家，未嘗厭貧窶」，正是夫妻同甘共苦的難忘回憶。經過了十七年，困頓依舊，甚至不幸死在隨夫返京的途中，也無法歸葬故鄉。梅堯臣這首悼亡詩，很清楚地就是要凸顯這樣相扶持、相忍耐的十七年。十七年，多麼漫長又多麼短暫的一段時光啊！漫長，是因為苦難總沒個盡頭；短暫，是因為彼此的恩愛不虧。十七年而「相看猶不足」，則愛之深、情之摯，自可想見。只是相看猶覺不足，不料竟中道長捐，那莫名的悲痛又如何承受呢？雖然生既不歡，死又何懼，鬢髮已衰，則終將相隨於黃泉之下，永世不分。然而「未死」之前，一息尚存，仍不免思之再三而「淚漣漣」了。全詩幾番轉折，愈轉愈深。

這首詩寫悼念亡妻的心境，情真意切，全自心胸肺腑中自然流露，而用語真實質樸，不假雕琢。從這種平淡古樸處，我們正可見出梅詩的風格、見出梅詩大大不同於西崑的地方。

延伸閱讀

每出身如夢，逢人強意多。歸來仍寂寞，欲語向誰何。窗冷孤螢入，宵長一雁過。世間無最苦，精爽此銷磨。（宋梅堯臣悼亡三首之二）

從來有修短，豈敢問蒼天。見盡人間婦，無如美且賢。譬令愚者壽，何不假其年。忍此連城寶，沉埋向九泉。（宋梅堯臣悼亡三首之三）

明妃曲和王介甫作❶

宋　歐陽修❷

胡人以鞍馬為家，射獵為俗。泉甘草美無常處，鳥驚獸駭爭馳逐❸。誰將漢女嫁胡兒，風沙無情貌如玉。身行不遇中國人，馬上自作思歸曲❹。推手為琵卻手琶❺，胡人共聽亦咨嗟。玉顏流落死天涯，琵琶卻傳來漢家。漢宮爭按新聲譜，遺恨已深聲更苦。纖纖女手生洞房❻，學得琵琶不下堂。不識黃雲出塞路，豈知此聲能斷腸。

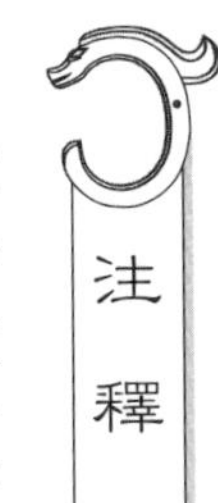

注釋

❶明妃曲和王介甫作　後漢書南匈奴傳載王昭君和番事。晉人避諱，改「昭」為「明」，後人因稱明妃。歷來詩人愍其孤身遠行，和番塞外，每多篇章題詠。這首詩是歐陽修和王安石明妃曲詩二首中的第一首，也是他生平極得意之作。

❷歐陽修　字永叔，號醉翁，晚號六一居士，吉州廬陵（今江西吉安）人。生於宋真宗景德四年（西元一〇〇七年），卒於宋神宗熙寧五年（西元一〇七二年）。有歐陽文忠公集傳世。北宋仁宗時代是中國政治、社會、文化各方面都面臨劇烈變化的一個階段，歐陽修不只是當時的政治領袖，更是一代文宗，影響可說極為深遠。他的詩視野廣闊而又內省平靜，一掃西崑靡弱堆砌之風，葉夢得石林詩話即評之曰：「歐陽文忠公詩始矯崑體，專以氣格為主，故言多平易疏暢。」

❸鳥驚獸駭爭馳逐　比喻胡人逐水草而居，如鳥驚獸駭，四處奔馳。

❹身行不遇中國人二句　寫昭君遠嫁匈奴，身行之處，但見異類別族，只有訴諸琵琶哀曲來寄託其道路之思了。

❺推手為琵卻手琶　琵琶本作批把。演奏時推手前曰批，引手卻曰把，因以為名。

❻洞房　指曲折深邃之室。

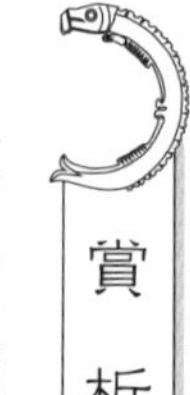

賞析

晉石崇王明君詞序中有云：「昔公主嫁烏孫，令琵琶馬上作樂，以慰其道路之思，其送明君亦必爾也。」因著這樣的想像之詞，琵琶怨曲便成為後世昭君傳說中不可或缺的一部分了。我們只要看看杜甫詠懷古跡所寫：「千載琵琶作胡語，分明怨恨曲中論」，便不難理解詩人筆下昭君的心境了。

將傳說中由他人譜寫轉為昭君自作，歐陽修這首和王介甫的明妃曲扣緊不放的仍是「琵琶怨曲」一事。以此貫串，全詩自然脈絡清晰、一氣呵成。而在扣合緊湊中，前後又明顯對照，寄慨遙深。如果進一步分析，則此詩前半先極力鋪寫胡漢習俗之異，以作為其後昭君流落之苦描寫的張本，最後再寫到昭君不慣胡沙，思歸作曲，譜入琵琶。其中「誰將漢女嫁胡兒」、「胡人共聽亦咨嗟」兩句，尤其感觸無端，為前後對照埋下有力的伏筆。接著的「玉顏流落死天涯，琵琶卻傳來漢家」，是承前啟後的關鍵字句。人死天涯，琵琶歸漢，本應引發無限的同情感嘆，然而如此連「胡人共聽亦咨嗟」的「遺恨」、「苦聲」，傳來漢家之後，宮中卻將它視為「新聲譜」而「爭按」不已。這首詩後半集中寫漢宮爭按昭君琵琶的歡樂景況，正是要在對照中，逼出最後兩句「不識黃雲出塞路，豈知此聲能斷腸」的諷刺。

是的，是「誰將漢女嫁胡兒」呢？這樣的諷刺又豈僅是針對深宮中的「纖纖女手」而已。仁宗時，邊患不斷，大宋朝的君臣卻仍粉飾太平，宴安如故。唯有將這首詩擺在如此的時代背景中來理解，我們才能觸及它的真正意涵與感慨。歷來詩篇以昭君為題，往往只是抒寫對昭君遭遇的同情或寄託個人不遇的傷感，這首詩卻不露痕跡地全從國家大勢著眼，詩的高處在此、詩人的高處亦在此。

延伸閱讀

我本漢家子，將適單于庭。辭訣未及終，前驅已抗旌。僕御涕流離，轅馬悲且鳴。哀鬱傷五內，泣淚沾朱纓。行行日已遠，遂造匈奴城。延我於穹廬，加我閼氏名。殊類非所安，雖貴非所榮。父子見凌辱，對之慚且驚。殺身良不易，默默以苟生。苟生亦何聊，積思常憤盈。願假飛鴻翼，乘之以遐征。飛鴻不我顧，佇立以屏營。昔為匣中玉，今為糞上英。朝華不足歡，甘與秋草并。傳語後世人，遠嫁難為情。

（晉石崇王明君）

漢宮有佳人，天子初未識。一朝隨漢使，遠嫁單于國。絕色天下無，一失難再得。雖能殺畫工，於事竟何益。耳目所及尚如此，萬里安能制夷狄。漢計誠已拙，女色難自誇。明妃去時淚，灑向枝上花。狂風日暮起，漂泊落誰家。紅顏勝人多薄命，莫怨春風當自嗟。（宋歐陽修再和明妃曲）

淮中晚泊犢頭❶

宋　蘇舜欽❷

春陰垂野草青青，時有幽花一樹明。晚泊孤舟古祠下，滿川風雨看潮生。

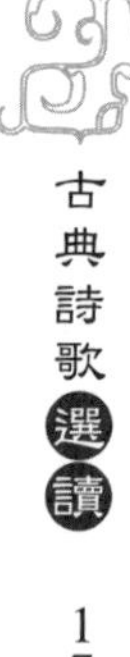

注釋

❶淮中晚泊犢頭　因為在政治上傾向改革，受到保守派的排擠。仁宗慶曆四年（西元一〇四四年）秋冬間，詩人被誣陷削職，逐出京師。隔年春，他由開封乘船，沿潁水、淮水運河航行，四月間到達蘇州吳門。這首七絕當作於舟行途中，詩中寄託了他孤芳自賞、抑鬱不平的心境。

❷蘇舜欽　字子美，梓州銅山（今四川中江南）人，移家開封。生於宋真宗大中祥符元年（西元一〇〇八年），卒於宋仁宗慶曆八年（西元一〇四八年）。他在政治上敢於直言進諫、痛陳時弊；文學上反對流行一時的西崑體，詩風雄放，頗多感慨時事、抒發懷抱之作。清葉燮原詩以為「開宋詩一代之面目者，始於梅堯臣、蘇舜欽二人」，足見其於宋代詩壇的地位。

賞析

這首詩作於詩人横遭斥逐、舟行經淮水赴吳的途中。全詩情景交融，意蘊深長，日人吉川幸次郎推之為「宋代七言絕句代表作之一」。

詩的前兩句寫「晚泊」前一路舟行所見。「時有」二字，正見舟行水中，一路山光水色不斷變換的情狀。而春陰垂野，從全面著眼；幽花明樹，自局部下筆。其中常變相間、大小相形、晦明相映，可說都是作者「動中見靜」的精彩描寫。後兩句則是「靜中見動」，寫「晚泊」後所見。同時孤舟古祠，是凝聚縮小來寫；滿川風雨，卻又將視線拉開放大。這樣的變化安排，不只使兩句之間彼此映襯成趣，更與前一聯相互對照而生錯落之致。至於結尾「滿川風雨」一句，仍與起首的「春陰垂野」，前後關照、呼應一氣，足見全詩結構在跌宕變化中不失謹嚴的功力。

清周濟論詞的寄託時，曾提出「有寄託入，無寄託出」的主張，這首詩情景交融，妙在「春陰垂野」與「幽花明樹」、「孤舟古祠」與「滿川風雨」這幾個意象，極具形象性、又極具象徵性。我們如果結合作者的個性和遭遇來看，便不難感受到在幽遠孤絕卻又激盪飄搖的景物描寫中，其實是有一些作者的寄託呼之欲出的。只是這一些寄託似有似無、不著痕跡，真要明白指出，反倒索然之味了。前人以為此詩「極似韋蘇州」，乃指韋應物滁州西澗一詩，大概就是自此著眼的。

延伸閱讀

京口瓜洲一水間，鍾山只隔數重山。春風又綠江南岸，明月何時照我還。（宋王安石泊船瓜洲）

田家汨汨水流渾，一樹高花明遠村。雲意不知殘照好，卻將微雨送黃昏。（宋鄭獬田家）

書湖陰先生壁❶ 二首之一

宋　王安石❷

茅簷長掃靜無苔，花木成畦❸手自栽。一水護田將綠遶，兩山排闥送青來❹。

注釋

❶書湖陰先生壁　詩作於作者晚年退居金陵時，是他七絕中的傑作。湖陰先生，楊德逢的別號，作者在金陵時的鄰居，也是時相過從的朋友。

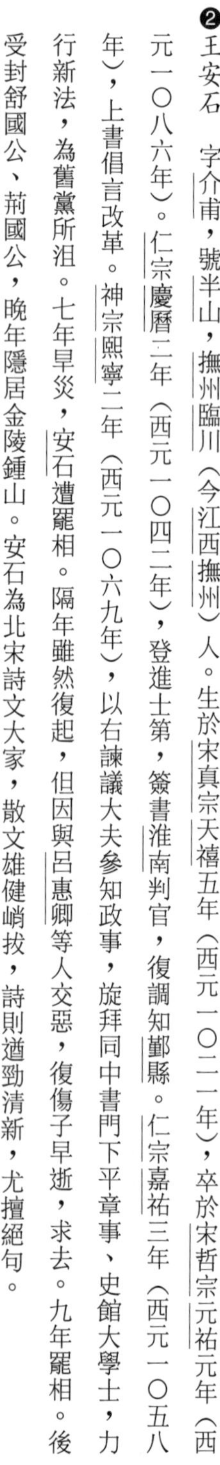

❷王安石　字介甫，號半山，撫州臨川（今江西撫州）人。生於宋真宗天禧五年（西元一〇二一年），卒於宋哲宗元祐元年（西元一〇八六年）。仁宗慶曆二年（西元一〇四二年），登進士第，簽書淮南判官，復調知鄞縣。仁宗嘉祐三年（西元一〇五八年），上書倡言改革。神宗熙寧二年（西元一〇六九年），以右諫議大夫參知政事，旋拜同中書門下平章事、史館大學士，力行新法，為舊黨所沮。七年旱災，安石遭罷相。隔年雖然復起，但因與呂惠卿等人交惡，復傷子早逝，求去。九年罷相。後受封舒國公、荊國公，晚年隱居金陵鍾山。安石為北宋詩文大家，散文雄健峭拔，詩則遒勁清新，尤擅絕句。

❸花木成畦　形容花木繁茂齊整，蔚成一畦一畦的園圃。畦，田園的分區。

❹一水護田將綠遶二句　寫宅園外的山水景色。水護田、山送青，正見天地有情。排闥，推門。史記樊噲傳有「噲乃排闥直入」一語。前人又謂漢書西域傳中「校尉領護營田典」，為「護田」語出處，遂有「以漢人語對漢人語」之說，並以此作為王詩「用典」高妙之例，這恐怕是失之附會了。

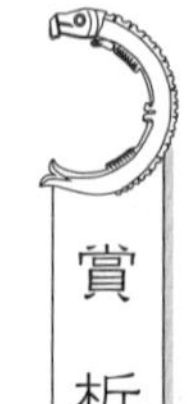

賞析

一般說來，宋代自開國以來，無論政治、軍事或哲學、文學方面的人物，基本上，都是內斂沉穩、尋尋常常。唯一能大開大闔、掀天翻地的，便是執拗矜驕、以變法圖強自許的王安石了。這樣一個特立獨行的人物，不只為後世留下議論不休的千秋功過，在文學、尤其是在詩歌創作上，也開創了難以抹煞的成績。

以詩歌而論，一如其人，王安石早期的詩往往以意氣自豪，放縱而恣肆。到了老年時期，因為政治上的失意，人情世故看得越多，性情慢慢轉為含蓄，自然去掉了年輕時的驕恣浮薄之氣。同時感慨的懷抱日趨冷淡，情性和藝術的修養卻更練達進步了。

正如韓持國從并州辟詩中所云：「顧於山水間，意願多所合」，王安石其實是一個喜歡遊山玩水的人。晚年退隱之後，住在金陵郊外，過著讀書著述、遊賞自適的生活。這段期間，沒有了俗世的羈絆，他也作了不少詩，其中有很多是吟詠附近風景的七言絕句，如書湖陰先生壁詩便是絕佳的例證。

詩的前兩句寫的是農村莊院的清幽雅致。茅簷無苔、花木成畦，一開始，詩人便勾繪了一幅幽靜自在的景致。而在有意無意間，「長掃」、「自栽」的淡著一筆，莊院的主人、一個時相過從的風雅朋友，自然就呼之欲出了。美景怡人、雅士暢懷，已足引人入勝，而「會心處不必在遠」，以下的兩句，詩人更由內而外，將無限風光盡收筆底。整練對偶的句子，寫出來的是映青浮綠的山水意態。有意思的是，「我見青山多嫵媚，料青山見我應如是」的情境，不過是「相看兩不厭」而已。一水繞綠、兩山送青，卻直是山水有情，「自來親人」了。「護田」、「排闥」這二個擬人化用語，更是親切傳神且活靈活現。

不錯，在這樣的七絕詩篇中，我們看到的不僅是詩人對技巧的圓熟融化，也是他與自然的心神會通。無怪乎嚴羽滄浪詩話會如此說了：「公絕句最高，其得意處，高出蘇、黃、陳之上。」

延伸閱讀

桃紅復含宿雨，柳綠更帶朝烟。花落家童未掃，鶯啼山客猶眠。（唐王維田園樂七首之六）

南浦東岡二月時，物華撩我有新詩。含風鴨綠粼粼起，弄日鵝黃裊裊垂。（宋王安石南浦）

法惠寺橫翠閣❶

宋　蘇軾❷

朝見吳山❸橫，暮見吳山縱。吳山故多態，轉折為君容❹。幽人起朱閣，空洞更無物❺。惟有千步岡，東西作簾額❻。春來故國❼歸無期，人言秋悲春更悲。已泛平湖思濯錦，更見橫翠憶峨嵋❽。雕欄能得幾時好，不獨憑欄人易老。百年興廢更堪哀，懸知草莽化池臺❾。游人尋我舊游處，但覓吳山橫處來。

注釋

❶法惠寺橫翠閣　這首七言古詩是蘇軾熙寧六年（西元一〇七三年）春任杭州通判時寫的。法惠寺，故址在杭州清波門外，舊名興慶寺，五代吳越王錢氏所建。

❷蘇軾　字子瞻，謫守黃州時，自號東坡居士，眉州眉山（今屬四川）人。生於宋仁宗景祐三年（西元一〇三六年），卒於宋徽宗建中靖國元年（西元一一〇一年）。嘉祐二年（西元一〇五七年）進士，授鳳翔府判官。神宗熙寧年間，因力陳新法之弊，出知杭州。因新舊黨勢力的消長，一生仕途起伏不定。蘇軾學識淵博，才情縱橫，詩、詞、古文、書、畫等，無不精通，為唐宋八大家之一。

❸吳山　在浙江杭縣治西南隅，舊時山上有伍子胥祠，故一名胥山，俗呼城隍山。

❹吳山故多態二句　這裡把吳山比作美女，言其本已儀態萬千，又委婉盡心地為君裝扮。作者和何長官六言亦有「青山自是絕色，無人誰與為容」之句。

❺幽人起朱閣二句　朱閣既空洞無物，則雅士也自然胸懷豁朗、無遮無礙。幽人，猶言雅士。

❻東西作簾額　指吳山如簾帷、扁額般東西綿延。

❼故國　故鄉。

❽已泛平湖思濯錦二句　寫對故鄉四川的思念。平湖，指西湖。錦，即錦江，在四川成都。峨嵋，指四川峨嵋山。

❾懸知草莽化池臺　懸知，早知。草莽化池臺，「池臺化草莽」的倒裝。

賞析

神宗熙寧五年（西元一〇七二年），六十六歲的歐陽修去世，一再批評變法而得罪新黨的蘇軾，為了遠離是非之地，也自請外放杭州。隔年春天，遊清波門外的法惠寺，蘇軾寫下了法惠寺橫翠閣一詩。這首七言古詩很能反映蘇軾在政治風風雨雨中的心境，並充分顯現他奔放恣肆的詩歌才情。

詩題法惠寺橫翠閣，內容全在橫翠閣所見所感。而閣名「橫翠」，實因吳山，於是橫翠閣和吳山兩個意象縱橫交錯、虛實相倚，貫串了整首長詩。前八句詩作五言，寫吳山這一觀照物的日夕幻化、轉折多情，也寫觀照者和觀照處的豁然洞開、景象盡收。而隨著視野的無盡延伸，以下八句詩轉為較長的七言形式和時空同時開展的內容。空間上，詩人因山水彷彿而起故國之思；時間上，詩人因年華易老、池閣零落而哀百年興廢。最後兩句承時光移易而來，設想自己今日登閣攬勝，後人亦將於此山川尋找舊跡，其中不免感傷。然則與名山並存千古，詩人筆下，恐怕更多的是一分自豪和曠達吧！而全篇貫串如一，結語「但覓吳山橫處來」，與第一句「朝見吳山橫」遙相呼應，也頗能見出蘇軾詩章法揮灑開闔的功力。

正如他作詞是「曲子所縛不住」，蘇軾詩的佳篇，無論是一氣呵成的七絕、抑或縱橫恣肆的長篇歌行，也一樣不屑於瑣瑣碎碎的字句雕琢。胡雲翼宋詩研究說：「軾詩最擅場七古。因為他的才氣大，放吟起來，往往氣象萬千，奔迸如流，絕不是三言兩語的短章所能盡意，必須長篇歌行，始能恣其磨盪迴環之趣。」信然！

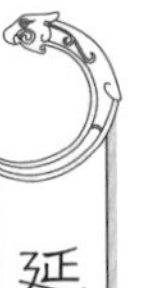

延伸閱讀

梨花淡白柳深青，柳絮飛時花滿城。惆悵東闌一枝雪，人生看得幾清明。（宋蘇軾和孔密州東闌梨花）

荷盡已無擎雨蓋，菊殘猶有傲霜枝。一年好景君須記，最是橙黃橘綠時。（宋蘇軾贈劉景文）

寄黃幾復❶

宋 黃庭堅❷

我居北海君南海❸，寄雁傳書謝不能❹。桃李春風一杯酒，江湖夜雨十年燈❺。

持家但有四立壁，治病不蘄三折肱❻。想得讀書頭已白，隔溪猿哭瘴溪藤❼。

注釋

❶寄黃幾復　黃介，字幾復，南昌人，和作者是神宗熙寧九年（西元一〇七六年）同科出身。這首詩作於神宗元豐八年（西元一〇八五年），其時作者監德州（今屬山東）德平鎮，黃則知四會縣（今屬廣東）。天涯寥落，全詩流露了相惜相憐的感傷。

❷黃庭堅　字魯直，號山谷道人，洪州分寧（今江西修水）人。生於宋仁宗慶曆五年（西元一〇四五年），卒於宋徽宗崇寧四年（西元一一〇五年）。英宗治平四年（西元一〇六七年）進士。庭堅早年便有文名，蘇軾見其詩文，「以為超軼絕塵，獨立萬世之表」，由此聲名大噪。與張耒、晁補之、秦觀俱遊蘇軾門下，號「蘇門四學士」。詩與蘇軾齊名，並稱蘇黃。主張以學為詩，強調「無一字無來處」。講究句法，有所謂「點鐵成金」、「奪胎換骨」之說。為江西詩派創始者，對宋詩的發展，影響深遠。

❸我居北海君南海　表示天涯睽隔。用左傳僖公四年「君處北海，寡人處南海」語。這時兩人一在山東、一在廣東，地皆濱海，故以北海、南海稱之。

❹寄雁傳書謝不能　表示南北遠隔，音訊難通。漢書蘇武傳載雁足傳書之說，又古人傳說謂鴻雁南飛至衡陽而返。四會距衡陽仍遠，鴻雁自難代傳音訊。

❺桃李春風一杯酒二句　上句憶舊日遊宴之樂，下句寫久別漂泊之苦。

❻持家但有四立壁二句　上句用史記司馬相如列傳「家居徒四壁立」語，寫黃幾復的貧寒。下句典出左傳定公十三年「三折肱，知為良醫」，但各家注說不一。或謂無須三折肱而已善治病，是為黃幾復的潦倒不遇抱屈。或謂宋人詩中如張侃歲時書事云：「年來三折肱，逢人漫稱好」，是此句乃寫黃幾復的安於貧寒，謂其不以媚俗世故去求升官發財。而若以字面直接解讀，上句寫貧，則下句寫病。蓋久病固能成醫，但又何求於此呢？蘄，通「祈」。求。

❼想得讀書頭已白二句　年華漸老，苦讀依舊，只是遷謫蠻荒，唯瘴溪藤樹上的猿啼與書聲應和。這兩句是作者想像黃幾復遠宦嶺南的生活與心境。瘴溪，指蠻荒之地有瘴氣的溪水，與韓愈左遷藍關示姪孫湘詩中「好收吾骨瘴江邊」的「瘴江」義同。

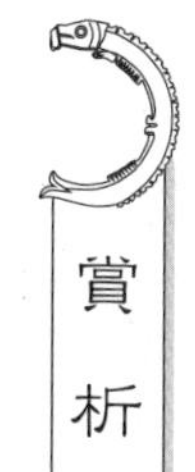

賞析

這首詩是黃庭堅寄給好友黃幾復的。當年同科出身，而今卻南北睽隔，仕途偃蹇、人生失意，全詩蘊含著無限自憐憐人的感傷與不平之鳴。

首句破空而來，化用左傳典故，寫朋友間的相隔之遠與相思之深。第二句則以「雁謝不能」的巧思，來進一步放大首句所寫的相隔、相思。典用漢書，然稍作點化，卻能變陳熟為生新，詩意也因之更饒情趣。底下兩句不復用典使事，但對偶工巧、意象鮮活。「桃李春風」、「江湖夜雨」，「一杯酒」、「十年燈」，正是樂與哀的分別寫照。繁盛與蕭瑟、聚合與飄零、快意與惆悵、短暫與久遠、往日的情懷與當前的思念，無不從強烈的對照中具體呈現，令人咀嚼不盡。

接著的五、六兩句又回到用典的表現方式。史記、左傳，一一驅之筆下，工整中卻不失自然。宦海浮沉多年，換取的居然是不堪的貧病交迫。這裡面當然有對好友一貫清廉自持的肯定，但更多的應該是相知相惜下的不平、不捨吧！末兩句同樣在用典之後，出之以尋常語句。總結平生情誼、際遇，作者不禁要如此想見：當年桃李春風、把酒暢談的朋友，而今託身海角天涯，早已青春老去，白髮蕭蕭。而儘管一燈之下，書聲依舊，恐怕也只有瘴溪藤樹的哀哀猿啼遙相應和了。全詩悲切之情，至此溢於言表。

在蘇門諸子之中，最重要的詩人是黃庭堅。他與蘇軾並稱蘇黃，他們的個性雖頗異其趣，卻同樣襟懷磊落、持執原則。而在詩的創作方面，一個才思奔放、下筆如行雲流水；一個性行內斂，講求推敲鍛鍊。他們彼此推崇欽慕，也都對當時詩風產生了旋乾轉坤的作用。只是工巧可學、才情難仿，所以就其後宋詩的發展來說，推尊黃庭堅的江西詩派其影響要更大更久了。不過一般人卻也因此都只注意到山谷的古詩、律詩，而忽略了他清新活潑的絕句，這一點是不免於遺憾的。

延伸閱讀

海南海北夢不到，會合乃非人力能。地褊未堪長袖舞，夜寒空對短檠燈。相看鬢髮時窺鏡，曾共詩書更曲肱。作個生涯終未是，故山松長到天藤。（宋黃庭堅次韻幾復和答所寄）

四顧山光接水光，憑欄十里芰荷香。清風明月無人管，併作南樓一味涼。（宋黃庭堅鄂州南樓書事）

除夜❶　宋　陳與義❷

城中爆竹已殘更，朔吹❸翻江意未平。多事鬢毛隨節換，盡情燈火向人明❹。比量舊歲聊堪喜，流轉殊方又可驚❺。明日岳陽樓上去，島❻煙湖霧看春生。

注釋

❶除夜　這首詩是作者於宋高宗建炎二年（西元一一二八年）在岳陽度除夕時所作。自欽宗靖康元年（西元一一二六年）金兵入侵，作者避兵南下，三年之中，到處流離。除夜一詩寫的正是這種飽經災亂、感時傷事的懷抱。

❷陳與義　字去非，號簡齋。生於宋哲宗元祐五年（西元一〇九〇年），卒於宋高宗紹興八年（西元一一三八年）。詩學杜甫，後期的作品在經歷喪亂之後，更是蒼涼感慨、寄託深遠。方回將陳與義和杜甫、黃庭堅、陳師道尊為江西詩派的「一祖三宗」，足見他在宋代詩壇的地位。

❸朔吹　北風。吹，音ㄔㄨㄟˋ。

❹多事鬢毛隨節換二句　多事，多生是非。飽經風霜，未老先衰，不禁要怪罪鬢髮的「多事」變換。盡情，隨其所欲，形容除夜燈火的大放光明。

❺比量舊歲聊堪喜二句　建炎元年（西元一一二七年）正月，作者自鄧州至房州，又奔南山。避禍輾轉，極為狼狽。時隔一年，暫棲岳陽，才算稍微安定，所以有「比量舊歲聊堪喜」之句。但兵禍依然，頻年奔波，又不免驚心。殊方，異鄉。

❻島　指洞庭湖中的君山。

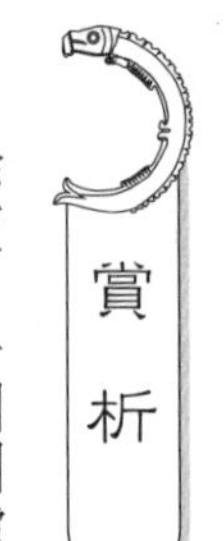

賞析

除夜，一個圍爐守歲、闔家團聚的吉祥節慶，一個寒冬將盡、萬象更新的重要日子。但是對詩人來說，自從金兵南下，汴京淪陷，三年之中，輾轉流離，生活便只剩下一天又一天、一處又一處的奔波逃難了。而就在暫時安頓岳陽的亂離途中，一年的除夜又已悄悄來臨。在這原本該充滿歡樂的節日裡，飽經憂患的詩人會是什麼樣的一種心情呢？

正因這個年節日子的特殊意義，所以全詩中從節慶景況、生活遭遇的描寫，以至心情轉換、未來期望的抒發等等，詩人無不或直接、或間接地緊扣著「除夜」這一關鍵意象，就像龍珠忽隱忽現，而整首詩便跟著銜接貫串、翻騰變幻了。前兩句寫儘管戰火四處，年節應景的爆竹依舊，只是北風翻江，濤聲澎湃，天地間彷彿湧動著一波波不平的意緒。三、四句寫城中燈火因節慶而徹夜通明，但一年將盡，攬鏡自照，雖未及四十，卻早已鬢髮蕭疏了。其中以「多事」、「盡情」二語加諸無情無知的「鬢毛」、「燈火」之上，摹擬曲致、趣韻十足，無疑是使得詩句更加靈活且意味深刻的關節所在。接著的五、六兩句，先是以舊歲的顛沛流離、不堪回首，轉覺眼前暫時安定的聊堪告慰。然而當此除夜佳節，卻依舊漂泊異鄉，又不免慨嘆心驚了。一個「聊」字、一個「又」字，彼此呼應，而詩人憂喜交錯、沉思悲嘆的心境，不覺溢於言表。而如果稍加注意，便不難發現以上六句三聯，其實都是一正一反、上下對照，其中情感的深層起伏、跌宕變化，可說是愈激愈出。最後兩句仍自「除夜」生發，宕開詩筆，轉而預想明日登樓，春景在望，寄託詩人在艱難處境中的一絲期待。

雖然出入江西詩派，但陳與義的詩清空自然、韻味醇厚。而遭逢鉅變，飽經流離之後，感時撫事，更增其深遠之致。紀昀評瀛奎律髓稱讚這首詩說：「氣機生動，語亦清老，結有神致。」我們用來總評陳與義的詩，不也是很恰當的嗎？

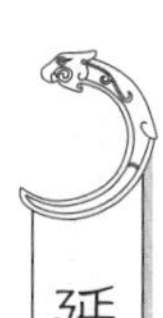

延伸閱讀

中庭淡月照三更，白露洗空河漢明。莫遣西風吹葉盡，卻愁無處著秋聲。（宋陳與義秋夜）

憶昔午橋橋上飲，坐中都是豪英。長溝流月去無聲。杏花疏影裡，吹笛到天明。　二十餘年如一夢，此身雖在堪驚。閒登小閣看新晴。古今多少事，漁唱起三更。（宋陳與義臨江仙夜登小閣，憶洛中舊遊）

書憤❶

宋　陸游❷

早歲那知世事艱，中原北望氣如山❸。樓船夜雪瓜洲渡❹，鐵馬秋風大散關❺。塞上長城空自許❻，鏡中衰鬢已先斑❼。出師一表真名世，千載誰堪伯仲間❽。

注釋

❶書憤　此詩作於孝宗淳熙十三年（西元一一八六年），這時罷官六年、退居山陰家中的陸游，重新為朝廷起用，詩中因而交織著慨嘆往事和矢志報國的激切情懷。

❷陸游　字務觀，號放翁，越州山陰（今浙江紹興）人。生於宋徽宗宣和七年（西元一一二五年），卒於宋寧宗嘉定三年（西

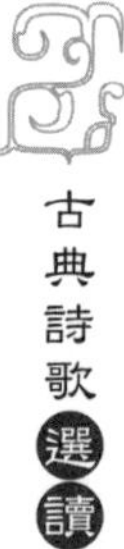

元一二一〇年）。二十歲時與唐琬結婚。然而，由於唐氏不得陸母歡心，最終兩人走上仳離的結局。唐氏改嫁趙士程，而陸游則另娶王氏，此事流傳一時。政治上，陸游主張恢復被金人所占領的中原，歷任建康、鎮江、隆興、夔州等通判。又曾任川陝宣撫使王炎幕僚，成都府權四川制置使范成大幕僚。晚年為韓侂冑撰南園閱古泉記，頗受非議。著有劍南詩稿、渭南文集、放翁詞等。

❸早歲那知世事艱二句　寫作者昔年不畏時局艱難，一心恢復中原的壯志豪情。

❹樓船夜雪瓜洲渡　紹興三十一年（西元一一六一年），金主完顏亮南侵，宋將劉錡、虞允文等在瓜洲、采石一帶據守。不久完顏亮被部下所殺，金兵潰退。隆興元年（西元一一六三年），作者三十九歲，在鎮江府任通判，親臨抗金前線。時右丞相張浚督江淮諸路軍馬，樓船橫江，往來建康、鎮江之間。可惜後來兵敗符離，北伐之事，遂成泡影。樓船，戰艦。瓜洲，鎮名，在今江蘇邗江南長江邊，與鎮江斜峙。

❺鐵馬秋風大散關　乾道八年（西元一一七二年），作者在南鄭入川陝宣撫使王炎軍幕，共同籌劃強渡渭水，與金兵在大散關決戰。後因王炎調回臨安，計畫功虧一簣。鐵馬，披甲的戰馬，亦指精銳的騎兵。大散關，在今寶雞市西南，當時南宋與金，西以大散關為界。

❻塞上長城空自許　南朝宋名將檀道濟被宋文帝所殺時，曾憤然說：「乃壞汝萬里長城」。這句是作者感嘆自己不惜犧牲，以捍衛國家重責自許，卻難能施展抱負。

❼鏡中衰鬢已先斑　嘆年華老去，作者時已六十二歲。

❽出師一表真名世二句　是作者自抒壯心不已，希望效法諸葛亮，開創足與相提並論的「北定中原」大業。名世，名傳後世。伯仲，兄弟，比喻可以相提並論。

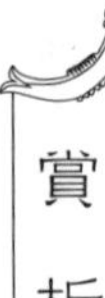

賞析

胡雲翼在他的宋詩研究一書中，認為「南宋有個陸游，真是替南宋詩壇增加不少的光焰。」他並且在歷數屈原、陶潛、李白、杜甫之後，進一步具體指出：「愛國的詩篇在文學史上本不多覯，而以作品著名愛國的詩人也怕只能有陸游一人了。這種愛國主義的詩便是陸游所創製的詩的新生命，陸游的偉大也在此。」書憤一詩是陸游七律的名篇，也是他愛國詩的代表作之一。

陸游生於西元一一二五年，亦即岳飛滿江紅詞中「靖康恥」的前一年。在他八十五年的人生中，對汴京淪陷、權奸誤國的痛心，對北伐中原、抗金復國的堅持，可說始終如一。這首詩前四句寫的是往事回顧的憤激和心酸，一開始，詩人當年那種志切恢復，豪氣如山、不畏艱難的精神，便如天風海雨，破空而來。三、四兩句經由一系列具象化的呈現，充分渲染出詩人昂揚中不免蕭瑟的胸懷。試想夜雪紛飄、擊楫江流，秋風捲葉、策馬邊關，是何等聲色動人的壯闊景象啊！而如果聯繫著詩人的生平來看，這些念念不已的豪情壯懷，最後終究煙消雲散，則前四句在憤激中，其實是隱含著耐人尋味的辛酸與感嘆的。

後四句承辛酸與感嘆而來，「塞上長城空自許」是早歲心事的總結，其中一個「空」字，便將此無限心事輕輕抹去，而攬鏡自照，鬢髮蕭疏，數十年歲月卻已在轉眼間消逝無蹤。惆悵之情，流露無遺。最後兩句以一心北伐、鞠躬盡瘁的諸葛亮自我激勵，又將全詩情緒從一片低迷中提振起來。「一寸丹心空許國，滿頭白髮卻緣詩」這是陸游一生的精神寫照，也是陸游詩真正感動人心的地方。

延伸閱讀

死去元知萬事空，但悲不見九州同。王師北定中原日，家祭無忘告乃翁。（宋陸游示兒）

當年萬里覓封侯，匹馬戍梁州。關河夢斷何處，塵暗舊貂裘。　胡未滅，鬢先秋，淚空流。此生誰料，心在天山，身老滄洲。（宋陸游訴衷情）

四時田園雜興❶夏日十二首之一　宋　范成大❷

梅子金黃杏子肥，麥花雪白菜花稀。日長籬落無人過，惟有蜻蜓蛺蝶飛。

注釋

❶四時田園雜興　石湖詩集卷二十七載四時田園雜興六十首，自注云：「淳熙丙午，沉痾少紓，復至石湖舊隱。野外即事，輒書一絕。終歲得六十篇，號四時田園雜興。」丙午是淳熙十三年（西元一一八六年），作者年六十一，時以病乞歸石湖。這首詩是其中寫夏日十二絕中的第一首。

❷范成大　字致能，號石湖居士，蘇州吳縣（今屬江蘇）人。生於宋欽宗靖康元年（西元一一二六年），卒於宋光宗紹熙四年（西元一一九三年）。他是廉能正直、憂時憂民的愛國詩人，也是關心農村、適意自然的田園作家。他的作品以使金時的弔古傷今之作和晚年四時田園雜興六十首最有代表性。其中田園詩觀察入微地寫出農村的風光與苦樂，跟一般文人的幽居隱處、率性自得，絕對是大異其趣的。

賞析

在中國詩歌史上，范成大可說是繼陶潛之後的一個真正的田園詩人。作為一個真正的田園詩人，我們可以試著從兩方面來加以觀察：

一、從作品中反映的心態來看：儘管陶潛的田園詩為傳統詩歌開闢了一片新的園地，但那種採菊東籬、種豆南山的耕讀生涯，畢竟不是每個人都能樂在其中的。一般人就算田莊農圃、幽居隱逸，恐怕也是自標清高的為多。范成大田園詩的可貴，正在於他是真正從平淡而實在的農村生活中去尋求田園的詩趣。

二、從作品描寫的角度來看：如果說陶潛詩中描寫的是「悠然見南山」的物我俱化的恬淡，王維詩中描寫的是「興來獨往，勝事自知」的靜觀自得的幽靜。那麼，與此恰恰相反，范成大的田園詩則是注意在自然景物的細密描寫，而不著力於詩人自我個性的抒發。

以所選的這首詩為例，整首詩寫的正是初夏時節江南農村的景況。菜花漸稀、杏子當肥，梅子金黃、麥花雪白，淡淡幾筆，詩人便勾繪出一幅賞心悅目的農村美景。而在前兩句各自景物的靜態描寫之後，詩人進一步放大畫面，寫夏日初長、農事正忙，莊園中籬落無人的安靜景象。最後畫龍點睛，動態十足地寫出蛺蝶的四處紛飛。我們可以說，著此一筆，而全詩中的梅、杏、麥花、菜花，乃至無人過的籬落，便都跟著動了起來、熱鬧了起來。

一首詩，彷彿就是一幅詩意的圖畫，詩人如此觀察著、也如此描繪著。

延伸閱讀

千頃芙蕖放棹嬉，花深迷路晚忘歸。家人暗識船行處，時有驚忙小鴨飛。（宋范成大四時田園雜興晚春十二首之九）

一川新漲熨秋光，掛起篷窗受晚涼。楊柳無窮蟬不斷，好風將夢過橫塘。（宋范成大立秋後二日泛舟越來溪）

過松源晨炊漆公店❶六首之五　　宋　楊萬里❷

莫言下嶺便無難，賺❸得行人錯喜歡。正入萬山圈子裡，一山放出一山攔。

注釋

❶過松源晨炊漆公店　這是紹熙三年（西元一一九二年）詩人在江東轉運副使任上外出記行的作品。松源、漆公店，當在今皖南山區。

❷楊萬里　字廷秀，號誠齋，吉州吉水（今屬江西）人。生於宋高宗建炎元年（西元一一二七年），卒於宋寧宗開禧二年（西元一二〇六年）。人品極高，詩亦自成風格。作詩初由模擬入手，從江西詩派而王安石、陳師道而唐詩，最後才自出機杼，盡撤藩籬。他的詩鮮活自由、題材廣闊，敢於運用俚詞俗語，時稱「誠齋體」，是南宋四大家中著名的白話詩人。

❸賺　騙。

賞析

吉川幸次郎宋詩概說一書曾指出：「宋詩是對於人之世界具有濃厚興趣的詩」。或許正因為如此，在唐詩、尤其是律詩之中，即使描寫人世的事情，也常借助自然風景來襯托或調和人的感情，以產生更大的感動作用。

但宋詩卻往往有將自然擬人化，或把自然風景引進人間世界的明顯傾向。一首山行的詩篇，居然沒有半點雲煙花樹、風吹鳥鳴的點綴，也不見一絲景與情會、應物斯感的抒發，有的只是日常生活注意觀察下的一些些體會與領悟，楊萬里這首詩可以說充分見證了自己詩篇中的時代特色。

詩的內容很平常，用的語言也很通俗，讀起來卻極新鮮生動而令人玩味再三。首先，在這首詩裡面，經由擬人的手法，「山」似乎成為一個人生試煉場的考驗者。它巧妙地布置了一處上上下下、層層疊疊的圈套，然後惡作劇似的時而放行、時而攔阻，將置身其中的人耍得團團轉。它更常安排歷經險阻攀躋後的緩坡徐行，騙得行人的空歡喜一場。於是，一次極可能是非常枯燥、非常辛苦的跋涉，在詩人筆下，變得活潑、變得有趣，更重要的是，變得「此中有真意」了。其次，詩裡面的「賺」、「錯喜歡」、「放出」、「攔」等，這些都是極普通、極生活化的字眼，但它們卻活靈活現地反映了逗樂、懊惱、輕鬆、歡喜、失落、厭煩等等情緒的變化。同時，這一路情緒變化的描繪，其實也是一系列生活智慧體驗的歷程。

一趟自然的行旅，楊萬里是如此通俗生動而富於理趣的來加以抒寫。如果是孟浩然、王維，你想他們會如何下筆呢？

延伸閱讀

一日江行百折中，回頭猶見夜來峰。好山十里都如畫，更與橫排一徑松。（宋楊萬里江上松徑）

霧外江山看不真，只憑雞犬認前村。渡船滿板霜如雪，印我青鞋第一痕。（宋楊萬里庚子正月五日曉過大皋渡）

觀書有感❶二首之一

宋 朱熹❷

半畝方塘一鑑開❸，天光雲影共徘徊❹。問渠那得清如許❺，為有源頭活水來。

注釋

❶觀書有感　這是一首闡述理趣的詩，但比喻貼切、意象鮮活，說理好像不在說理，而理卻在其中。

❷朱熹　字元晦，晚號晦翁，婺源（今屬江西）人，生於福建延平。生於宋高宗建炎四年（西元一一三〇年），卒於宋寧宗慶元六年（西元一二〇〇年）。論學主居敬窮理，集北宋以來理學之大成。他是理學家中最富於文學修養的人，所作的詩也比較沒有一般理學家的酸腐氣息。

❸半畝方塘一鑑開　形容池水的清新如鏡。鑑，鏡子。

❹天光雲影共徘徊　形容天光雲影倒映水中，隨波盪漾。

❺問渠那得清如許　渠，他。指方塘。如許，如此。

賞析

因為受到當代理學思潮的影響，以哲理入詩，居然也成為宋代詩壇的一種風氣。理學家謹守「正心誠意」、「惟恭必敬」的教條，原不免於迂腐。以此作詩，又有何情韻可言？像張載以聖心為題的一首詩：「聖心難用淺心求，聖學須專禮法修。千五百年無孔子，盡因通變老優游。」根本是以詩作為闡述理學的工具罷了。但理學家中的朱熹卻「登山臨水，處處有詩」，即使是一些寓物說理的詩，也寫得平淺自然、趣韻十足，一點都沒有酸腐的理學氣息。

這首詩的前兩句彷如一幅淡墨小品，輕描幾筆，卻充滿了悠遠的審美趣味。半畝方塘，澄澈似鏡，天光雲影倒映其中，隨波盪漾，是多麼自然清新的景象啊！而小小方塘，卻能照見大千世界；天光雲影，令人撫玩不盡。此中意蘊，又是多麼引人遐思啊！作者在充分觸發讀者的興趣之後，一方面點出這種景象、意蘊映現的根本，全在一個「清」字。一方面更深入一層挖掘，自問自答地寫出頗具理趣的三、四兩句。不錯，如果沒有「源頭活水」，則小小方塘、小小心田必然淤滯、混濁乃至腐臭，又哪能清新流轉、映照成趣呢？

或許置之唐、宋大家的詩作中，這樣的詩並不能發出多麼耀眼的光芒，但宋代的說理詩既是一個無法抹煞的存在事實，則朱熹如此交織著感性形象與理性認識的作品，無論如何還是值得介紹的。

延伸閱讀

昨夜江邊春水生，蒙衝巨艦一毛輕。向來枉費推移力，此日中流自在行。（宋朱熹觀書有感二首之二）

昨夜扁舟雨一蓑，滿江風浪夜如何。今朝試卷孤篷看，依舊青山綠樹多。（宋朱熹水口行舟）

金陵驛❶二首之一　宋　文天祥❷

草合離宮❸轉夕暉，孤雲飄泊復何依。山河風景原無異❹，城郭人民半已非❺。

滿地蘆花和我老❻，舊家燕子傍誰飛❼。從今別卻江南路，化作啼鵑帶血歸❽。

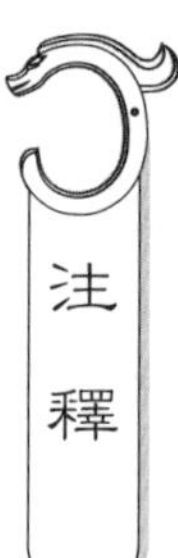

注釋

❶金陵驛　祥興元年（西元一二七八年），文天祥兵敗被俘。這首詩是他隔年押赴燕京、途經金陵時所作，詩中表白了一死殉國的拳拳忠心。金陵，即建康府，今江蘇南京。驛，驛站。

❷文天祥　字宋瑞，又字履善，號文山，吉水（今江西吉水）人。生於宋理宗瑞平三年（西元一二三六年），卒於元世祖至元十九年（西元一二八二年）。年二十，舉進士，對策集英殿，理宗親拔第一。歷知瑞、贛等州。其後元兵入侵，恭帝遭擄。文天祥等人先後立端宗、帝昺，繼續與元兵相抗。祥興元年（西元一二七八年），文天祥被俘，始終不屈，至元十九年被殺。因為時勢使然，他的詩後期多寫抗元復宋之事，感時寄憤，正氣凜然。

❸草合離宮　草合，草滿。離宮，指南宋初高宗駐建康府時建置的行宮。

❹山河風景原無異　東晉時，一些南渡的士大夫曾宴於建康新亭，座中周顗嘆曰：「風景不殊，正自有山河之異。」事見世說新語，此處化用其意。

❺城郭人民半已非　漢道士丁令威成仙後，化鶴歸來曰：「去家千年今始歸，城郭如故人民非。」事見搜神後記。

❻滿地蘆花和我老　蘆花開於夏秋之間，詩人被押至建康時為六月，及八月二十四日乃北行，詩中故云。又蘆花色白，亦以喻白髮。

❼舊家燕子傍誰飛　用劉禹錫烏衣巷「舊時王謝堂前燕，飛入尋常百姓家」句意。烏衣巷亦在金陵。

❽化作啼鵑帶血歸　相傳古代蜀王杜宇，號望帝，自以德薄，禪國亡去，化為啼血杜鵑。此句是詩人寫雖身死而魂魄猶不忘故國。

賞析

這首詩題為金陵驛，整首即緊扣金陵一地的歷史和現實寫照，以抒發詩人的黍離之悲與亡國之痛。金陵是六朝故都，宋室南渡時，高宗也曾在此建置行宮。一個曾經是大宋子民寄望所繫的地方，曾幾何時，卻已荒煙蔓草、幾度夕陽了。宗國覆滅，詩人如孤雲飄泊，更何所依倚呢？以下兩聯承「金陵」、承「離宮」而來，寫山河風景依舊，然而戰火之後，城郭傾圮、人民離散；尤其浩劫經年，朝代移易，舊家燕子又將飛往何處？化用典故，寫所見所思，詩中黍離滄桑之感，油然而生。而「滿地蘆花」這一蕭瑟迷離的意象，既點明季節，也抒發了家國黯淡、詩人老去的無限感傷。最後兩句寫別卻江南，決心一死報國，而忠魂一縷，必將化為啼血杜鵑迢遙歸來。沉鬱悲壯，更是令人讀之動容。

文天祥在元兵渡江之前，原本生活豪華，留情聲色。後來國勢日迫，乃幡然醒悟，痛自貶損。在社稷將傾之際，挺身而出，扶持危局，直至慷慨就義，為大宋朝留下一點天地正氣。而政治上石破天驚的震盪，也使他的作品起了巨大的轉變。這種悲歌慷慨的詩篇，雖如夕陽返照，但它們確實為積弱的南宋詩壇增添了最後的一抹光彩。

延伸閱讀

魂飛萬里程，天地隔幽明。死不從公死，生如無此生。丹心渾未化，碧血已先成。無處堪揮淚，吾今變

姓名。（宋謝翱書文山卷後）

北望燕雲不盡頭，大江東去水悠悠。夕陽一片寒鴉外，目斷東南四百州。（宋汪元量湖州歌九十八首之一）

第六章　元明清詩選讀

元人的詩，雖然清顧嗣立元詩選一書已收三百四十家，但席世臣補元詩選癸集搜羅散佚者，仍多達數千首。可見在那以曲為一代文學表徵的時代裡，詩歌的創作並不沉寂。

元代興起之後，作為金遺民的元好問可說獨步元初詩壇。不只詩作題材多樣，內容豐富，充分反映所處劇烈變動的時代。更重要的是，在這種特殊經歷的磨難淬煉下，他的詩興象深邃、風格遒健，很能一振金宋之季日益委靡的詩風。其後朝廷開始引用文人，一些像劉秉忠、楊果之類的詩人紛紛出仕。他們的作品往往流露出既渴慕當官、又嚮往歸隱的矛盾情懷，表裡不一，情致局限，成就也不是很高。稍後至元時的趙孟頫以宋王孫變節仕元，同樣頗受時論譏議。但他富於才情，修養深厚，所以風流儒雅，冠絕一時。詩中所寫窮途末路的悲嘆和不慎失節的追悔痛苦，使得他的詩在流轉自如之餘，別具一種清邃沉鬱的意味。到了延祐年間，社會政治已經日趨穩定，詩歌創作也進入盛世之音。號稱元代四大家的虞集、楊載、范梈、揭傒斯就是這個時期的代表人物。他們的詩雖然沒有非常豐富的內容，但講法度、求工鍊，且能夠同時注重感情的抒發與藝術的提升。而就在這樣的基礎上，至正時期的薩都剌、楊維楨，更進一步以豐富的想像來增強情感的激盪，造成詩歌史上明顯的新變，也為元代詩歌譜下完美的休止符。

可惜的是，在大明一統天下之後，這種形勢就逆轉了。明初詩人雖已漸有模擬唐人的趨勢，但基本上還能各抒心得，其中以劉基、高啟這兩個經歷過元末社會大動亂的詩人較為著名、也較有成就。劉基以雄渾奔放見長，高啟則以爽朗清逸取勝。其後面對文網漸密、文士動輒得禍的政治形勢，多數詩人開始逃避社會現實，詩壇上因而出現了以楊士奇、楊榮、楊溥為代表的臺閣體詩歌。他們的詩歌只知歌功頌德和道德說教，表面看來雍容華貴，內容其實極為貧乏。這樣的詩歌發展當然為時人所不滿，所以弘治、正德年間，出現了李夢陽、何景明、徐禎卿、邊貢等所謂的「前七子」。他們高舉復古的旗幟，把詩歌從歧路上拉了回來。因為能面對現實、敢於批判，他們的作品中不乏諷世論事的佳篇。只是復古的主張，易於和模擬淆混，詩歌抒寫自我的創作精神便慢慢消失了。這種負面的趨勢，到嘉靖、隆慶間包括李攀龍、王世貞等人的「後七子」，更是日益嚴重，不得不改弦更張了。接著萬曆、天啟之際的公安、竟陵兩派，或任性而發、或幽情孤詣，卻無不以抒發性靈來取代前後七子的復古模擬。然而矯枉難免過正，他們詩風的粗率淺俗、孤峭冷僻，以及對外在事物的漠不關心，也招致了必然的反感。崇禎之後，大明政局江河日下，陳子龍、夏完淳兩人慷慨蒼涼地寫出了末世的悲歌，也為相對寂寞的明代詩壇作了一個略帶生氣的結束。

就詩歌而言，唐宋詩可說各擅勝場、各有特色。元明兩代，文學主流轉向戲曲、小說，詩歌相對衰落。清代是古典文學各種體裁光榮結束前一個迴光返照的特殊時代，詩歌亦然。清代詩人既不滿於元詩的綺弱、明詩一味模擬和淺俗狹窄的毛病，於是在技巧上兼學唐宋，並不斷追求創新，所以成就遠遠超越元明兩代而為傳統詩歌畫下最後一抹絢麗的色彩。

除了黃宗羲、顧炎武、王夫之等具有反清思想的遺民詩人，清初詩壇最著名的是以明臣而仕清的錢謙益、吳偉業、龔鼎孳三人。其中吳偉業的詩辭藻優美，極富藝術魅力。他的七言歌行往往寫個人心事與家國之感，情韻深長、風華殊勝，感染力強，影響也大，在詩歌史上有創新意義。接著的康熙、雍正時期，真正第一流的詩人應推王士禛與查慎行。王士禛作詩力主「尊唐」、提倡「神韻」。他擅長的七言近體詩，雖不免於規模狹小、內容貧乏的缺點，但自有一種迴腸盪氣的哀傷，感人肺腑。且善於融情入景，神韻悠然。查慎行的詩用筆勁鍊、運思深刻，是清代學宋詩派成就最大的人。至於乾隆時期的詩人，能開新局的當屬袁枚和趙翼。袁枚思想通達，敢於創新、批判。作詩主性靈，作品從內容到形式都有新鮮可喜之處。趙翼詩喜發議論，時帶詼諧。作詩如講話、作文一般，隨意抒寫，給人一種清新明暢的感覺。另外，鄭燮和黃景仁兩人的詩在尚意境、重白描方面，和「性靈派」相近。但鄭燮詩關心民生疾苦，樸實生動；黃景仁詩感慨個人身世，纏綿悱惻，也都是極具特色的詩人。乾隆以後詩人如張問陶、舒位等，基本上踵繼性靈而已漸趨式微。到了道光、咸豐之際，中國這個古老帝國已是日薄西山，氣息奄奄了。內外矛盾相繼爆發，鴉片戰爭標誌著中國進入了近代史的階段，清詩的發展也轉入一個新的時期。龔自珍和黃遵憲無疑是這個時期追求新變、承先啟後的兩個重要詩人。

章培恒在為元明清詩鑒賞辭典一書作序時曾指出：

在有些人看來，元明清詩歌在成就上不僅遠遜於唐詩，而且也大大不如宋詩。但在實際上、元明清文學正是從宋代文學發展到五四新文學的必不可少的橋梁。……明清文學的上述橋梁作用，不但體現在戲曲、小說方面，也體現在詩歌方面。對當時的知識人來說，戲曲、小說僅僅是小道，並不能代表知識人的文學創作和觀念的主流。如果只是在戲曲、小說創作中出現了新的傾向，而在詩歌創作中一仍舊貫，文學的基本面貌就不能算是發生了變化，從而也就不能在總體上為五四文學準備必要的條件。就這一點來說，元明清詩歌的新變實較戲曲、小說的演進更為重要。

文學發展是一條源遠流長的大河，從這種宏觀的全視角出發，濫觴也好、主流也好、旁支也好、轉折也好，無不有其意義在。我們自然不會遺漏它時而波瀾壯闊、時而迂徐平緩的變化流程，也不會忽略它時而奇峰聳立、時而平疇無限的兩岸風光。然則欣賞幾千年傳誦不已的古典詩歌，從詩經的先民歌聲以迄晚清的新變詩篇，又何獨不然呢？

岐陽❶三首之一

金　元好問❷

百二關河草不橫❸，十年戎馬暗秦京❹。岐陽西望無來信❺，隴水東流聞哭聲❻。野蔓有情縈戰骨，殘陽何意照空城。從誰細向蒼蒼問，爭遣蚩尤作五兵❼。

注釋

❶岐陽　金哀宗正大八年（西元一二三一年），詩人任南陽令，聞岐陽（今陝西鳳翔）淪陷時作。在金、元易代之際，詩人目睹國家殘破、人民顛沛流離，寫下許多像岐陽這一類感時的作品，論者推為一代的詩史。

❷元好問　字裕之，號遺山，太原秀容（今山西忻縣西北）人。生於金章宗明昌六年（西元一一九〇年），卒於元憲宗蒙哥七

年（西元一二五七年）。金亡不仕。在金、元之際頗負重望。詩詞風格沉鬱，多傷時感事之作。清莫友芝評其詩曰：「才情橫逸，絕去依傍，渾浩流轉如長江大河。」

❸百二關河草不橫　指形勢險要的關中，如今戎馬踐踏，早已寸草不生了。百二關河，用史記高祖本紀語，二萬人足當諸侯百萬人，形容秦地的險固。草不橫，即野無青草之意。

❹十年戎馬暗秦京　化用杜甫愁「十年戎馬暗萬國」句，形容十餘年來，關中之地飽受鐵蹄踐踏，征塵昏暗。自金宣宗興定五年（西元一二二一年），蒙古人進兵陝北，至岐陽陷落，共十一年。

❺岐陽西望無來信　指岐陽陷落，音訊斷絕。杜甫喜達行在所有句：「西憶岐陽信，無人遂卻回。」

❻隴水東流聞哭聲　形容岐陽陷落後，災民輾轉流離、遍野哭聲的慘狀。化用隴頭歌辭：「隴頭流水，鳴聲幽咽。遙望秦川，心腸斷絕。」

❼從誰細向蒼蒼問二句　責問蒼天，何以讓蚩尤製造兵器，興兵作亂呢。古代有蚩尤受金作兵以伐黃帝的傳說。蒼蒼，蒼天也，天色蒼蒼然，故云。爭，同「怎」。蚩尤，傳說中九黎的君長，此處借喻蒙古統治者。五兵，泛指武器。

這首詩一開始寫岐陽淪陷前後關中地區長期兵荒馬亂的戰爭景象。詩人化用史記、杜詩的「百二關河」、「十年戎馬」兩句，從時、空兩方面同時著手來拉開序幕，為這首詩先營造出一個莽莽蒼蒼的背景。緊接著「草不橫」、「暗秦京」的進一步點染，更讓這原本壯闊、久遠的時空背景抹上全面荒涼、昏暗的色彩。不錯，自蒙古人進兵陝北，至岐陽陷落，十餘年間，多少戰爭殺戮、多少鐵蹄征塵，可說盡在這短短的十四字之中了。

以下兩聯集中寫岐陽的淪陷。三、四兩句以「望」、「聞」對映，遙想岐陽城淪陷後音訊斷絕，百姓死傷流離、哀哀無告的景況。其中「西望來信」、「水流哭聲」的描述，正是詩人真切的情感流露。五、六兩句承接而下，更具體地呈現出岐陽城陰森森的劫餘情狀。野蔓縈戰骨，殘陽照空城，一片荒涼死寂的畫面，是多麼具象的描寫啊！「有情」、「何意」二語，加諸無情無知的野蔓、殘陽，反諷意味十足，尤屬傳神之筆。

「天地不仁，以萬物為芻狗」，大好江山盡入戰圖，無辜百姓輾轉溝壑，無止盡的戰爭殺戮究竟所為何來呢？在最後兩句裡，詩人如此地向天呼告責問著，而其中無奈、沉痛的心情，又豈是未經戰亂的人所能體會的呢？

這首七律蒼涼感慨、悲壯沉雄，充分反映現實，也寫出詩人的心胸肺腑，直可與杜甫稱為「詩史」的名篇後先媲美。趙翼甌北詩話讚賞元好問這類作品說：「沉摯悲涼，自成聲調。唐以來律詩之可歌可泣者，少陵十數聯外，絕無嗣後，遺山則往往有之。」真是極具見地。

延伸閱讀

萬里荊襄入戰塵，汴州門外即荊榛。蛟龍豈是池中物，蟣虱空悲地上臣。喬木他年懷故國，野煙何處望行人。秋風不用吹華髮，滄海橫流要此身。（元元好問壬辰十二月車駕東狩後即事五首之四）

塞外初捐宴賜金，當時南牧已駸駸。只知灞上真兒戲，誰謂神州遂陸沉。華表鶴來應有語，銅盤人去亦何心。興亡誰識天公意，留著青城閱古今。（元元好問癸巳四月二十九日出京）

岳鄂王墓❶

元　趙孟頫❷

鄂王墓上草離離❸，秋日荒涼石獸危❹。南渡君臣輕社稷，中原父老望旌旗❺。

英雄已死嗟何及，天下中分遂不支。莫向西湖歌此曲，山光水色不勝悲。

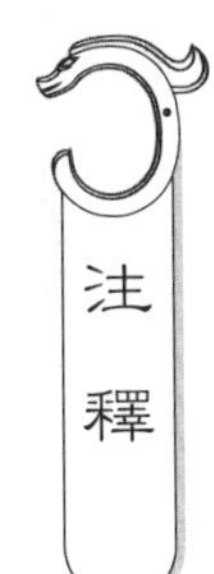

注釋

❶岳鄂王墓　岳鄂王即岳飛。金兵入侵時，岳飛率部奮勇抵抗。高宗紹興十年（西元一一四〇年），岳飛進兵河南，直抵開封西南的朱仙鎮。但因高宗、秦檜一心求和，遂被害。後理宗為其雪冤，寧宗嘉定四年（西元一二一一年）又追封為鄂王。宋亡後，身為宋王室後裔的趙孟頫經過西湖畔的岳王墓，觸景生情，寫下了這首憑弔的詩，其時距岳飛之死已一百多年。

❷趙孟頫　字子昂，號松雪道人，湖州（今屬浙江）人。生於宋理宗寶祐二年（西元一二五四年），卒於元英宗至治二年（西元一三二二年）。為宋太祖十一世孫，十四歲即以父蔭補官。入元後，被薦入朝，為五朝元老。書畫兼擅，聞名一時。詩為元詩壇的開拓者，詩風清邃奇逸，但以趙氏宗室而仕異朝，不免憂思愧悔，時雜感慨。

❸離離　繁茂的樣子。

❹石獸危　石獸，墓前所置之石馬、石羊之類。危，高的意思。

❺南渡君臣輕社稷二句　形容南渡君臣罔顧社稷、無心北伐，致使中原父老望旗鼓舞而終歸失望。岳飛進兵河南時，各地百姓紛紛響應，也都打起了「岳」字旗，形勢原本一片大好，可惜宋室朝廷自毀長城而功虧一簣。

賞析

傳說中的十二道金牌，埋葬了英雄直搗黃龍的豪情壯志，也斷送了大宋朝原本可能的北伐希望。岳飛，一位精忠報國的孤臣孽子，就這樣以「莫須有」的罪名，從此忠魂長伴西湖的山光水色了。而後悠悠忽忽地經過了一百多年，身為宗室後裔卻又靦顏入仕異朝的詩人來到了西湖、來到了岳鄂王墓，徘徊再三，他寫下了這首百感交集的憑弔詩。

前兩句就題抒寫並點出時間、地點。秋風蕭瑟，天地蒼茫，荒煙蔓草間，一抔黃土，就如此默默覆蓋著無限的滄桑情懷。墓前斑駁著歲月痕跡的石獸，依然高踞挺立，也彷彿在訴說些什麼。觸景生情，接下來的幾句，詩人一下子便被拉回百多年前翻天覆地的時空情境。儘管北方淪陷地區父老忠心不改、望穿旌旗，但諷刺的是，南渡君臣早已苟安江南、無意北伐了。而曾經揮旗直搗黃龍的英雄含冤死去，從此江山半壁，乃至土崩瓦解、國族覆亡。時間難以喚回、歷史誰能改寫，偷安苟且，一時之間的謀慮如此，遂成千古憾恨，空自嗟嘆又有何用？然而吞噎著這一歷史苦果的詩人，滿懷憂思難堪，將何以訴說呢？恐怕西湖的水光山色、地下有知的鄂王，也會跟我一樣撫今思昔、不勝悲傷吧！結語緊扣岳鄂王墓、緊扣南宋江山，淡淡幾筆，而低徊婉轉、愁思無限。

趙孟頫詩以七言最工，這首詩情景交融、意味深厚，而又結構謹嚴，技巧純熟，是最足以代表他心境和特色的一首作品。

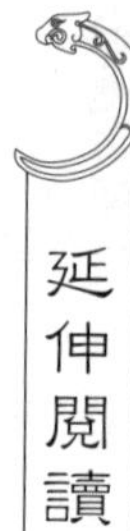

延伸閱讀

在山為遠志，出山為小草。古語已云然，見事苦不早。平生獨往願，丘壑寄懷抱。圖書時自娛，野性期自保。誰令墮塵網，宛轉受纏繞。昔為水上鷗，今如籠中鳥。哀鳴誰復顧，毛羽日摧槁。向非親友贈，蔬食常不飽。病妻抱弱子，遠去萬里道。骨肉生別離，丘壠誰為掃。愁深無一語，目斷南雲杳。慟哭悲風來，如何訴穹昊。（元趙孟頫罪出）

春寒惻惻掩重門，金鴨香殘火尚溫。燕子不來花又落，一庭風雨自黃昏。（元趙孟頫絕句）

王氏能遠樓❶

元　范梈❷

遊莫羨天池鵬，歸莫問遼東鶴❸。人生萬事須自為，跬步江山即寥廓❹。請君得酒勿少留，為我痛酌王家能遠之高樓。醉捧勾吳❺匣中劍，斫斷千秋萬古愁。滄溟朝旭射燕甸❻，桑枝正搭虛窗面❼。崑崙池上碧桃花❽，舞盡東風千萬片。千萬片，落誰家，願傾海水溢流霞❾。寄謝尊前望鄉客，底須❿惆悵惜天涯。

注釋

❶王氏能遠樓　這首詩創作的由來已不可考，但從題目和內容來看，應該是詩人與朋友高樓暢飲時所寫。全詩寫的其實就是「人生幾何，把酒當歌」的意思，不過詩筆縱橫恣肆、想像無端，很能見出詩人瀟灑通脫的胸懷和志趣。

❷范梈　字亨父，一字德機，人稱文白先生，臨江清江（今屬江西）人。生於宋度宗咸淳八年（西元一二七二年），卒於元文宗至順元年（西元一三三〇年）。詩學李、杜，好歌行、工近體，與虞集、楊載、揭傒斯共稱元詩四大家。

❸遊莫羨天池鵬二句　莊子逍遙遊載大鵬「水擊三千里，摶扶搖而上者九萬里」；搜神後記載遼東人丁令威學仙得道，千年始歸。如此的時空經歷，非神仙不能，所以詩人會說「莫羨」、「莫問」。

❹人生萬事須自為二句　神仙既不可羨，人生萬事須自作自為，即使只往前跨出半步，也能見到江山遼闊、風光無限。跬步，半步。寥廓，寬廣高遠的意思。

❺勾吳　即吳鉤，指吳地鑄的利器。杜甫後出塞：「少年別有贈，含笑看吳鉤。」

❻滄溟朝旭射燕甸　指海上日出，遍照大地。燕甸，應是形容春天的大地，如張若虛春江花月夜中「江流宛轉繞芳甸」的「芳甸」。甸，郊野；大地。

❼桑枝正搭虛窗面　暗用「日出扶桑」的神話傳說，寫陽光普照，窗櫺為之生輝。

❽崑崙池上碧桃花　崑崙是傳說中西王母的居所。池上種有碧桃，三千年開花，三千年結果，食之可長生不老。

❾流霞　神話傳說中的仙酒，這裡代指美酒。

❿底須　何須。

賞析

前人謂范梈詩學李、杜，歌行古體尤得李白詩的神韻，這首王氏能遠樓可說就是一個明顯的例子。一如李白宣州謝朓樓餞別校書叔雲、將盡酒等詩的生命告白，這首詩同樣抒發著「人生幾何，把酒當歌」那種孤高傲世的沉鬱豪雄。而全詩氣勢酣暢、跌宕變化，讀來也是大開大闔，令人心胸豁然。

這首詩共十六句，每四句為一意，而一意一韻，平仄相錯，加上句法參差，所以全詩既錯落有致，又一氣呵成。立意與結構的緊密結合、渾化無跡，充分見出作者的才情巧思。開頭四句寫登樓遐思，神仙既非我輩，則扶搖萬里、來去千年，「羨」能如何？「問」又如何？且回歸於人的自我體認，那麼跬步登樓，不也是江山寥廓、風光無限嗎？接著的四句切題寫登樓痛飲，人生一世、懷愁千秋，原本的提振紓解，至此一收，轉為沉痛。至於「痛酌」、「醉捧」捧劍斫愁，合李白詩「抽刀斷水水更流，舉杯銷愁愁更愁」二句為一，意極激越直截。至於「痛酌」、「醉捧」二語，悲慨中自見蒼涼。再其下的四句推開寫「能遠」樓極目所見所想，表面上寫陽光遍照、春色繽紛，但從

「扶桑」而「崑崙池」、「碧桃花」，明顯是神話傳說中想像的虛幻之景。最後幾句承前四句的桃花「千萬片」而來，並與開篇之意遙相呼應。長生不老，人間誰能？且傾江海美酒，長醉不醒，何須登樓思鄉，惆悵天涯呢？其中第一句「千萬片，落誰家」，將原本的長句斷成兩個短句，也增添了音節上的頓挫變化之美。

儘管寫的是虛幻短暫這一無可改易的生命悲歌，作者卻一點也不落愁苦陷溺的陳腔濫調。在時間線上，出入古今、上下千年萬載；空間線上，變化虛實、往來仙界人間。全詩開闔騰挪、跌宕變化，大有盡抒胸臆、一吐塊壘的酣暢痛快。

延伸閱讀

棄我去者昨日之日不可留，亂我心者今日之日多煩憂。長風萬里送秋雁，對此可以酣高樓。蓬萊文章建安骨，中間小謝又清發。俱懷逸興壯思飛，欲上青天攬明月。抽刀斷水水更流，舉杯銷愁愁更愁。人生在世不稱意，明朝散髮弄扁舟。（唐李白〈宣州謝朓樓餞別校書叔雲〉）

黃鶴樓前鸚鵡洲，夢中渾似昔時游。蒼山斜入三湘路，落日平鋪七澤流。鼓角沉雄遙動地，帆檣高下亂維舟。故人雖在多分散，獨向南池看白鷗。（元揭傒斯〈夢武昌〉）

龍王嫁女辭❶　元　楊維楨❷

海濱有大小龍撥水而飛、雷車挾之以行者，海老謂之「龍王嫁女」，故賦此辭。率匡山人❸同賦。

小龍啼春大龍惱，海田雨落成沙炮。天吳❹擘山成海道，鱗車魚馬紛來到。鳴鞘聲隱佩鏘琅，瓊姬玉女桃花妝❺。貝宮美人笄十八❻，新嫁南山白石郎❼。西來熊盈❽慶春婿，結子蟠桃不論歲。秋深寄字湖龍姑，蘭香廟下一雙魚❾。

注釋

❶龍王嫁女辭　元順帝至正七、八年間（西元一三四七～一三四八年），詩人遊蘇州、崑山、太倉一帶，根據民間傳說寫成這首描述海濱奇觀的詩篇。

❷楊維楨　字廉夫，號鐵崖，又號鐵笛道人、東維子，紹興諸暨（今屬浙江）人。生於元成宗元貞二年（西元一二九六年），卒於明太祖洪武三年（西元一三七〇年）。論詩排斥律詩而提倡古樂府，主張抒寫個人性情，為元末詩壇領袖人物。

❸匡山人　指道士于立，南康廬山人。廬山又名匡廬，故時人稱之為「匡山人」。

❹天吳　水神名，傳說能劈山移水。

❺鳴鞘聲隱佩鏘琅二句　形容婚禮場面的盛大。儀仗隊鳴鞭的聲音隱約漸去，而後隨著佩飾鏘琅作響的悅耳聲翩然出現的，是一群妝扮特殊的美麗仙女。

❻貝宮美人笄十八　指龍宮中年方十八的公主。笄，髮簪。古時女子成年或許嫁之年曰及簪。

❼白石郎　水神名。樂府詩集載白石郎曲：「白石郎，臨江居，前導江伯後從魚。」

❽熊盈　傳說中西王母的女兒。

❾蘭香廟下一雙魚　蘭香，仙女名，即杜蘭香。傳說因過謫降人間，為漁父所養，十餘歲時又升天而去。一雙魚，指書信。古詩：「客從遠方來，遺我雙鯉魚。」

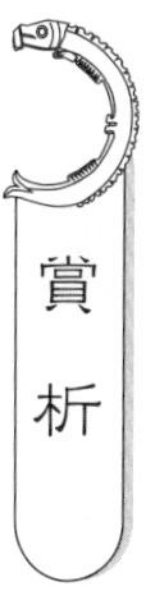

賞析

張雨為楊維楨的鐵崖古樂府作序時，曾說他的詩「時出龍鬼蛇神，以眩蕩一世之耳目」，可說一語點出詩人創作時逞才好奇的本性與特色。正是如此，所以在漫遊沿海的蘇、崑一帶時，雷電交加、波濤掀騰的怒海奇觀，當地父老繪聲繪影的荒誕傳說，便成了詩人筆下這樣一首瑰奇眩麗、想像無端的龍王嫁女辭了。

詩人提筆作勢，破空而來的是大龍小龍的上下翻騰、撥水飛舞，彷彿一下子就拉開了婚禮的序幕。而海面上雨奔浪濺、四處迸放，自然是婚禮中熱鬧助興的禮炮了。接著從第三句到第十句，是婚禮場面的鋪敘。水神天吳大展神威、劈山開道，魚龍觀禮、車馬雜遝。還有威風凜凜的儀仗隊、美麗出色的仙女，夾雜著令人肅靜的鳴鞭和鏘琅悅耳的佩飾聲。就在千呼萬喚中，男女主角終於登場了，新人是年方十八、正當青春的龍宮公主和尊貴的水神白石郎。而後詩人不忘再帶上一筆，如此盛況空前的婚禮，自是嘉賓雲集，甚至西王母的女兒態盈，也親自帶著能使人長生不老的蟠桃當賀禮，翩然駕臨了。結尾兩句，詩人借用蘭香謫凡又升仙的傳說，暗示這一對新人給湖龍姑留下了一封信，在秋深的季節裡，也飛升而去了。

驚濤駭浪、幻化詭譎的海上風雨，居然可以是一場繽紛熱鬧、充滿浪漫華麗色彩的仙界婚禮。詩人像李賀般馳騁奔逸的想像力和豐贍絢麗的文筆，實在令人嘆服。而正如詩人奔月巵歌中「但覓大魁飲天酒，不用白兔長生方」的抒寫，經由這種縱橫恣肆神仙題材的出入筆端，詩人所要吐露的其實是一種掙脫世俗羈絆的強烈願望吧！

延伸閱讀

天河夜轉漂回星，銀浦流雲學水聲。玉宮桂樹花未落，仙妾採香垂珮纓。秦妃卷簾北窗曉，窗前植桐青鳳小。王子吹笙鵝管長，呼龍耕烟種瑤草。粉霞紅綬藕絲裙，青洲步拾蘭苕春。東指羲和能走馬，海塵新生石山下。（唐李賀天上謠）

銀河忽如瓠子決，瀉諸五老之峰前。我疑天仙織素練，素練脫軸垂青天。便欲手把并州剪，剪取一幅玻璃烟。相逢雲石子，有似捉月仙。酒喉無耐夜渴甚，騎鯨吸海枯桑田。居然化作千萬丈，玉虹倒挂清冷淵。（元楊維楨廬山瀑布謠）

梅花❶九首之一　明　高啟❷

瓊姿只合在瑤臺❸，誰向江南處處栽？雪滿山中高士臥，月明林下美人來。寒依疏影蕭蕭竹，春掩殘香漠漠❹苔。自去何郎❺無好詠，東風愁寂幾回開？

注釋

❶梅花　高啟一生耿介孤高、不羨名利，有如梅花般的芬芳高潔。或許正因為如此，他寫過不少詠梅花的詩篇。這是一組純粹的梅花詩，其中寄託著作者一生對梅花的喜愛與認識。

❷高啟　字季迪，號槎軒，長洲（今江蘇蘇州）人。生於元惠宗至元二年（西元一三三六年），卒於明太祖洪武七年（西元一

三七四年）。元末隱居吳淞江之青丘，因自號青丘子。洪武初，應召修元史。居官僅三年，即歸隱課書種田。其後蘇州知府魏觀遭誣，高啟也被牽連腰斬。他天才高逸，詩兼眾長，頗能振元末纖縟之習而返之於古，對明代詩歌影響深遠。

❸瑤臺　傳說在崑崙山有瑤臺十二，各廣千步，是仙人所居之地。

❹漠漠　密布之狀。

❺何郎　指南朝梁詩人何遜，作有揚州法曹梅花盛開詩，詩題一作詠早梅。後因杜甫「東閣官梅動詩興，還如何遜在揚州」的詩句，詩人何遜遂與梅花結下不解之緣而常為人所稱。

賞析

鄭板橋在題贈當時畫壇上「揚州八怪」之一黃慎的詩中，曾經寫道：「畫到情神飄沒處，更無真相有真魂。」這話說得真是不錯，一切文學藝術到極深處，形體彷彿在我們眼前慢慢消逝，最後只剩它的情神魂魄縈繞不去。以最常入詩入畫的梅花來說，具體的梅易寫，抽象的梅難說；梅之形態易賦，梅之魂魄難攝。高啟這首梅花詩最可貴的地方，正在於它充分寫出了梅的情神魂魄，同時又寄託了詩人自己與梅花相感通的靈魂深處。

開頭兩句破空而來，先寫梅花的超塵脫俗，只合瑤臺飄香。而人生竟能福分如此，是誰將此珍異，遍栽江南山林？三、四兩句接著詠梅花的精神姿態，山中雪滿，高士悠閒酣臥；林下月明，美人款款而來。經由這兩個具體的比喻，我們不難想見遠離塵囂的山間林下，映雪的梅花、襯月的梅花，是那麼的閒雅高潔、那麼的風姿動人！五、六兩句「寒依疏影蕭蕭竹，春掩殘香漠漠苔」，進一步寫「不經一番寒徹骨，那得梅花撲鼻香」的勁梅寒香。這兩句的順序本該是「蕭蕭寒竹依疏影，漠漠春苔掩殘香」，經由倒裝，詩人將「寒」與「春」提至先聲奪人的句首，梅花的主體精神自然清楚呈現了出來，竹、苔反而成了依託、護守梅花的配角了。略作更動，詩的境界神態便全面改觀，詩人筆法的老到，於此不難窺知一二。最後兩句猶如姜夔暗香詞中的「何遜而今漸老，都忘卻、春風詞筆」，以梅花知音自許，深深為它的愁對東風、幾回寂寞開落而嘆惋不已。

一生耿介孤高、不羨名利的詩人，正如梅花般幽香高潔。他喜愛梅花、詠嘆梅花，不也是自然而然的嗎？

延伸閱讀

兔園標物序，驚時最是梅。銜霜當路發，映雪擬寒開。枝橫卻月觀，花繞凌風台。應知早飄落，故逐上春來。（南朝梁何遜揚州法曹梅花盛開）

舊時月色，算幾番照我，梅邊吹笛。喚起玉人，不管清寒與攀摘。何遜而今漸老，都忘卻、春風詞筆。但怪得、竹外疏花，香冷入瑤席。　江國，正寂寂，歎寄與路遙，夜雪初積。翠尊易泣，紅萼無言耿相憶。長記曾攜手處，千樹壓、西湖寒碧。又片片、吹盡也，幾時見得。（宋姜夔暗香）

秋望❶

明　李夢陽❷

黃河水繞漢邊牆❸，河上秋風雁幾行。客子過壕追野馬，將軍弢箭射天狼❹。黃塵古渡迷飛挽❺，白月橫空冷戰場。聞道朔方多勇略❻，只今誰是郭汾陽❼。

注釋

❶秋望　這首詩別本也題為出使雲中、出塞。明孝宗弘治十三年（西元一五〇〇年），詩人為戶部主事，曾奉命犒榆林軍。這首詩寫充滿肅殺之氣的塞上風光，慷慨悲涼、憂國傷時的情懷溢於言表。

❷李夢陽　字獻吉，號空同子，慶陽（今屬甘肅）人。生於明憲宗成化九年（西元一四七三年），卒於明世宗嘉靖九年（西元一五三〇年）。生性剛烈敢言，嫉惡如仇。在文學上，也堅決反對當時臺閣體的千篇一律，為弘治、正德間文學復古運動的領袖，倡言文必秦漢、詩必盛唐。詩歌創作以樂府和古詩較多，其中有不少具社會意義的作品。七律宗杜甫，也往往開闔變化、氣象闊大。

❸邊牆　指明代為防韃靼入侵而修築的九邊長城。榆林為九邊之一，所築邊牆即今陝西邊外的長城。

❹客子過壕追野馬二句　形容戰士越過壕溝，鐵蹄揚塵，如野馬飛奔；將軍則全副戎裝，彎弓滿引，箭射天狼。莊子逍遙遊：「野馬也，塵埃也。」追野馬，即用以具體形容征戰揚塵的景況。射天狼，有反擊侵略的意思，如楚辭中便有「舉長矢兮射天狼」之句。天狼，即天狼星，古人認為星象中的天狼星主侵略。

❺飛挽　即飛輓，是飛芻輓粟的省說，意謂緊急運送糧草。

❻聞道朔方多勇略　聞說北方邊疆多有勇武謀略之士。朔方，在今內蒙古自治區內。

❼郭汾陽　即郭子儀，唐玄宗時為朔方節度使，封汾陽王，世稱郭汾陽。此句慨嘆邊患嚴重而無如郭子儀之人。

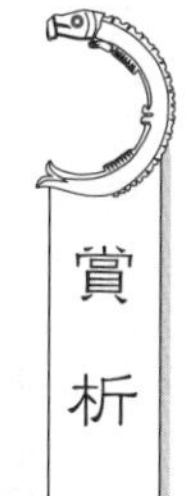

賞析

在戰雲密布、烽火連天的蕭瑟秋季裡，身為戶部主事的詩人，銜命來到當時九邊之一的榆林犒勞將士。眼看朝廷欲振乏力，邊關多事，詩人登高遠眺，其心情的感慨沉重是可想而知的。

詩的第一句具體寫「望」，次句進一步承「望」而寫，同時點明「秋」的節令。秋風蕭瑟，北雁南飛。而登臨縱目，黃河繞著邊關長城，一路迤邐遠去，最後沒入一望無垠的蒼茫之中。視野空闊、天地寂寥，一開始，詩人即緊扣「秋望」下筆，呈現出一片莽莽蒼蒼的塞外景象。接著的兩聯動靜相生、冷熱互襯，具體寫出了邊關「秋望」壯闊肅殺的景象。塵埃蔽天中，戰士們越溝過壕、往來奔馳；將軍則箭射天狼、誓衛家國，多麼豪壯、多麼令人動容的一幅征戰畫面啊！然而視線慢慢移到黃河渡口後，景象又自不同了。黃塵滾滾，人馬雜沓，運送糧草的車隊、船隊，來來往往、上上下下，在這裡忙個不停，戰爭似乎是逼人而來了。夜已漸深，詩人的視線凝注著幾回廝殺的古戰場，秋月當空，冷清迷離，原本不勝寒的心不覺更是一陣淒緊，隨之跌入深深的歷史記憶中。雖說朔方自古多勇略，但放眼當今，誰又是能大破胡虜、綏靖邊關的郭子儀呢？

一首詩讓我們看到了明代山雨欲來的邊關情勢，更讓我們看到了一位慷慨詩人憂國憂民的胸懷。如此的詩人李夢陽，不是比「文必秦漢，詩必盛唐」的「前七子」李夢陽，更值得去欣賞、去理解嗎？

延伸閱讀

天設居庸百二關，祁連更隔萬重山。不知誰放呼延入，昨夜楊河大戰還。（明李夢陽經行塞上）

水廟飛沙白日陰，古墩殘樹濁河深。金牌痛哭班師地，鐵馬驅馳報主心。入夜松杉雙鷺宿，有時風雨一龍吟。經行墨客還詞賦，南北淒涼自古今。（明李夢陽朱仙鎮）

嫦娥❶

明 邊貢❷

月宮秋冷桂團團❸，歲歲花開只自攀。共在人間說天上，不知天上憶人間。

注釋

❶嫦娥　嫦娥奔月是一則流傳久遠的美麗神話傳說，古來詩人感通情意，往往心嚮神馳，詠歌不已。此詩作者自注：「時外舅胡觀察謝政家居，寄此通慰。」很顯然是藉天上的冷清寂寞，來寬慰外舅一時的人間失意的。

❷邊貢　字廷實，號華泉。生於明憲宗成化十二年（西元一四七六年），卒於明世宗嘉靖十一年（西元一五三二年）。他一生仕途順利，晚年更是位高事閒。詩以五七言近體較能表現他個人的風格，也獲致較多的好評，是明代文壇上著名的「前七子」之一。

❸月宮秋冷桂團團　月宮中栽種桂樹，所以有吳剛伐桂的傳說。此處化用李白古朗月行「桂樹何團團」的句子，寫秋夜月朗、桂影婆娑的樣子。

賞析

亙古以來，無邊的夜空裡，當人們仰首瞻望，一輪明月或隱或現、或圓或缺，是那麼的幽微、那麼的神祕。有時它彷彿伸手可攀、有時又覺得它遙不可及。於是因著好奇、因著想像，后羿射日、長生不老、嫦娥奔月、廣寒宮殿、月兔搗藥、吳剛伐桂，種種美麗的傳說都出現了。比起炙熱的白日，朦朧柔婉的月亮顯然更吸引著人們的目光、寄託著人們的情意。而月宮中的嫦娥仙子，更成了人們心目中遠離塵俗、飄然天外的永恆象徵。

較諸其他無數詠嘆嫦娥、嚮往天上的詩篇，邊貢這首嫦娥詩無疑是更具人間性的。不錯，當幽居廣寒的嫦娥仙子還原為一個常人、還原為一個也應該具有七情六慾的普通女子，詩人經由對比的手法，很自然地就顛覆了傳統這一不食人間煙火的美麗傳說。秋夜月朗，月中隱約的陰影婆娑如桂。只是桂樹團團、飄香雲外，天上宮闕卻恐「高處不勝寒」，一片冷清景象。而儘管年年歲歲，花開如錦，青春不老的嫦娥也只能獨自攀摘了。這一切月圓花好的描述，所要襯顯的正是嫦娥的形單影隻、冷清寂寞。而這就是身而為人的迷思吧！在俗世、在人間，我們總覺有揮之不去的缺憾。但又有誰曾經想過，或許當我們憧憬著遙不可及的天上時，廣寒宮中的嫦娥卻朝思暮想著凡塵中點點滴滴的過往呢！

當然，根據詩人自注，這首詩是為寬慰官場中失落的外舅而寫的，但「活在當下」的詩中意蘊，不正是每個人都心有戚戚的感受嗎？而翻案式的顛覆寫法，也讓這首詩更雋永鮮活、更引人入勝。

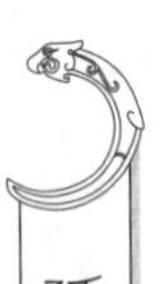

延伸閱讀

小時不識月，呼作白玉盤。又疑瑤臺鏡，飛在青雲端。仙人垂兩足，桂樹何團團。白兔擣藥成，問言與誰餐。蟾蜍蝕圓影，大明夜已殘。羿昔落九烏，天人清且安。陰精此淪惑，去去不足觀。憂來其如何？淒愴摧心肝。（唐李白古朗月行）

雲母屏風燭影深，長河漸落曉星沉。嫦娥應悔偷靈藥，碧海青天夜夜心。（唐李商隱嫦娥）

自歎❶　清　吳偉業❷

誤盡平生是一官❸，棄家容易變名難。松筠❹敢厭風霜苦，魚鳥猶思天地寬。鼓柮有心逃甫里，推車何事出長干❺。旁人休笑陶弘景，神武當年早掛冠❻。

注釋

❶自嘆　這首詩作於清順治十年（西元一六五三年），當時朝廷為籠絡人心，對漢族知識分子採取懷柔政策。在江南總督馬國柱及姻親陳之遴等人的推薦下，已隱居多年的吳偉業，終於一改初衷，準備出仕清廷。飽受批評的吳偉業，當然深知隨之而來的愧辱，但又怕得罪朝廷，累及家室，只得靦顏變節了。詩中的矛盾感嘆，正是詩人心情的寫照。

❷吳偉業　字駿公，號梅村，太倉（今屬江蘇）人。生於明神宗萬曆三十七年（西元一六〇九年），卒於清聖祖康熙十一年（西元一六七二年）。崇禎四年（西元一六三一年），以會試第一、殿試第二考取進士後，仕途順利。南明福王時，與馬士英、阮大鋮不合，辭官歸里。入清後，被迫屈節出仕。他的詩多寫滄桑之情與身世之感，極具時代意義。

❸誤盡平生是一官　吳偉業處明、清易代之際，因盛名之累，致晚節不保而引為「誤盡平生」的憾事。

❹松筠　即松竹。

❺鼓柮有心逃甫里二句　借用晚唐陸龜蒙的故事，訴說自己原想避世隱居，無奈事與願違，如今不得不驅車北上，仕於異朝。鼓柮，搖槳。楚辭漁父：「鼓柮而去」。甫里，在今江蘇吳縣，陸龜蒙曾隱居於此，自號甫里先生。梅村在明亡後的近十年間，一直隱居不仕，故以陸龜蒙自比。長干，借指南京，當時作者經南京北上，故云「出長干」。

❻神武當年早掛冠　陶弘景曾任南齊左衛殿中將軍，永明十年（西元四九二年），上書辭官，將朝服脫下掛在神武門上。但他隱居時仍積極參與政事，被譏為「山中宰相」。詩人在南明時也曾「早年掛冠」，如今卻靦顏復出，較之陶弘景，恐怕是更加不堪、更該為人恥笑了。

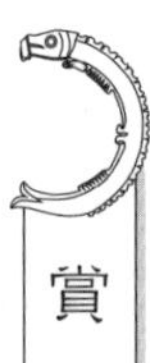

賞析

這首詩以「自嘆」為題，抒發一己身世之感的用意，可說極為明白。首二句感慨萬端，語極沉痛。生逢亂世，原本實至名歸、人人稱羨的功名，竟成了「誤盡平生」的禍根。而名滿天下，卻讓自己無所逃於天地之間。時易世移，一切遽然翻轉，詩人滿腔抑鬱無奈，真要感慨係之了。三、四兩句借物譬況，極寫詩人矛盾而複雜的心情。松竹風霜自厲、魚鳥天地悠遊，自己則晚節不保、深陷網羅。對一個動見觀瞻的知識分子來說，更是情何以堪啊！五、六兩句用陸龜蒙故事，表白自己隱居明志而不可得的處境。一「逃」一「出」，無奈之情，溢於言表。結尾用陶弘景典自憐自嘲，尤見詩人內心的悲苦。即使掛冠求去，「山中宰相」之譏，依然千古。自己變節復出，靦顏異朝，豈能無愧？整首詩用典使事，曲折委婉，其中反覆訴說的抑鬱感慨，令人同情。

在吳偉業復出之際，當時的古文大家侯方域曾言辭懇切地為他指出：「學士之出處將自此分，天下後世之觀學士者亦自此分」，然而性格上的懦弱、加上過於顧念家室，遂使得自己「一失足成千古恨」。就這樣子，一輩子悲怨交加、愧悔莫及，大詩人只能在詩篇中如此自怨自艾、自憐自嘲著。

延伸閱讀

登高悵望八公山，琪樹丹崖未可攀。莫想陰符遇黃石，好將鴻寶駐朱顏。浮生所欠止一死，塵世無由識九還。我本淮王舊雞犬，不隨仙去落人間。（清吳偉業過淮陰有感）

玉顏憔悴幾經秋，薄命無言只淚流。手把定情金合子，九原相見尚低頭。（清吳偉業古意）

秦淮雜詩❶二十首之一　清　王士禎❷

年來腸斷秣陵❸舟，夢繞秦淮水上樓。十日雨絲風片❹裡，濃春煙景似殘秋。

注釋

❶秦淮雜詩　共二十首，作於順治十八年（西元一六六一年）。時作者以揚州推官至南京，居秦淮河畔，因以秦淮舊事抒發盛衰興亡之感。這首是組詩的第一首，總寫詩人在秦淮的心情感受。

❷王士禎　字子真，一字貽上，號阮亭，晚號漁洋山人。新城（今山東桓台）人。生於明思宗崇禎七年（西元一六三四年），卒於清聖祖康熙五十年（西元一七一一年）。順治十二年（西元一六五五年）進士，出任揚州推官，後官至刑部尚書。論詩以「神韻」為宗，要求筆調清幽淡雅，富有情趣、風韻和含蓄性。最能表現他風格特色的是五、七言近體詩，特別是他的七言絕句，可說是他創作理論的具體表現。

❸秣陵　即金陵、南京。

❹雨絲風片　即細雨微風。湯顯祖牡丹亭：「雨絲風片，煙波畫船。」

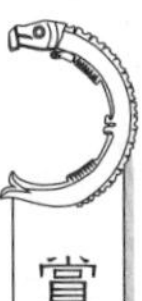

賞析

詩是一種最精鍊的文學形式，如何用有限的文字，表達出無限的情思，本來就是詩人創作的一大考驗。唐人詩如張繼的楓橋夜泊，在「江楓漁火對愁眠」之後，並不著力去寫「愁」何在、因何而「愁」，反而推開寫長夜漫漫，詩人獨坐客舟之中，傾聽著「姑蘇城外寒山寺」傳來悠悠不絕的夜半鐘聲，不寫愁而愁自見，真所謂「不著一字，盡得風流」。王士禎論詩，以「神韻」為宗，他標舉司空圖的「味在酸鹹外」、嚴羽的「羚羊掛角，無迹可求」，追求的正是如此的旨趣。

像這首詩一開始，詩人就極盡感傷地抒寫了自己在秦淮河畔低徊不已的心境。但煙波畫船、水上樓閣這些迷離引人的景致，因何會如此讓人肝摧腸斷、夢繞魂牽，詩中並不明示，下一聯反轉以寫景襯托此情。如夢如幻的濛濛煙雨，正是引人遐思的江南春光寫照。只是原本給人以特殊美感的濃濃春景，此刻卻有如殘秋一般讓人倍感淒冷。強烈的反差，愈加映襯出詩人在秦淮河畔情緒的低落。整首小詩也因之而曲折婉轉、韻致濃郁，留給讀者無限的想像空間。

王士禎生於明末，入清之後，祖父、父親都隱居不仕，他後來卻投身科舉，出仕異朝。在那衣冠改易、景物不殊的年代，他來到了六朝、也是明代舊都的金陵，徘徊在煙雨濛濛的秦淮風光中，感嘆著人世的物換星移和朝代的興亡更替。前朝消亡的悲哀，就如殘秋時的淒清蕭瑟，這時恐怕也會一下子湧上心頭，難以自已吧？

延伸閱讀

傳壽清歌沙嫩簫，紅牙紫玉夜相邀。而今明月空如水，不見青溪長板橋。（清王士禎秦淮雜詩二十首之十）

東風作意吹楊柳，綠到蕪城第幾橋。欲折一枝寄相憶，隔江殘笛雨瀟瀟。（清王士禎寄陳伯璣金陵）

竹石❶　清　鄭燮❷

咬定青山不放鬆，立根原在破岩中。千磨萬擊還堅勁，任爾東西南北風。

注釋

❶竹石　鄭燮是清代中葉著名的詩人和藝術家，素有詩、書、畫「三絕」之稱。這首竹石，即為題詠竹石圖之作。作者另一首題畫竹詩：「秋風昨夜渡瀟湘，觸石穿林慣作狂。惟有竹枝渾不怕，挺然相鬥一千場。」同樣寫竹子屹立不搖的生命力，可以參看。

❷鄭燮　字克柔，號板橋，興化（今屬江蘇）人。生於清聖祖康熙三十二年（西元一六九三年），卒於清高宗乾隆三十年（西元一七六五年）。應科舉為康熙秀才、雍正舉人、乾隆進士。為官體恤百姓，抑制豪富。乾隆十八年（西元一七五三年），因請賑得罪權貴而辭官。他以書畫名，擅畫蘭竹，為「揚州八怪」之一。生平狂放不羈，憤世嫉俗。詩以白描勝，抒情寫意，痛快淋漓，極富現實意義。

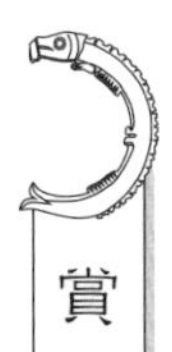
賞析

對一個特立獨行、不畏權勢，立足於民間的詩人來說，這首詩除了語言通俗曉暢之外，它的意義更是深刻宏遠，引人深思。詩歌描寫的是竹子，讚頌的卻是人。寫竹子以堅勁，也就是寫人的堅韌勁拔。詩中以屹立的青山、堅硬的岩石為背景和基礎，說竹子「咬定青山」、立根於「破岩」之中，經得起狂風的「千磨萬擊」。通過如此的描寫，作者充分掌握了竹子堅勁的精神，也塑造了一個百折不撓，頂天立地的人格形象。

中國文人總喜歡在自然景物中寄託他們的精神、理想，但遺憾的是，這樣的寄託固然風雅，畢竟有著士大夫階層的局限，不能全面反映廣土眾民的氣息與脈動。就以竹子來說吧！「直而有節」、「竹解虛心」等美德的詮解，無非是士大夫精神意念的投射。而竹林七賢的遺世獨立、王徽之「何可一日無此君」的孤芳自賞，乃至王維「獨坐幽篁裡」、杜甫「日暮倚修竹」、蘇軾「無竹使人俗」等膾炙人口的詩句，也都是文人雅士超塵脫俗胸懷的抒發。

相較於此，板橋顯然是大大不一樣了。在「清高」、「幽潔」、「隱逸」之外，他發現並集中書寫了竹子的「堅勁」。試看「咬定」、「不放鬆」、「破岩」、「千磨萬擊」這一系列用語，是多麼的有力、多麼的通俗啊！我們可以說，板橋詩畫中的竹子，事實上是他個人、也是一般庶民百姓堅勁生命力的寫照。而這正是身處士大夫階層高高在上的時代，板橋詩歌格外令人欽服、喜愛的地方。

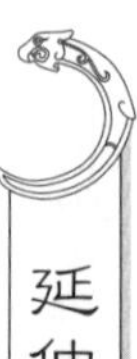

延伸閱讀

衙齋臥聽蕭蕭竹，疑是民間疾苦聲。些小吾曹州縣吏，一枝一葉總關情。（清鄭燮濰縣署中畫竹呈年伯包大中丞括）

四十年來畫竹枝，日間揮寫夜間思。冗繁削盡留清瘦，畫到生時是熟時。（清鄭燮題畫竹）

馬嵬❶四首之一　清　袁枚❷

莫唱當年長恨歌，人間亦自有銀河❸。石壕村裡夫妻別，淚比長生殿上多❹。

注釋

❶馬嵬　這首詩作於清乾隆十七年（西元一七五二年）作者赴陝西任職途中，詩題馬嵬，即馬嵬坡。蓋詩人緬懷歷史，乃藉古人往事來抒寫自己的懷抱。唐代天寶十四年（西元七五五年），安史之亂爆發，玄宗自長安逃往四川，經過馬嵬坡時，六軍不前，玄宗被迫賜死楊貴妃。歷代詩人對這一歷史事件多有題詠，其中白居易的長恨歌尤為著名。

❷袁枚　字子才，號簡齋，錢塘（今浙江杭州）人。生於清聖祖康熙五十五年（西元一七一六年），卒於清仁宗嘉慶二年（西元一七九六年）。生性通脫放任，耽愛山水，為官未十年即退居林園。論詩反擬古、主性靈，敢於批判。作品流利新巧，從內容到形式，都有新鮮之處，是清中葉極負盛名的詩人。

❸莫唱當年長恨歌二句　意謂普通百姓也一樣有像牛郎、織女被銀河阻隔般生離死別的悲劇。長恨歌中有「遲遲鐘鼓初長夜，耿耿星河欲曙天」之句，寫楊貴妃死後，唐明皇在長夜漫漫裡，那種「悠悠生死別經年」的無盡思念。

❹石壕村裡夫妻別二句　形容人間百姓所承受的苦難要遠比帝王深重的多。杜甫在石壕吏詩中，對那種飽受戰爭摧殘還被迫分離的老夫老婦，寄予無限的同情。而白居易長恨歌中「七月七日長生殿，夜半無人私語時」，寫的則是唐明皇與楊貴妃「世世為夫婦」的七夕盟誓破滅後「綿綿無絕期」的悵恨。

賞析

白居易長恨歌是一首傳世不朽的詩歌名篇。試看看，「六軍不發無奈何，宛轉蛾眉馬前死。花鈿委地無人收，翠翹金雀玉搔頭。君王掩面救不得，回看血淚相和流。」寫倉皇逃難時的情愛割捨、生死訣別。「在天願作比翼鳥，在地願為連理枝。天長地久有時盡，此恨綿綿無絕期。」寫七夕盟誓的永世難忘和思念悵恨的綿綿無盡。

這一段段淒美絕倫的詩句，經由不斷的詠歌傳唱，深深打動了每一代讀者的心。

因著這樣的感動，我們往往沉浸在纏綿悱惻、哀怨動人的帝王戀歌中，而幾乎忘記了還有更悲慘的人間訣別。同樣因著這樣的感動，長生殿上七夕盟誓的執手嗚咽，彷彿也比石壕村裡亂離夫妻慘然的淚水更令人動容。尤其荒謬的是，在為帝王戀歌一掬同情之淚的時候，我們甚至不曾思考過，究竟是誰鑄成了人世間這一幕幕的悲劇？

很顯然地，袁枚是不願、也不屑應和這代代傳誦、卻嫌狹窄而片面的淒美戀歌的。在赴陝西任職途中，一路經行，正是當年安史之亂荼毒最深、遍地哀鴻之處。詩人低徊古今，豈能無動於衷？馬嵬詩的反面吟諷、寄寓悲慨，也就無足訝異了。一句沉痛莫名而又擲地有聲的「莫唱當年長恨歌」，寫的其實是詩人的眼光、膽識和胸襟啊！

延伸閱讀

孤峰卓立久離塵，四面風雲自有神。絕地通天一枝筆，請看依傍是何人？（清袁枚卓筆峰）

倚馬休誇速藻佳，相如終竟壓鄒枚。物須見少方為貴，詩到能遲轉是才。清角聲高非易奏，優曇花好不輕開。須知極樂神仙境，修煉多從苦處來。（清袁枚箴作詩者）

雜感❶　清　黃景仁❷

仙佛茫茫兩未成，祇知獨夜不平鳴❸。風蓬飄盡悲歌氣，泥絮沾來薄倖名❹。十有九人堪白眼，百無一用是書生❺。莫因詩卷愁成讖，春鳥秋蟲自作聲❻。

注釋

❶雜感　乾隆三十二年（西元一七六七年），十九歲的詩人鄉試落第。這一年春夏間，他遊歷了杭州、徽州、揚州一帶，秋天時返回常州故里。在某一個蕭瑟的暗夜，他寫下了憤激感慨的雜感一詩。這一首詩確定了他一生詩作孤獨感傷的基調，是其後一系列孤憤詩的前奏。

❷黃景仁　字漢鏞，一字仲則，號鹿菲子。武進（今江蘇常州）人。生於清高宗乾隆十四年（西元一七四九年），卒於清高宗乾隆四十八年（西元一七八三年）。四歲喪父，家道中落，親人接著又先後過世，孤苦無依。十六歲應童子試，三千人中名列第一，十七歲補博士弟子員，但從此屢應鄉試都不中，甚至三十五歲時就結束了他悲苦而短暫的一生。而正因一生窮愁不遇，詩作多抒發寂寞悽愴、憤慨不平的情懷。

❸仙佛茫茫兩未成二句　成仙作佛，既渺茫難成，詩人只能在孤獨的夜裡，發出憤慨不平之鳴。韓愈送孟東野序：「大凡物不得其平則鳴，人之於言也亦然，有不得已者而後言。」

❹風蓬飄盡悲歌氣二句　飄零的身世，猶如風中蓬草，飄盡慷慨悲歌的壯氣；枯寂的心好比沾泥的殘絮，卻惹來薄倖的名聲。參寥子贈妓有「禪心已作沾泥絮，不逐東風上下狂」之句。

❺十有九人堪白眼二句　寫詩人與世相違、孤芳自賞的性格與人生態度。白眼，形容不屑一顧，用晉書阮籍能為「青白眼」的典故。

❻莫因詩卷愁成讖二句　不要因為詩卷中多悲愁之意而怕它成為讖語，我的詩還是要像春鳥秋蟲那樣發出自己的心聲。讖，讖語，一種預言。古人常認為詩中不吉之語是將來會應驗的「詩讖」。春鳥秋蟲，指不平之鳴。韓愈送孟東野序：「維天之於

時也亦然，擇其善鳴者而假之鳴。是故以鳥鳴春，以雷鳴夏，以蟲鳴秋，以風鳴冬。四時之相推敚，其必有不得其平者乎？」

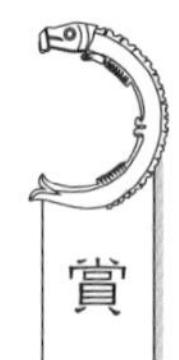

賞析

雖然生當清代最安定繁盛的乾隆時期，但對命運乖舛的詩人黃景仁來說，卻是「六街飛蓋滿，獨客廢書嘆」的無盡折磨與愁怨。他的一生，就像一篇血和淚寫成的詩歌。無法擺脫的困窮和疾病，冷酷的社會所加給他的屈辱與痛苦，還有愛情生活的不幸，都促使他的文學才華得以奇特的發展。在他短暫的一生中，留下了二千多首詩歌。這些酸苦清新、纏綿悱惻的詩篇，深刻地傳達了詩人人生失路的悲哀，以及他對整個時代沉痛的控訴。其中十九歲鄉試落第後寫的雜感一詩，感慨不平之氣溢於言表，可說是他一生心事的概括，讀之令人扼腕。

即使世路艱辛、天意難測，仙佛的省悟超脫，終究是茫茫難成的人生功課。但對一個十九歲的年輕詩人來說，孤獨暗夜的不平之鳴，或許在無悔的堅持下，總還夾雜著深深的無奈吧？蒼涼悲苦、感慨無端，一開頭就訴說的這種人生心事，事實上是貫串著整首雜感詩的。「風蓬飄盡悲歌氣，泥絮沾來薄倖名」，是堅持、是無奈串織出的不平之氣。同樣的，「十有九人堪白眼，百無一用是書生」，也是一種充滿不平之氣的憤激語、自嘲語。其中有對自己窮愁失路的無限感嘆，更有對世道人心的強烈憤懣。「莫因詩卷愁成讖，春鳥秋蟲自作聲」，像春鳥、像秋蟲，那種發自詩人內心深處的詩篇，就是如此哀哀切切、不可遏抑地訴說著人生的苦痛與不平。即便一語成讖，又如何能讓春鳥不語、秋蟲噤聲呢？

「哀怨起騷人」，古人說得真是不錯。因著不幸、因著不平，黃景仁的詩作在感傷中因而鼓盪著一股遏抑不止的憤激之情。詩人郁達夫就以為在乾隆盛世，詩風普遍平和端正的時代，想要「求一些語語沉痛，字字辛酸的真正具有詩人氣質的詩，自然非黃仲則莫屬了。」可惜一般人只看到詩人個人的窮愁，而忽略在眾聲一致時代中這種抑鬱難平之氣的意義，這不得不說是文學史上的遺憾了。

延伸閱讀

千家笑語漏遲遲，憂患潛從物外知。獨立市橋人不識，一星如月看多時。（清黃景仁癸巳除夕偶成二首之一）

幾回花下坐吹簫，銀漢紅牆入望遙。似此星辰非昨夜，為誰風露立中宵。纏綿思盡抽殘繭，宛轉心傷剝後蕉。三五年時三五月，可憐杯酒不曾消。（清黃景仁綺懷六首之一）

己亥雜詩❶三百一十五首之一二五　清　龔自珍❷

九州生氣恃風雷❸，萬馬齊瘖究可哀❹。我勸天公重抖擻❺，不拘一格❻降人才。

注釋

❶己亥雜詩　道光十九年己亥（西元一八三九年），詩人眼見朝廷日益衰腐，憤而辭官南歸。他先返杭州布署，再赴京接眷回家。在這一年往返的途中，共寫下三百一十五首七絕，總題己亥雜詩，是一組抒發個人身世志業的作品。通過這三百多首詩，可以活生生地看出龔氏的思想感情、行為舉止，恍如親接其音容笑談，目睹其喜怒哀樂。書中所選的這首雜詩，是他在路過鎮江時，應道士之請而寫的祭神詩。詩末自注：「過鎮江，見賽玉皇及風神、雷神者，禱詞萬數。道士乞撰青詞。」青詞是

供教徒在齋醮儀式上獻給天神的奏章。詩人藉祝禱天神的青詞，寫出自己內心深處對整個時代社會的希望。

❷龔自珍　字璱人，號定庵，浙江仁和（今浙江杭州）人。生於清高宗乾隆五十七年（西元一七九二年），卒於清宣宗道光二十一年（西元一八四一年）。三十八歲方中進士，在功名仕途上並不得意。他是個博學的人，也是個有政治理想的人。敢於批判、鄙棄庸俗的性格，固然使他在政治上遭到排擠，但在文學上卻獲得卓異的成就，尤其是詩。詩寫他的理想與遭遇，慷慨激越、氣勢縱恣而詞采瑰麗，充分反映出清道光、咸豐年間詩人普遍求新求變的時代特色。

❸九州生氣恃風雷　比喻期待風雷般的衝擊，來展開一個全新的局面。

❹萬馬齊瘖究可哀　比喻當時中國的暮氣沉沉，可悲可嘆。蘇軾三馬圖贊引：「振鬣長鳴，萬馬皆瘖。」瘖，音ㄧㄣ。啞也。

❺重抖擻　重新奮發振作。

❻不拘一格　打破傳統，不限常規。

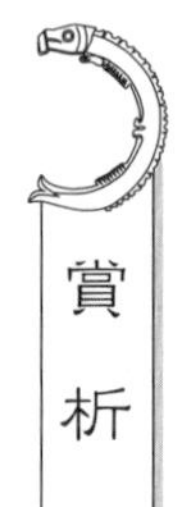

賞析

道、咸年間是古老中國一個「山雨欲來風滿樓」的時代，由於朝廷腐敗，國勢日益衰落，民族危機更是空前嚴重。然而在如此歷史轉折的關鍵之秋，在位者戀棧權勢卻又因循守故、不思新變進取，一般讀書人則沉迷考據、闇於自見，整個社會一片衰頹腐朽、死氣沉沉。破除陳舊、鼓吹新變，是詩人一直大聲疾呼的政治信念，也是他一生詩歌創作的主要傾向。即使已經黯然結束了仕途、即使寫的明明只是一首替道士禱祝上蒼的青詞，他仍忍不住要吐露出強烈渴望新氣象、新人才的心聲。

詩的前兩句以自然喻人事，希望借助疾風迅雷般的威力，來打破死氣沉沉、可悲亦復可嘆的政治局面。後兩句用的是同樣的手法，所謂「天公」，明指天上主宰一切的玉皇，暗指人間至高無上的皇帝。他多麼期待皇上能奮發有為，打破一切陳規舊制，大膽識拔並重用人才，讓他們發揮才能，拯救中國。通篇語意雙關，表面上祈禱神靈，再起風雷，實際上議論人事，倡言新變。而詩人的苦心孤詣、耿耿寸衷，不覺溢乎言辭。

不滿現狀，敢於向黑暗的舊勢力挑戰，在近代政治史、詩歌史上，龔自珍無論如何是有其一席之地的。只是大清王朝沉睡依舊，在詩人去世的前一年，鴉片戰爭就爆發了。從此江河日下，整個國家陷入長遠的浩劫之中。撫今思昔，真不禁要令人掩卷長嘆啊！

延伸閱讀

浩蕩離愁白日斜，吟鞭東指即天涯。落紅不是無情物，化作春泥更護花。（龔自珍己亥雜詩三百一十五首之五）

吟罷江山氣不靈，萬千種話一燈青。忽然擱筆無言說，重禮天台七卷經。（龔自珍己亥雜詩三百一十五首之二一五）

今別離❶四首之一

清　黃遵憲❷

別腸轉如輪，一刻既萬周❸。眼見雙輪馳，益增中心憂。古亦有山川，古亦有車舟。車舟載別離，行止猶自由。今日舟與車，併力生離愁。明知須臾景，不許稍綢繆❹。鐘聲一及時，頃刻不少留。雖有萬鈞柁，動如繞指柔❺。豈無打頭風，亦不畏石尤❻。送者未及返，君在天盡頭。望影倏不見，烟波杳悠悠。去矣一何速，歸定留滯不。所願君歸時，快乘輕氣球。

注釋

❶今別離　光緒十六年（西元一八九〇年），詩人在倫敦任駐英使館參贊，以樂府雜曲歌辭今別離舊題，分別歌詠了火車、輪船、電報、照相等新事物。詩中巧妙地將近代出現的新事物，與傳統遊子思婦題材融為一體，是當時「詩界革命」的代表作品。雖題為「別離」，實則是對新事物的讚嘆。這裡選的是寫現代交通工具的第一首。

❷黃遵憲　字公度，廣東嘉應州（今梅州市）人。生於清宣宗道光二十八年（西元一八四八年），卒於清德宗光緒三十一年（西元一九〇五年）。歷任駐日、英諸國使館參贊及英、美領事等外交官，回國後參加以康有為、梁啟超為首的政治改革活動，成為戊戌變法運動的重要人物之一。在文學上，他是近代「詩界革命」的積極提倡者和實踐者。主張「我手寫我口」，同時認為詩文當表現「古人未有之物，未闢之境」。詩歌作品縱橫開闔，氣勢流暢，充分反映了鴉片戰爭以來的重大歷史事件，另外亦多外國山川人物的描繪，頗能見出他的心胸視野。

❸別腸轉如輪二句　形容離愁隨車輪行進，翻轉不已。孟郊詩：「別腸車輪轉，一日一萬周。」

❹明知須臾景二句　明知離別就在眼前，卻不容許稍作留連。蘇軾詩：「留連知無益，惜此須臾景。」綢繆，纏綿。

❺雖有萬鈞柁二句　雖有其重萬鈞之舵，但船行卻極靈活順暢。

❻石尤　指打頭逆風。

賞析

黃遵憲當時的中國詩壇，可說是籠罩在一片濃濃的復古雲霧中。流派雖多，其為模古則一。只有康有為、梁啟超、譚嗣同等人在從事政治改革的同時，提出了反對復古、革新詩界的口號。康有為詩中「新世瑰奇異境生，更搜歐亞造新聲」、「意境幾於無李杜，目中何處著元明」的論調，就是一種突破舊詩藩籬的主張。梁啟超更明白地以「革其精神，非革其形式」、「能以舊風格含新意境」的說法，來解釋所謂的「詩界革命」。而在梁氏的心目中，當時詩人能「鎔鑄新理想以入舊風格」、「元氣淋漓，卓然為大家」的，當推黃遵憲。

像今別離四首之一的這首作品，便是一個典型的例證。我們仔細分析，不難發現整首詩其實是架構在如此的對比基礎上：「古亦有山川，古亦有車舟。車舟載別離，行止猶自由。今日舟與車，併力生離愁。明知須臾景，不許稍綢繆。」因著交通工具的不同，激發的離愁別緒自然也跟著大異其趣了。「離別」一向是中國詩歌中極常見的主題，經過歷朝歷代詩人的不斷抒寫，它甚至在情境、節奏、景物、事典、用語等各方面，都存在著一些約定俗成的範式。一旦根本上起了變化，所有的情韻、趣味，一下子便都翻轉過來了。也就是說，詩裡面的景象事物，當然十足新奇；它翻轉出來的新詩境，更是令人耳目一新。

晚清之際是新舊文學交替的過渡時代，黃遵憲以其鮮明的主張與優秀的創作實踐，為近代中國文學史提供一條銜接前後的清晰線索。今別離這一類的詩歌創作，正可以作些見證。

延伸閱讀

龍門竟比禹功高，亙古流沙變海潮。萬國爭推東道主，一河橫跨兩洲遙。破空椎鑿地能縮，銜尾舟行天不驕。他日南溟疏闢後，大鵬擊水足扶搖。（清黃遵憲蘇彝士河）

巍峨雄關據上游，重湖八百望中收。當心忽壓秦頭日，劃地難分禹跡州。從古荊蠻原小丑，即今砥柱孰中流？紅髯碧眼知何意？挈鏡來登最上頭。（清黃遵憲上岳陽樓）

第七章　臺灣詩選讀

連橫臺灣通史序有言：「夫臺灣固海上之荒島爾！篳路藍縷，以啟山林，至於今是賴。」不錯，就漢民族的角度而言，臺灣本屬僻處東南海隅的小小荒島。但在原本住民草萊初闢的基礎上，經由「荷人啟之，鄭氏作之，清代營之」，以至其後的日治、國府播遷各階段，三、四百年來，不斷的對抗、激盪與融合，臺灣早已鎔鑄出一個自成一格的文化體系。

而在這樣的文化體系裡，如果我們從文學方面來加以考察，不難發現它同樣也經歷了一段漫長而崎嶇的歷程。以古典文學主體的詩歌來說，在先民披荊斬棘的移墾世界中，或隨著生命血脈移植開展，或隨著生活情感孕育孳乳，臺灣的詩也一向欣欣向榮地展現了自成園囿的徵象。多少年來，在這一片「婆娑之洋，美麗之島」，原始住民必然如無懷氏之民、葛天氏之民般地吟唱了悠遊自然的天籟。接著先民渡海移墾，那些派任來臺的宦遊詩人，對臺灣大異中土的海天山川、民俗風情，無不覺生鮮新奇，於是賦詠誌嘆而成詩篇。而後一切落地生根，文明日彰，臺灣本土古典詩人對先民的生活感情、移民的辛酸血淚與長期以來深陷政治、社會、文化等劇烈動盪的心靈變化，更是留下了極為可觀的創作。已故書法名家、也是著名詩人的于右任就曾說過：「臺灣詩人及詩社之多，與詩作之豐富甲中國」。可惜這些多達六、七萬首的詩篇，都埋沒或散落在各種文獻、雜誌及個人詩集中，一般人往往並不知道，更別說得以接觸認識了。

三、四百年來，臺灣的政治社會迭經變化，而反映並見證這一切的詩歌，自然也是山重水複、各具特色。陳昭瑛臺灣詩選注一書認為臺灣古典詩史可以大別為明鄭、清代、日據、光復之後四階段。但光復後的古典詩與詩社，由於新文學的大量流行以及國語政策的雷厲風行，已屬於微枝末流，難以再現昔日的光芒。本於這樣的認知，以下也只就明鄭、清代、日據三個階段略述梗概：

連橫在臺灣通史藝文志說：「鄭氏之時，太僕寺卿沈光文始以詩鳴，一時避難之士，眷懷故國，憑弔河山，抒寫唱酬，語多激楚，君子傷焉。」這些話充分說明了明鄭文學中那種孤臣孽子的情懷，以及悲歌慷慨的民族抗爭精神。而從鄭經「王氣中原盡，衣冠海外留」這一類的詩句，我們也不難讀到遺民詩中交織著開拓決心與不歸愁思的矛盾心情。這個階段的沈光文、盧若騰、徐孚遠三人，他們的詩寫出明朝亡國後避走海外的漂泊與悲痛，以及作為臺灣人落地生根的心理掙扎和躬耕開墾的艱辛，可說是臺灣古典詩壇最為重要的開拓者。

明鄭滅亡，那種孤臣孽子眷懷故國、激昂悲壯的文學精神也為之一時斷絕。清代的臺灣詩壇初期以宦遊詩人為主，連橫臺灣通史藝文志曾說：「夫以臺灣山川之奇秀，波濤之壯麗，飛潛動植之變化，可以拓眼界，擴襟懷，寫游跡，供探討，固天然之詩境也。故宦遊之士，頗多撰作。」像浙江仁和人的郁永河來臺採硫，居九月餘，所作臺灣竹枝詞便活靈活現地記錄了臺灣的景觀與物產。陝西榆林人的高拱乾在臺四年，他寫的東寧十詠、臺灣八景、臺灣賦，則充分詠嘆了臺灣的歷史變遷與自然景觀。安徽桐城人的孫元衡在臺逾三年，期間為詩三百六十首，結為赤嵌集，對認識臺灣特殊風土民情更有極全面、極具藝術性的反映。另外如山東萊陽人的宋永清、福建漳浦人的陳夢林等，也都留下了他們宦遊臺灣見證與感受的詩篇。其後因移民日增、教育日益普及，本土詩人於是逐漸崛起而與宦遊詩人並駕齊驅。其中較著名的有章甫（臺南）、鄭用錫（竹塹）、蔡廷蘭（澎湖）、林占梅（竹塹）、李望洋（宜蘭）、陳肇興（彰化）等人。他們分布全臺，對各地民生疾苦有更深刻的關懷同情，對鄉土風光也表現了更多的認識與熱愛。

甲午戰後，清廷割讓臺灣，臺人壯烈抗日的事跡與精神斑斑可考，在丘逢甲、連橫等人的詩歌中自然留下了感人肺腑的作品。其後日據時代的高壓統治與同化政策，使得各地的書院與詩社成為延續斯文的最後堡壘。根據統計，割臺後的詩社高達二百多個。以當時參與詩社的文人士紳來說，在異族統治之下，他們一方面消極地藉詩排遣落寞的心境，一方面則積極地以詩相繫，表現出振衰起敝的氣魄。譬如說著名的櫟社，其中便有許多成員如中堅人物林獻堂、林幼春、蔡惠如，以及後起之秀葉榮鐘、莊垂勝等人，義無反顧地投入反日的文化啟蒙運動與政治運動。因著這樣的勇氣與自覺，他們的詩於是突破了遺老哀毀自傷、遁世逃情的格局，為臺灣甚至可說是為中國古典詩史寫下了最具現代精神的新頁。只是末流所趨，詩社擊缽聯吟的風氣變本加厲，所寫的詩往往淪為遊戲之作。有些詩人更自甘墮落，寫出了攀炎附勢、歌頌日本當局的作品。而後新文學盛行，原本就漸趨沉寂的古典詩歌創作終究要曲終人散了。

陳香序臺灣十二家詩鈔一書論臺灣詩歌形成發展的過程，以為從「明鄭文學」、「鄉愁文學」、「鄉土文學」、「抗命文學」、「正義文學」、「抗日文學」，「臺灣既有自己的輝煌詩史，又有震古鑠今的一再蛻變詩風」。風簷展書，典型仍在，身為臺灣子孫的我們，又如何能數典忘祖而妄自菲薄呢？

下淡水社頌祖歌❶

平埔族詩歌❷

巴干拉呀拉呀留（請爾等坐聽）！礁眉咖咖漢連多羅我洛（論我祖先如同大魚），礁眉呵千洛呵連（凡行走必在前），呵吱媽描歪呵連刀（何等英雄）！嗎礁卓舉呀連呵吱嗎（如今我輩子孫不肖），無羅嗄連（如風隨舞）！巴干拉呀拉呀留（請爾等坐聽）。

注釋

❶下淡水社頌祖歌　這是一首平埔族的詩歌，收錄在黃叔璥著臺海使槎錄中。內容在歌頌祖先勇往直前的英雄氣概，並自責如今我輩子孫的不肖。以「口述文學」的觀點來看，在臺灣這塊土地上生活了幾千年之久的原住民，自然有他們自己代代相傳的詩歌。下淡水社，平埔族聚落的名稱。位於今屏東縣萬丹鄉，在下淡水溪（今高屏溪）出口處附近。

❷平埔族詩歌　這首詩收在黃叔璥所著的臺海使槎錄。黃叔璥，字玉圃，順天大興（今河北大興）人，清康熙四十八年（西元一七〇九年）進士，清康熙六一年（西元一七二二年）以首任臺灣巡察御史來臺，撰成臺海使槎錄，其中卷七番俗六考曾針對當時平埔族的生活風俗加以分類，也採集並用漢語翻譯了三十三首他們的詩歌，這是平埔族最早的文學資料。

賞析

黃叔璥臺海使槎錄卷八番俗雜記曾如是寫道：「平地近番，不識不知，無求無欲，日遊於葛天、無懷之世，有擊壤、鼓腹之遺風。」不錯，遠在西班牙、荷蘭，以及後期漢人源源不斷進入臺灣經商、移墾之前，原住民早已在這塊土地上生活了幾千百年了。他們如中國傳說中葛天、無懷之世的人民一般，生活單純，無憂無慮。當然，隨著情感的自然變化，他們也用謳歌舞蹈發抒內心並記錄生活中的點點滴滴。西元一七二二年巡察臺灣的黃叔璥，他的臺海使槎錄便收集並翻譯了許多當時平埔族的詩歌。即使時隔近三百年，從其中形形色色的頌祖歌、祀祖歌、飲酒歌、種稻歌、種薑歌、力田歌、捕鹿歌、待客歌、情歌、別婦歌等等，我們彷彿仍可以想見一片淳樸的人間樂土和一群與世無爭的人們。

平埔族人敬重祖先，在他們的心目中，經過代代傳說的祖先，是多麼的勇往直前、多麼的英雄氣概，就像海中追逐風浪、翻騰跳躍的大魚。面對著臺灣海峽、巴士海峽的浩瀚煙波、掀天巨浪，這群居住在高屏溪口的平埔族人，是如此膜拜、歌誦著他們的列祖列宗。而相較於祖先的勇武英雄，他們又是如此自慚於「如風隨舞」的墮落。整首詩時而昂揚、時而沉痛，但無不真誠地唱出了他們的心聲。

延伸閱讀

咳呵呵咳仔滴唦老（論我祖），振芒哄糾連（實是好漢）；礁呵留的乜乜（眾番無敵），礁留乜乜連（誰敢相爭）！（阿猴頌祖歌）

唉加安呂燕（夜間難寐），音那馬無力圭吱腰（從前遇著美女子），礁嗎圭礁勞音毛噃（我昨夜夢見伊），沒生交耶音毛夫（今尋至伊門前），孩如未生吱連（心中歡喜難說）。（麻豆社思春歌）

思歸❶六首之一　沈光文❷

歲歲思歸思不窮，泣歧❸無路更誰同？蟬鳴吸露高難飽❹，鶴去凌霄❺路自空。青海濤奔花浪雪，商飈❻夜動葉梢風。待看塞雁❼南飛至，問訊還應過越東❽。

注釋

❶思歸　據思歸第六首所云：「故國霜華渾不見，海秋已過十年淹」，其中時間如果確實，則沈光文於西元一六五一年來臺，十年約當西元一六六一年左右。全詩蒼涼感慨，充滿思鄉的情緒。

❷沈光文　字文開，號斯庵，浙江鄞縣（今寧波）人。生於明神宗萬曆四十年（西元一六一二年），卒於清聖祖康熙二十七年（西元一六八八年）。曾仕於南明王朝，矢志反清。西元一六五一年，自金門攜家眷欲赴泉州，因遭遇颶風，船隻漂流到臺灣，於是滯居臺灣。沈光文在臺時間共三十六年，可謂半生在臺渡過。他歷經荷蘭、明鄭、滿清三時期，遠在鄭成功之前，就已經將中華文化帶來臺灣。晚年所創的「東吟詩社」，是臺灣第一個詩社。他的詩歌創作不僅描寫了臺灣的各種民情風物，也是臺灣鄉愁文學的濫觴，影響可說既深且遠。

❸泣歧　見歧路不知所往而哭泣，詩人寫的正是自己前途茫茫的悲慨。

❹蟬鳴吸露高難飽　詩人以蟬自比，寫蟬的餐風飲露，一則自視高潔，一則訴說生活的困苦。李商隱詠蟬有云：「本以高難飽，徒勞恨費聲。」

❺鶴去凌霄　用世說新語支公放鶴的典故。形容自己志氣高遠，不屑屈節，就像鶴有凌霄之志，不肯為人作賞玩之物一般。

❻商颷　秋風也，與商風同。

❼塞雁　邊塞之雁。在文學中，雁常被喻為傳送訊息者。

❽越東　指浙江。越為浙江之古名。作者為浙江人，故有此句。

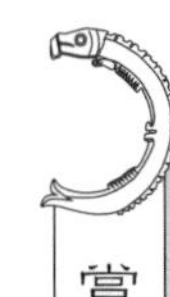

賞析

這是一首充滿悲秋意緒、也流露著無窮國仇家恨的思鄉詩歌。作為一個孤臣孽子，因著造化弄人，竟然漂流到了海外窮荒的臺灣孤島。漫長的十年過去了，局勢愈來愈不可為，回歸中土的心願恐怕是要落空了，詩人無限感傷地寫下了這樣一首低徊婉轉的詩篇。

首句以「歲歲思歸」，點出歸鄉無期的愁苦心境。第二句進一步寫出亂世中何去何從的茫然之感。三、四兩句以「蟬鳴吸露」、「鶴去淩霄」作比喻，它們一方面是現實生活中「窮」、「餓」的具體描寫，一方面也是他焚書退幣、拒絕招降心志的曲折呈顯。五、六兩句轉而寫景，寫白日裡海上波濤的翻滾如雪、寫夜裡西風颯颯下的枝葉顫動。蕭瑟搖落的清秋景象，自然觸動了詩人的思鄉情懷。最後兩句以仰首穹蒼，待看塞雁南飛，寄託了詩人對故鄉訊息的殷切盼望。

延伸閱讀

如果經由時光隧道，回到將近三百五十年前的臺灣，洪荒初開、草萊未闢，而翹首中原，衣冠已變，我們是否能貼近一個乘桴浮海的詩人秋日裡思鄉的情懷呢？

颯颯風聲到竹窗，客途秋思更難降。霜飛北岸天分界，月照家園晚渡江。荒島無薇增餓色，閒庭有菊映新缸。夜深尋友沿溪去，怕叩柴門驚吠尨。（沈光文思歸六首之二）

暫將一葦向東溟，來往隨波總未寧。忽見游雲歸別塢，又看飛雁落前汀。夢中尚有嬌兒女，燈下惟餘瘦影形。苦趣不堪重記憶，臨晨獨眺遠山青。（沈光文感憶）

竹枝詞❶十二首之一二　郁永河❷

臺灣西向俯汪洋，東望層巒千里長。一片平沙皆沃土，誰為長慮教耕桑。

注釋

❶竹枝詞　這首竹枝詞收在郁永河裨海紀遊卷上。所謂「竹枝詞」係描寫民情風俗的詩篇，郁永河的竹枝詞在臺灣詩壇頗具盛名，傳誦久遠。原詩共十二首，每首寫一個主題，並附有詳細的註解。

❷郁永河　字滄浪，浙江仁和（今浙江杭州）人。生卒年不詳。好遊歷，足跡遍福建一帶。清康熙三十六年（西元一六九七年），奉命來臺開採硫磺。途中曾在澎湖上岸，又在臺邑（今臺南）停留一個月餘，最後才至北投採礦，在臺九個多月。著有裨海紀遊，全書共分三卷，忠實記錄了三百多年前臺灣西部的面貌，是今天研究臺灣歷史不可或缺的一本著作。

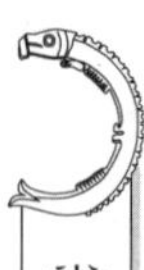

賞析

就有文字記錄的歷史而言，位於西太平洋島鏈中央的臺灣，它的出現算是相當晚的。自西元一五四四年，葡萄牙商船由東岸經過，因驚豔而呼為"Formosa"之後，西方世界才漸漸曉得有這麼個島，距今不過四百多年而已。奇怪的是，西方世界固然如此，僅僅隔著寬才一、兩百公里的海峽，且航海技術早就相當發達的中國人又如何呢？

中國人最早親履斯土而留下的文字記錄，可能要數元代汪大淵的島夷志略了。可惜文字過於簡略，沒能說得很明白。西元一六〇三年，陳第因追剿倭寇來此，撰寫出比較詳細的東番記。其後物換星移，曾經入據過臺灣的西班牙人、荷蘭人先後被逐出這個島嶼，明鄭政權也已覆亡了十餘年，西元一六九七年，郁永河的裨海紀遊才具體而完整地記錄了臺灣西部的一路見聞。

從詩歌藝術的角度來說，郁永河裨海紀遊的這些竹枝詞或許沒什麼了不起的價值，但在臺灣開發的過程中，它們的存在，卻有著相當可貴的見證意義。譬如說，我們選的這首竹枝詞後面，郁永河便有如下的一段注文：

> 臺郡之西，俯臨大海，實與中國閩廣之間相對。東則層巒疊嶂，為野番巢居穴處之窟。鳥道蠶叢，人不能入；其中景物，不可得而知也。山外平壤皆肥饒沃土，惜居人少，土番又不務稼穡，當春計食而耕，都無蓄積，地力未盡，求闢土千一耳。

層巒疊嶂、肥饒沃土，那不是一片宜於安居生聚的樂土嗎？只是曾幾何時，當年未盡地力的山外平壤，而今卻已因過度開發而千瘡百孔，撫今思昔，怎不令人感慨唏噓呢？

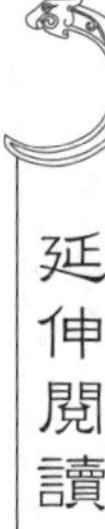

雪浪排空小艇橫，紅毛城勢獨崢嶸。渡頭更上牛車坐，日暮還過赤崁城。（清郁永河竹枝詞十二首之二）

蔗田萬頃碧萋萋，一望蘢蔥路欲迷。綑載都來糖廍裡，只留蔗葉餉群犀。（清郁永河竹枝詞十二首之五）

安平鎮❶

孫元衡❷

浮空巨鎮海雲齊❸，七點鯤身踞水犀❹。潮趁去來分順逆，風乘朝暮便東西❺。

空城一任生禾黍，老將應知厭鼓鼙❻。戰舸如山烏在幕❼，千檣❽影靜夕陽低。

注釋

❶安平鎮　這首詠史詩作於康熙四十六年（西元一七〇七年），時與鄭成功驅逐荷蘭，相隔已四十六年；距施琅平臺灣，也過了二十四年。俯仰今昔，孫元衡遂有安平鎮之詠。臺南外海有七小島，稱七鯤身，島與島相距約一里許，荷人於一鯤身建熱蘭遮城，鄭成功克臺之後改為安平鎮。安平為泉州安海之名，是鄭成功起兵之地。改名安平，乃存故土之念。日治時期，安平鎮與赤嵌樓之間的臺江已淤為大道，車馬可以往來，原來可泊千艘之臺江，成為魚塭。

❷孫元衡　字湘南，安徽桐城（今安徽桐城）人。生卒年不詳。康熙四十四年（西元一七〇五年）任臺灣府同知，四十七年秋滿離臺。在臺期間，勤政愛民，百姓安居樂業。喜吟詠，其赤嵌集收在臺各體詩歌三百六十首，對臺灣特殊風土民情有極全面、極具藝術性的反映，連橫臺灣詩乘評其詩「足為臺灣生色」。

❸浮空巨鎮海雲齊　首句寫安平鎮。從遠處望，安平鎮如在水天相接之處，故謂「浮空」、「海雲齊」。

❹七點鯤身踞水犀　七點鯤身即七鯤身，七點猶言其小，寫從遠處觀看的景象。踞水犀，形容小島浮海，如水犀盤踞水中；一

說用國語越語之典，指衣水犀甲的軍隊。此處用來形容鄭成功水師占據各島，包圍熱蘭遮城。

❺潮趁去來分順逆二句　表面上寫潮汐與風向，暗寫天助鄭成功水軍趁潮直入，兵臨熱蘭遮城，最後驅逐荷人。此句下作者自注：「臺地風信，朝東暮西。」便，通「辨」。

❻空城一任生禾黍二句　上句用詩經王風黍離的典故，寫朝代改易後城池宮殿廢棄的景象。下句寫對戰爭的厭棄。鼓鼙，軍鼓，代指戰爭。

❼戰舸如山烏在幕　巨艦泊止如山，烏棲軍幕之上，比喻戰爭之事已然久遠。烏在幕，用左傳莊公二十八年楚伐鄭，諸侯救鄭，楚師夜遁，諜告以「楚幕有烏」的典故。

❽千檣　喻船多。

賞析

這首詩詠安平鎮，詩人從地理景觀、歷史變革雙管齊下，充分寫出安平的雄偉壯闊與滄桑變改。全詩詞雄筆健，兼以用典貼切自然，讀之但覺一氣流轉，咀嚼無窮。

詩的前四句，一方面刻畫安平鎮的地理特色，一方面暗寫鄭成功攻臺驅荷的戰爭。首句寫安平鎮的特殊氣象，在海天交接之處，浮海巨鎮彷彿浮空而出。第二句亦全寫地理景觀，但暗喻鄭成功水軍盤踞七鯤身，圍困荷軍的情形。頷聯看似寫潮汐與風向，其實寓意深遠。相傳鄭成功水軍在遙見鹿耳門時，曾叩祝皇天列祖，借助潮水從容登岸。因此潮水對鄭軍而言為順，對荷人則為逆。第四句作者自注：「臺地風信，朝東暮西。」此句深加體會，亦有寓意在焉。蓋鄭軍驅逐荷人，乃東風壓倒西風之意。朝暮亦有興衰之聯想，朝吹東風，暮吹西風，剛好也顯示了戰爭的勝負。後半段由景而情、由詠史而興嘆。經由前段風雲幻化、海宇鏖兵的壯闊書寫，五、六兩句的空城禾黍、鼓鼙厭聽，對照之下，格外顯得蕭瑟冷清。似乎幾十年間的興衰變改，盡在於斯。最後兩句以景作結，而無窮意蘊自在其中。歷史默默推移，戰事漸遠，安平港內，戰舸如山、千檣影靜，卻已是「幾度夕陽紅」了。

孫元衡詩跌宕奇恣、筆墨酣暢，王漁洋不只評點了他的一百多首詩，甚至推崇其筆力興會不減退之、東坡。從這首安平鎮，我們或許可以略窺端倪。

延伸閱讀

浪言矢志在澄清，博得天涯汗漫行。山勢北盤烏鬼渡，潮聲南吼赤崁城。眼明象外三千界，腸轉人間十二更。我與蘇髯同不恨，茲遊奇絕冠平生。（清孫元衡抵臺灣二首之一）

竹翠山光撲面來，欲酬佳節在深杯。白衣那遣文身著，黃菊無勞絕域開。已慣風多頻落帽，不因鄉遠罷登臺。漫言此地無鴻雁，省卻遼天一段哀。（清孫元衡重陽日小憩茄冬社）

請急賑歌❶四首之四　蔡廷蘭❷

救荒如救焚，禍比燃眉蹙❸。杯水投車薪，燎原勢難撲❹。嘆息此時情，鳥焚巢已覆。告急書交馳，請帑派施穀❺。連月風怒號，滔天浪不伏。勞公百戰身，懸民千里目❻。愁無山鞠藭，疾賴河魚腹❼。藜藿雜粃糠，終餐不一掬❽。哀腸日九迴，何處求半菽❾。見公如得父，幸免填溝瀆❿。去時編戶口，稽查費往復。積困蘇難遲，倒懸解宜速⓫。我亦翳桑人，不食黔敖粥⓬。曼倩饑何妨⓭，長歌以當哭⓮。安得勸發棠⓯，加賑一萬斛。匡濟大臣心，補助生民福。會看達九重，褒嘉錫命服⓰。

❶請急賑歌　清道光十一年（西元一八三一年），澎湖夏旱，加上八月颱風，海水飛捲成鹹雨，造成大飢荒。雖經多方救急，隔年災荒依舊。分巡兵備道周凱來澎賑災。蔡廷蘭時年三十歲，作請急賑歌進言，周凱甚受感動，賦詩六首以答，並傳授讀書方法，加以提拔。翌年周凱督學臺灣，蔡廷蘭榮膺首選。請急賑歌共四首，所選是其中第四首，詩中情意懇懇，再三陳述救災的急迫。

❷蔡廷蘭　字仲章，號香祖，學者稱秋園先生，澎湖林投澳雙頭掛人。生於清仁宗嘉慶六年（西元一八〇一年），卒於清文宗咸豐九年（西元一八五九年）。十三歲補弟子員。道光二十四年（西元一八四四年）進士，為澎湖第一位進士。曾講學崇文、剛心及文石等三書院，歷任江西峽江知縣、南昌水利同知、豐城知縣等，卒於大陸任官期間。現存作品有詩百餘首，連橫說他「於文工駢體，於詩尤工古體，才力雄健，卓越自成家數。」又稱請急賑歌為最佳，因為該詩「為救民之語，字字自肺腑出。」

❸禍比燃眉蹙　禍比火燒至眉毛還緊迫，形容萬分緊急。蹙，緊迫。

❹杯水投車薪二句　就如用杯水去撲滅一車著火的木柴般，飢荒已火燒燎原，恐怕難以控制。

❺請帑派施穀　請帑，請求公帑。派施穀，指派人發送米糧。

❻勞公百戰身二句　公，指周凱。周凱先後任湖北、閩、臺之兵備道，在閩時肅清漳泉械鬥，恩威並用，故稱其為百戰身。下句喻澎湖災民渴盼周凱馳賑之殷切，如千里之遙，懸目而望。

❼愁無山鞠藭二句　這兩句都出左傳宣公十二年，指災情之嚴重，連山鞠藭也是寸草不生，百姓罹患腹疾者，苦無藥草可治。山鞠藭，又稱川芎，藥用植物名，可治腹痛。河魚腹疾指肚痛腹瀉。按魚爛先自內腹始，故有腹疾者，以河魚為喻。賴，蒙受之意。

❽藜藿雜粃糠二句　形容災民無糧無菜可吃，摘野菜摻雜粃糠勉強度日。藜、藿，皆貧者所食的野菜。粃、糠，皆米之皮屑。一掬，即一捧，意謂即使只吃野菜摻雜粃糠，一頓也只有一捧之量。

❾哀腸日九迴二句　形容只為求粗食得飽飢腸，已是哀腸九迴，憂思不已了。半菽，指粗劣的飯食。菽，豆類的總稱。

❿填溝瀆　即「填溝壑」之意，指屍體填塞溝壑。

⓫積困蘇難遲二句　指舒解災困、解除痛苦必須迅速，切忌遲晚。蘇，舒解。難，忌也。倒懸，倒掛，形容處境的艱苦。

⓬我亦翳桑人二句　意思是說：我們這些亟須援手的飢民是懂得感恩圖報的，但也是有尊嚴，不食嗟來之食的。春秋晉國時靈輒餓於翳桑，趙盾見而賜之飲食。後來靈輒成為晉靈公甲士。晉靈公欲殺趙盾，靈輒倒戈相衛，趙盾得免一死。翳桑猶言桑陰。又春秋時，齊國大饑荒，黔敖備粥救災，適時一位災民經過，黔敖態度不恭地呼其來食，對方卻拒食而死。此句「不食黔敖粥」，即「不食嗟來食」之意，比喻人窮而志不短。

⓭曼倩饑何妨　東方朔，字曼倩，漢厭次人。長於文辭，性詼諧滑稽，以奇計俳辭得到漢武帝的親近。漢書東方朔傳：「東方朔對曰：『朱儒長三尺餘，奉一囊粟，錢二百四十。臣朔長九尺餘，亦奉一囊粟，錢二百四十。朱儒飽欲死，臣朔飢欲死。』上大笑，因使待詔金馬門，稍得親近」。蔡廷蘭借用這一個典故來表明志向，言自己飢餓無妨，但願能為民請命。

⓮長歌以當哭　樂府詩集中悲歌行：「悲歌可以當泣，遠望可以當歸。」此句指蔡廷蘭以詩歌來發抒災民的哀哀求告。

⓯安得勸發棠　孟子曾勸齊王發棠邑的倉廩，以賑濟貧窮。棠，地名。後因稱告請賑濟為「發棠」。

⓰會看達九重二句　意思是周凱的行誼必將上達天聽，為天子所知而得到嘉獎封賞。九重，原指上天，也泛稱皇宮。錫，賜給。命服，天子御賜的官服，有封官晉爵之意。

賞析

澎湖是散布在臺灣海峽中的一個島嶼群，土地貧瘠、氣候惡劣，老百姓在風調雨順的年頭，尚且難以溫飽，更遑論災荒的歲月了。距今一百七、八十年前的清道光十一、二年（西元一八三一、一八三二年），連續的乾旱、颱風、鹹雨，曾經讓這島嶼的子民再一次陷入烏焚巢覆、輾轉溝壑的悲慘境遇裡。當時，一個讀書人蔡廷蘭向前來賑災的官員周凱請命，將地方百姓哀哀無告的心情，寫成了四首字字血淚的長詩。

以這裡所選的第四首而言，不難看出蔡廷蘭學養的深厚。全詩三十四句，用典豐富而且貼切，非飽讀詩書，何能致之。首六句描寫災情的嚴重，次六句寫周凱馳賑，以及百姓的盼望。再來八句，加重災情的描寫，以為「見公如得父」的依據。其後四句則進一步提出紓困解懸的建言。「我亦翳桑人」以下四句自明心志，和「積困」兩句一樣，是為「加賑一萬斛」的請求預作伏筆。最後四句稱頌周凱愛民，並預祝高陞。

這首詩可說全自心胸肺腑而出，寫來情意懇切，周凱深受感動，不只應其所請，全力賑災，還作詩以和，嘉勉再三。其詩如「蔡生澎湖秀，作歌以當哭。上言歲凶荒，下言民煢獨。防患思社倉，加賑乞萬斛。悲哉蔡生言，淋浪淚滿幅。」具見欣賞感動之意。如此胸懷互感、意氣相通，無怪乎會傳為臺灣詩史美談了。

延伸閱讀

炊煙卓午飛，乞火聞鄰婦。涕淚謂予言，恨死乃獨後。居有屋數椽，種無田半畝。夫婿去年秋，東渡餬其口。高堂留衰翁，窮餓苦相守。夫亡訃忽傳，翁老愁難受。一夕歸黃泉，半文索烏有。嫁女來喪夫，鬻兒來葬舅。家口餘零丁，幼兒尚襁負。吞聲撫遺孤，飲泣謀升斗。朝朝掇海菜，采采不盈手。菜少煮加湯，菜熟兒呼母。兒飽母忍飢，母死兒不久。爾慘竟至斯，誰為任其咎。可憐一方民，如此十八九。恩賑曾幾多，可能活命否。（清蔡廷蘭〈請急賑歌四首之一〉）

賴有賢司牧，勸民相賑貸。亟發義倉錢，戶口資零碎。碾米借營倉，平糶付闤闠。勞勞相慰藉，教民且忍耐。此許奚足恃，家家食海菜。海菜亦可食，須雜薯與米。苟無薯與米，食之病且瘠。肢體日浮腫，耳目日昏眯。漸與鬼為鄰，救死恐莫遞。況自秋徂春，瓶罍罄如洗。賣兒無人收，賣女空泣涕。朝朝望海天，伏地首九稽。海舟其速來，皇恩尚可徯。（清周凱〈撫卹六首答蔡生廷蘭六首之二〉）

登赤嵌城❶二首之一

陳肇興❷

崢嶸山勢接蒼穹❸，俯瞰茫茫大海中。此日萬家登版籍❹，當年三度據梟雄❺。
雲生蜃氣連城白❻，日照龍鱗滿郭紅❼。目極中原天萬里，乘槎❽我欲借長風。

注釋

❶登赤嵌城　對臺灣的開發、對明鄭王朝的正統延續而言，「赤嵌城」無疑都有著高度的象徵意義。這首詩是詩人遊安平府城登赤嵌樓時所作，他一方面從地理著手，寫出了登樓所見的山海景觀；一方面從歷史著手，緬懷了赤嵌城的興衰變革。

❷陳肇興　字伯康，號陶村，彰化人。生於清宣宗道光十一年（西元一八三一年），卒年不詳。咸豐八年（西元一八五八年）舉人。門人集校其詩為陶村詩稿，詩不論古體、近體皆有傑作。其中有相當多的篇章反映了西元一八六二到一八六六年之間臺灣史上有名的戴潮春事件，被認為是一頁詩史。櫟社詩人林耀亭評其風格為「質不過樸，麗不傷雅」，可謂恰如其分。

❸崢嶸山勢接蒼穹　形容山勢的高峻。崢嶸，高峻貌。山，指木岡山。高拱乾臺灣府志山川說：「遠望其峰，上與天齊。」蒼穹，蒼天。

❹此日萬家登版籍　指臺灣被滿清納為版圖。版籍，領土；疆域。猶言版圖。

❺當年三度據梟雄　三度，可能指鄭成功、鄭經、鄭克塽三代人據有臺灣。梟雄，指兇狠專橫之雄傑。連橫臺灣詩乘錄此詩，「梟雄」作「英雄」。但根據陶村詩稿現存版本，應以「梟雄」為是。臺灣詩人對鄭成功的歌頌主要在日治時代，清治時期仍有不少人是站在滿清立場視鄭成功為海逆。

❻雲生蜃氣連城白　寫雲氣蒸騰，使安平城籠罩著一層白色，彷彿海市蜃樓般如真似幻。蜃氣即蜃樓，指海面風平浪靜時，遠處出現由折光所形成的城市宮室的幻象。

❼日照龍鱗滿郭紅　寫日照七鯤身海面的景象。安平古堡位於一鯤身，從赤嵌樓望去，七鯤身羅列海上成一長線，如龍之鱗爪浮出海面。

❽槎　木筏；竹筏。

賞析

這首詩一開始就從地理景觀上，寫出在赤嵌樓上所望見的山海景色。仰望山勢，上接蒼穹；俯瞰大海，茫茫無邊。如此開展的視野，事實上也反襯了赤嵌樓的高而暗暗貼切題目。第二聯則說臺灣府的古往今來，「登」與「據」的對照，「版籍」的合法性象徵和「梟雄」的專橫形象的對比，不難看出作者的政治立場。而入清版圖已一百五、六十年，簡簡單單的「此日」、「當年」二語，便訴盡臺灣歷史的今昔變改。第三聯極寫赤嵌城外海上七鯤身的美景，對仗工整，色彩瑰麗。雲氣蒸騰變化，使安平城縹縹緲緲如海市蜃樓；當日落海上，流霞滿天，映照得安平城滿郭豔紅，如同神龍戲水，鱗爪閃現一般。末聯表達作者對中原的嚮往，同時回應登望的題目意旨。

寫視野、寫古今、寫府城、寫中原，詩人充分寫出了赤嵌樓的諸般面向，這對世代生於斯、長於斯的臺灣子民來說，讀之真有無限的感動縈繞不去啊！

延伸閱讀

孤城百尺壓層波，一抹斜陽傍晚過。急浪聲中翻石壁，寒煙影裡照銅駝。珊瑚籬落迷紅霧，珠斗欄杆出絳河。指點荷蘭遺跡在，月明芳草思誰多。（清錢琦赤嵌夕照）

鹿耳鯤身水一方，草雞仙去霸圖荒。茫茫天地此煙景，寂寂江山空夕陽。不覺目隨高鳥遠，悠然心引片雲長。園林到處供詩料，誰弔瀛南古戰場。（清施士洁登赤嵌樓望安平口三首之三）

離臺詩❶六首之一　丘逢甲❷

宰相有權能割地，孤臣無力可回天❸。扁舟去作鴟夷子❹，迴首河山意黯然。

❶離臺詩　光緒二十年（西元一八九五年）中日戰爭之後，簽訂馬關條約，清廷將臺灣割給日本，臺灣的士紳劇烈抗議無效，乃籌組臺灣民主國以拒日。離臺詩係丘逢甲於隔年棄守臺灣逃往中國時所寫之詩，全詩有六首，本詩為其中的第一首。

❷丘逢甲　字仙根，號蟄仙，又號仲閼，晚號滄海君。彰化翁子社（今臺中大坑）人。生於清穆宗同治三年（西元一八六四年），卒於民國元年（西元一九一二年）。光緒十六年（西元一八九〇年）進士，但因怕人誤會其為求功名而服異族衣冠，故終身不仕清廷。甲午戰後，籌組臺灣民主國以拒日，後來卻棄守內渡，以致遭人非議。內渡之後，除吟詠不輟，也關懷國事，尤其繫心臺灣。詩作達五千多首，現存者僅二千多首。不僅善於五、七言律詩、絕句，也工於排律和歌行。近人李漁叔認為丘逢甲是自沈光文以來，臺灣最傑出的詩人，可說是推崇至矣。

❸宰相有權能割地二句　概嘆臺民對割臺一事的無力挽回。宰相，指李鴻章。甲午戰敗，清廷議和，同意割臺，談判代表為李鴻章。孤臣，指包括丘逢甲在內的臺灣士紳子民。

❹扁舟去作鴟夷子　此句化用李白古風之十八：「何如鴟夷子，散髮棹扁舟。」鴟夷子，指春秋越國范蠡。范氏佐越王句踐滅吳，知句踐為人不可以共安樂，於是浮海出齊，變姓名，自號鴟夷子皮。

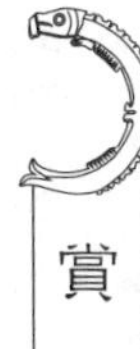

丘逢甲最通行的詩集嶺雲海日樓詩鈔附註離臺詩言：「乃公乙未夏將乘舟離臺時倚裝匆匆而作。」可見這組詩乃是作者抗日不成，黯然離臺時的作品。以所選的這首作品為例，其中孤臣孽子操心慮患卻無力回天的悲痛無奈，溢於言表，是以詩成傳誦臺海內外。

一、二兩句刻畫割臺時的情形，用力全在「孤臣無力」一語。甲午戰爭失敗後，清廷割讓臺灣，當時代表議和的李鴻章還上疏說，臺灣這一海隅之地「鳥不語，花不香；男無情，女無義」。如此被無情割讓棄置，臺灣島上幾百萬百姓又能如何呢？雜湊而成的義勇軍不堪一擊，臨時組織的臺灣民主國同樣匆匆落幕，孤臣孽子的心情，又豈是一句「孤臣無力可回天」所能道盡？第三句用范蠡浮海出齊的典故，寫丘氏個人的不得已買舟內渡。它一方面呼應了「無力回天」的無奈，一方面也流露了自責之意。末句進一步寫離臺時的心情，「迴首河山」言其頻頻回首的依依不捨，不捨而又不得不捨，其「黯然」自然可想而知了。

或許執干戈拒敵，終究不是書生報國所能一力貫徹的。丘逢甲兵敗後的倉皇內渡，後來遭受到極多的非議。不過從他一生對臺灣的無時或忘，以及詩篇中悲涼沉痛感情的表白，我們應該是不忍多加苛責的吧？

延伸閱讀

捲土重來未可知，江山亦要偉人持。成名豎子知多少，海上誰來建義旗？（清丘逢甲離臺詩六首之三）

從此中原恐陸沉，東周積弱又於今。入山冷眼觀時局，荊棘銅駝感慨深。（清丘逢甲離臺詩六首之四）

江山樓題壁❶

連橫❷

如此江山亦足雄❸，眼前鯤鹿擁南東❹。百年王氣消磨盡❺，一代人才侘傺空❻。

醉把酒杯看浩刼❼，獨攜詩卷對秋風❽。登樓儘有無窮感，萬木蕭蕭❾落照中。

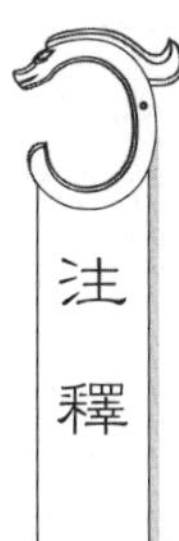

❶江山樓題壁　在完成臺灣通史之後，連橫舉家搬到臺北大稻埕，受邀參與華南銀行的籌劃工作。住臺北的期間，常與友人在大稻埕著名的酒樓江山樓歡聚。主人喜附庸風雅，連橫乃應其請寫此題壁詩。此詩雖是應酬的隨興之作，卻寓有深意。

❷連橫　初名允斌，一字武公，號劍花，又號雅堂或雅棠，後人常稱雅堂先生。生於清德宗光緒四年（西元一八七八年），卒於民國二十五年（西元一九三六年）。曾撰述臺灣通史、臺灣詩乘、臺灣語典，詩歌創作也極獲肯定。綜其一生，從詩歌創作、語言研究到臺灣歷史、文學史的整理，貫穿連橫一切著作的乃是愛國保種、反抗異族的精神。而這股精神驅使著連橫一生孜孜矻矻、鍥而不捨的著書立說。

❸如此江山亦足雄　此時臺灣已淪為日人統治，江山變改，作者飲宴「江山樓」，以此句寓無奈於自嘲之中。

❹眼前鯤鹿擁南東　寫眼前江山雖仍雄峙東南海域，但已淪陷易主了。鯤鹿，即七鯤身、鹿耳門，此處指臺灣而言。

❺百年王氣消磨盡　臺灣自鄭氏入主，以迄清廷繼之，直至甲午割讓，淪為日人統治，二百多年的王氣終於消磨一盡。

❻一代人才侘傺空　寫異族統治下人才的失意。

❼浩刼　指甲午割臺此一翻天覆地的變局。

❽獨攜詩卷對秋風　文人雖可寄情詩酒，但浩刼之餘，詩文吟詠又有何用呢。此句或自李賀南園詩句「文章何處哭秋風」而來。

❾萬木蕭蕭　形容無邊落葉蕭蕭而下的樣子。楚辭九歌山鬼有句：「風颯颯兮木蕭蕭」。

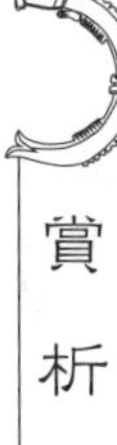

「江山樓」是一間供歡聚飲宴的酒家，「題壁」原也只是應附庸風雅主人之請的筆墨行為。但從「江山」生發，連橫卻寫出了如此一首縱橫揮灑、沉鬱雄渾的詩篇，其才情之高、感慨之深，在此可說流露無遺。

首聯是調侃江山樓，並有自我解嘲之意。原本雄峙東南海域的真實江山雖已淪陷，而眼前的江山樓「亦足雄」，在無奈自嘲之中，不難見出詩人滿腹的蒼涼感慨。第二聯寫異族入據，漢文化凋零殆盡，人才也潦倒失意。身為讀書人的悲哀失落，詩人可說兩句道盡。第三聯是對前一聯的呼應，浩刼之餘，詩人卻只能寄情詩酒，自傷懷抱。最後一聯總結詩意，充分寫出詩人的借題發揮，感慨萬千。其中的「登樓」雖是指登江山樓，但是歷來詩人總是藉登樓望遠，寄託其思歸之意，所以此處登樓亦寓有思念祖國之意。結語以夕照中的紛紛落葉，具體呈現詩人孤獨落寞的「無窮感」，餘韻悠遠，引人遐思。

李漁叔的三臺詩傳曾說：「雅堂早抱宗社之痛，終身埋首著作，不履仕途，行誼高潔，其志其事，均可於詩中窺見之。」這首江山樓題壁詩就是一個最好的例證。

延伸閱讀

文物臺南是我鄉，揭來何必問行藏。奇愁縺綣縈江柳，古淚滂沱哭海桑。卅載弟兄猶異宅，一家兒女各他方。夜深細共荊妻語，青史青山尚未忘。（連橫臺南）

一春舊夢散如煙，三月桃花撲酒船。他日移家湖上住，青山青史各千年。（連橫西湖遊罷，以書報少雲，并繫以詩）

第二篇 主題詩選

第一章　在古典詩中，找到銘心的愛情

愛情，根因於人類所具繁衍的本能。雖然動物莫不有繁衍之欲望，然而人類與動物的不同處在於：兩性的結合，除了滿足繁衍後代的需要之外，更以成就對方生命意義與價值為最終的歸依。是故，愛情為人類所獨有。

大多數人一生，或多或少都曾有過愛情的經驗。這些經驗，未必都有機會在實際的兩性交往中落實下來，有時只是存放在心中而不曾被表露的情愫。當然，更多的時候，我們會在眾多成雙成對，兩手互挽的男女中，發現愛情的婆娑身影。這些經驗，有些以美滿結局；有些，卻令人感到神傷。又這些愛情經驗，會隨著時間而積澱，最終應該化成一顆顆光彩耀目的珍珠吧！

不過，在現代的愛情中，最終修得珍珠者，似乎越來越少；取而代之，是遍地殘缺的瓦礫。昔日美滿恩愛的儷影，最終卻在法庭怒目相視。更多的時候，愛情退位了，人們回到動物的行列，追求一夜的快感。過多的情欲經驗，讓人來不及記憶與感受；留下的，只是無邊的空虛。

於是，我們意圖找回愛情應有的光彩。從眾多傳誦千古，刻骨銘心的愛情詩中，發現那些善存愛意的心靈樣態。愛情的發展有著不同面向，如初識、熱戀、阻難、分手、永別等等；因此在選詩上，我們以能夠呈現愛情豐富而多元的面貌為準，採擇具有示範性的作品，與讀者一起分享。

野有蔓草屬於初識類型的愛情經驗。男女雙方緣於外貌，相互吸引，一見鍾情，進而交往。這是多數愛情經驗之所以發生，並持續下去的主因。這篇作品寫男女雙方在原野之中，相識而相悅，進而互訂終身的心聲，表現出純真而不矯飾的愛。

上邪、客從遠方來屬於熱戀類型的愛情經驗。其中，有的描寫男女雙方的濃情蜜意，這可以上邪為例。這篇作品描寫情人盟誓，以表堅貞的情意。在愛情中，「盟誓」的意義何在？透過此作，我們可以思考這類問題。另外，有的描寫男或女單方面全心投入的情意，此可以客從遠方來為例。這篇作品描寫贈物以表情。情人之間，該如何餽贈物品？透過此作，我們可以思考這類問題。

怨歌行、上山采蘼蕪屬於分手類型的愛情經驗。男女雙方在戀愛的過程中，有時因內外因素而導致分手。然而，更值得我們關注者，在於如何面對分手的處境。怨歌行寫女子遭受情人冷落遺棄的心情，卻沒有怨恨對方；上山采蘼蕪寫女子遭受休棄後，與前夫重逢，仍是彼此關懷。二者均可作為妥善處理分手的最佳範例。

華山畿、無題、沈園屬於阻難類型的愛情經驗。本來，完滿愛情的結局，應該是白首偕老。然而，迫於外在客觀因素，卻無法相守。這是愛情過程中，最無可奈何的遺憾。華山畿寫女子為愛而殉情的悲劇。無題寫無法公開的戀情，及因此所遭受的心靈折磨。沈園寫夫妻被迫離異，而後遭遇死別的哀情。在這類主題中，凸顯了「個人愛情」與「社會倫常」之間，所存在相互衝突與調適的問題。

閨怨、江南曲屬於離別相思類型的愛情經驗。在愛情的過程中，情人莫不希望分分秒秒膩在一起。然而，相較於總體人生而言，愛情只是一部分；更多時候，我們必須為了生存、抱負而外出打拼。因此，與情人離別，勢難避免。閨怨寫女子登樓，看見楊柳春色，油然生起後悔鼓勵丈夫追求功名的情意。江南曲寫女子思念經商的良人，竟埋怨起這樁婚姻來。從這些作品，我們可以深入思考「愛是占有還是成全」的問題。

讀完了這些作品之後，讀者們對於曾經有過的愛情，應該會有不一樣的感受吧！更重要的是，讓詩人靈敏而溫厚的心靈，為你找到更多美好的愛情經驗。

野有蔓草❶

詩經　鄭風❷

野有蔓草❸，零❹露漙❺兮。有美一人，清揚❻婉❼兮。邂逅❽相遇，適我願兮。

野有蔓草，零露瀼瀼❾。有美一人，婉如清揚。邂逅相遇，與子偕臧❿。

❶野有蔓草　詩經各篇本無題，後人為了指稱方便，故以首句為題。此詩見於鄭風。鄭風，鄭國民謠。毛詩序闡釋此詩云：「思遇時也。君之澤不下流，民窮於兵革，男女失時，思不期而會焉」，意指這首詩乃是譏刺時代衰亂，男女不得適時婚配而作。這種援引政教說詩的詮釋結果，未必可信。全詩敘述男女一見鍾情，充分流露出獲得愛情的歡樂。

❷鄭風　鄭風，共二十一篇。周宣王封其庶弟友於鄭邑（今陝西華縣），是為鄭桓公。周幽王時，桓公為周司徒，因犬戎入侵而死。其子武王即位，與晉文侯迎立周平王；並將封地由舊時陝西之地，遷徙到檜地新邑（今河南新鄭），為有別鄭桓公之「鄭邑」，又稱「新鄭」。據左傳閔公二年的記載：鄭人因高克奔陳而賦清人一詩。此事約發生於周惠王之時，可知鄭風大約是東周時的作品。「新鄭」臨溱、洧等地，其俗男女好遊春傳情。論語衛靈公：「鄭聲淫」，此「淫」正指出鄭風多男女艷情之作，

而未必符合傳統禮教的特點。

❸蔓草　蔓延之草。

❹零　落也。

❺漙　音ㄊㄨㄢˊ。盛多貌。

❻清揚　眉目清明。

❼婉　美也。

❽邂逅　音ㄒㄧㄝˋ ㄍㄡˋ。不期而會。

❾瀼瀼　音ㄖㄤˊ ㄖㄤˊ。盛多貌。

❿臧　音ㄗㄤ。善也。朱傳：「與子偕臧，言各得其所欲也」，另有一解，以為可與「藏」通。

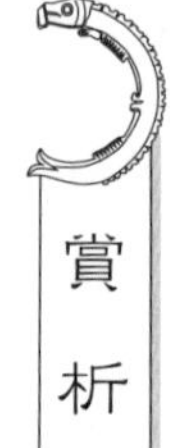

賞析

這首詩雖然分為二章，然而前後章的文句大致相同，這種重覆歌詠的形式，呈現了風謠的特色。各章首二句，指出男女相遇的場所。「野有蔓草」呈現了一幅原始的草野風光。而「零露漙兮」、「零露瀼瀼」則凸顯出豐沛潤澤的生命力。這二句詩對於以下所要抒發的人情而言，具有「起情興發」的作用，故朱熹詩集傳：「男女相遇於野田草露之間，故賦其所在以起興」。為什麼「野田草露」能夠產生「起情興發」的作用呢？又它可以觸發何種情感？就「野田草露」所涵具「原始」的意涵，正與充滿禮教的社會形成對立；則它能喚起人們心中飽受禮教節制的原始情欲，便不言可喻了。

就原始情欲來說，外在的形貌往往最容易引起感官的注意，並進而形成追求的動機。各章第三、四句，便從外貌著手，特寫美人眉目的清秀與體態的姣好，正符合理想情人的標準。順此而下，愛慕渴求的欲望便自然產生。

至於各章第五、六句，則抒發男女不期而會，互訴好感，終而私訂終身的喜悅。從「適我願兮」到「與子偕臧」，顯示了情感發展的不同階段。就「適我願兮」來看，僅僅可見單方面對這分情愛的滿意與渴望；到了「與子偕臧」則可見雙方互相悅慕了。

這樣基於原始情欲而迸生的愛情，往往容易令人沉迷，甚至失去理性的觀照。宋輔廣在評析這首詩時，便云：「樂於理者，和易安徐；樂於欲者，沉溺蕩肆」。當然，我們不一定認同宋儒以道學的立場對這樣的愛情所做的批判。然而缺乏理性的愛，往往正是造成傷害的主因，證諸現今複雜糾結的情愛網絡，不乏其例。那麼讀完此詩之後，除了感動之餘，我們還要問，僅僅奠基於原始情欲的愛，如何能夠永恆而美好？

延伸閱讀

有女同車，顏如舜華。將翺將翔，佩玉瓊琚。彼美孟姜，洵美且都。

有女同車，顏如舜英。將翺將翔，佩玉將將。彼美孟姜，德音不忘。（詩經鄭風有女同車）

怨歌行❶　漢　班婕妤❷

新裂❸齊紈素❹，鮮潔如霜雪。裁成合歡扇❺，團團似明月。出入君懷袖，動搖微風發。常恐秋節至，涼飆❻奪炎熱。棄捐篋笥❼中，恩情中道絕。

注釋

❶怨歌行　宋郭茂倩樂府詩集歸入相和歌辭中的楚調曲，並註明作者為漢班婕妤。在此之前，如南朝梁蕭統昭明文選、南朝陳徐陵玉臺新詠均已著錄此詩，並以班婕妤為作者。然而南朝齊時，劉勰文心雕龍明詩便曾對班婕妤創作此詩一事提出疑問。全詩乃藉著描寫「團扇」，隱寓榮寵不再的哀傷。

❷班婕妤　西漢樓煩（今山西朔縣）人，班況之女，班固祖姑。成帝時，以才學獲選入後宮。帝嘗欲與之同輦，共遊御園，但遭婕妤諫止。之後，趙飛燕姊妹得帝寵，譖害許皇后與婕妤。皇后因此坐廢，而婕妤最終獲賜黃金百斤。為求避禍，婕妤自請供養太后於長信宮。成帝崩，婕妤充奉園陵，死後歸葬園中。

❸裂　剪裁。

❹齊紈素　紈素，精緻的白絹，以齊地所產者最為聞名，故云。紈，音ㄨㄢˊ。

❺合歡扇　實物如何，很難確考。「合歡」一詞，廣泛用於和「男女和合歡愛」有關的事物，如合歡被、合歡床、合歡結等，其實物都很難確說。這類詞彙，只當體會「男女和合歡愛」之意即可，無需確指其形象。

❻涼飆　寒涼的大風。飆，音ㄅㄧㄠ。

❼篋笥　音ㄑㄧㄝˋ ㄙˋ。泛指竹箱，用來盛放衣物。

賞析

本詩的作者，歷來頗有爭議。主張作者為漢代班婕妤者，大多以婕妤失寵的歷史經驗為依據，去解讀這首詩言外的作者本意。姑且不論這首詩是否可以找到確定的「作者本意」，就整首詩的語言特色來說，採取「託物興寄」的手法，因而使得作品的涵義顯得豐富；讀者可以就自身的經驗，進行類比的聯想，並從中獲得感發。

底下，將從女子失寵的角度，去詮釋作品的言外之意；並探究其間所蘊含分手的課題。此一解讀的結果，乃讀者感發所得，並非專指班婕妤的創作本意。就作品表層的文意來看，乃描寫團扇從有用到無用的處境。首二句指出「團扇」的質地。以「霜雪」來比喻製作扇子的細絹既「鮮」又「潔」，品質佳美。「齊」則點明此細絹的產地，聞名遐邇，而非來路不明之物。此一「鮮」、「潔」的意象，不難使人聯想到那出身高貴，又具有姣好外貌，以及貞潔品德的女子。

第三、四句則指出「團扇」完成後的外觀，以及它在兩性文化上所涵具的意義。以「明月」來比喻團扇圓滿鮮亮，而「合歡」則喻示男女雙方「百年歡好」的愛情理想。

第五、六句指出「團扇」受人重用的情形。「出入」顯示使用團扇次數頻繁，「懷袖」則可看出使用者對「團扇」的親近、倚賴，「微風」則指出「團扇」所發送的風，十分怡人。從「團扇」受人重用的意象，則不難使人聯想到，上述那位可人的女子，殷勤地陪侍在情人的身邊，盡心盡力為他分憂解勞；而情人也曾經十分親近她、倚賴她。

第七到十句則以季節的轉換，解釋「團扇」的命運所以改變的原因。從外在的因素來看，「秋節」、「涼飆」固然是導致「團扇」被棄置在「篋笥」之中，不復受到重用的原因。然而，倘若使用者真的懂得「團扇」的價值，怎會只從「工具效用」的角度去對待它呢？而忽略「團扇」完美無瑕的質地，才是它存在的意義，因而值得人們永遠護持。這樣看來，導致「團扇」被棄的根由，究竟是「季節」呢？還是「人為」呢？

在上述的提問下，我們可以重新思考「常恐秋節至」二句的意義，此處只以「秋節」作為「團扇」被棄的原因，卻全然不提人為因素，恐怕是基於不願過度苛責團扇使用者的考量吧！由此，我們也可以聯想到，上述的女子，當她失去可利用的價值，而被情人拋棄時，她並沒有直接呵責對方；相反地，她把自己不幸的處境全都歸給非人為的因素，由此可見出「溫柔敦厚」的人格。是故明許學夷詩源辨體引馮元成云：「怨而不怒，風人之遺」以詮述此詩，正指出這首詩所涵具「人格」上的意義。

延伸閱讀

奉帚平明金殿開，且將團扇共徘徊。玉顏不及寒鴉色，猶帶昭陽日影來。（唐王昌齡長信秋詞）

團扇，團扇，美人病來遮面。玉顏憔悴三年，誰復商量管絃？絃管，絃管，春草昭陽路斷。（唐王建宮中調笑令）

上邪❶

漢樂府古辭❷

上邪❸！我欲與君相知❹，長命無絕衰❺。山無陵，江水為竭，冬雷震震❻，夏雨❼雪，天地合，乃敢與君絕！

注釋

❶上邪　宋郭茂倩樂府詩集錄入鼓吹曲辭中漢鐃歌十八首第十五首。全詩藉由女子對情人的盟誓，表達了對愛情的執著。

❷漢樂府古辭　樂府，本指漢武帝設置的音樂機構，廣泛收集趙、代、秦、楚等地的歌謠，可入樂。漢代以後，可入樂的詩歌亦稱「樂府詩」。為了區隔起見，便在「樂府」名稱前添加「古」字，以便特指漢代樂府詩。例如唐沈約宋書樂志稱漢樂府詩為「古辭」。至於「古詩」的用法，乃相對於說話者的年代，泛稱古代那些不確知作者是誰的作品。至於相對於唐代「近體詩」而來的「古體詩」，則另具「體製」上的意義，係指那些形成於「近體詩」之前，不管是形式體製、風格均與「近體詩」有別的五、七言詩歌，不必然入樂。明代前後七子所推許之「漢魏古詩」，即指此義。

❸上邪　呼告語，同「老天啊」。

❹相知　心靈相通。

❺長命無絕衰　意謂使愛情永不滅絕衰逝。命，祈使；命令。

❻震震　雷聲。

❼雨　音ㄩˋ。此處作動詞，有降下之意。

賞析

這首詩以第一人稱「我」的敘述口吻，集中描寫情人盟誓的內容，雖然篇幅短小，然而充分捕捉到了情人熱戀的神韻。故明胡應麟詩藪內篇推許為「短篇中神品」，清費錫璜漢詩總說以為「絕妙好詞」，評論確當。

首三句乃通過呼告的語態，具體呈現敘述者「我」想與情人終老一生的心願。對於天下有情人而言，「終老一生」是共願。然而，情欲的本質是流變，因此它往往也形成了所有情人的共同焦慮，並苦思如何確保對方不會變心。而「盟誓」正是情人之間，常常用來貞定彼此感情的手段之一。

敘述者「我」為何需要「起誓」呢？應該是為了安撫情人對於這段愛情的焦慮。是故詩中雖然沒有出現其情人要求「起誓」的事由，然而就上述盟誓所以產生的背景來看，不難推知。那麼敘述者「我」如何證明自己對情人的愛不會改變呢？底下五句，鋪排了五件不可能發生的大自然現象，用來類推他們的愛也不可能改變。這五件不可能發生的大自然現象，分別是山陵消失、河水枯竭、冬天打雷、夏天降雪、天與地相合。敦煌曲子詞中菩薩蠻（枕前發盡千般願）一詞，正有同工之妙。

就盟誓的內容而言，為求取信於對方，往往不惜詛咒自己。例如唐蔣防霍小玉傳寫李益與霍小玉歡好之後，以「粉身碎骨，誓不相捨」為盟，寬慰霍小玉不安的心情。就要求「盟誓」的一方而言，聽到這類誓詞，固然欣慰，但同時也害怕成真，這種看似矛盾的情思，反而呈現更為濃烈的愛情。是故紅樓夢第五十七回賈寶玉焦急地以願化成灰煙來證明他對林黛玉的愛，而紫鵑欣慰之餘，趕忙拿手摀住他的嘴。藉此舉動，紫鵑代替林黛玉表現了對寶玉濃烈的愛情。相較於上邪的誓詞來看，這類具有懲罰性的盟約，似乎更能攫獲情人的信賴，使對方甘心終身相隨。

對於上邪的敘述者「我」而言，其情人聽到此一誓詞之後，會有什麼反應呢？由於詩中沒有述及，因而留下的空白，可以給人多方想像。然而，「愛情」畢竟不是商品，而「盟誓」也不等同於「契約」。從理智的角度來看，「盟誓」不是一種必然要被實踐的義務。因此，一旦情人變心，當然不可能執此索討情感受損的賠償。不過，從感性的角度來看，它可以作為愛情歷程中最美麗的烙印。

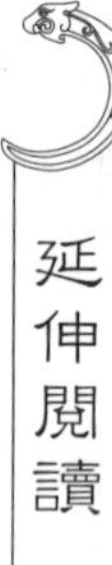

延伸閱讀

穆穆清風至，吹我羅衣裾。青袍似春草，長條隨風舒。朝登津梁上，褰裳望所思。安得抱柱信，皎日以

為期。（漢朝古詩穆穆清風至，見玉臺新詠卷一古詩八首）

纖雲弄巧，飛星傳恨，銀漢迢迢暗度。金風玉露一相逢，便勝卻人間無數。柔情似水，佳期如夢，忍顧鵲橋歸路。兩情若是久長時，又豈在朝朝暮暮。（宋秦觀鵲橋仙）

上山采蘼蕪❶

漢樂府古辭

上山采蘼蕪❷，下山逢故夫。長跪❸問故夫：「新人復何如？」「新人雖言好，未若故人姝。顏色類相似，手爪❹不相如。」「新人從門入，故人從閤❺去。」「新人工織縑❻，故人工織素。織縑日一匹❼，織素五丈餘。將縑來比素，新人不如故。」

注釋

❶上山采蘼蕪　這首詩本無題。南朝徐陵玉臺新詠、宋李昉太平御覽、宋謝維新古今合璧事類備要等均曾收錄，或題作「古詩」，或題作「古樂府」。後人基於編輯目次的考量，便以首句為題。全詩敘述離異後的男女，途中重逢的對話，語出閭巷，用意絕妙，值得細味。

❷蘼蕪　音ㄇㄧˊ ㄨˊ。香草名。李時珍本草綱目云：「其莖葉靡弱而繁蕪，故以名之」，一名江離。相傳蘼蕪有益婦人生育。

❸長跪　古代席地而坐，兩膝著地，臀部置於足跟上曰「坐」；若將腰股直立起來，曰「長跪」，用以表示敬意。

❹手爪　本指手指，此處指婦女縫紉、紡織的技藝。

❺閣 大門邊旁所安置的長木，用來止住打開的門扉。
❻縑 音ㄐㄧㄢ。比尋常的絹來得細緻，淡黃色；純白者稱為「素」，比「縑」來得珍貴。
❼匹 音ㄆㄧˇ。古以四丈為一匹。

賞析

這首詩表面上敘述了男女離異後，再度重逢的對話，其言外實蘊蓄著委婉溫厚的情意。關於這一點，歷來的詩評家已經指出，如明胡應麟詩藪內篇評此詩為「自質，然甚文；自直，然甚厚」，清方東樹昭昧詹言卷二亦云：「陳義忠厚，有裨世教」。我們固然不必要像方東樹一般，將這類詩與「政教之義」牽合；然而他以「厚」來形容這首詩在情意上的特色，確實恰當。為什麼這首詩情意深厚呢？其實作品本身所提供「男女情愛」的語境，已經足夠我們加以揣摩。清賀貽孫詩筏稱許詩中女主角「善於妬」，而男主角善於「安慰」，可以啟發我們深入思考這首詩所蘊含處理男女分手的課題。底下，我們就循此觀點，展開分析。

首二句，點出男女之間的關係以及重逢的地點。由「故夫」可知兩人離異。而女子「采蘼蕪」的行為，由於蘼蕪相傳有益婦人生育，似乎暗示了她所以被休棄的原因，可能是由於久婚而無子吧！第三、四句寫女子面對故夫的儀態及問候。由「長跪」可知女子恭順的儀態；由「新人復何如」這句問候語，可見她嫻雅的婦德。蓋由問候「新人」的狀況，可以推知「故夫」生活是否安適，足見她對「故夫」仍然心存關懷。由此我們可以推想導致他們分手的原因，應非來自於「故夫」變心。這句問候語表面看來平淡，實則蘊含了「關愛」、「比較」、「期待」等五味雜陳的心情，頗值得玩味。故賀貽孫詩筏以為「『新人復何如』一問，最婉」。

第五到八句寫男子回應女子的問候。他一方面稱許女子容顏較「新人」美好；另一面則讚嘆女子女紅的技藝較「新人」精巧。表面上看來，男子似乎貶抑了「新人」；事實上，乃安慰「故人」的不幸。從回話中，我們可以感知男子心思細膩，善於體會女子的心理。

第九、十句寫女子回應「故夫」的對話。透過「從門入」、「從閤去」的對比，凸顯自己雖然各方面均較「新人」優秀，最終卻免不了被休棄的命運。其間微露妬意，卻不流於憤怒。

第十一到十六句寫男子如何寬慰女子的妬意。從比較「新人」與「故人」在紡織上的表現，再一次肯定「故人」的美好，此處呼應了前述「手爪不相如」的評斷。「將縑來比素，新人不如故」的對比，雖然不盡合理，但男子處處顧全女子的尊嚴，充分流露出敦厚的性情。

反觀現代男女，面臨分手的處境，往往惡言相向，甚至走向毀滅生命的極端。面對古人的表現，能不有些啟悟嗎？

延伸閱讀

客館嘆飄蓬，聚散匆匆，揚鞭那忍驟花驄，望斷斜陽人不見，滿袖啼紅。（宋幼卿〈浪淘沙〉）

極目楚天空，雲雨無蹤，謾留遺恨鎖眉峰，自是荷花開較晚，辜負東風。

按：南宋時，女子幼卿與表哥情投意合。可惜幼卿家人不許，更將幼卿許配他人。後來，幼卿與表哥在驛館相逢，表哥卻漠然離去，幼卿感此，寫下此詞以抒其情。

兩姓無端合，亦復無故分。昔時鴛鴦翼，今日東西雲。浮雲本隨風，妾心自不同。君心劇無定，見棄無枯蓬。出門拜姑嫜，十步一回顧。心傷雙履迹，一一來時路。留妾明月珠，新人為耳璫。不恨奪妍寵，猶得依君旁。寶鏡守故奩，上有君家塵。持將不忍拂，舊意托相親。此生一以畢，中懷何日宣。願得金光草，與君駐常年。（清趙執信棄婦詞）

客從遠方來❶

古詩十九首❷之十八

客從遠方來，遺❸我一端❹綺❺。相去萬餘里，故人❻心尚爾❼。文綵❽雙鴛鴦，裁為合歡被。著以長相思❾，緣以結不解❿。以膠投漆中，誰能別離此？

注釋

❶客從遠方來　本無詩題，後人為了編選之便，故以首句為題。通篇藉著情人贈物的行為，傳達了兩地相思的情感。語多雙關，饒富情致。

❷古詩十九首　始見於南朝梁蕭統昭明文選，大致完成於東漢末年，係許多佚名文人的創作。就形式而言，通篇五言。就修辭而言，質樸自然。就內容而言，情意深永，真切地抒發了那個時代人們面對亂離或生命無常的情思。這十九篇作品流露出溫厚的氣韻，耐人尋味，是歷代文人創作摹習的重要典範。

❸遺　音ㄨㄟˋ。贈送。

❹端　計算布帛長度的單位詞，指二丈長。

❺綺　音ㄑㄧˇ。絲織品，其上的花紋呈素色。

❻故人　前夫。古詩為焦仲卿妻作（孔雀東南飛）：「新婦識馬聲，躡履相逢迎。悵然遙相望，知是故人來。」或解作舊友。
❼爾　如此；這樣。
❽文綵　指綺布上的花紋。
❾著以長相思　「思」與「絲」諧音雙關。故本句從實物的角度解釋，是指將柔長的棉絲填入被套中；從雙關的情義解釋，是指懷抱著「長相思」的情意。著，音ㄓㄨㄛˊ。
❿緣以結不解　此句從實處解，是以絲縷縱橫連結地縫綴被邊；從虛處解，是隱喻兩人情意如難以分開的絲結。

賞析

本詩從第一人稱的敘述觀點，描寫收到禮物，以及由此引生的感受及回應。根據詩中所述的「裁被」行為，可以推知敘述者的身分應是女性。至於這個敘述者的身分可能等同於作品之外那個真實的作者；也有可能二者之間不相等同。就後者而言，有時涉及詩歌託喻的言志傳統，亦即男性詩人卻假擬女性的敘述口吻，以寄託不能明言的情志，另參後文李益江南曲賞析；由於缺乏可檢證的資料，姑且保留不論。此處僅就作品本身的意涵加以探析；並延伸思考這首詩在「情人贈物」的課題上，所隱含的意義。從作品本身的意涵而言，本詩可分成三段分析：

首段為前四句，描寫女主角所收到的禮物以及由此引生的感受。首二句「客從遠方來，遺我一端綺」，簡要地交代收到禮物的經過。第三、四句則陳述收到禮物的心情。從「相去萬餘里」可知二人闊別已久，而「故人心尚爾」則透過驚喜的語態，可知女主角認定贈物者對她一往情深，不因時空的阻隔而產生距離。

中段也是四句，描寫女主角如何回應此一贈物的行為。「文綵雙鴛鴦，裁為合歡被」，女主角仔細地察看了綺帛上「雙鴛鴦」的圖紋，並且進一步將它裁製為「合歡被」。然而「綺帛」的用途甚多，為什麼女主角偏偏選擇了製成「合歡被」的用途呢？因為「綺帛」上「雙鴛鴦」的圖紋，本就具有「歡好」的文化意涵。順此而下，女主角基於「愛意」的驅動，運用巧思，以「柔長的棉絲」填入被中，以「縱橫連結」的絲縷，縫綴被邊，用來雙關「難分難捨」的恩愛。

末段為最後二句，總結前二段，透過「膠」、「漆」密合的意象，表達了女主角對這分「愛情」的信心與堅持。相形之下，那些隨意聚合分離的男女，就顯得薄情了。故清王堯衢古唐詩合解卷下曾云：「誰能解之？不解安離？此以情之厚者，反形輕別之不堪，彼來不須與者何如哉？」

「餽贈」是情人之間互通情意的行為之一。舉凡送禮的動機、禮物的內容、送禮的時機以及收置禮物的態度，均可作為衡量雙方交往深淺的指標。上述的分析，指出了女主角所理解「故人」贈物的「動機」以及她收置禮物的態度。然而，我們如何確定女主角所理解的「動機」就是「故人」的動機呢？也許「故人」只是基於往日的情誼，順便請人轉送一件還算精緻的禮物給女主角，聊表心意罷了。果真如此，那麼女主角豈不落得自作多情的下場！在我們的日常生活中，時常會面對「餽贈」的交際活動。怎麼合宜的「送禮」？怎麼正確地「解讀」收到的禮物？值得深思。

延伸閱讀

涉江采芙蓉，蘭澤多芳草。采之欲遺誰？所思在遠道。還顧望舊鄉，長路漫浩浩。同心而離居，憂傷以

終老。（古詩十九首之六涉江采芙蓉）

客從遠方來，贈我漆鳴琴。木有相思文，弦有別離音。終身執此調，歲寒不改心。願作陽春曲，宮商長相尋。（南朝宋鮑令暉擬客從遠方來）

華山畿❶二十五首之一　吳歌

華山畿，君既為儂❷死，獨活為誰施❸？歡❹若見憐時，棺木為儂開。

注釋

❶華山畿　宋郭茂倩樂府詩集收錄於清商曲辭中的吳聲歌曲，共二十五首，這是第一首。據南朝陳釋智匠古今樂錄云：「華山畿者，宋少帝時懊惱一曲，亦變曲也」。晉石崇之愛妾綠珠作懊儂歌，至東晉安帝時，民間依原曲而改編為懊惱歌，到南朝宋少帝（廢帝劉義符）時，據此而更製了新歌三十六曲，其中有一曲就是華山畿。古今樂錄進一步指出這首民歌的本事，乃是一名南徐士子，因往雲陽（今江蘇丹陽），在客舍遇見女子，進而相戀；然因現實阻隔，不得所願，最終竟先後為情而亡的悲劇。華山有多處。按故事中的士子是「南徐人」，南徐即江蘇鎮江府。他所往的「雲陽」即丹陽縣，屬鎮江府。在雲陽東南約九十里，即江寧府（即南朝宋的首都建康）的句容縣，便有「華山」。畿，指天子所領的土地；也可泛指「地域」。由此詩之地緣推知，「華山畿」即指江蘇句容縣附近一帶地域。

❷儂　蘇州方言，我。

❸施　用處。

❹歡　男女對所愛者的暱稱。

賞析

在這首詩中，詩人代擬女子的口吻，抒發了為愛奉獻生命的激情。據古今樂錄的記載，「華山畿」是詩中女子與情人初次相會的地方。二人在客舍相見，卻無緣進一步交往。男子因相思而「心疾」；幸賴其母奔走華山，攜回女子之物——「蔽膝」，密置「席下」，病才好轉。不料，男子獲悉，竟抱持「蔽膝」，吞食而亡。臨死之前，央求其母，務使殯葬車隊經過女子門前。女子見喪車到來，有感男子深情，妝點沐浴而出，呼求開棺。棺木應聲而開，女子一躍而入，不復出。後家人將之合葬，稱為「神女冢」。

這樣的故事，容易令我們聯想到梁山伯與祝英台的愛情。梁山伯，晉代會稽人，曾任鄞縣縣令。唐梁載言十道四蕃記有「義婦祝英台與梁山伯同冢」之言，晚唐張讀宣室志則進一步完整地記載梁祝二人愛情的經過。日後，不斷有方志、筆記、小說加以傳揚，甚至增加了二人化成彩蝶雙飛的結局。

造成華山女子與男子、梁祝愛情之悲劇的原因，並非來自情人變心的主觀因素，而是來自外在家族、時代等客觀環境的阻難。當客觀阻難無法克服，愛情無法繼續，生命似乎也就變得毫無意義，故曰：「獨活為誰施？」這類愛情之所以這樣動人，以致歷代傳誦不已，大概是因為它把複雜糾結的情感，做了最單純而浪漫的處理，成全了人們追求愛情永恆的想望吧。

然而，真實世界裡的「愛情」畢竟離不開複雜的人際網絡。兩人的世界之外，還有更沉重的人倫責任無法恣意拋棄。因此，有些詩歌提供我們另一種面對不完滿愛情的態度，如王維息夫人。

根據左傳的記載，楚王愛好息夫人的美色，因而滅了息國，奪取息夫人，生二子。息夫人雖與楚王生子，卻終身不與他談話。息夫人雖沒有激烈殉情，但卻忍受著與仇敵沉默以對的長期煎熬。從王維的詩句中，不難感受到他對息夫人的同情。通過這種不同愛情態度的比較之後，當我們重新再閱讀華山畿時，除了感動之餘，也許會有不同的思考方向吧。

延伸閱讀

莫以今時寵，能忘舊日恩。看花滿眼淚，不共楚王言。（唐王維息夫人）

按：息亡，楚王並未殺息君，而是罰為奴隸。息夫人未死，或與此有關。然這一故事最感人及引人深思之處，卻在「不共楚王言」的沉默煎熬。

細腰宮裡露桃新，脈脈無言度幾春。至竟息亡緣底事？可憐金谷墜樓人。（唐杜牧題桃花夫人廟）

按：桃花夫人即息夫人，金谷墜樓人是綠珠，綠珠為石崇殉情。杜牧意乃以綠珠之殉情對比息夫人之不殉情，頗有苛責之意。

閨怨❶

唐　王昌齡❷

閨中少婦不知愁，春日凝妝❸上翠樓。忽見陌頭❹楊柳色，悔教夫婿覓封侯。

注釋

❶閨怨　這首詩見於王昌齡集。今人羅問濤、胡琴曾對此書進行編年校註，而閨怨一詩屬於未編年詩。從詩題來看，係代擬閨中婦女抒發哀怨。唐汝詢唐詩解以為此詩乃「征婦之詞」，此乃基於唐人征戍從軍之時代經驗所作的詮解。其實，這首詩所涉

及的情境，應可涵括一切因追求功名而導致離別的愛情經驗，故而頗受歷代讀者的推許。

❷王昌齡　參頁一四一注❷。

❸凝妝　精心妝扮。

❹陌頭　田野間的路上。

賞析

這首詩最被人所稱賞者，在於它的筆法曲折含蓄，卻又充分地將少婦獨守空閨的哀愁抒發出來。首句從反面入題，寫少婦沉浸在新婚的喜悅中，還未嘗受過離別相思的折磨，故曰「不知愁」。次句則承首句而來，更具體地描寫少婦因為還未深切地體會到與良人離別的痛苦，所以還有心情「凝妝」，甚至「上翠樓」。

「梳妝」此一行為，在中國傳統的兩性文化中，具有特殊意涵。所謂「女為悅己者容」，正指出了女子妝扮含有取悅良人或情人的意圖。因此當良人或情人不在身邊，女子往往懶得梳妝。詩經衛風伯兮所云：「自伯之東，首如飛蓬。豈無膏沐？誰適為容。」魏徐幹室思六首之三所云：「自君之出矣，明鏡暗不治。思君如流水，何有窮已時。」均點出此一心理狀態。

至於「上樓」，亦即登上高處，故容易望遠。女子藉由登樓以遙望、想像良人或情人遠遊的行蹤，並渴盼望見他歸來的身影，這在歷來的詩歌中，不乏其例。例如南朝樂府民歌西洲曲：「憶郎郎不至，仰首望飛鴻。鴻飛滿西洲，望郎上青樓。樓高望不見，盡日欄干頭。」中唐趙微明思歸：「猶疑望可見，日日上高樓。惟見分手處，白蘋滿芳洲」。因此，登上高樓，不在於賞玩景色，甚且往往因為景致而勾引出難忍的相思。

反觀此詩所描寫的少婦，乃滿懷欣喜地登上翠樓。從「翠」字可以想見樓閣的精美。第三句以下，同時呈現了章法轉折、敘述觀點轉換以及少婦心境改變三層意義。促使少婦心境產生改變的原因為何呢？即「陌頭楊柳色」此一外在的物象。然則，「楊柳色」令少婦想到了什麼呢？詩中沒有說明。不過，我們可以從末句她所流露出「後悔」的感傷去進行推想。這是王昌齡詩作「含蓄」特質的表現。在中國文化中，「楊柳」不但徵示著「春意」，也隱喻著「離別」。南宋謝枋得注解章泉澗泉二先生選唐詩詮釋這首詩時，曾對此一問題進行如下解答：「閨中少婦初不知愁，春日登樓見楊柳之青青，始知陽和發育，萬物皆春，吾與良人徒有功名之望。今日空閨獨處，良人辛苦戎事，曾不如草木群生各得其樂，於是悔望此功名。」你同意謝枋得的答案嗎？

當我們讀完三、四句之後，反觀首二句，便可以產生其他的聯想。此即當少婦初識相思離別之苦後，當春天再來，她是否還會「凝妝上翠樓」，也許不會了，也許會。倘若她再度「凝妝上翠樓」，那麼在心態上，肯定不是「不知愁」。

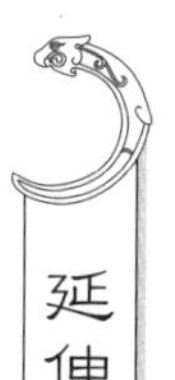

延伸閱讀

為有雲屏無限嬌，鳳城寒盡怕春宵。無端嫁得金龜婿，辜負香衾事早朝。（唐李商隱為有）

江南曲❶

唐　李益❷

嫁得瞿塘賈❸，朝朝誤妾期。早知潮有信❹，嫁與弄潮兒❺。

注釋

❶江南曲　宋郭茂倩樂府詩集收錄於相和歌辭。據唐吳兢樂府解題云：「江南古辭，蓋美芳晨麗景，嬉遊得時。」可見江南此一曲調，原先適合搭配輕鬆愉悅的歌詞。流傳到後來，已不限於此，而往往可見哀怨的作品。

❷李益　字君虞，唐朝隴西（今甘肅武威）人，是宰相李揆的族子。約生於唐玄宗天寶年間（約西元七四九年），約卒於唐文宗太和初年（約西元八二七年）。代宗大曆四年進士，調任鄭縣尉。因仕進不利，去遊燕、趙間。幽州節度使劉濟辟置幕府。憲宗知其名，召任祕書少監、集賢殿學士。因恃才傲物，氣凌士眾，遭諫官舉發幽州時所作怨望詩，因而降官。後遷右散騎常侍，以禮部尚書致仕。李益為人好猜忌，尤其嚴防妻妾，時稱「妬癡尚書」。其詩作頗受樂工喜愛，眾人爭相賂取，被之聲歌，以供奉天子。從軍期間，擅於運籌，往往「鞍馬為文，橫槊賦詩」，著有李益集。

❸瞿塘賈　音ㄑㄩˊ　ㄊㄤˊ　ㄍㄨˇ。瞿塘，長江三峽之一，在今四川奉節。賈，商人。

❹潮有信　潮水的漲落有固定的時間。

❺弄潮兒　唐宋士女流行觀賞錢塘潮。每年八月錢塘潮時節，約百名善泳的少年，將彩旗、繡緞等繫在竹竿上，然後執旗竿泅於潮水之上，稱為「弄潮戲」，以此博取觀者的賞賜。這類少年即「弄潮兒」。

賞析

在這首詩中，作者假擬女子的口吻，抒發「愛情」與「富貴」相互衝突的困境。中國古典詩歌裡，經常可見男性的詩人，假擬女子的身分、觀點進行敘述，就創作意圖而言，可能有下列二種情況：其一，詩人聽聞某一女子的遭遇，便以假擬的方式，代女子敘事抒情；其二，詩人假擬女子的身分與感受，用來比喻自身的處境。

以第一種情況而言，如三國魏曹丕有代劉勳妻王氏雜詩。劉勳之妻王氏無子，故而遭受休棄。這是真人真事。曹丕有感於此，作詩代王氏抒發情志。以第二種情況而言，如唐張籍節婦吟呈東平李司空師道。李師道是當時雄據一方的藩鎮，對朝廷有貳心。他十分欣賞張籍的才幹，而欲徵召張籍。張籍乃藉著「節婦」自喻，婉拒了李師道。在第一種情況下，我們去詮釋作品時，並不需要追索作者的本意。但是在第二種情況下，我們必須考求作者創作時特定的人事背景，以便確切地掌握詩意。

就這首詩而言，詩人李益並未明白表示以上述第二種情況，即寄託特定政教意圖去進行創作，因此在詮釋時，我們將其視為一般代擬的作品，而僅就所敘述之女子的遭遇及感受，去加以體會即可。從首句可知，女子嫁的丈夫是商人。商人往往重利輕別離，一旦有利可圖，就算耽誤了歸期也在所不惜。然而對於女子而言，縱使擁有錦衣玉食的日子，一旦沒有愛情，一切都變成虛幻。在氣惱的情況下，她竟說出願嫁給「弄潮兒」這般氣話。

歷來詩評家，最稱賞者在於末二句。清李鍈詩法易簡錄以為這首詩用曲折的筆法，藉「願嫁弄潮兒」的反話，去凸顯夫婿的無情，此說頗有見地。然而值得深思處在於，從「早知」二句，可以推想女子嫁給「瞿塘賈」是出於自願；那麼當初她選擇嫁給「瞿塘賈」的動機為何？又果真如她後來所願嫁給了「弄潮兒」，她是否能夠對「在家相對貧」的婚姻甘之如飴呢？

南朝民歌河中之水歌寫貴婦莫愁空虛落寞的閨怨。結尾二句：「人生富貴何所望？恨不早嫁東家王」，點出了「愛情」與「富貴」的矛盾。從這個角度來看，李益的江南曲前有所承。然而，這樣的困境，似乎不因為時代改變而停止。看看現今許多破碎的「豪門婚姻」，不正繼續延展著這樣的困境嗎？

延伸閱讀

河中之水向東流，洛陽女兒名莫愁。莫愁十三能織綺，十四采桑南陌頭。十五嫁為盧家婦，十六生兒字阿侯。盧家蘭室桂為梁，中有鬱金蘇合香。頭上金釵十二行，足下絲履五文章。珊瑚挂鏡爛生光，平頭奴子提履箱。人生富貴何所望？恨不早嫁東家王。（南朝樂府民歌河中之水歌）

不喜秦淮水，生憎江上船。載兒夫婿去，經歲又經年。莫作商人婦，金釵當卜錢。朝朝江口望，錯認幾人船。那年離別日，只道住桐廬。桐廬人不見，今得廣州書。（唐劉采春羅嗊曲三首）

無題❶

唐　李商隱❷

相見時難別亦難，東風無力百花殘。春蠶到死絲方盡❸，蠟炬成灰淚始乾❹。

曉鏡❺但愁雲鬢改，夜吟應覺月光寒。蓬山❻此去無多路，青鳥❼殷勤為探看❽。

注釋

❶無題　詩題本有點明題旨的作用，李商隱以「無題」為詩，則有意拋棄點題的格套，使作品呈現惝怳迷離的意境。在他的詩集中，這類作品頗多。這首「無題」詩，清馮浩玉谿生詩箋註將它繫於唐宣宗大中三年（西元八四九年），李商隱三十八歲之時所作。張爾田玉谿生年譜會箋以為當為大中五年所作。但因欠缺確實的證據，故本書依循劉學鍇、余恕誠李商隱詩歌集解，不予繫年。

❷李商隱　參頁一六六注❷。

❸春蠶到死絲方盡　以蠶絲喻指情思。方盡，才結束。「西曲」中有作蠶絲：「春蠶不應老，晝夜常懷絲。何惜微軀盡，纏綿自有時。」

❹蠟炬成灰淚始乾　蠟淚喻指眼淚。杜牧贈別：「蠟燭有心還惜別，替人垂淚到天明。」

❺鏡　此處作動詞，照鏡之意。

❻蓬山　泛指一切仙山。

❼青鳥　史記司馬相如列傳載大人賦云：「幸有三足烏為之使」，張守節注云：「三足烏，青鳥也，主為西王母取食」。又據漢班固漢武故事的記載，七月七日，忽見青鳥飛集殿前，東方朔云此西王母欲來。後人以「青鳥」稱信使。

❽看　音ㄎㄢ。探訪。

賞析

歷來對這首詩的詮釋，有不同的說法：有的人以為這首詩是有求於令狐楚的兒子令狐綯而作。例如清馮浩、張爾田等人都持這樣的看法。有人以為這首詩抒寫了李商隱某一段不可告人的戀情，例如蘇雪林玉谿詩謎。該書更進一步指出了李商隱戀愛的對象，乃是宮女飛鸞與輕鳳。由於缺乏確切的史料可以證明李商隱的本意，則上述的說法，只能列為參考。就詩本身而言，乃抒寫了一對男女，迫於現實的壓力，無法公開交往的戀情。

首二句便點出這樣的戀情所產生的憂苦。「相見時難別亦難」一方面說明二人的交往，備受外在的阻難，因而會面困難。另一方面則指出由於相會艱難，以致一旦可以相聚，便不忍分離。底下轉而寫景，「無力」、「殘」乃藉由外在景物的蕭索，去寓寄二人心中飽受愛情折磨的疲憊，是故「景中有情」。

三、四句情感忽然轉為強韌。以「春蠶吐絲」、「蠟炬滴淚」的意象喻指情意的付出。「到死」、「盡」、「成灰」、「乾」則強調不計回報，傾己所有的情感程度。五、六句則轉而實寫當下處境。「但愁」寫自己逐漸衰老、「應覺」則是揣想對方之詞。時間上，由早到晚，顯見這分相思無時不在。杜甫月夜：「今夜鄜州月，閨中只獨看」有類似的表情手法。

末二句回應首二句，寫會面雖頗困難，但仍然希望知道對方的狀況。「蓬山」泛指仙山，用劉晨的典故，喻指所愛女子的居處。雖然相距不遠，卻阻難重重，無法輕易見面。而「青鳥」喻指信使。相見既難，便只能託請信使，殷勤地為我探望了。

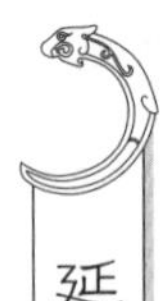

延伸閱讀

重幃深下莫愁堂，臥後清宵細細長。神女生涯原是夢，小姑居處本無郎。風波不信菱枝弱，月露誰教桂葉香？直道相思了無益，未妨惆悵是清狂。（唐李商隱無題）

悵臥新春白袷衣，白門寥落意多違。紅樓隔雨相望冷，珠箔飄燈獨自歸。遠路應悲春晼晚，殘宵猶得夢依稀。玉璫緘札何由達？萬里雲羅一雁飛。（唐李商隱春雨）

沈園❶二首之二　宋　陸游❷

夢斷香銷四十年，沈園柳老不吹綿❸。此身行作稽山❹土，猶弔遺蹤一泫然❺。

注釋

❶沈園　在今浙江紹興禹跡寺南。陸游因悼念前妻唐琬，在七十五歲時寫了此詩，宋陳鵠西塘集耆舊續聞卷十、劉克莊後村大全集卷一七八、周密齊東野語卷一均載明此事。

❷陸游　參頁一八九注❷。

❸柳老不吹綿　柳樹的種子，外生柔毛如綿絮，種子既熟，毛絮因風飛揚。柳樹老了，不再結子，故不吹綿。

❹稽山　會稽山，在今浙江紹興。

❺泫然　流淚的樣子。泫，音ㄒㄩㄢˋ。

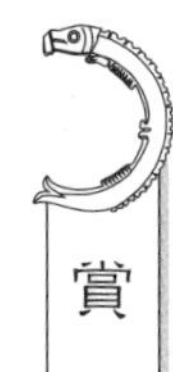

賞析

陸游寫作這首詩，已經七十五歲了。當年，因為唐琬不合母親的心意，婚後約二年，就與唐琬走上離異的結局。然而，唐琬是一位可人的女子，通文墨，能詩文，令陸游始終無法忘情。唐琬稍後改嫁同郡宗室趙士程。三十一歲（或說二十七歲）那一年，在一次偶然的機會裡，他與唐琬在沈園重逢；並接受唐琬夫婦的招待。散會後，陸游萬分悵惘，寫下了釵頭鳳一詞，上片為：

「紅酥手，黃縢酒，滿城春色宮牆柳。東風惡，歡情薄。一懷愁緒，幾年離索。錯！錯！錯！」，句中疊用了三個「錯」字，強烈地表達了憾恨的心情。一晃眼，四十幾年了，歲月帶走他的青春，也帶走了唐琬的生命。首句「夢斷香銷四十年」，一方面指出如夢一般的往事，已經斷滅了；另一方面指出伊人早已消逝，不再入夢。

次句是側寫，「柳老不吹綿」是今日之景，對照當年沈園重逢之時，柳樹青青姿態，則人事滄桑，不言可知。又寫柳樹衰老之態，正喻指自身的體態，呼應首句「四十年」。

順此衍生「此身行作稽山土」一句，則抒發自身生命即將告終的感慨。當此之際，本當無所牽掛，無所哀樂；然而「猶弔遺蹤一泫然」，每當想起這段愛情，心中仍然激動不已。藉此，我們看到了陸游的深情。

那麼，垂暮之年的陸游，最難以忘懷的「遺蹤」為何呢？莫不是情人美好的姿容吧！同題另一首詩，可以讓我們窺見一二：

「城上斜陽畫角哀，沈園非復舊池臺。傷心橋下春波綠，曾是驚鴻照影來。」

七十五歲的陸游，重返沈園之後，觸目所及，是即將消失的夕陽；充耳所聞，是引人傷感的畫角聲。他傷感地凝望著橋下碧綠的春波，當年曾經照著唐琬的倩影。恍惚間，他似乎又看到了唐琬在波光中盈盈地走來，那美妙的體態，唯有曹植的洛神賦能夠形容。

延伸閱讀

紅酥手，黃縢酒，滿城春色宮牆柳。東風惡，歡情薄。一懷愁緒，幾年離索。錯！錯！錯！　春如舊，人空瘦，淚痕紅浥鮫綃透。桃花落，閒池閣。山盟雖在，錦書難託。莫！莫！莫！（宋陸游釵頭鳳）

楓葉初丹槲葉黃，河陽愁鬢怯新霜。林亭感舊空回首，泉路憑誰說斷腸。壞壁醉題塵漠漠，斷雲幽夢事茫茫。年來妄念消除盡，回向禪龕一炷香。（宋陸游禹跡寺南有沈氏小園四十年前嘗題小闋壁間偶復一到而園已易主刻小闋于石讀之悵然）

路近城南已怕行，沈家園裡更傷情。香穿客袖梅花在，綠蘸寺橋春水生。（宋陸游十二月二日夜夢遊沈氏園亭二首之一）

城南小陌又逢春，只見梅花不見人。玉骨久成泉下土，墨痕猶鏁壁間塵。（宋陸游十二月二日夜夢遊沈氏園亭二首之二）

第二章　在古典詩中，找到醇厚的友情

友情，人人都需要。高興的時候，「友情」在身邊，喜悅會加倍。失意的時候，「友情」在身邊，傷痛打折扣。學習的時候，「友情」在身邊，從此不再孤陋寡聞。工作的時候，「友情」在身邊，打拼更起勁。

每天，我們與許多沒有血緣關係的人們相處；甚至，透過網路的牽線，可以輕易建立「相交滿天下」的人際關係。然而「孤寂」卻還是如影隨形，「友情」總是遠在天邊。也許，有一天遇到了意氣相投的朋友，遺憾的是，相隔兩地，很難歡聚；而那些在工作場所中朝夕相處的同事，偏偏與自己的興趣不合。或者，有些朋友適合談天說地，然而一旦成為事業伙伴，恐怕最終不免以反目成仇收場。當然，有些朋友可以提供專業的諮詢，一旦聚會消閒，卻言語無味，話不投機。

每天，我們與許多人相處，「友情」似乎俯拾即是。然而，我們真的懂得如何適當地經營不同程度的友情嗎？我們懂得如何感受與回應不同關係的朋友所表示的情意嗎？會不會在誤判雙方關係的情況下，因表情失當，不小心傷害了對方，或被對方傷害呢？

因此，我們從古典詩中挑選了若干抒發朋友情誼的典範性作品；希望藉由這些詩人與朋友相處的經驗，讓讀者們去思索如何能提升友情？我們依照朋友相處的情境或所從事的活動，挑出三種常見的類型，各選了幾首作品。

第一種屬於「送別」的情境。古人因為交通不便，使得「離別」成為一件重要的事。在這種情境下，往往更能看出朋友之間深厚的情誼。與蘇武詩、送友人、別房太尉墓均屬之。在這些作品中，古人所表現出來的友情，令人動容。如李陵與蘇武，雖然兩人志向不同，但是臨別之際，卻仍真心地祝福對方。李白送友人，即景抒情，曲盡千古友人相別的心聲。杜甫告別亡友房太尉，更體現不因死亡而告終的深情。

第二種屬於「異地懷想」的情境。詩人往往為眼前美景或富含情味的活動而感動，進而想起了友人。在這種情境下，可以看到朋友之間知音相賞的韻趣；同時也能感到不摻雜利害關係的純淨之情。夏日南亭懷辛大、秋夜寄丘二十二員外、問劉十九均屬之。這些作品彷彿一股清流，為那些複雜而又彼此算計的人際網絡，留下一方淨地。如孟浩然夏夜鼓琴而懷想辛大；韋應物面對秋山夜景而遙思丘丹；白居易冬夜煮酒，邀約劉十九過飲。詩人們藉由這些風雅的韻事以懷想友人。有什麼樣頌美的語言，能及得上這種讚賞友人的方式呢？

第三種屬於「相逢歡會」的情境。詩人與友人之間，或是因為闊別甚久，在沒有預期的狀況下重逢；或是有意過訪相聚，以訴平生衷腸。在這種情境下，可看到平淡卻深永的真情；更可以體會到聚散如萍的哀愁。客至、淮上喜會梁川故人、子初郊墅均屬之。這些作品，呈現了人情閱歷的深度，讀來能夠感動人心。如杜甫面對做官的友人過訪，劣酒薄菜相待，卻不減熱忱與喜悅。韋應物與梁川故人不期而遇，闊別日久，卻情誼猶在。李商隱過訪友人，並冀望友人將來能成為鄰居，子孫世世交好；這種延續友情的方式，饒富趣味。

讀完了這些作品之後，讀者們對於曾經相知相惜的朋友，應該會有不一樣的感受吧！更重要的是，讓詩人純真而充滿趣味的心靈，為你找到更多美好的友情經驗。

與蘇武詩❶三首之一

漢　李陵❷

良時不再至，離別在須臾。屏營❸衢路❹側，執手野踟躕❺。仰視浮雲馳，奄忽互相踰❻。風波一失所，各在天一隅❼。長當從此別，且復立斯須❽。欲因晨風❾發，送子以賤軀。

❶與蘇武詩　南朝梁蕭統昭明文選雜詩上收錄李少卿（陵）與蘇武詩三首。魏晉以來，便有人提出「假託」的懷疑。現今學者以為這三首詩乃是後代文人假擬李陵的處境與心情而作。全詩抒發與蘇武離別的感傷。

❷李陵　字少卿，西漢隴西成紀（今甘肅泰安）人。生年不詳，卒於漢昭帝元平六年（西元前七四年）。父當戶，乃名將李廣長子。武帝時，陵任騎都尉。天漢二年，李廣利出征匈奴，陵自請率領步騎五千伐匈奴，因為後援不至，力盡而降。單于惜之，封為右校王，並以女妻之，後病死於匈奴。鍾嶸詩品評其詩：「其源出於楚辭，文多悽愴，怨者之流」。

❸屏營　音ㄅㄧㄥ　ㄧㄥˊ。彷徨無助的樣子。

❹衢路　通達四方的大路。衢，音ㄑㄩˊ。

❺踟躕　音ㄔˊ　ㄔㄨˊ。徘徊不前。

❻踰　音ㄩˊ。超越。

❼隅　音ㄩˊ。邊角。

❽斯須　片刻；一會兒。

❾晨風　鳥名，即鸇，善疾飛。

賞析

在詮釋這首詩之前，可先了解李陵與蘇武之間的關係。關於這段歷史，漢書李廣蘇建傳記載頗詳。漢武帝天漢元年（西元前一〇〇年），蘇武銜命出使匈奴，遭受羈留。稍後，李陵降匈奴。匈奴遣李陵招降蘇武，不果。蘇武被流徙至北海牧羊，必待公羊產子，始得歸返，歷十九年而不屈。昭帝即位，匈奴與漢和親，故放歸蘇武。臨行前，李陵送行。蘇武返國後，封典屬國，賜爵關內侯。據傳，蘇武曾受漢廷授意，寫信招返李陵，為李陵所拒。現今流傳之答蘇武書即擬此事而作。

這首詩是否出自李陵，早有人提出懷疑，如明楊慎升庵詩話卷十四引摯虞的文章流別志：「李陵眾作，總雜不類，殆是假託，非盡陵志」。不過就算是「假託」，作者卻善於捕捉李陵的心境，寫情深刻，使它成為佳作。像謝榛四溟詩話卷四云：「格古調高，句平意遠，不尚難字，而自然過人」，極為推崇。

本詩前四句描寫離別的心情與地點。「良時不再至」，則往日相聚的美好時光，一去不返，離別就在眼前。「屏營衢路側」指出兩人相別的地點，同時也隱含著各自人生將朝不同方向發展之意。「執手野踟躕」，描寫彼此緊握對方的手，徘徊不前，由此益見難分難捨之狀。「仰視浮雲馳」以下四句，則藉由「浮雲」、「風波」飄移四散之狀，比喻兩人即將各分東西。「長當從此別」以下二句，照應「執手野踟躕」，由徘徊留戀之態，益見離別時刻迫切，以及不復相見的哀傷。末二句，則取「晨風」之善飛，喻示一路相隨相送之意。

這首詩雖然未必可以逕指李陵的本意，然而它提供了人與人之間最美好的交往樣態：即使二人對人生方向的抉擇不同，甚至背反，都無礙友情長存；相較於那些表面上意氣相投，暗地裡卻落井下石的損友而言，無疑是珍貴的。

延伸閱讀

骨肉緣枝葉，結交亦相因。四海皆兄弟，誰為行路人。況我連枝樹，與子同一身。昔為鴛與鴦，今為參與辰。昔者常相近，邈若胡與秦。惟念當離別，恩情日以新。鹿鳴思野草，可以喻嘉賓。我有一罇酒，欲以贈遠人。願子留斟酌，敘此平生親。（蘇武詩四首之一）

夏日南亭懷辛大❶

唐　孟浩然❷

山光忽西落，池月漸東上。散髮❸乘夕涼，開軒❹臥閒敞❺。荷風送香氣，竹露滴清響。欲取鳴琴彈，恨無知音❻賞。感此懷故人，中宵❼勞夢想。

注釋

❶夏日南亭懷辛大　夏日，宋李昉文苑英華卷三一五作「夏夕」，似更切合詩中的時序景物。南亭，位於詩人隱居之處。辛大，在孟浩然詩集中，經常出現。如送辛大之鄂渚不及、都下送辛大之鄂、張七及辛大見尋南亭醉作等等，可見兩人交往密切。

本詩乃抒發夏夜懷友的情思，屬五言古詩。

❷孟浩然　參頁一三九注❷。

❸散髮　去除頭頂的冠束，使長髮自然披垂。

❹軒　窗子。

❺閒敞　清閒爽暢的情態。

❻知音　志趣相知的朋友。語出呂氏春秋孝行覽本味所載伯牙與鍾子期鼓琴故事。

❼中宵　夜半時分。

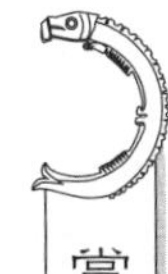

賞析

這首詩在敘述上頗有特色，它並不是一開始便點出「懷友」的主題，而是先鋪述夏夜美好的景致與閒適的心態。乍看似不經意，咀嚼過後，便能體會其中蘊含深刻的情思。

首二句點明初上南亭的時間，乃是傍晚。透過「忽」、「漸」二字，巧妙地呈現時間的流逝。三、四句寫出閒散自適之狀。「散髮」則指白天因人際應對種種禮儀而加諸在身上的束縛，此刻可以解除；進一步則那些虛偽矯飾的面具，皆一併放下了。「臥閒敞」則藉由空間的開放，更促進全然放鬆的精神世界，因而得以返回最真實自然的狀態。當此之時，不必有任何顧忌，沒有人際猜疑，萬物都是坦然相通，就像「開軒」一般，屋裡屋外，渾然無界。

五、六句承開軒而下，分別從嗅覺和聽覺二方面，描寫所感知的景物。蓋夏夜一片漆黑，則對外物的感覺，莫不由嗅、聽而來，故而顯得真切。以「送」描述「荷香」徐徐沁入，以「滴」想像「竹露」晶圓流動之狀，頗能捕捉到夏夜美景的韻致，令人不復記得白日惱人的炎熱與喧囂。

七、八句寫欲鳴琴助興。這是順著上述的情景而來，顯示詩人不同於俗輩的雅趣。琴聲寄情，若無人聽賞，不免留憾，因而有「知音賞」的想望。順此而下，則自然導出對於好友辛大的懷念。

不妨思考，我們經常在什麼時候想起朋友？在這首詩中，我們可以看到孟浩然在不帶有任何利害計較的情境下，想起朋友。對他而言，朋友是用來分享好東西，不是用來借錢或是競爭。

延伸閱讀

今朝郡齋冷，忽念山中客。澗底束荊薪，歸來煮白石。欲持一瓢酒，遠慰風雨夕。落葉滿空山，何處尋行迹？（唐韋應物寄全椒山中道士）

送友人❶

唐　李白❷

青山橫北郭❸，白水遶東城。此地一為別，孤蓬❹萬里征。浮雲遊子意，落日故人情。揮手自茲去，蕭蕭❺班馬❻鳴。

注釋

❶送友人　安旗李白全集編年注釋將此詩繫於唐玄宗開元二十六年，當時李白三十八歲。古人寫詩贈送離去的親友，詩題稱

「送」；若自己要離開，寫詩贈給親友，則稱「別」或「留別」。此處乃李白在南陽送友人遠行之作。

❷李白　參頁一四五注❷。

❸郭　外城。

❹蓬　蓬草。

❺蕭蕭　馬鳴聲。

❻班馬　分道而行的馬匹。班，別也。

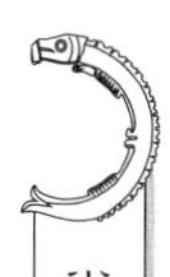

賞析

這首詩乃是抒發送友人遠行的傷感，景中有情，情思涵鍊。

首二句點明送行的地點。「橫」、「遶」二字一方面點出青山、白水與「郭」、「城」相連的關係；另一方面則藉著山水與城郭相依不離的意象，反襯友朋的離別。三、四句藉著「孤蓬」比喻人轉徙無常的命運。「孤蓬」係離根孤飛的蓬草，喻指將飄泊遠方的友人。「萬里」既指路程遙遠，同時也暗示兩人再見的艱難。五、六兩句則以「浮雲」、「落日」來類比兩人當下的心境，涵義豐富。「浮雲」飄泊無依，就好像即將遠行的遊子，行蹤不定，面對茫茫前途，徬徨不已。而送行的老友，就如同「落日銜山」，捨不得離去，眷戀之情，溢於言外。末二句是側筆，班馬鳴叫，似為不忍分離而發，則二人別情依依，不言可喻。

延伸閱讀

寂寂竟何待，朝朝空自歸。欲尋芳草去，惜與故人違。當路誰相假？知音世所稀。祇因守寂寞，還掩故園扉。（唐孟浩然留別王維）

古戍落黃葉，浩然離故關。高風漢陽渡，初日郢門山。江上幾人在？天涯孤櫂還。何當重相見，尊酒慰離顏。（唐溫庭筠送人東遊）

客至❶

唐　杜甫❷

舍南舍北皆春水，但見群鷗日日來❸。花徑不曾緣客掃，蓬門❹今始為君開。盤飧❺市遠無兼味❻，樽酒家貧只舊醅❼。肯與鄰翁相對飲，隔籬呼取盡餘杯。

❶客至　這首詩作於唐肅宗上元二年（西元七六一年），當時杜甫五十歲。為了躲避安史之亂，他攜家入蜀而定居於成都浣花溪草堂。詩題下原注：「喜崔明府相過」，唐人稱呼縣令為「明府」。相過，到訪。則杜甫此詩乃是招待崔姓縣令到訪而作。

❷杜甫　參頁一四九注❷。

❸但見群鷗日日來　出自列子黃帝：「海上之人有好鷗鳥者，每旦之海上同鷗鳥游，鷗鳥之至者百住而不止。其父曰：『吾聞鷗鳥皆從汝游，汝取來吾玩之。』明日之海上，鷗鳥舞而不下也。」此處意指生活純樸，毫無機心；同時也顯示門庭冷寂，少有客至。

❹蓬門　用蓬草編成的門戶，指貧窮人家。

❺盤飧　盤中的菜餚。

❻兼味　兩種以上的菜餚，指菜色豐盛。

❼舊醅　舊醅經久而酸苦，非待客之佳釀。醅，音ㄆㄟ。濁酒；未經過濾的酒。醅以新釀為佳，取其辛辣及香氣。

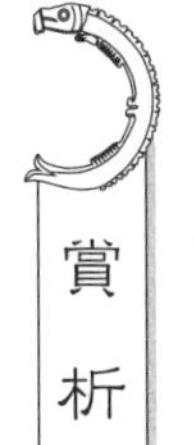

賞析

這首詩寫友人來訪，杜甫以酒食相待的情狀。從招待之物的內容來看，可以感知二人友誼的程度。首二句蓄筆，寫居處寂寞，以顯豁下句「客至」的喜悅。「皆春水」點出居處景色美好。「群鷗日日來」可見訪客稀少，生活真樸。杜甫賓至首句「幽棲地僻經過少」，與此處相類。

三、四句以對比的方式，凸顯「客至」所帶來的快樂。「花徑」一句，寫無心打掃居處，乃因長久無人到訪。「蓬門」一句，則寫家貧無友，反襯崔明府到訪，其情深厚，而詩人內心也為之喜悅。五、六句寫酒食招待的窘境。「無兼味」、「只舊醅」呼應「蓬門」，極寫酒菜寒酸，而真率之意，卻表露無遺。同時也暗示崔明府不是勢利之徒。由此可見，朋友相聚，重在心靈的相通，酒食只是陪襯之物。蘇軾浣溪沙元豐七年十二月二十四日，從泗州劉倩叔游南山詞中所云：「雪沫乳花浮午琖，蓼茸蒿筍試春盤，人間有味是清歡。」頗能與此呼應。相對地，假如朋友之間，基於應酬而不得不然的聚會，那麼就算是菜色豐饒，恐怕也食不知味；而彼此的情誼，更是顯得生分。史記滑稽列傳記載淳于髡與齊威王對問，所謂：「一斗亦醉，一石亦醉」，正指出了在緊張的情境下，就無法安享酒食的美味。

末二句寫招呼鄰翁對飲。此一行為顯現了隨遇而安，不拘階級，沒有猜忌的境界，充分流露「賓主忘機」

的快樂。

延伸閱讀

幽棲地僻經過少，老病人扶再拜難。豈有文章驚海內？漫勞車馬駐江干。竟日淹留佳客坐，百年麤糲腐儒餐。不嫌野外無供給，乘興還來看藥欄。（唐杜甫賓至）

荒村帶返照，落葉亂紛紛。古路無行客，寒山獨見君。野橋經雨斷，澗水向田分。不為憐同病，何人到白雲。（唐劉長卿碧澗別墅喜皇甫侍御相訪）

別房太尉墓❶

唐　杜甫❷

他鄉復行役❸，駐馬別孤墳。近淚無乾土，低空有斷雲❹。對棊陪謝傅❺，把劍覓徐君❻。惟見林花落，鶯啼送客聞。

注釋

❶別房太尉墓　房太尉，即房琯，字次律。安史亂起，玄宗幸蜀，拜房琯為吏部尚書、同中書門下平章事。肅宗即位，參決機要，甚受倚重。曾自請將兵，以誅寇孽，大敗於陳陶斜、青坂。為崔圓等人所譖，帝宥之。復以素與琴工董庭蘭及何忌桐善。因董氏「招納貨賄」、何氏「不孝」，受到牽累，乃罷相，貶為太子少師。肅宗寶應二年，復進刑部尚書，由漢州赴京師時，途中遇疾。代宗廣德元年，卒於閬（音ㄌㄤˇ）州（今四川閬中）僧舍，贈太尉。這首詩乃杜甫於廣德二年，離開閬州，臨行

之前，至房琯墓前拜別，而發抒對故友的悼念之情。

❷杜甫　參頁一四九注❷。

❸行役　因公務而遠行。當時杜甫欲由閬州赴成都。

❹斷雲　片片雲朵，不相連接。

❺謝傅　晉謝安，字安石，卒贈太傅。據晉書謝安傳：苻堅肥水之戰時，安鎮定指揮，曾與其姪謝玄「圍棋賭墅」。當時，安之甥羊曇在側，謝安表示要贏取別墅送給羊曇。

❻徐君　據史記吳太伯世家記載，春秋時，吳國季札使晉，過訪徐國。徐君愛其佩劍，但是不敢明說。季札知其意，心許之，然礙於公務，不能解劍相贈。回程時，再訪徐君，可是徐君已死。季札前往哀弔，乃將寶劍掛於墳樹，以實踐贈劍之誼。

賞析

這首詩抒發了與摯友死別的哀傷，情思層層轉進，令人不忍卒讀。房琯是杜甫摯友，年紀長杜甫十來歲。肅宗在鳳翔即位，杜甫因獲房琯推薦，任左拾遺。肅宗至德二年，房琯因兵敗及何忌桐、董庭蘭事，獲罪罷相，杜甫上疏力救，觸怒肅宗。及至代宗廣德元年，房琯卒於閬州時，杜甫前往哀弔，並寫下祭故相國清河房公文。次年，杜甫離開閬州將回成都，臨行，到房琯的墳前告別。足見二人情誼深厚。

首二句寫自身處境可悲。杜甫此刻因戰亂而不得不流落「他鄉」。「復」則點出一再流落，輾轉遷徙於不同的「他鄉」之處境。當此流落之際，若能獲得友朋的陪伴，差可慰藉。可惜，他不得不告別朋友。更可嘆者，此一告別的對象，是長埋土中的至友。

三、四句極力渲染離情的可悲。「近淚無乾土」，誇言流淚甚多。此一寫法之所以未流於虛偽造作，蓋一方面杜甫與房琯的情誼，誠屬真實；另一方面不用「沾巾」、「沾衣」等格套的寫法，而「無乾土」頗切當下之景。「低空有斷雲」，寫天邊雲朵留滯之狀，正切合當時哀傷的心情。文心雕龍物色所謂「情往似贈，興來如答」，正說明了外物與內情交感的關係。從雲朵的形狀容易引觸哀感；而從詩人哀感之眼所觀照的外物，也莫不蒙上一層陰沉的色彩。

五、六句運用二個典故，來說明二人情誼深厚的程度。上句以「謝安」比「房琯」，而以「羊曇」自比，頗切合謝安與房琯的地位以及謝安之於羊曇的呵護，正如房琯之於杜甫。而相對的，羊曇對謝安的敬愛，也正如杜甫之對房琯。又以「徐君」比「房琯」，以「季札」自比，則詩人在房琯墳前，真誠的憂傷，正同於季札掛劍辭別徐君的心情。這兩句用典頗工切。

末二句以麗景反襯悲涼。「林花落」、「鶯啼」彷彿送別詩人。「惟見」則點出詩人自身的孤寂與至友身後的蒼涼。據舊唐書房玄齡列傳的記載，房琯長子自小失明，而房琯去世時，庶子房孺復年紀還小。以一代宰相之尊，墳前冷落如許，令人唏噓。

延伸閱讀

鄭公樗散鬢成絲，酒後常稱老畫師。萬里傷心嚴譴日，百年垂死中興時。倉皇已就長途往，邂逅無端出餞遲。便與先生應永訣，九重泉路盡交期。（唐杜甫送鄭十八虔貶台州司戶傷其臨老陷賊之故闕為面別情見於詩）

孟冬十郡良家子，血作陳陶澤中水。野曠天清無戰聲，四萬義軍同日死。群胡歸來血洗箭，仍唱胡歌飲都市。都人迴面向北啼，日夜更望官軍至。（唐杜甫悲陳陶）

秋夜寄丘二十二員外❶

唐　韋應物❷

懷君屬❸秋夜，散步詠涼天。空山松子落，幽人❹應未眠。

注釋

❶秋夜寄丘二十二員外　丘二十二，蘇州嘉興（今浙江嘉興）人，詩人丘為之弟丘丹。據唐林寶元和姓纂卷五、宋計有功唐詩紀事卷四十七的記載，曾任諸暨令，又以檢校戶部員外郎兼侍御史為幕府從事。德宗貞元初年，歸隱杭州臨平山。這首詩約作於德宗貞元五年，韋應物任蘇州刺史。全詩抒發秋夜懷人的情思。

❷韋應物　京兆（今陝西長安）人。約生於唐玄宗開元二十五年（西元七三七年），約卒於唐德宗貞元八年（西元七九二年）。少好為俠，玄宗天寶年間，任三衛郎，侍奉玄宗遊幸。玄宗崩殂，始折節讀書。曾任洛陽令、京兆府功曹、滁州刺史、江州刺史、蘇州刺史。德宗貞元六年，罷守，後寓居永定精舍。性情高潔，寡嗜欲，所居必焚香掃地而坐。前代詩人中，最欣慕陶淵明。有韋蘇州集。

❸屬　音ㄕㄨˇ。正值；適逢。

❹幽人　隱居之人。

賞析

這首詩抒發了秋夜懷想友人的感觸，筆法含蓄有致，情意淡遠。清翁方綱石洲詩話以為韋應物的詩風「奇妙全在淡處，實無迹可求」，正可以此詩作為印證。

首句寫懷友的時間。詩中沒有堆砌「悲」、「愁」等字眼，然而秋夜涼冷，正營造了懷人的氛圍。次句寫秋夜散步吟詠之舉。從吟詠而興起「懷人」之思，正可見出詩人孤懷寂寞之情。第三句寫眼前所見之景。「松子落」則襯出山中空寂之狀，蓋松子落地，聲響幽微，此刻因山中寧靜，故而詩人得以聞覺。同時也呈顯詩人超逸凡俗的胸懷。第四句寫推想友人的處境。詩人推想，在臨平山修道的友人，當此良夜之際，應該也未就寢吧！此一推想乃基於心意相通、志趣相投，對友人此刻的狀況所作應然的推測。推想此刻友人應當像自己一般，正為秋山夜景所感動吧。

根據全唐詩所錄丘丹和韋使者秋夜見寄一詩來看，韋應物對丘丹的推想十分適切。其詩曰：「露滴梧葉鳴，風秋桂花落。中有學仙侶，吹簫弄山月」，所謂「學仙侶」當然是指丘丹自己，而「吹簫弄山月」則描繪出丘丹正自得其樂地對著山中明月吹簫。讀完全詩，令人不禁為這分高雅而深永的友情低迴再三！

延伸閱讀

雨中禁火空齋冷，江上流鶯獨坐聽。把酒看花想諸弟，杜陵寒食草青青。（唐韋應物寒食寄京師諸弟）

淮上喜會梁川故人❶　唐　韋應物❷

江漢❸曾為客，相逢每醉還。浮雲一別後，流水十年間。歡笑情如舊，蕭疏❹鬢已斑。何因不歸去，淮上有❺秋山。

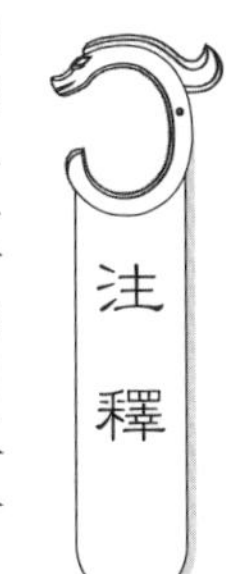
注釋

❶淮上喜會梁川故人　上，邊側。淮上，淮水邊。淮水，亦稱淮河，發源於河南，經安徽、江蘇北部，東流入海。陶敏、王友勝韋應物集校注以為此乃代宗大曆四年秋天，韋應物自京赴揚州，經楚州時作。故此處淮上，指楚州境內，約今江蘇淮安。梁川，明高棅唐詩品彙作「梁州」，約當今日陝西漢中之地，德宗時改為興元府。這首詩乃抒發故友重逢的感觸。

❷韋應物　參頁三〇三注❷。

❸江漢　長江、漢水一帶。唐李吉甫元和郡縣圖志卷二十二興元府南鄭縣：「漢水經縣南，去縣一百步」。肅宗至德、乾元年間，因避時亂，韋應物曾寓居梁川。

❹蕭疏　稀少。

❺有　或作「對」。

賞析

這首詩表面讀來，顯得平淡，然而其中頗有深情；若讀者略備人生閱歷，當能有深刻的體會。元方回著、李慶甲集評校點瀛奎律髓彙評卷八曾引無名氏的評語，以為韋應物此詩和揚州偶會洛陽盧耿主簿、月夜會徐十一草堂二詩，皆是平淡中有深情者，其說允當。

首二句寫韋應物與友人昔日交往的情景。彼時，他因避亂而流落梁川。幸得故人酒會，經常讓他盡興醉還，不必陷入離鄉的愁思裡。三、四句寫兩人闊別已久。古人往往用「浮雲」喻指飄泊不定的遊子，「流水」喻指時光飛逝。例如李陵與蘇武詩：「仰視浮雲馳，奄忽互相踰。風波一失所，各在天一隅」、蘇武詩：「俯視江漢流，仰視浮雲翔」等等。則此處「浮雲一別後」兼指二人如天上雲朵短暫相會，便各分東西。「流水十年間」可見青春消逝，往事不復。

五、六兩句則抒寫重逢相會之情。上句「歡笑」點出重逢的驚喜。蓋因分別許久，乍然得見，莫不欣喜。「情如舊」，則可想見離別已久，彼此的身分、成就可能大不相同，然而詩人與故友之間的情誼，卻絲毫沒有因為外在社會成就的差異，而產生距離。由此可見，這段舊情彌足珍貴。然後，彼此驚覺形軀的衰老，不覺相對唏噓。杜甫贈衛八處士：「今夕復何夕，共此燈燭光。少壯能幾時，鬢髮各已蒼」、司空曙雲陽館與韓紳宿別：「乍見翻疑夢，相悲各問年」均同樣表現出故友相逢憂喜參半的心情。

末二句，以問句作結，顯得興意無端。黃生唐詩摘鈔卷一將尾句讀為「淮上對秋山」，並解這二句是韋應物向故人發問，為何留在淮上面對秋山，而不歸去。黃氏並指出韋應物一問，「感故人之寂寞，贊故人之高曠」。另外，也有人以為這二句是故人對韋應物的問話。而韋應物以「淮上有秋山」來回應，看似因好景而滯留，實則掩飾自己無法詳說的悲苦。清沈德潛唐詩別裁集卷十一云：「語意好，然淮上實無山也」，則就地理實景而言，不管「對秋山」或「有秋山」，似乎都是虛寫。

那麼此一虛景，究竟要傳達何種情意呢？像杜甫贈衛八處士末二句「明日隔山岳，世事兩茫茫」那般，藉由「山岳阻隔」的意象，表徵聚散無常，而世事難知的感慨嗎？由於詩人沒有明言，我們也不一定做出確解，就留給讀者自由詮釋的空間吧！

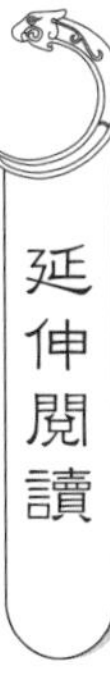

延伸閱讀

人生不相見，動如參與商。今夕復何夕，共此燈燭光。少壯能幾時，鬢髮各已蒼。訪舊半為鬼，驚呼熱中腸。焉知二十載，重上君子堂。昔別君未婚，兒女忽成行。怡然敬父執，問我來何方？問答乃未已，驅兒羅酒漿。夜雨剪春韭，新炊間黃粱。主稱會面難，一舉累十觴。十觴亦不醉，感子故意長。明日隔山岳，世事兩茫茫。（唐杜甫贈衛八處士）

故人江海別，幾度隔山川。乍見翻疑夢，相悲各問年。孤燈寒照雨，深竹暗浮煙。更有明朝恨，離杯惜共傳。（唐司空曙雲陽館與韓紳宿別）

問劉十九❶

唐　白居易❷

綠螘❸新醅❹酒，紅泥小火爐。晚來天欲雪，能飲一杯無❺？

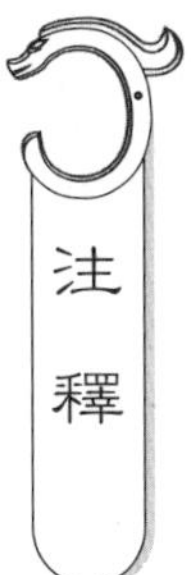

注釋

❶問劉十九　劉十九，白居易任江州司馬時的友人，未詳其名，排行十九。白居易劉十九同宿詩中有「唯共嵩陽劉處士」句，可知劉十九乃河南登封人，未出仕。這首詩作於憲宗元和十二年。全詩抒發邀請劉十九飲酒之意。

❷白居易　參頁一五七注❷。

❸綠螘　浮在酒面上宛如蟻粒的糟粕。新釀初成，尚未過濾之酒，酒糟呈綠色。螘，音ㄧˇ。

❹醅　音ㄆㄟ。濁酒；未經過濾的酒。醅以新釀為佳，取其辛辣及香氣。

❺無　通「否」。疑問詞。

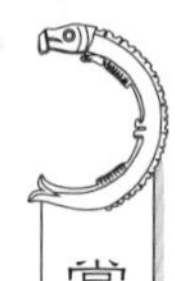

賞析

在古典文學作品裡，敘述朋友相聚時的活動，如品茗、下棋、彈琴、賞花等等，而飲酒正是其中最常提到的活動之一。西晉石崇、潘岳朝夕在金谷園宴會，飲酒賦詩。東晉王羲之、謝安、許詢在蘭亭修禊，曲水流觴，飲酒賦詩，因而有蘭亭集序。李白春夜宴桃李園序呈現了唐人親友宴集，飲酒吟詩的風氣。憲宗時，裴度為相。他晚年經常與白居易、劉禹錫「把酒晝夜相歡」，新舊唐書中均有記載。敬宗時，宰相楊嗣復大宴文士。元稹、白居易均在座。座中楊汝士作詩最佳，壓倒元、白。汝士以此為終生榮耀。

這首詩乃是白居易為了邀請劉十九冬夜過飲而作。短短二十字，充分顯露這是一場溫馨雅緻的聚會，讀來令人嚮往。這與白居易另一首酬夢得窮秋夜坐即事見寄所流露出來蕭索的飲酒情味，有很大的不同，讀者可自行閱讀比較。這首詩前二句描寫聚會時的飲食以及用具。酒的別名甚多，如「黃流」、「歡伯」、「聖人」、「賢人」等等，何以白居易選用「綠螘」一詞呢？應是為了與「紅泥」相對，從而呈現色彩的美感。此外，新醅之酒辛辣又帶有香氣，最適合冬天下雪的夜晚飲用。

第三、四句則點出邀請之意，呼應題目中的「問」字。其中第三句「天欲雪」則呈現屋外一片陰寒的景象，與前述「紅泥小火爐」正好形成強烈的對比，從而凸顯「邀飲」的溫馨。

延伸閱讀

焰細燈將盡，聲遙漏正長。老人秋向火，小女夜縫裳。菊悴籬經雨，萍銷水得霜。今冬煖寒酒，先擬共君嘗。（唐白居易酬夢得窮秋夜坐即事見寄）

紅旗破賊非吾事，黃紙除書無我名。唯共嵩陽劉處士，圍棋賭酒到天明。（唐白居易劉十九同宿）

子初郊墅❶

唐　李商隱❷

看山對酒君思我，聽鼓離城我訪君。臘雪❸已添牆下水，齋鐘❹不散檻❺前雲。陰移竹柏濃還淡，歌雜漁樵斷更聞。亦擬村南買煙舍❻，子孫相約事耕耘。

注釋

❶子初郊墅　子初，人名，生平不詳。據馮浩玉谿生詩集箋注引子初墓誌，可知子初僑居雲陽，曾羈旅京師，卿大夫慕其詩風，多與之唱和。郊墅，位於郊外的屋舍。此詩抒寫李商隱過訪友人子初的居處，從而興起約定為鄰的情思。

❷李商隱　參頁一六六注❷。

❸臘雪　寒冬之雪。臘，陰曆十二月。

❹齋鐘　寺院用來報知齋食的鐘聲。佛門過午不食，故齋食皆在午前及午中。

❺檻　音ㄐㄧㄢˋ。門窗下以木板為欄者。

❻煙舍　田野間的農舍。

賞析

馮浩在箋注這首詩時，曾就「筆趣」以及「結聯情態」兩方面，質疑這首恐怕不是李商隱的作品，同樣的質疑也出現在子初全溪作。不過李商隱的作品中，本就含有像子初郊墅這類自然平易的作品，如贈田叟、歸墅等等，是故無法斷言這不是李商隱的作品。

人生值得期待的事有哪些呢？父母健在、夫妻偕老、子女無難等等，而能夠獲得好友為鄰更是一大樂事。這首詩就是抒發與好友卜鄰的心願。首二句寫思念友人子初，進而過訪子初。「看山對酒君思我」是虛寫，藉由推想子初思念自己的情態，從而呈顯自己對子初的思念，以及二人情誼的深厚。第二句承上句，由思念導出訪友的行動。「聽鼓」，古代夜裡有打鼓報時的制度，此處指詩人聽了更鼓之聲，在適當的時間出發訪友。

中間四句寫郊墅內外周邊的景色。「臘雪」點出訪友的時序，正是冬雪消融而春天將來之時。「齋鐘」則點出時間已近中午。郊墅牆邊因為積雪消融而春水添漲。放眼望去，窗外雲朵凝聚不散，則可看出郊墅外面一片美好的景象。郊墅之內，種著錯落有致的竹柏，在日光的照耀下，移動著「時濃時淡」的清影。此處雖只舉出竹柏，然而不難想見庭園中花木扶疏之狀。又漁夫、樵夫交雜而爽朗的歌聲，似斷似續，在風兒的吹送下，飄入郊墅之中。雖僅舉漁樵，而郊墅周邊為山水所環繞，則不言可喻。

末二句，道出詩人的心願。既有感與子初深厚的情誼，故而希望二家子孫世世交好。「事耕耘」則點出詩人以簡樸的生活與友人相期，不同於一般追求富貴之徒。

延伸閱讀

荷蓧衰翁似有情，相逢攜手遶村行。燒畬曉映遠山色，伐樹暝傳深谷聲。鷗鳥忘機翻浹洽，交親得路昧平生。撫躬道直誠感激，在野無賢心自驚。（唐李商隱贈田叟）

共有樽中好，言尋谷口來。薜蘿山徑入，荷芰水亭開。日氣含殘雨，雲陰送晚雷。洛陽鐘鼓至，車馬繫遲回。（唐杜審言夏日過鄭七山齋）

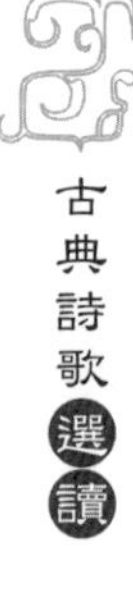

第三章　在古典詩中，找到可親的自然

大自然，提供了人們徜徉優遊的空間。人們生存所需的物質，大半取諸自然；因此人與自然之間，實存在著密不可分的關係。我們無法想像，生活周遭完全看不到一株草木的日子；也無法忍受終日置身在冷氣房內的生活。因此，就算居處空間再小，也要千方百計擺些盆栽；就算玻璃帷幕如何新潮，一扇可以打開的窗子，永遠抓住人性的需求。

本來，大自然除了含有景物的空間意義之外，它更含有自然而然的存在意義。所以，人與自然之間，其實渾融一體，沒有界限。先民的生活中，舉凡勞動、戀愛、居處、生養等人文活動，莫不在大自然的場域中完成。在這樣的生活型態下，「物我合一」的觀念，很自然地形成。人們視大自然為神祇、為友朋、為知音，所以愛之、親之、敬之。

不過，在現代的工商社會中，科技使人類相信自己是宇宙的主宰，理所當然位居萬物之上。於是，大自然再也無法與人類的生活打成一片。它搖身一變，成為一座一座被刻意妝扮出來的旅遊勝地，等候星期假日，人們前往臨幸。又或者它只作為經濟資源的產地，提供人們毫無止境的掠取。唯一還能喚起人們重視大自然的時候，必待土崩泥流，洪水氾濫的災難發生。人們在身家財產受到威脅之際，才正視到大自然發怒的面目。在這種生活型態下，「物」、「我」斷裂。人們視大自然為財貨、為魅物，所以慢之、欺之、畏之。

於是，我們重新審視大自然應有的面貌。從那些歌詠山水、花木的古典詩中，找回「物我合一」的理想境界。詩人本著高雅而溫厚的人格，觀照大自然；同時朗現了大自然可愛、可親、可敬的質性。原來，消解「物」「我」對立的關鍵，在於人心的轉化。因此，我們選擇那些能夠呈現不同時序之自然美感的典範性作品，與讀者分享。

題破山寺後禪院描寫禪院的氛圍，不管是高聳的山林、幽深的花木、輕靈的鳥影、澄寂的潭水，在詩人脫俗的心境下，都漾著引人妙悟的禪趣。宿業師山房期丁大不至描寫山中的夜景，包括松林、月色、清風、流泉、煙鳥、樵人，共同構成了閒適的情調。這是詩人在久候友人不至的情況下，從容觀賞到的美景，瀰布著詩意。

積雨輞川莊作描寫夏季久雨後，山間田野的風光。在詩人返樸歸真心境的觀照下，烹藜煮藿、鶯啼鷺飛、觀槿折葵，都含有可咀嚼的情味。滁州西澗描寫春雨之後，山澗潮急，孤舟自橫的景象。這片無人的荒野，看似幽寂，卻隱含無限的生機，值得玩味。山行描寫秋天滿山紅葉的景況。詩人擅於裁剪畫面，搭配物色，把大自然變成一幅活色生香的圖畫。

商山早行描寫早秋野店的風光以及詩人滿懷羈旅的愁思，「雞聲茅店月」、「人迹板橋霜」，營造了如夢般清冷的氛圍。山園小梅描繪梅花高雅的姿影，隱寄著詩人超脫的襟懷。遊園不值描繪紅杏出牆的生趣；若非詩人心中已經滌淨塵囂，那麼他就不可能發現大自然優雅而活潑的面容。喜雨抒寫農家喜見甘霖的景況。對於農家而言，適當的雨水是大自然的恩賜。因為風調雨順，農人對於未來才能擁有美好的想望。由此可以體會，人與自然之間親密的關係。

讀完了這些作品之後，讀者們對於眼前的山水，應該會有不一樣的感受吧！更重要的是，讓詩人靈敏而溫厚的心靈，為你找到更多美好的大自然經驗。

題破山寺後禪院❶

唐 常建❷

清晨入古寺，初日照高林。曲徑通幽處，禪房花木深。山光悅鳥性，潭影空人心。萬籟❸此俱寂，但餘鐘磬❹音。

注釋

❶題破山寺後禪院　破山寺，南齊時，倪齊光捨宅為寺，因位於江蘇常熟破山，故名。又稱興福寺。全詩抒寫破山寺後禪院周遭的景致，從而流露出高遠的禪趣。

❷常建　江南人，生卒年不詳。玄宗開元十五年與王昌齡同榜登科。代宗大曆中，授盱眙（今江蘇盱眙）尉。然而宦途不遂，常往來太白、紫閣諸峰，有隱遯之意。後寓居鄂渚（今湖北武昌西長江中），招王昌齡、張僨同隱。唐殷璠編河嶽英靈集以常建為首，足見時人對其詩風的推崇。今有常建集。

❸萬籟　指天地之間所有的聲響。

❹鐘磬　此處指寺廟中所傳出的鐘聲與禮佛的磬聲。磬，音ㄑㄧㄥˋ。銅製的缽盂物，寺廟中用來禮佛。

賞析

據宋洪芻洪駒父詩話的記載，宋歐陽修十分欣賞這首詩中「曲徑通幽處，禪房花木深」二句，他在題青州山齋曾云：「欲效其言作一聯，久不可得，乃知造意者為難工也」。「造意」指創造性的詩意。這首詩不僅描繪了禪寺幽靜的美景，更重要的是它體現了一顆沒有塵思羈掛的心靈。而「意」的呈現必待這樣的心靈，方可自然渾成，因此無法仿效。

這首詩前二句，點出來到禪院的時間，以便扣合題目。「清晨」、「初日」含有起始的意義。就常人來說，此時此刻正是盤思營求的開端，然而詩人卻選擇進入山林。「古寺」、「高林」皆含有超離紅塵之意，則詩人求道之志，不言可知。三、四句寫禪房近看之景。「曲徑通幽」、「花木深」均指出禪房所處的位置遠離市井。同時以禪院之難見，正可喻示「道」之不易得。雖然禪院遠離市井，但並不因此落入死寂，周遭茂盛的花木，不正襯出「靜中有動」之無窮生機嗎？

五、六句寫由禪房遠看的景物。這二句在句法上頗有特色。沈德潛唐詩別裁集卷九以為這是「倒裝句法」。依照常理而言，這二句應該改為「鳥性悅山光，人心空潭影」，如此方符合一般的感知經驗，此即「山光可悅」、「潭影空靈」，乃出自於「鳥性」、「人心」的發用。然而，我們不妨隨著詩人的思考想想：外在的景物不也可以轉移我們的心境嗎？則此處「山光悅鳥性」，「潭影空人心」，意即山光使得鳥兒顯得可愛，潭影使得人心靈澄澈起來。這樣看似反常的思考，豈不更趨近事實。這已經涉入了人心感知根源的問題，以及人與自然相互對待的論題。如王維鳥鳴澗所描寫的意境，宋釋道原景德傳燈錄所記載六祖慧能云「心動」而非「風動」亦非「幡動」

的公案，皆強調人心在感物上的主動性，相較於此，常建的思考就顯得頗有特色了。

末二句以禪寺鐘磬之聲作結，流露出悠揚不盡的韻味。此乃順著上面五、六句而來。人心既已經過山光潭影的滌淨，於是「一塵不到，萬慮歸清」。當此之際，耳朵只聞鐘磬之聲，則「雜念」盡除的心境同時朗現。至此「心物合一」、「物我交融」，而達到了「道」的境界。

延伸閱讀

人閒桂花落，夜靜春山空。月出驚山鳥，時鳴春澗中。（唐王維鳥鳴澗）

不知香積寺，數里入雲峰。古木無人徑，深山何處鐘。泉聲咽危石，日色冷青松。薄暮空潭曲，安禪制毒龍。（唐王維過香積寺）

宿業師山房期丁大不至❶

唐　孟浩然❷

夕陽度西嶺，群壑❸倏❹已暝。松月生夜涼，風泉滿清聽。樵人歸欲盡，煙鳥❺棲初定。之子❻期宿來，孤琴候蘿徑❼。

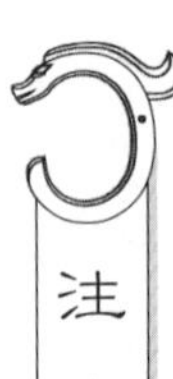

注釋

❶宿業師山房期丁大不至　這是一首五言古詩，抒寫詩人等候友人夜宿時，所見山中的景色。業，僧人法號中的字。師，對僧人的尊稱。山房，山中的寺院。丁大，一作丁鳳，見孟浩然送丁大鳳進士赴舉。

❷孟浩然　參頁一三九注❷。
❸壑　音ㄏㄨㄛˋ。山谷。
❹倏　音ㄕㄨˋ。迅速。
❺煙鳥　黃昏時，雲靄如煙，此刻正是鳥兒歸巢之時。
❻之子　此人，指丁大。詩經周南桃夭：「之子于歸」，朱熹注：「之子，是子也。」
❼蘿徑　藤蘿蔓生的小路。

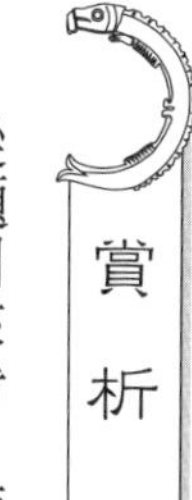

賞析

從題目來看，詩人在等候朋友不至的情況下寫了這首詩。若是常人，等候朋友不至，必然焦躁不安，頻頻注意時間，根本無心觀賞周遭的景物。然而在這首詩中，我們沒有看到詩人煩躁的一面，反而通過他從容的心眼，看見了山中美景。

首二句點出傍晚時分，正扣合題目「宿」字。通過光影的轉變消逝，具體呈現了時間的推進。三、四句寫山中景色，靜物之中含有活潑的生機。就感官而言，兼含有視覺、觸覺、聽覺。「生」字的運用，化無生命的松間明月為有情之物。「滿」字的運用，可使清脆泉聲充盈山間之狀，具體表現出來。從這二句景物的描寫，可知時間又更晚了。五、六句寫山中人、鳥活動的情況。「歸欲盡」、「棲初定」寫樵人即將全數歸家，鳥兒也都還巢了。明周珽唐詩選脈會通評林曾批駁有人以為「盡」不如改用「稀」字，是不了解「盡」字得暮宿真境。此說允當。蓋「欲稀」只能呈現外在客觀的事實；而「欲盡」則能呈現詩人猶有盼望，卻又夾雜些許失望、焦慮的

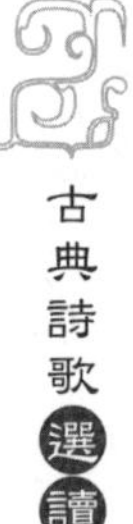

心情。但運筆含蓄，絲毫不露埋怨之情。

末二句以抱琴等候友人作結。由此可知，詩人相信朋友終將到來，絕對不會爽約。就詩句表面來看，他仍在期待，故扣合了題目「期」字，但友人尚未到來之意，言外可知，凡此則扣合了題目「不至」。我們不妨想想：詩人為何抱琴等候友人？當此松月、風泉之景前，琴可以發揮何種效用呢？

其實「快樂」要靠自己創造，而不是消極地等候別人給予。就算丁大始終沒有出現，相信孟浩然也能自己享受山中過夜的樂趣。

延伸閱讀

北山白雲裡，隱者自怡悅。相望試登高，心隨雁飛滅。愁因薄暮起，興是清秋發。時見歸村人，沙行渡頭歇。天邊樹若薺，江畔洲如月。何當載酒來，共醉重陽節。（唐孟浩然秋登蘭山寄張五）

黃梅時節家家雨，青草池塘處處蛙。有約不來過夜半，閒敲棋子落燈花。（宋趙師秀有約）

積雨輞川莊作❶

唐 王維❷

積雨空林煙火遲❸，蒸藜炊黍餉東菑❹。漠漠❺水田飛白鷺，陰陰❻夏木囀黃鸝。

山中習靜❼觀朝槿❽，松下清齋❾折露葵❿。野老與人爭席罷⓫，海鷗何事更相疑⓬？

注釋

❶積雨輞川莊作　這首詩寫連續下了好幾天雨之後，輞川莊附近的田野風光。積雨，久雨。輞川，即輞谷水，位於今陝西藍田終南山麓。王維的別墅在終南山麓，名為輞川莊。

❷王維　參頁一四三注❷。

❸煙火遲　炊煙上升緩慢的樣子。

❹蒸藜炊黍餉東菑　此句謂烹煮飯菜，以餉在田裡耕作的人。藜，其嫩葉及新苗可食。黍，即稷，雜糧之一，可做飯食。餉，給食。東菑，即耕田。東，五行屬木，春日草木萌發，適於耕種，故云東耕。菑，音ㄗ。焚燒雜草以翻土耕種。

❺漠漠　廣闊的樣子。

❻陰陰　樹蔭濃密的樣子。

❼習靜　學習靜心的工夫，如坐禪養性。

❽朝槿　木槿，落葉灌木，夏季開花，朝開暮謝，故曰朝槿。槿，音ㄐㄧㄣˇ。

❾清齋　清淡的食物。齋，素食。

❿露葵　含露的葵菜。

⓫野老與人爭席罷　意指泯除驕矜之心，與人渾然無間的境界。典出莊子寓言：「其（指陽朱）往也（向老子學道），舍者迎將，其家公執席，妻執巾櫛，舍者避席，煬者避竈。其反（同返）也，舍者與之爭席矣。」大意謂楊朱未得老子指引而悟道之前，心態驕矜，故每個人見到他都紛紛避開，不敢與他同席。等他悟道之後，完全化去驕矜之心態，與人渾然無間，則人人都爭著與他同席。

⑫海鷗何事更相疑　海鷗典故參見頁二九八注❸。此句承上句，藉由反問的語態，意指我既已泯去驕矜之心，與人渾然無間，則忘機之友如海鷗者，還能為了何事而猜疑我呢？

賞析

這首詩主要藉著描寫輞川莊的田野生活，表現超然物外的心境。首二句寫田家生活作息。農婦蒸煮藜黍，以便給田裡工作的家人送飯。這本是田家尋常的景象，不過特別的是，炊煙上升顯得緩慢，這是因為連日下雨空氣潮溼的緣故。透過此一取景，詩人使「積雨」的抽象概念，顯得具體生動。

三、四句寫田野的景色。「漠漠」形容水田廣闊的樣子，而「飛白鷺」則呈現動態的生命力，二者之間相互襯搭。「陰陰」形容夏木綠蔭濃密，以致視覺上顯得不朗亮的樣子，而「囀黃鸝」則呈現出清脆歡悅的生命樂章，二者之間相互因依。五、六二句寫詩人山中參禪習靜的生活。朝槿旋開旋落，象徵生命的無常。觀看槿花開落，可悟人生如幻，何須執著物我。心念自然歸於寧靜而不再向外奔逐。「清齋」、「露葵」使人身心清淡，消解無窮物欲的追索。

末二句，呈現悟道後的心境。我既已泯除驕矜之心，與人渾然無間，則忘機之友如海鷗者，應當不會對我有何猜疑了。不過，末句語態微妙，言外之意，那些不能如海鷗忘機者，恐怕還會對我有所疑忌吧！高步瀛唐宋詩舉要引吳先生曰：「此時當有嫉之者，故收句及之。」大概是體味到詩人有這言外之意。

延伸閱讀

孟夏草木長，遶屋樹扶疏。眾鳥欣有託，吾亦愛吾廬。既耕亦已種，時還讀我書。窮巷隔深轍，頗迴故人車。歡言酌春酒，摘我園中蔬。微雨從東來，好風與之俱。汎覽周王傳，流觀山海圖。俯仰終宇宙，不樂復何如。（晉陶淵明讀山海經十三首之一）

斜光照墟落，窮巷牛羊歸。野老念牧童，倚杖候荊扉。雉雊麥苗秀，蠶眠桑葉稀。田夫荷鋤立，相見語依依。即此羨閒逸，悵然歌式微。（唐王維渭川田家）

滁州西澗❶

唐　韋應物❷

獨憐❸幽草澗邊生，上有黃鸝深樹鳴。春潮帶雨晚來急，野渡❹無人舟自橫。

注釋

❶滁州西澗　全詩抒寫在西澗所見的景物。滁州，在今安徽滁縣。西澗，位於州城西的河流。大明一統志卷十八曾云：「西澗，在州城西，俗名烏土河。」這首詩作於德宗建中、興元年間，當時韋應物任滁州刺史。

❷韋應物　參頁三〇三注❷。

❸憐　喜愛。

❹野渡　野外的渡口。

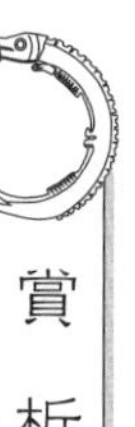

賞析

關於這首詩，歷代的詩評家曾就以下兩個問題，提出不同的看法：第一、滁州有沒有西澗？第二、這首詩言外是否含有政教諷諫的意圖？

就第一個問題而言，宋歐陽修已經提出質疑，可見於明高棅唐詩品彙卷四十九轉錄。歐陽修以為滁州城西是豐山，沒有西澗，而城北有澗。然而城北之澗，水極淺，江潮亦不到，不可能出現像韋應物詩中所述的景象。歐陽修雖然提出質疑，但他稍後又為韋應物辯解，以為「詩人務在佳句，而實無此景耶」。清王士禎帶經堂詩話卷十三，更直接表示「余謂詩人但論興象，豈必以潮之至與不至為據？真痴人前不得說夢耳」，明白指出文學作品中所以描摹物象，重在情意的興發，哪裡必須苛求事實的準確。王士禎的評論，頗能切中現今文學教育與自然教育本質上的不同。基此，對於這首詩，我們就作品本身，去欣賞它所傳達的自然情趣即可。至於滁州是不是真有西澗，並不影響我們對這首詩的體會；而這個問題就留待那些喜好研究地理的人去考查吧！

就第二個問題而言，南宋謝枋得的解說最具代表，可見明高棅唐詩品彙卷四十九的轉錄。謝枋得以為「幽草」一句比喻「君子在野」，「黃鸝」一句比喻「小人在位」，「春潮帶雨」一句比喻「世危難多」，末句「舟自横」則比喻「賢人如孤舟，特君不能用耳」。清沈德潛唐詩別裁集卷二十則批評這樣解詩者：「難與言詩」。若就讀者接受的角度來看，謝枋得自然可以保留他對這首詩的詮釋；但是當他將自己解悟的結果，強加在韋應物的身上，並確指那是作者本意，就難免缺乏說服力。基此，我們對這首詩的體悟，就不去牽合政教意圖。

這首詩在寫景上，層次分明，又能予人以無端的聯想。首二句寫西澗近看之景。「憐」字呈現詩人之情，因而使得「幽草」、「黃鸝」都變得可愛。下二句寫西澗遠看之景，「春潮帶雨晚來急」，則黃昏之際，河潮洶湧，一片開闊。當此之際，讀到「舟自横」時，你有何種感觸呢？不同的讀者會有不同的領略結果，這也就是為什麼萬首唐人絕句選評會稱許這首詩：「寫景清切，悠然意遠，絕唱也」的緣故吧！

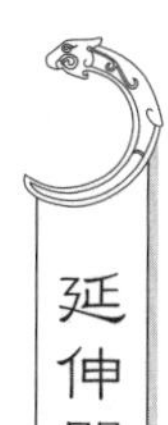

延伸閱讀

木末芙蓉花，山中發紅萼。澗戶寂無人，紛紛開且落。（唐王維辛夷塢）

千山鳥飛絕，萬徑人踪滅。孤舟簑笠翁，獨釣寒江雪。（唐柳宗元江雪）

山行❶

唐　杜牧❷

遠上寒山石徑斜，白雲生處有人家。停車坐❸愛楓林晚，霜葉❹紅於二月花。

注釋

❶山行　這首詩描寫秋日山行所見滿山楓紅的美景。

❷杜牧　參頁一六四注❷。

❸坐　因為。

❹霜葉　楓葉經霜轉紅，故以霜葉指楓葉。

賞析

這首詩通過短短二十八字，呈現一幅動人的「秋山行旅圖」。詩人對於色彩的搭配，以及獨特的取景視角，

是全詩成功之處。從中我們可以體會到遊賞的樂趣。

上二句寫尚未登山，仰望所見之景。下二句寫登山之後，平望所見之景。「遠上」、「斜」呈現山勢高遠蜿蜒之狀。「寒」點出氣候寒涼。而「白雲生處」點出雲嵐蒸騰，一片迷濛之狀。當此時，詩人抬頭仰望，看到隱在白雲之後，若隱若現的人家。就高遠的寒山而言，本就給人脫離塵俗的感覺；則山上的人家，就不免啟人遐想：什麼樣的人會住在那高渺之處呢？順著這樣的看望，自然興起登山一窺的興致了。

登上高山之後，詩人被滿山火紅的楓葉震懾住了。他把車停下來，忘情地欣賞這一大片自然美景。美的事物往往能使人忘記實用利害的計較，進而獲得純粹的生活樂趣。白居易琵琶行所謂「忽聞水上琵琶聲，主人忘歸客不發」寫音樂之美給人的感動。陌上桑：「行者見羅敷，下擔捋髭鬚。少年見羅敷，脫帽著帩頭。耕者忘其犁，鋤者忘其鋤。來歸相怨怒，但坐觀羅敷」，寫女子姿容之美給人的感動。此處杜牧寫自然景色給人的感動。三者所敘之事不同，但那領受純美之心，則無二致。由於實用的念頭滌除了，所以爭掠、侵占等等醜惡的事便不會發生。那麼人與自然之間，才能維持在最和諧的狀態。

事實上，紅豔之色，並不獨為秋楓所有。春天的花朵，萬紫千紅，同樣悅人眼目。然而詩人為何說「霜葉比『二月花』更紅豔呢？這當然是因為秋天節氣肅殺，天地萬物所呈現的色調多以蒼茫寒涼為主，前面二句「寒山」、「白雲生處」可見。對比之下，秋楓的紅，就更加動人了。

延伸閱讀

雲光嵐彩四面合，柔桑垂柳十餘家。雉飛鹿過芳草遠，牛巷雞塒春日斜。秀眉老父對罇酒，蒨袖女兒簪

野花。征車自念塵土計，惆悵溪邊書細沙。（唐杜牧商山麻澗）

北山輸綠漲橫陂，直塹回塘灩灩時。細數落花因坐久，緩尋芳草得歸遲。（宋王安石北山）

梅子黃時日日晴，小溪泛盡卻山行。綠陰不減來時路，添得黃鸝四五聲。（宋曾幾三衢道中）

商山早行❶

唐　溫庭筠❷

晨起動征鐸❸，客行悲故鄉。雞聲茅店月，人迹板橋❹霜。槲葉❺落山路，枳花❻明驛牆。因思杜陵❼夢，鳧雁❽滿迴塘❾。

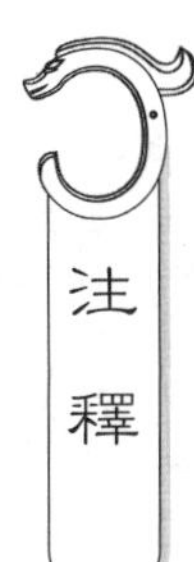

注釋

❶商山早行　商山在陝西商縣東南，屬於終南山脈。漢初「商山四皓」曾隱居於此。本詩約作於唐宣宗大中末年，詩人赴任隨州（今湖北隨縣）隨縣尉途中。由長安到隨州，會經過商山。這首詩抒寫了詩人清晨在商山趕路時所見的景物及心情。

❷溫庭筠　或作廷筠、庭雲，字飛卿，本名岐，太原祁（今山西祁縣）人，宰相溫彥博的裔孫。生於唐憲宗元和七年（西元八一二年），卒於唐懿宗咸通十一年（西元八七〇年）。與李商隱齊名，號「溫李」，與段成式、李商隱號「三才」。精通音律，能逐絃吹之音，為側豔之詞，然士行塵雜，為有司所鄙。文宗開成四年應京兆府試，以薦名居其副，得受鄉貢，然以抱疾，不能入京參加省試。後改名庭筠。曾遊江淮一帶。其後，又屢試制舉，皆未能登科。宣宗大中末，以鄉貢之資格，授隨縣尉。徐商鎮守襄陽時，署為巡官。未幾離開襄陽，流落江東。懿宗咸通四年，因為夜醉揚州妓院而與巡城士兵衝突，被擊折牙齒。其後，徐商知政事，召任國子助教。徐商罷相後，溫庭筠飄泊而卒。今有溫庭筠集。

❸征鐸　行旅車馬上的大鈴。鐸，音ㄉㄨㄛˊ。大鈴。

❹板橋　以木板所造的橋樑。另有一說，以為指地名，在商州（今陝西商縣）北四十里處。

❺槲葉　落葉喬木，高二、三丈。葉大，倒卵形。槲木之枯葉冬日存留枝上，至翌年嫩芽將發時，始脫落。有些版本，槲作「檞」。然檞木為常綠灌木，應無「落山路」之景，恐誤。槲，音ㄏㄨˊ。

❻枳花　木名，與橘樹相似而略小，春天開白花。枳，音ㄓˇ。

❼杜陵　漢宣帝陵寢所在地，在陝西長安東南。此處代稱京城。

❽鳧雁　鳧，音ㄈㄨˊ。即鶩，野鴨。雁，形似鵝，候鳥，秋季南遷，春季北歸。鳧與雁同為游禽類，此詞義偏鴻雁。

❾迴塘　曲折的水塘。

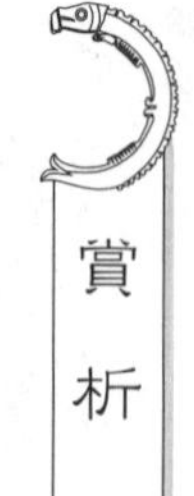

賞析

這首詩主要藉著描寫早起山行所見景物，抒發羈旅的愁思。首二句點明題目中「行」字。「客」指出離鄉在外的處境，「悲」則點出這趟旅行的心情。本來，離家在外，往往基於不得已的原因。然而如果由故鄉出發，至少有相熟的親友相送，還可以稍稍獲得安慰。可是此行是在「客中」，因而更是滿懷寂寞之情。

三、四句承上而來，寫旅店周遭的景色。簡陋的旅舍上空，掛著落月，耳裡傳來陣陣雞啼的聲音。一腳踩上木橋時，鋪滿霜粉的橋面上還會出現走過的足印。這些景象當然都是山野清晨所特有者。歐陽修六一詩話對於這二句十分欣賞，曾經擬作「鳥聲茅店雨，野色板橋春」，但卻比不上溫庭筠這二句來得空靈如畫。這主要是因為雞聲、茅店、月、人迹、板橋、霜均含有清冷蕭疏之感。故而能夠加深淒涼的情調氣氛，有助於烘襯詩人心中的「客悲」。這樣的手法另可見於唐張繼楓橋夜泊：「月落烏啼霜滿天」。元馬致遠天淨沙「枯藤老樹昏鴉，小橋流水平沙，古道西風瘦馬」也有類似的表現。

五、六二句寫山行途中所見到的林木。槲樹因為嫩芽即將冒出，因而去年冬天留在枝上的枯葉紛紛飄落，鋪滿山路。而枳木的花朵，正因春天到來而盛開，它的光彩使得驛站的牆壁鮮明起來。時序不斷朝前推進，此刻因羈旅而到處飄泊的詩人，心中有何感觸，就不難想見了。

末二句，寫由眼前所見而興發的聯想。詩人想像，在這個初春的早晨，只怕京城裡的迴塘，已被成群的鳧雁所占滿了吧！詩人為什麼想起鳧雁呢？也許是想藉由春天鴻雁北歸，來反襯自己的羈旅之情吧！也許是嘲諷京城盡是小人當道吧！

延伸閱讀

馬上續殘夢，不知朝日昇。亂山橫翠幛，落月澹孤燈。奔走煩郵吏，安閒愧老僧。再游應眷眷，聊亦記吾曾。（宋蘇軾太白山下早行至橫渠鎮書崇壽院壁）

山園小梅❶二首之一　宋　林逋❷

眾芳搖落獨暄妍❸，占盡❹風情向小園。疏影橫斜水清淺，暗香浮動月黃昏。霜禽❺欲下先偷眼，粉蝶如知合斷魂❻。幸有微吟可相狎，不須檀板❼共金尊❽。

注釋

❶山園小梅　林和靖先生詩集中有二首山園小梅，這是第一首。全詩描寫梅花的姿態、特性，其中更含有作者人格性情的投射。

❷林逋　字君復，杭州錢塘人，性恬淡好古。生於宋太祖乾德五年（西元九六七年），卒於宋仁宗天聖六年（西元一〇二八年），享年六十二歲。仁宗賜諡「和靖先生」。早年曾遊江、淮之間，後來歸隱西湖孤山，二十年不入城。宋真宗聞其名，賜粟帛，並遣長吏按歲勞問。薛映、李及在杭州，輒往其廬，清談終日。臨終前有詩：「茂陵他日求遺稿，猶喜曾無封禪書」，可見其標高性情，故頗受歷代文人傳誦。詩風峭拔，多奇句。詩稿每成輒棄去，人問其故，逋曰：「吾方晦迹林壑，且不欲以詩名一時，況後世乎？」逋不娶，無子，性好植梅、養鶴，有「梅妻鶴子」之稱。今有林和靖先生詩集。

❸暄妍　此指梅花鮮明妍麗。暄，陽光和暖。

❹占盡　完全占據、壟斷之意。

❺霜禽　活動於寒冬的鳥類。

❻斷魂　形容愛極而至於銷魂。

❼檀板　一種打擊樂器，用檀木做成拍板，以備吟唱節奏所用。

❽金尊　以金屬製作或裝飾的酒杯。有珍貴華麗之意。

賞析

林逋詠梅的詩篇甚多，例如山園小梅第二首「澄鮮只共鄰僧惜，冷落猶嫌俗客看」、又詠小梅「數年閑作園林主，未有新詩到小梅」、梅花二首的第一首「吟懷長恨負芳時，為見梅花輒入詩」等等。清吳之振的宋詩鈔均有收錄。林逋所描寫的梅花形象，正是他人格的化身。

首二句寫梅花的特性、開放的時間及地點。「眾芳搖落」一方面點出梅花開放的時間是寒冬眾花凋零之際；另一方面則襯托梅花獨傲霜雪的特性。「占盡風情」一句點出梅花豐沛的生命力。看它獨自面對小園，盡情地展現風姿情態。三、四句寫梅花的姿態及氣味，深得梅花的神韻，是千古傳誦詠梅名句。「疏影」係指梅樹在水中的倒影，「橫斜」寫梅枝橫生曲折之狀。「水清淺」則指梅花所生長的地方潔淨無濁。「暗香」指梅花若有似無的香氣，淡雅而不濃烈。「浮動」則指香味飄散。「月黃昏」指月下朦朧的氛圍。五、六句則藉鳥、蝶襯托梅花的高潔。「霜禽偷眼」則表露欣羨，卻又不敢隨便接近、冒瀆的樣子；「粉蝶斷魂」，粉蝶只活在春夏，雖採盡百花，卻不知有梅。因此詩人奇想，如果粉蝶知道有這麼高潔的梅花，卻沒能接近，恐怕要為之渴愛到魂銷了。末二句寫適合搭配梅花的人文活動。「微吟相狎」指創作詩篇的雅事。狎，賞玩或親近。只有低吟詩歌，才足以親近梅花。而「檀板金尊」則指酒食歌舞的俗事。「幸有」點出詩人的價值判斷。以梅花之雅，除了吟詩，豈能俗事相擾呢？

梅花因其質性，最常被用來代表隱士或是貞士的化身。林逋的梅花詩，正充分地呈現了「隱士」的性格。至於陸游卜算子詠「梅」：「無意苦爭春，一任群芳妒。零落成泥碾作塵，只有香如故。」則充分呈現犧牲生命，也要堅守節操的「貞士」性格。除了梅花之外，菊花、蓮花、松柏、竹、蘭等，在文人的創作中，莫不成為特殊人格的化身。你喜歡哪一種動物或植物呢？由此可以看出你的性格取向。

剪綃零碎點酥乾，向背稀稠畫亦難。日薄縱甘春至晚，霜深應怯夜來寒。澄鮮只共鄰僧惜，冷落猶嫌俗客看。憶著江南舊行路，酒旗斜拂墮吟鞍。（宋林逋山園小梅二首之二）

驛外斷橋邊，寂寞開無主。已是黃昏獨自愁，更著風和雨。　無意苦爭春，一任群芳妒。零落成泥碾作塵，只有香如故。（宋陸游卜算子梅）

遊園不值❶

宋　葉紹翁❷

應嫌屐齒❸印蒼苔，小扣柴扉❹久不開。春色滿園關不住，一枝紅杏出牆來。

注釋

❶遊園不值　不值，沒有遇到主人。此詩抒寫詩人雖然訪友不遇，卻能從賞玩探牆而出的紅杏，獲得樂趣。

❷葉紹翁　字嗣宗，號清逸，宋代詩人。生卒年不詳。曾卜居杭州西湖。所學出自葉適，與真德秀、葛天民相善。詩風淡遠，著有靖逸小集。

❸屐齒　木屐的齒痕。南朝宋謝靈運好遊山水，所至之處，必窮幽峻之景，必登巖嶂之峰。他登山時常著木屐，上山去前齒，下山去後齒，世稱「謝公屐」。

❹柴扉　以柴木編織而成的門扉。

賞析

能夠發現美景的人，必然擁有一顆靈巧的心。這首詩充分印證此一道理。首二句寫訪友不值，正好呼應題目。這二句存有因果關係。上句為果，下句為因。詩人來到友人的園子，「小扣」柴扉，以試探主人在否。就「柴扉」而言，暗示園子主人的身分，不是達官貴人，而是幽居山野的隱者。「小扣」則指輕輕敲門。一方面點出周遭環境的幽靜，另一方面則顯示詩人優雅的儀態。「久不開」指等候應門的時間長久。

倘若詩人早已和友人約好，那麼主人不該這麼久不開門。基此，詩人是不請而來。又倘若詩人不確定友人是否在家，那麼他應該不會造訪；就算造訪，敲一、二次門沒獲得回應，就會離去，而不會長久佇立等候。是故從「久不開」可知詩人認定主人應該在家。那麼，他該如何解釋主人在家卻不應門的窘況呢？

尋常的人恐怕心生猜疑，最終落得不歡而去。但詩人卻猜測主人「應該」是不願意接待那些表面上愛好山水，心中其實放不下世俗名利的高官吧！因此才不開門應客。據宋書謝靈運傳的記載，謝靈運出為永嘉太守之後，「肆意遊遨」。謝靈運對山水的愛好是出自刻意，故非奇險的景色則不至。事實上，他只是把遊山玩水當成手段，用來宣洩心中對於仕宦不順的憤懣。因此，謝靈運對待山水的態度，就比不上陶淵明那般自然安適。

當詩人那樣解釋主人不應門的原因之後，便不會對主人的態度耿耿於懷。因為他和主人一般，對於自然有著真誠的愛，是故如果主人察知是他來了，必然會欣然開門。

既然都是愛好自然的性情中人，對於事物就不會時時帶著目的性的考量去衡定價值。因此既來之，則安之，詩人順勢流覽園子，他看到了掙脫圍牆探出頭來的紅杏，所綻放的生機，這是那些被塵囂塞滿心靈的凡夫，必然忽略而不可能看見的美景。

關於這首詩末二句，前人的詩作已描寫過類似的景色。如溫庭筠杏花：「杳杳豔歌春日午，出牆何處隔朱門」、陸游劍南詩稿馬上作：「楊柳不遮春色斷，一枝紅杏出牆頭」、宋陳起編南宋群賢小集收錄江湖派詩人張良臣雪窗小集偶題亦有「一段好春藏不盡，粉牆斜露杏花梢」，相較之下，前人大多著力描寫杏花之姿，劣者不免流於俗麗。至於葉紹翁的紅杏，卻讓我們看到了超逸的美。

延伸閱讀

桃源四面絕風塵，柳市南頭訪隱淪。到門不敢題凡鳥，看竹何須問主人？城外青山如屋裡，東家流水入西鄰。閉戶著書多歲月，種松皆作老龍鱗。（唐王維春日與裴迪過新昌里訪呂逸人不遇）

犬吠水聲中，桃花帶雨濃。樹深時見鹿，溪午不聞鐘。野竹分青靄，飛泉挂碧峰。無人知所云，愁倚兩三松。（唐李白訪戴天山道士不遇）

絕頂一茅茨，直上三十里。叩關無僮僕，窺室惟案几。若非巾柴車，應是釣秋水？差池不相見，黽勉空仰止。草色新雨中，松聲晚窗裡。及茲契幽絕，自足蕩心耳。雖無賓主意，頗得清淨理。興盡方下山，何必待之子。（唐邱為尋西山隱者不遇）

喜雨❶

清 鄭燮❷

宵❸來風雨撼柴扉，早起巡簷❹點滴稀。一徑❺煙雲蒸日出，滿船新綠買秧歸。
田中水淺天光淨，陌上泥融燕子飛。共說今年秋稼好，碧湖紅稻❻鯉魚肥。

注釋

❶喜雨　全詩描寫農家雨後田野的風光，一片生機盎然，讓人喜悅的氣象。

❷鄭燮　字克柔，自號板橋，江蘇興化人。生於清聖祖康熙三十二年（西元一六九三年），卒於清高宗乾隆三十年（西元一七六五年）。乾隆元年登進士第，曾知山東范縣，後調濰縣（今山東濰縣）。因為請求賑糧，忤逆大吏，藉疾乞歸。性落拓不羈，尚未任官時，日放言高談，臧否人物，因此獲得狂名。及居官，則致力政事，屢有愛民之舉。知濰縣時，值歲歉。曾令邑中大戶，煮粥輪飼饑民，活民無數。晚年歸老躬耕，往來郡城，與友詩酒相和。隨身攜囊，儲備銀兩與果食，逢故人子及鄉里窮者，任其取用。鄭燮除了擅長作詩，同時工書畫。其詩風與白居易、陸游相近，著有板橋集。

❸宵　夜晚。

❹巡簷　沿著屋簷。

❺一徑　一路上。

❻紅稻　稻的一種，其米粒色紅。白居易自題小草亭：「綠醅量盞飲，紅稻約升炊」。

賞析

這首詩題為「喜雨」，就詩的內容來說，有二層意思必須點出：一是「喜」，二是「雨」。

首二句點出下雨及雨停的時間，從夜裡到清晨，明白地呼應了上述第二層意義。「撼柴扉」點出雨勢甚大。「點滴稀」則點出雨勢停歇的狀態。「柴扉」、「早起」暗示了詩人身處田野。三、四句寫莊稼人家勤於農事。「一徑煙雲」乃因昨夜下雨，空中瀰漫著水氣，「蒸」字則生動地捕捉到朝陽在水氣中緩緩上升的景象。由此可知時間向前推進。若是在城市裡，此刻人們才剛梳洗完畢，準備工作，可是莊稼人家早已買回滿船鮮綠的秧苗，準備趁雨水充足時插秧了。由此可推知農人們在天未亮時便出發工作。五、六句寫田地風光。「水淺」、「天光淨」顯示田水充足清澈，適合插秧。這是拜昨夜大雨所賜。「泥融」、「燕子飛」則點出潤澤、活潑的生命力。中間四句雖不言雨，然而莫不與雨相關。末二句寫莊稼人家對收成的期望。「秋稼好」即預測今年秋天的收穫應該是豐美的，這是從昨夜的那場雨所推知。因而徜徉在碧湖中，享受甜美的稻米與肥美的鯉魚，就成了可期待的夢想。全詩雖不明言「喜」，但從所描寫的景象，便可感知喜樂之情，溢於言外。而上述第一層意思「喜」，也便有著落了。

延伸閱讀

南國旱無雨，今朝江出雲。入空纔漠漠，灑迥已紛紛。巢燕高飛盡，林花潤色分。曉來聲不絕，應得夜深聞。（唐杜甫喜雨）

青山問我幾時歸，春雨山中長蕨薇。分付白雲留倦客，依然松竹滿柴扉。送花鄰女看都嫁，賣酒村翁與不違。好待秋風禾稼熟，更修老屋補斜暉。（清鄭燮再到西村）

第四章 在古典詩中，找到引人感思的歷史

所謂「歷史」有二層意義：第一層係指古往今來，所有發生過的人、事、物，在連續性的時間與空間下，所交織而成一不可分割的總體經驗。第二層係指後人藉由書寫的方式，透過賦予前後事件的因果關係，將眾多事件串接成為一具有時間歷程的記錄。此處，我們所謂的「歷史」，指第二層意義。

歷史是一面後視鏡，告訴我們如何擷取古人的優點，避免同樣的錯誤。歷史也是一只探照燈，告訴我們如何向茫昧昏暗的未來，開闢可行的大道。閱讀歷史的意義，並不在於記誦多少曾經發生過的事件；而是在對那些曾經發生過的事件有所感思。這種與古人生命相通的感思，就是歷史心靈，或說是歷史意識。反觀現在，傳播的工具那麼發達，古代、現代，本國、外國已發生的事，不斷地從人們的眼前滑過，從耳朵鑽入又鑽出；然而由於缺乏了歷史心靈的覺醒，那些事件只是一堆聲光影像的電子訊號，卻未能對我們的人生產生意義。人們的心靈越來越枯瘠，宛如一顆顆死寂的行星。

於是，我們意圖找回人們應有的歷史心靈。從那些詠史、懷古詩的啟發中，找回對歷史感思的能力。詠史乃詩人本諸閱讀史書有所感發而完成的作品；至於懷古則是詩人親臨古蹟現場，因相關古人古事的觸發而完成的作品。這二類詩，在古典詩歌中，占有相當多的分量。本書將以一般人較為熟知的帝王、后妃、權臣、文士的歷史事件，作為選擇的標準。從上述詠史與懷古的詩作中，撿擇具範型性的作品，與讀者一起分享。

詠史抒寫主父偃、朱買臣、陳平、司馬相如窮困的過往，從中提出了「才」「命」背反的人生問題。透過上述歷史人物起起落落的經歷，可以提供另一種面對難關的思考。與諸子登峴山抒寫登臨峴山，看見羊公碑的古蹟所興發的感觸。詩人透過古今登臨經驗的疊合，呈現了個人生命的短暫。八陣圖以三國諸葛亮的史事為背景，抒發「功業不遂」的千古憾事。

西塞山懷古以魏晉時，吳國慘遭西晉滅亡的史事起興，詩人以簡鍊的筆調，精確地突出人世功業的短暫與山水自然的永恆二者之間所存在的對比。並由史事衍生出對於當下國家時勢的省思。金銅仙人辭漢歌以漢武帝追求長生的史事起興，凸顯人間權力與自然命限之間的衝突。「長生」代表了人們想超越命限的欲望，然而更值得思考的是：生命的意義，究竟繫於肉體的久暫？還是精神的永恆？題烏江亭以項羽兵敗，逃亡至垓下，在烏江亭畔自盡的史事起興。詩人藉由歷史重來的假想，啟發讀者思考面對挫折的作法。

華清宮以唐玄宗寵幸楊貴妃的史事起興，詩人以導致西周亡國的褒姒，對比楊貴妃禍國的程度，筆意嘲諷，筆調辛辣。明妃曲以漢元帝時，王昭君遠赴匈奴和親的史事起興。詩人對昭君和親，提出不少有別於前人思考的見解。除了呈現出王安石好為翻案的獨特思維之外，從這首詩也可體會宋詩尚議論的特色。題樊侯廟以漢高祖時的建國功臣樊噲，作為感發的對象。詩人一方面凸顯樊侯廟蕭條的景況；另一方面則以農人問卜、神巫娛神的場景，對比樊侯不為人知的悲涼，藉此傳達知識分子共有的孤寂感。屈賈祠以戰國時屈原、漢代賈誼所共祀的祠廟起興，概括二人不幸的遭遇。屈原及賈誼是歷史上知名的文士，他們盡忠王室，卻因小人的毀謗，而遭到貶謫的命運。其「忠而被謗」的形象，成為無數文人的化身。作者透過此典範人物的史事，抒發對忠奸得失的思考。

讀完了這些作品之後，讀者們對於曾經閱讀過的史事，應該會有不一樣的感受吧！更重要的是，讓詩人敏銳而充滿哲思的歷史心靈，啟發你深切體會我們所生存的這塊土地過去曾有過的歷史。

詠史❶八首之七　晉　左思❷

主父❸宦不達，骨肉還相薄。買臣❹困樵採，伉儷不安宅。陳平❺無產業，歸來翳負郭❻。長卿❼還成都，壁立❽何寥廓。四賢豈不偉，遺烈光篇籍。當其未遇時，憂在填溝壑❾。英雄有迍邅❿，由來自古昔。何世無奇才，遺之在草澤。

❶詠史　本組詩共有八首，此處是第七首。就詠史詩的正體而言，大多隱栝本傳而來，以表達頌美詠嘆之意。可是左思的詠史詩，並不在於將歷史人物的本末完整地介述，往往只是從中摘取若干片段，重新加以拼合，藉以抒發他的懷抱、情志，是故何焯義門讀書記卷四十六曾評論左思詠史詩：「題云詠史，其實乃詠懷也」。這首詩主要拼合歷史上四位賢士的不遇經驗，抒發時不我予的感慨。

❷左思　參頁九四注❷。

❸主父　指主父偃，西漢齊國臨淄人。早年遊學齊國，受齊儒排擯。武帝時，上書闕下，獲得召見。獻「推恩諸侯子弟」以及

「遷徙豪傑至茂陵」二計，上甚重之。尊立衛皇后以及揭發燕王陰事，主父偃皆有功焉。大臣懼之，紛紛貨賂主父偃。元朔二年，上拜主父偃為齊相，告發齊王陰事，齊王自殺。公孫弘為御史大夫，力勸武帝誅殺主父偃以為齊王之死而謝天下。主父偃遂遭誅族。見史記平津侯主父列傳、漢書嚴朱吾丘主父徐嚴終王賈傳。

❹買臣　指朱買臣，西漢吳人。家貧，好讀書，以薪樵為業。武帝時，因為嚴助引薦，召對，稱帝意，拜中大夫。值東越反，受命為會稽太守。因破東越有功，官主爵都尉，列九卿。張湯為御史大夫，與朱買臣相怨。朱買臣告發張湯陰事，張湯自殺，上亦誅殺買臣。

❺陳平　漢陽武（今河南陽武）戶牖鄉人，少家貧，好讀書，美姿容。因娶富人張負女孫，財用富足，遊道日廣。事魏王，不聽用，往歸項羽，尋因魏無知而歸附漢高祖，拜都尉，參乘典護軍。復遷任護軍中尉，屢出奇策立功，封曲逆侯。惠帝時為左丞相，與周勃合謀誅諸呂。文帝時專為丞相，卒諡獻侯。

❻翳負郭　翳，遮蔽。此處有棲身的意思。負郭，依傍城牆，指城郊荒僻之處。

❼長卿　即司馬相如，漢蜀郡成都人。字長卿，好讀書，學擊劍。因慕藺相如為人，改名相如。事景帝為武騎常侍，非其所好。會梁王來朝，從遊之士如枚乘、嚴忌等人，相如悅之。託病免官，客遊梁，著子虛賦。梁王薨，相如歸。娶臨邛（今四川邛崍）富人卓王孫之女卓文君，馳歸成都。然家徒四壁，無以為生，復歸臨邛，令文君當鑪。卓王孫不得已分僮僕百人。武帝讀子虛賦，悅之。司馬相如復進上林賦，上拜為郎。復拜中郎將，出使西南夷。有功而還，上拜為孝文園令。

❽壁立　即家徒四壁，極為窮困。

❾填溝壑　此指屍體棄置溝壑，無人收埋，含有生命如草芥般卑賤之意。溝壑，泛指溝坑等低凹之處。

❿迍邅　音ㄓㄨㄣ　ㄓㄢ。行進困難的樣子。

賞析

這首詩鋪排了四個歷史人物的遭遇，從而表達詩人對「才」與「命」背反之問題的思考。前面八句是敘事，後面八句是議論，層次分明，充分展現詩人的博學。敘事的部分，羅列了四位有名的歷史人物，分別是主父偃、朱買臣、陳平、司馬相如。

根據史記平津侯主父列傳與漢書嚴朱吾丘主父徐嚴終王賈傳的記載，主父偃尚未榮顯之時，十分潦倒。他的兄弟不接濟他衣食，賓客不願意入門結交。等到他貴為齊相，兄弟與賓客從千里外趕來迎接他。他將五百金散與兄弟賓客，從此與他們斷絕往來。「骨肉還相薄」就是概括這一段經歷。

根據漢書嚴朱吾丘主父徐嚴終王賈傳的記載，朱買臣尚未顯貴之時，妻子嫌棄他，主動求去，另行改嫁。等到朱買臣貴為會稽太守，在路旁遇見前妻及其夫婿，故意招呼他們同車，返回居處，並豐盛地予以款待。朱買臣的前妻羞愧自縊而死。「伉儷不安宅」就是概括這一段經歷。

根據史記陳丞相世家的記載，陳平尚未顯貴之時，與兄嫂同居。嫂嫂嫌棄他不事生產，兄長因而休棄嫂嫂。鄉人張負想將嫁過五任丈夫的孫女嫁給陳平，便尾隨陳平回家，看到他的居處位於城郊荒僻之地，僅以破席作為大門。「歸來翳負郭」就是概括這一段經歷。

根據史記司馬相如列傳的記載，卓文君夜奔司馬相如之後，兩人旋歸成都，卻無以維生。卓文君便提議返回臨邛，在她父親宅第的對門，開起酒鋪營生。卓文君當鑪，司馬相如則穿著犢鼻褌，與保庸雜作，當街從事清洗酒器的賤活。「壁立何寥廓」就是概括這一段經歷。

由此看來，後來成大功立大業的人，未必皆有富貴的出身。自古以來，不乏其例。那麼讀完這些歷史之後，詩人得到何種啟發呢？末二句「何世無奇才，遺之在草澤」，表面上似乎流露了懷才不遇的悲嘆。然而深入地體會，則可有多種的意味：一方面是對那些不遇的人，提供同情的慰藉，進而勉勵他們寄望未來；另一方面不也提供當政者反省過去用人的經驗，以防將來不會遺漏那些困處草野的才士。

延伸閱讀

習習籠中鳥，舉翮觸四隅。落落窮巷士，抱影守空廬。出門無通路，枳棘塞中塗。計策棄不收，塊若枯池魚。外望無寸祿，內顧無斗儲。親戚還相蔑，朋友日夜疏。蘇秦北游說，李斯西上書。俛仰生榮華，咄嗟復彫枯。飲河期滿腹，貴足不願餘。巢林棲一枝，可為達士模。（晉左思詠史八首之八）

曾於青史見遺文，今日飄蓬過此墳。詞客有靈應識我，霸才無主始憐君。石麟埋沒藏春草，銅雀荒涼對暮雲。莫怪臨風倍惆悵，欲將書劍學從軍。（唐溫庭筠過陳琳墓）

與諸子登峴山❶

唐　孟浩然❷

人事有代謝，往來成古今。江山留勝跡，我輩復登臨。水落魚梁❸淺，天寒夢澤❹深。羊公碑❺尚在，讀罷淚沾襟。

注釋

❶與諸子登峴山　峴山，又名峴首山。根據元和郡縣志，峴山在襄州襄陽（今湖北襄陽）東南。東臨漢水。全詩抒發登上峴山之後，見到羊公碑所生的感觸。

❷孟浩然　參見頁一三九注❷。

❸魚梁　即魚梁洲，據水經注沔水，龐德公曾居魚梁洲。此處泛指水中的沙洲。

❹夢澤　古有雲、夢二澤，橫跨湖北、湖南之間。夢澤在湖北東南一帶。此處泛指峴山附近的湖泊。

❺羊公碑　襄陽百姓為羊祜（音ㄏㄨˋ）所建造的石碑。羊公，指羊祜。根據晉書羊祜傳，羊祜鎮守荊州、襄陽時，政績卓著，甚受百姓愛戴。羊祜閒暇之餘，好遊山水，尤其喜愛峴山。嘗與長史鄒湛等人登臨，興發「由來賢達勝士，登此遠望，如我與卿者多矣！皆湮沒無聞，使人悲傷」的感慨，言罷，泣下。羊祜死後，百姓在峴山羊祜遊覽之處，立碑建廟紀念之。望其碑者，莫不流涕，杜預因名之「墮淚碑」。

賞析

這首詩描寫孟浩然登峴山，藉著羊祜登峴山的歷史經驗，抒發了生命無常的悲涼感。什麼是歷史？這個問題，可以用數十萬字的學術論文來解析之，也可以直觀地把握它。這首詩前二句，以簡鍊之筆，道出歷史的本質：「人事有代謝，往來成古今」，就是因為生成與消逝不斷地交替，所以形成了無法分割，不知終始的時間長流。這二句看起來，似乎與題目無涉，然而峴山並非一般之山，它由於曾經在這裡發生的人文活動而含有豐厚的歷史感，故而能與後半所述「羊公登山」之間，在章法上形成「潛意相通」的關係。

三、四句，以「古」「今」登臨經驗的對比，具體呈現「代謝」、「往來」的情況。同時也呼應了題目中的「登」字。

五、六句寫登上峴山之後所見到秋天的景象。魚梁因為水位下降而浮現出來；天色蒼寒，映照在夢澤上，使得水色深沉。透過此一場景，烘襯出一片蕭索冷寂的氛圍。同時也呼應題目「峴山」的空間環境。

末二句，抒發見到羊公碑的感觸。「尚在」指記錄羊公等人登山的碑文，及百姓墮淚碑前的事跡，即便時移境遷，依然留存。但是彼時，那些活生生的人物，卻早已隨著時間的流逝，而化為烏有。「淚沾襟」指出詩人的悲傷。詩人為何而悲傷呢？詩中並沒有明講。然而我們不難推知，詩人所感傷者，在於此刻登臨的事跡，千載之後，是否還有人記得呢？就算這分經驗，因文字而得以流傳，然而後人所感知者，已是失卻真實生命的虛無。甚者，此一虛無感，將會隨著時間的遞進，不斷地在各個朝代重覆發生，無邊無際，難以脫離。凡此又呼應了首二句。

本來，就敘事抒情的常態而言，這首詩在寫作上，應當先「我輩復登臨」，然後見到「魚梁」、「夢澤」的景象，接著轉寫「羊公碑」，最後以「人事有代謝」之理作結。但這首詩卻將結筆之理，提到首句，足見章法的特殊之處。同時也加強了「人事有代謝，往來成古今」二句的警策意味。

延伸閱讀

牛渚西江夜，青天無片雲。登舟望秋月，空憶謝將軍。余亦能高詠，斯人不可聞。明朝挂帆去，楓葉落紛紛。（唐李白夜泊牛渚懷古）

長空澹澹孤鳥沒，萬古銷沉向此中。看取漢家何事業，五陵無樹起秋風。（唐杜牧登樂遊原）

八陣圖❶

唐　杜甫❷

功蓋三分國，名成八陣圖。江流石不轉，遺恨失吞吳。

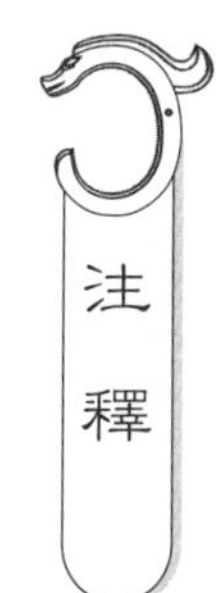
注釋

❶八陣圖　這首詩作於代宗大曆元年，詩人在夔州。據陸游入蜀記卷四的記載，在夔州（今四川奉節）南有八陣磧，乃孔明遺跡。這首詩藉遊覽「八陣圖」的遺跡，興發對諸葛亮的感慨。

❷杜甫　參頁一四九注❷。

賞析

歷史從來不是純粹客觀的存在。當我們談論「歷史」的時候，往往站在主觀特定的立場，去詮釋前後事件的因果關係。就杜甫這首詩而言，他關注的是「八陣圖」與「吳蜀情勢」之間的關係。

「八陣圖」是一種用石頭堆聚而成的陣勢。它代表了諸葛亮卓越的運籌能力以及恢復蜀漢正統的雄心。末二句指出諸葛亮最終卻無法完成上述的壯志，杜甫認為他應該感到「遺恨」。基此，則杜甫此詩乃是藉由史蹟，興發諸葛亮功業不遂的惋惜。「吞吳」應特指劉備伐吳的事件。杜甫以「遺恨」來概括此一事件給予諸葛亮的感受。然而「遺恨」的內容是什麼？卻說得不明確，因而使得後人對末二句有諸種不同的詮釋。

仇兆鰲杜詩詳注，總結前人說法有四種：一、以不能消滅吳國為恨；二、以劉備征伐吳國，卻失敗而崩殂為恨；三、以不能制止劉備東行伐吳為恨；四、以有此陣法，卻無助於消滅吳國為恨。

稍後，浦起龍讀杜心解又提出另外一種看法：「遺恨」由「石不轉」生出。老天有意留下「八陣圖」的遺跡，不讓它被江水所轉動而流失，是為了向千載後人彰顯，以諸葛亮的才幹，竟然無法在吳蜀戰役中取得勝利，這真是深沉的憾恨。

歷史往往是後人詮釋的結果。在詮釋的過程中，固然要根據歷史事實，但詮釋的結果，卻為了對應讀者所處的時代問題。就上述這首詩來說，杜甫何以那樣詮釋諸葛亮的情志？或許，我們可以從他的才學，以及面對當時唐室的處境所產生的時代感，去加以體會。關於這一點，可以透過「知人論世」的方法去求解。

試著從你對於時代的感知及對諸葛亮史事的了解，從上述各家的說法中，選一個你最認同的答案吧！

如果我們不要拘泥於找尋杜甫的本意，僅把杜甫的作品當成媒介，對其中所提出諸葛亮功業不遂的原因，去進行延伸性的思考，那麼你認為導致諸葛亮不能完成恢復漢室大業的原因在哪裡呢？是劉備「小不忍而亂大謀」嗎？還是因為劉備身邊敢擇善固執，不曲附上意的臣子太少？還是天時不利，吳國的氣數未盡呢？

延伸閱讀

丞相祠堂何處尋？錦官城外柏森森。映階碧草自春色，隔葉黃鸝空好音。三顧頻繁天下計，兩朝開濟老臣心。出師未捷身先死，長使英雄淚滿襟。（唐杜甫蜀相）

猿鳥猶疑畏簡書，風雲常為護儲胥。徒令上將揮神筆，終見降王走傳車。管樂有才真不忝，關張無命欲何如？他年錦里經祠廟，梁父吟成恨有餘。（唐李商隱籌筆驛）

西塞山懷古❶

唐 劉禹錫❷

王濬樓船下益州❸，金陵王氣❹黯然收。千尋❺鐵鎖沉江底，一片降幡❻出石頭❼。人世幾回❽傷往事，山形依舊枕寒流。今逢四海為家❾日，故壘❿蕭蕭蘆荻秋。

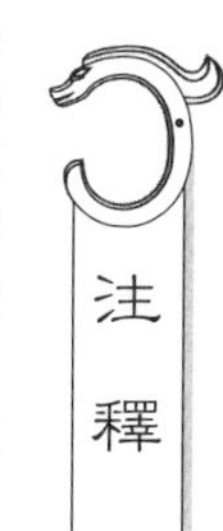

注釋

❶西塞山懷古　這首詩作於穆宗長慶四年秋天，劉禹錫赴和州（在今安徽）途經西塞山。西塞山位於湖北大冶附近。全詩敘述西塞山所關涉的歷史事件，並由此觸發對當前時局的感懷。

❷劉禹錫　參頁一六〇注❷。

❸王濬樓船下益州　王濬，一作西晉。濬，音ㄐㄩㄣˋ。樓船，有樓臺的大船，即大型戰艦。下益州，指樓船自益州（在今四川）順流而下，此處指晉武帝命王濬伐吳一事。

❹金陵王氣　金陵，今南京。顧祖禹讀史方輿紀要卷二十江寧府江寧縣記載，戰國楚王置金陵，相傳其地有王氣。該地地勢險要，岡巒起伏，秦始皇因地有王者之氣，故掘斷連綿的岡巒，改名秣陵。孫權稱帝，自吳（今江蘇吳縣）徙居秣陵，改名建業。

❺千尋　古制八尺為一尋，此處意指極長。

❻降幡　意指投降時所舉之旗幟。幡，音ㄈㄢ。窄長的旗幟。

❼石頭　即石頭城。本稱石首城，戰國時為金陵治所。孫權移治秣陵之後，改稱石頭城。元和郡縣志引諸葛亮云：「石城虎踞」，言其地形險固。

❽幾回　概括東晉、宋、齊、梁、陳諸朝。
❾四海為家　即四海一家，時為唐代，天下統一。
❿故壘　古老的營壘。

賞析

這首詩以西晉攻打孫吳的歷史事件為背景，意味深厚。方世舉蘭叢詩話引方觀承的評論，指劉禹錫西塞山懷古可為七律章法的代表。卞孝萱劉禹錫詩何焯批語考訂引述何焯的評論，以為這首詩「千載絕作」，蓋因此詩不「專言金陵往事」，故不致「意味淺短」。在解讀這首詩之前，有必要先了解西晉伐吳的歷史背景。

西晉武帝泰始年間，以羊祜鎮守襄陽，欲以窺吳。繼而命益州刺史王濬大造船艦，充實軍備。武帝咸寧年間，杜預取代羊祜，與王濬勸上征伐吳國。咸寧五年，由賈充任最高統帥，由王濬、杜預、王渾領兵沿長江上中下游分別進軍吳國。吳主孫皓命丞相張悌迎戰，大敗於牛渚（山名，今安徽當塗西北）。稍後，王濬自武昌順流東下，直攻建業，孫皓出降。

這首詩的前四句乃是隱括上述的歷史經驗，集中描寫孫吳被西晉打敗的情景。根據晉書王濬傳王濬率領水師順江東下，因獲吳國軍機，知道吳人在江中要害之地，水流湍淺處的石磧上，布置鐵鎖橫絕江面。又作丈餘長的鐵椎置於江中，藉此破解王濬的船隊。王濬乃作大筏，上置草人，朝鐵錐前進。又作火炬，灌以麻油，點火融鐵，達到破鎖的效果。

第五句，以七個字概括了東晉以下五個朝代的興衰，開拓了懷古的格局。第六句則寫西塞山前的景色，呼應題目。「依舊」二字點出人世功業的短暫與自然山川的永恆二者之間所形成的對比。

末二句則回歸現實，點出歷史對於眼前的局勢所具有的啟發。「四海為家日」指唐代天下統一的局面。「故壘蕭蕭蘆荻秋」意指戰事不興。「今逢」的語態含有居安思危的警醒意味。

延伸閱讀

天下英雄氣，千秋尚凜然。勢分三足鼎，業復五銖錢。得相能開國，生兒不象賢。淒涼蜀故妓，來舞魏宮前。（唐劉禹錫蜀先王廟）

山圍故國周遭在，潮打空城寂寞回。淮水東邊舊時月，夜深還過女牆來。（唐劉禹錫石頭城）

金銅仙人辭漢歌❶

唐　李賀❷

茂陵劉郎秋風客❸，夜聞馬嘶曉無跡。畫欄❹桂樹懸秋香，三十六宮土花❺碧。

魏官牽車指千里❻，東關❼酸風射眸子。空將漢月出宮門，憶君清淚如鉛水❽。

衰蘭送客咸陽道❾，天若有情天亦老。攜盤獨出月荒涼，渭城❿已遠波聲小。

注釋

❶金銅仙人辭漢歌　關於這首詩創作的年代，今人有不同的解說。根據朱自清李賀年譜，這首詩乃是詩人在憲宗元和八年時，

辭官離開京師轉赴洛陽途中所作。而錢仲聯李賀年譜會箋以為應作於德宗貞元二十一年，詩人基於同情王叔文等人的遭遇而作。金銅仙人，根據漢書郊祀志可知漢武帝為了追求長生，在建章宮建造金銅仙人，在甘泉宮建造通天臺。從顏師古注所引三輔黃圖、三輔故事、三國志魏書明帝紀裴松之注引魏略、曹子建集卷七承露盤銘可知，柏梁臺另有銅柱、承露仙人掌。這首詩詩前有序：「魏明帝青龍九年八月，詔宮官牽車西取漢孝武捧露盤仙人，欲立置前殿。宮官既拆盤，仙人臨載乃潸然淚下。唐諸王孫李長吉遂作金銅仙人辭漢歌。」據今人吳企明唐音質疑錄考證，魏明帝所取者乃是建章宮上的承露盤。從序裡可知，詩人所以創作此詩，乃因對捧露盤仙人流淚，此一含有傳奇性的歷史故事，有所感觸從而對漢武帝追求長生一事抒發體悟。

❷李賀　參頁一六二注❷。

❸茂陵劉郎秋風客　茂陵，在京兆府槐里的茂鄉（今陝西興平東北），漢武帝陵墓所在地。劉郎，指漢武帝劉徹。秋風客，指漢武帝的鬼魂，因武帝曾作秋風辭。

❹畫欄　裝飾華麗的欄杆。

❺三十六宮土花　西漢京城宮殿總數。據三輔黃圖的記載，上林有建章、承光十一宮，平樂、繭館二十五，凡三十六所。土花，苔蘚。

❻魏官牽車指千里　魏官，魏明帝所指派負責搬取仙人的官員。千里，曹操時，政治中心在鄴都，魏文帝時，遷都洛陽。此指長安至洛陽大概的距離。

❼東關　潼關。唐代出入長安、洛陽兩地的官員及舉子，大多稱潼關為東關。許渾夜行次東關逢魏扶東歸同此。

❽憶君清淚如鉛水　三國志魏書明帝紀裴松之注引習鑿齒漢晉春秋記載，明帝即將徙盤，拆除的那一刻，「聲聞數十里，金狄（金人，即銅人）或泣」，於是就把銅人留在灞上。

❾咸陽道　意指京城官道。咸陽，秦都，在漢都長安西北。

⑩渭城　漢時，將秦咸陽改稱渭城，在渭水的北方。

賞析

這首詩以漢武帝求長生不遂的事件為背景，抒發人力渺小的悲感。首二句寫漢武帝魂魄秋夜歸來，到了清晨便消逝無蹤。稱劉郎而不稱武帝，隱含嘲諷的意味。李賀詩中多次提及武帝求仙之事，意多嘲諷。例如馬詩：「武帝愛神仙，燒金得紫煙。廄中皆肉馬，不解上青天」、苦晝短：「劉徹茂陵多滯骨」，可以參讀。

三、四句寫魏明帝時，漢室宮苑蒼涼的景象。「畫欄」、「三十六宮」猶可想見宮室富麗熱鬧之狀，「懸秋香」、「土花碧」則如今僅剩秋天桂花香味若有似無的懸浮著，滿地苔蘚，一片人跡罕至的情狀，如在目前。

五、六句寫魏明帝派遣官員主持搬遷銅人之舉。「指千里」形容搬遷的路途遙遠，呼應題目「辭漢」二字。「酸風」可指寒冷夜風所引生酸苦的觸感，也可指心理上的酸苦。這二句話假擬銅人的心理，絲絲入扣。

七、八句假想銅人對漢武帝的眷戀。「空將漢月出宮門」，意即徒然地與漢月一起走出宮門。「月」綰合了漢代與魏二個時間點，令人油然而生無常感。漢武帝元封二年，因方士之言，在建章宮造神明臺，上鑄金銅仙人，舒掌高擎銅盤、玉杯，以承接雲表的露水。方士言：以露摻和玉屑飲之，便可求取仙道。盤高二十丈，大十圍。它象徵了武帝無限的權勢，幾乎可以超越上天加諸於人身上的命限。然而時移境遷，那原先具有聳立千載氣勢的銅人，竟然也得面臨出宮的命運。辭別之際，詩人假想就算有鐵鑄肝腸的銅人，當此情景，不得不落下二行清淚。以「鉛」形容淚，一方面照應銅人的質地，一方面暗示心情如鉛沉重。

九、十句則旁寫遷移路途二側的花木。「衰蘭」，一方面呼應秋天，蘭草枯萎；另一方面則暗示心情衰頹。

「咸陽道」增添了遷移路途所具有的歷史滄桑感。「天若有情天亦老」以無情之物尚且有情，何況有情之物，其悲何如？清王琦李長吉歌詩滙解以為這二句「反言」，其說允當。「本是銅人離卻漢宮，卻以衰蘭送客為詞」、「銅人本無知覺，因遷徙而潸然淚下，是無情者為有情，況本有情者乎。」由此我們可以體會到李賀筆法的幽奇處。

末二句寫故土漸遠，舊物不可復睹的悲涼。銅人的所在地是漢都，與秦朝的咸陽隔著渭水相對。渭水的波聲代表舊地舊物。「已遠」意指遠離故居。

延伸閱讀

飛光飛光，勸爾一杯酒。吾不識青天高、黃地厚，唯見月寒日煖，來煎人壽。食熊則肥，食蛙則瘦。神君何在，太乙安有？天東有若木，下置銜燭龍。吾將斬龍足、嚼龍肉，使之朝不得回，夜不得伏。自然老者不死，少者不哭。何為餌黃金、吞白玉？誰似任公子，雲中騎白驢？劉徹茂陵多滯骨，嬴政梓棺費鮑魚。（唐李賀苦晝短）

漢家天馬出蒲梢，苜蓿榴花徧近郊。內苑只知含鳳觜，屬車無復插雞翹。玉桃偷得憐方朔，金屋修成貯阿嬌。誰料蘇卿老歸國，茂陵松柏雨蕭蕭。（唐李商隱茂陵）

題烏江亭❶

唐　杜牧❷

勝敗兵家事不期❸，包羞忍恥是男兒。江東子弟多才俊，卷土重來未可知。

注釋

❶題烏江亭　烏江亭，在今安徽和縣附近的烏江鎮。項羽遭漢軍困於垓下，突圍後，一路東奔，欲渡烏江歸返故里。漢軍追至，力抗之後，自刎於烏江畔。全詩從項羽兵敗起想，充滿同情、鼓勵之意。

❷杜牧　參頁一六四注❷。

❸不期　無法預知。

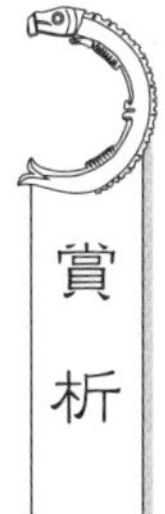

賞析

項籍，下相人，字羽。因為好兵法，以及表現出想要取代秦始皇的壯志，甚受叔父項梁的喜愛。楚懷王時，任命宋義為上將軍，項羽為次將。因為宋義不肯立即出兵攻打秦兵，項羽竟闖入營帳，斬下宋義的頭顱，諸侯聞之莫不畏服。項羽到處征戰，所到之處，凡有抵抗者，城破之後，莫不施以阬殺或烹煮的酷刑。新安城南阬殺二十萬秦將降卒，靈壁東睢水擊殺漢軍十萬餘人，導致睢水為之斷流，這些都是歷史聞名的慘案。此外，容易受人挑撥。范增追隨項羽，屢獻計謀，有功於楚，項羽竟相信陳平之計，而疏離范增。與劉邦約定先入關者為王，事後卻又反悔。表面上推尊義帝，暗地裡卻密令衡山王與臨江王襲殺義帝。司馬遷史記雖然將項羽立於「本紀」，表達了崇高的敬意；然而面對項羽不忠、不信，以及將自己的過失歸諸天意等種種行為，他還是提出了批判。

杜牧這首詩，首二句集中描寫項羽敗逃烏江的過程。不難令人想到，項羽訣別虞姬的悲壯，以及贈馬給烏江亭長時，陳述愧對江東父老的告白。杜牧此處並不只是單純地重述這段歷史而已，從敘述的口吻來看，他對項羽充滿同情。

末二句則提出假想的情況：以江東人才眾多的條件，如果項羽沒有自盡，捲土重來，應該會有不一樣的結局吧。

歷史是過往的事，不可能有重來的機會。因此詩人設問的目的，不在於改變過去，而在於對未來指出一條可能的方向。從詩中所謂「包羞忍恥是男兒」，可知杜牧欲藉由假想的情境，向當下的人們昭示忍辱負重之理。

有趣的是，杜牧稍後的詩人胡曾，也曾以項羽此一歷史事件為題材寫詩，其烏江一詩只是平淡地敘述此一事件，絲毫看不出詩人對這件事的看法。宋王安石也有烏江亭一詩，就內容來看，對項羽只有負面的批判，甚至以為捲土重來絕無可能。讀完項羽的事跡之後，你會認同杜牧的見解？還是王安石的批判？抑或你有其他不一樣的想法呢？

延伸閱讀

百戰疲勞壯士哀，中原一敗勢難迴。江東子弟今雖在，肯與君王捲土來？（宋王安石烏江亭）

美人駿馬甫沾襟，遽使江東阻壯心。子弟重來無一騎，頭顱將去值千金。誰言劉季真君敵？畢竟諸侯負汝深。莫向寒潮作悲怒，歌風臺址久消沉。（清黃景仁烏江項王廟）

華清宮❶

唐 李商隱❷

華清恩幸古無倫❸，猶恐蛾眉❹不勝人。未免被他褒女❺笑，只教天子暫蒙塵。

❶華清宮　根據馮浩玉谿生詩集箋注引新書志，玄宗在驪山（今陝西臨潼東南）築溫泉宮室，天寶六年名為華清宮。宮室豪華，引湯井為池，殿閣環山而列。全詩由玄宗寵幸楊貴妃的史事起興，表露嘲諷批判之意。

❷李商隱　參頁一六六注❷。

❸無倫　無人能及。

❹蛾眉　比喻女子眉毛細長而曲，如蠶蛾之觸鬚。後借指女子之美貌。

❺褒女　指周幽王的寵妃褒姒。

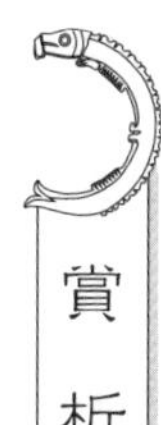

楊玉環本配與壽王瑁為妃。開元二十五年，武惠妃死，玄宗十分哀傷。楊妃貌美，頗令玄宗動心。開元二十八年，玄宗令楊妃出為女道士，號「太真」。不久，接入宮中，臨幸。楊妃通音樂，善歌舞，極獲玄宗之寵愛。天寶四年，正式冊立為貴妃，楊貴妃一門因此寵遇異常。玄宗對貴妃的寵愛，除了表現在興建華清宮之外，驛馬傳送荔枝的故事，尤其膾炙人口。

舊唐書楊貴妃傳寫每年十月，楊貴妃兄妹隨玄宗幸華清宮，其扈從侍隊「照映如百花之煥發，而遺鈿墮舃，瑟瑟珠翠，燦爛芳馥於路」。又白居易長恨歌云：「春寒賜浴華清池，溫泉水滑洗凝脂。侍兒扶起嬌無力，始是新承恩澤時」，均刻畫出楊貴妃得寵的程度。

根據李肇唐國史補卷上、新唐書后妃傳的記載，楊貴妃嗜食荔枝，為了滿足她的需要，玄宗特別「置騎傳送」，從嶺南北上，「走數千里，味未變，已至京師」。可見傳遞速度的急切，猶勝軍機。杜牧過華清宮絕句三首之一：「長安回望繡成堆，山頂千門次第開。一騎紅塵妃子笑，無人知是荔枝來」，就是歌詠傳送荔枝一事。李商隱這首詩前二句，寫明楊貴妃所受的恩遇，無人能及，可從上述故事得到印證。

下二句則抒發對楊貴妃獲寵一事的感想。此處藉周幽王寵愛褒姒，與玄宗寵愛楊貴妃進行比較。根據史記周本紀的記載，幽王寵愛褒姒。褒姒不愛笑，幽王費盡心思，希望博得美人一笑，然而一直沒有成功。後來，幽王靈機一動，高舉烽火。周邊的諸侯看見烽火，以為京城有了戰事，紛紛馳援。到了之後，才發現被愚弄了。褒姒見狀大笑。等到犬戎真的攻打幽王，幽王復舉烽火求救；諸侯不至，西周因而覆亡。幽王被殺，褒姒遭擄。

安史亂起，玄宗倉促奔蜀。隨從諸將不服，要求縊殺楊貴妃。詩人此處以玄宗暫時蒙塵對比幽王被殺的結局，譏刺楊貴妃禍國尚不及褒姒，恐要被褒姒所笑。這是反諷的寫法，實際上他對貴妃的嘲弄非常尖刻，不免有失詩人「溫柔敦厚」之風，以致宋胡仔苕溪漁隱叢話批評他「華清宮詩」「在當時非所宜言也」。

對於唐玄宗與楊貴妃的愛情，你認為是不可原諒的錯事呢？還是被他們千古少有的浪漫所深深感動呢？

延伸閱讀

海外徒聞更九州，他生未卜此生休。空聞虎旅鳴宵柝，無復雞人報曉籌。此日六軍同駐馬，當時七夕笑牽牛。如何四紀為天子，不及盧家有莫愁！（唐李商隱馬嵬二首之二）

雨霖鈴夜卻歸秦，猶見張徽一曲新。長說上皇和淚教，月明南內更無人。（唐張祜雨霖鈴）

明妃曲❶二首之一　　宋　王安石❷

明妃初出漢宮時，淚溼春風❸鬢腳垂。低徊顧影無顏色，尚得君王不自持❹。歸來卻怪丹青手❺，入眼平生幾曾有？意態由來畫不成，當時枉殺毛延壽❻。一去心知更不歸，可憐著盡漢宮衣。寄聲欲問塞南事，只有年年鴻雁飛。家人萬里傳消息，好在氈城❼莫相憶。君不見咫尺長門閉阿嬌❽，人生失意無南北。

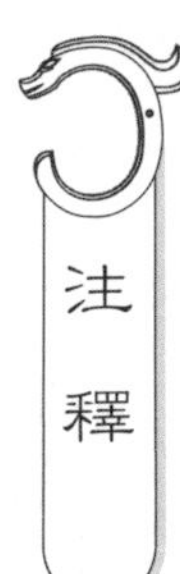

注釋

❶明妃曲　明妃，指王昭君。晉人因避文帝司馬昭名諱，改稱明君，後又稱明妃。這首詩屬於七言歌行。全詩針對前人有關王昭君出塞的論見進行翻案，從而抒發人貴相知的寓意。

❷王安石　參頁一八〇注❷。

❸春風　指美好的容顏。杜甫詠懷古蹟五首之三：「畫圖省識春風面」。

❹不自持　不矜持自己，而表露情意。

❺丹青手　古人作畫多以丹砂、空青之礦為顏料，故稱繪畫為丹青，而畫工為丹青手。

❻毛延壽　漢元帝時畫工，傳說昭君不肯賄賂毛延壽，故毛延壽醜化昭君之畫像。事發，毛延壽被處死刑。

❼氈城　氈帳所成之城，為胡人聚居之處。氈，音ㄓㄢ。以獸毛為質地的織品。

❽阿嬌　指漢武帝時陳皇后。根據史記外戚世家、漢書外戚傳的記載，陳阿嬌是長公主嫖之女，她的曾祖父是陳嬰。武帝立為太子，得力於長公主，故立阿嬌為妃。及帝即位，立為皇后，擅寵驕貴，無子。因為與衛子夫爭寵，用女子楚服施巫蠱祝詛之術，觸怒武帝，遭罷退，幽居長門宮，終被廢，哀怨而死。另外漢武故事云武帝為膠東王時，曾手指阿嬌，做「金屋貯之」之盟。

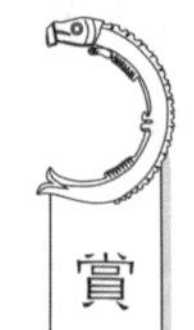

賞析

王安石作明妃曲，當時如梅堯臣、歐陽修、司馬光、劉敞皆有和作。黃庭堅以為王安石之作，可與「李翰林、王右丞並驅爭先矣」。高步瀛唐宋詩舉要引范沖（元長）對這首詩的批判「壞人心術，無君無父」。黃庭堅的讚賞與范沖的批判是否切當，另可深入討論。從內容上來看，前人寫作王昭君時，往往側重抒發昭君出塞的悲怨，王安石這首詩卻能擺脫此一格套，而別出新意。

前面四句概括王昭君辭別漢元帝的情景。後漢書南匈奴傳記載王昭君，字嬙，南郡（今湖北秭歸）人。元帝時以良家子選入漢宮。當時匈奴首長呼韓邪請求和親，元帝欲以宮女五人賜之。昭君因入宮數歲，不得幸見，內積悲怨，故自請和番。臨行之際，元帝因見昭君「豐容靚飾，光明漢宮，顧景裴回，竦動左右」，驚豔而欲留之，可是不能失信匈奴，遂行。又據西京雜記的記載，元帝因為後宮美女眾多，乃使畫工圖其形貌，按圖臨幸。宮人皆賄賂畫工，昭君自恃容貌，不肯與，畫工故意醜化之。及匈奴求親，元帝按圖，以昭君行。及見之，深悔。後來追究此事，「畫工皆棄市」。西京雜記並沒有確斷索賄的畫工是毛延壽，只是羅列了遭到棄市的名畫家，例如陳敞、劉白、龔寬等人，而毛延壽亦在其中。毛延壽擅長「為人形」，而其他諸人「工為牛、馬、飛鳥之際，亦肖人形好醜」。流傳至後，毛延壽卻成為向昭君索賄的畫工。

次四句寫漢元帝究責之事，並提出批判之意。「卻怪」、「幾曾有」、「意態由來畫不成」的詰問與批評，點出昭君所以出塞，起因於皇帝的疏忽，沒有親身觀察宮女，只是委從旁人的見聞。「枉殺」則點出漢元帝不知咎己，只是一味諉過。「枉殺毛延壽」一句並不意味著王安石以為毛延壽即是受賄的畫工，只是強調漢元帝究責失當。

復次四句呼應首四句，擬代王昭君的口吻，假想她到匈奴以後的心聲。九、十兩句寫昭君眷戀故物，將陪嫁的漢宮衣裳，穿到不能再穿為止。十一、十二句寫昭君冀望獲得塞南故國的消息，卻長久未能如願；空見年年鴻雁飛翔而已。這四句極力刻畫昭君思鄉之情。

末四句則藉由家人傳訊，安慰昭君安居胡地。這裡透過陳皇后幽居長門之事與昭君遠嫁匈奴二事對比，昭君遠嫁胡地，能獲呼韓邪的寵愛。阿嬌近居漢宮之內，卻被武帝冷落而幽閉長門宮。從而凸顯不要以居處的遠近，作為衡量人生幸或不幸的標準。其言外隱含了人與人相處，最可貴者在於知心，只要能得到疼愛，在胡在漢，又有何差別？這一層意思，在王安石另一首明妃曲中便明白說出：「漢恩自淺胡自深，人生樂在相知心」而與次四句相呼應。

延伸閱讀

群山萬壑赴荊門，生長明妃尚有村。一去紫臺連朔漠，獨留青塚向黃昏。畫圖省識春風面，環珮空歸月夜魂。千載琵琶作胡語，分明怨恨曲中論。（杜甫詠懷古跡五首之三）

不把黃金買畫工，進身羞與自媒同。始知絕代佳人意，即有千秋國士風。環珮幾曾歸夜月，琵琶帷許託

賓鴻。天心特為留青塚，春草年年似漢宮。（清吳雯明妃）

題樊侯廟❶二首之二　宋　黃庭堅❷

門掩虛堂❸陰窈窈❹，風搖枯竹冷蕭蕭。邱墟❺餘意誰相問，豐沛❻英魂我欲招。
野老無知唯卜歲❼，神巫何事苦吹簫？人歸里社❽黃雲❾暮，只有哀蟬伴寂寥。

注釋

❶題樊侯廟　共有二首，本詩是第二首。樊侯，即樊噲，漢沛縣（今江蘇沛縣）人。早年以屠狗為業，後來跟隨劉邦起兵，立下不少戰功。劉邦入關，欲居止於秦宮室，因樊噲與張良之諫，乃還灞上。項羽設宴鴻門，邀會劉邦，席間范增欲殺之，樊噲持劍擁盾，逕入，護衛劉邦。項羽死，漢王登帝位，封樊噲為舞陽侯。呂后之妹呂須為其妻。高祖病篤之際，謠傳樊噲與呂黨勾結，欲以兵造反。高祖大怒，令陳平軍中斬樊噲。陳平畏呂后，執噲至長安，會高祖崩，呂后釋噲。孝惠六年，噲薨，諡曰武侯。見史記樊酈滕灌列傳。這首詩見於明嘉靖刻本山谷集外集十三卷，今所傳任淵、史宏、史溫黃山谷詩集注未收此詩。全詩藉由描寫樊侯廟蕭衰的景象，寓寄英雄寂寥的感喟。

❷黃庭堅　參頁一八四注❷。

❸虛堂　空寂的廳堂。南朝梁蕭統示徐州弟：「高宇既清，虛堂復靜。」

❹窈窈　音ㄧㄠˇ　ㄧㄠˇ。昏暗的樣子。

❺邱墟　「邱」，同「丘」。土高者為丘，大丘者為墟。此處指地勢高低不平，一片荒蕪之狀。

❻豐沛　豐，古縣名，位於今江蘇沛縣西方，秦時屬沛地。樊噲的故里在此。

❼卜歲　占卜年歲收成的豐歉。

❽里社　里，行政區域。凡里皆立社，以祀土地之神。故「里社」即指人民聚居之村落。

❾黃雲　黃色塵埃飛揚如雲。

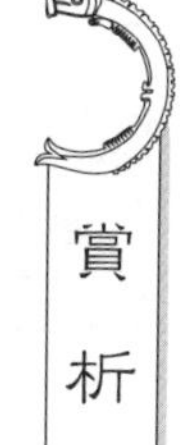

賞析

這首詩前二句從近處描寫樊侯廟的景象。祠廟內廳堂蕭條空寂，在大門的掩蔽下，顯得陰沉昏暗。堂外冷風吹過枯敗的竹枝，發出蕭蕭的風響。上述的景象，暗示了樊侯廟長久乏人管照之意。

三、四句承上而來，上句藉由「誰相問」的反詰語態，點明樊侯廟受到冷落的命運；下句「我欲招」顯明詩人不同流俗的想法，以及英雄相惜的深情。

五、六句轉寫樊侯廟前所從事的祭祀活動。「野老無知唯卜歲」寫田野村夫將樊侯視為預告農事豐歉的神祇。「神巫何事苦吹簫」則指出樊侯廟如今淪為巫師娛神祈福的處所。則樊侯廟的香煙雖然沒有完全斷絕，但是樊侯立廟的初衷卻已經蕩然無存。詩人通過嘲諷的筆法，深刻地傳達英雄不被了解的悲哀。

末二句寫傍晚祠廟前人群散去的景象。塵埃迷漫，而寒蟬哀啼。情景交融，無限傷痛。

樊噲生前忠而受謗，死後又缺乏知音。這種因為耿直而獲罪，以及不被人所理解的孤寂，是自古以來許多從政的文士所共有的經驗，山谷一生對此體味尤深。因為有著共通的經驗，所以能夠尚友古人，雖隔千年而心靈猶能相契，如此一來，閱讀歷史才能成為有意義的活動。

延伸閱讀

蘇武魂銷漢使前，古祠高樹兩茫然。雲邊雁斷胡天月，隴上羊歸塞草煙。回日樓臺非甲帳，去時冠劍是丁年。茂陵不見封侯印，空向秋波哭逝川。（唐溫庭筠蘇武廟）

喬木幽人三畝宅，生芻一束向誰論？藤蘿得意干雲日，簫鼓何心進酒尊？白屋可能無孺子？黃堂不是欠陳蕃。古人冷淡今人笑，湖水年年到舊痕。（宋黃庭堅徐孺子祠堂）

屈賈祠❶

清　黃景仁❷

雀窺虛幕❸草盈墀❹，日暮誰來弔古祠。楚國椒蘭❺猶自化❻，漢庭絳灌❼更何知？千秋放逐同時命❽，一樣牢愁❾有盛衰。天遣蠻荒❿發文藻，人間何處不相思？

注釋

❶屈賈祠　屈，指戰國時楚國大夫屈原；賈，指漢文帝時大中大夫賈誼，洛陽人。全詩描寫經過奉祀屈賈二人的祠廟所見景色，並抒發同情賢人不遇的感慨。

❷黃景仁　參頁二二九注❷。

❸虛幕　空蕩蕩的簾幕。

❹墀 音ㄔˊ。階。

❺椒蘭 本指椒木與蘭草，兩者皆具有香味。另一說指楚國大夫子椒與懷王少子司馬子蘭。史記屈原賈生列傳記載，楚懷王欲入秦，屈原諫阻，而稚子子蘭卻勸王行，懷王因而客死秦國。頃襄王立，子蘭為令尹，使上官靳尚短屈原於王前，王怒，遷屈原。至於子椒，王逸楚辭章句云「行淫慢佞諛之志，又欲援引面從不賢之類，使居親近，無有憂國之心」，可略知其為人。

❻自化 即萬物自然生息消長變化。人之生死，亦是「自化」現象。語出莊子秋水：「物之生也……夫固將自化。」

❼絳灌 指漢初立國的兩大功臣周勃（受封絳侯）與灌嬰。漢文帝超遷賈誼為大中大夫。賈誼建議文帝改正朔、易服色制度，文帝謙讓未遑。因法令更定及列侯就國諸事，皆由賈誼發布主持，故文帝欲使賈誼居公卿之位。周勃、灌嬰知之，乃讒害之，曰：「洛陽之人，年少初學，專欲擅權，紛亂諸事。」文帝因此疏遠之。

❽時命 因時代環境所形成之命限。

❾牢愁 牢騷憂愁。

❿蠻荒 湖南一帶，古以蠻荒之地目之。屈原與賈誼均曾被貶謫至湖南長沙一帶。

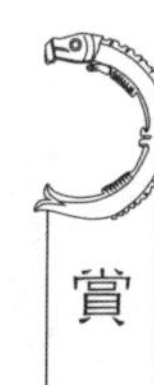

賞析

這首詩首二句寫屈賈祠荒涼的景致。簾幕之內空蕩無物，只見雀鳥頻頻窺探祠內的動靜。「草盈墀」顯示人跡罕至。

次二句由屈賈祠聯想到二人遭受陷害的史事。「猶自化」、「更何知」以疑問的語態，批判了當年陷害屈、賈的權臣們，縱使曾經風雲一時，卻無法抗拒時間，如今都已委身黃土，還有誰理會他們的盛氣呢？「楚國椒蘭」一句亦虛亦實，可實指當前楚地之椒木與蘭草仍然隨自然變化而開開落落；亦可虛想：子椒與子蘭生命已隨自然變化而消逝。

五、六二句則回歸屈賈二人一致的遭遇，以見共祠的用意。「時命」指因特定時代、制度對於人之自由意志所形成的限定，不同於因血氣才性而來的自然命限。屈原和賈誼都是具有才德的文士，卻同樣遭受貶謫的下場，其時代雖相距甚遠，但命限則一。「有盛衰」則指屈原居亂世，賈誼居盛世，處境雖然不同，卻有著共同的悲哀。就屈原而言，他雖處在可「以彼其材，游諸侯」的戰國時代，可是卻執著做楚國的忠臣。此一情況固然與他個人特殊的氣質有關，另一方面則與楚國的政治型態有著密切的關係。從左傳襄公十三年記載楚國子囊所言：「赫赫楚國，而君臨之，撫有蠻夷，奄征南海，以屬諸夏」，可見春秋中期以後，楚國雖然在文化上認同華夏，但是它統一了南方蠻夷，儼然成為與周王室相抗的政治集團，在統治的型態上朝向「一統」發展。這種局面與漢代以來大一統的專制型態相近，故而黃景仁以「時命」來指稱屈賈二人所共同面對的生命困局。

末二句稱頌屈賈二人的文章，傳誦千古。相較於椒蘭與絳灌死後與草木同朽，則屈賈二人生前雖然不得意，被貶逐於蠻荒之地，卻因此而文章炳耀，其高潔忠誠的精神長存人世，到處有人懷念他們，其間得失該如何衡定呢？

延伸閱讀

沅湘流不盡，屈子怨何深？日暮秋風起，蕭蕭楓樹林。（唐戴叔倫題三閭大夫廟）

三年謫宦此棲遲，萬古惟留楚客悲。秋草獨尋人去後，寒林空見日斜時。漢文有道恩猶薄，湘水無情弔豈知？寂寂江山搖落處，憐君何事到天涯？（唐劉長卿過賈誼宅）

第五章　在古典詩中，照見真實的自我

西施是歷史上公認的美女，東施則是醜女的代名詞。有關這二人的故事，莊子天運早有記載。還未效顰之前的東施，也許只是個平凡的女子，談不上有多醜。可是當她一味放棄自我，盲目地模仿西施的時候，就醜態畢露了。鍾離春，亦是個醜女；可是她卻坐上許多美女都未必能夠擁有的皇后寶座。根據漢代劉向列女傳的記載，鍾離春不畏自己醜陋的容顏，進宮在齊宣王面前暢言治國之道。從她的內在所散發出來的魅力，令齊宣王深深著迷。唐朝詩人李端雜詩中曾云：「無鹽何用妒西施」；無鹽，指的就是鍾離春。鍾離春肯定自我，知道自己的長處，並擅於表現，因而獲得歷史的掌聲。

一個人的生活是否能夠過得精彩，是否能夠找到生命意義，端視他是否能夠發現自我，以及堅持自我。然而，找尋自我卻是一連串徬徨掙扎的過程。各式各樣的社會價值觀，像一個又一個的框架，不斷地限定人們的思考：該怎樣裝扮才符合流行；該讀什麼科系，才能跟上時代的潮流；該住什麼樣的房子，才能顯出地位氣派等等。其實，敢於衝破這些社會框架而不被框限的人，反而能彰顯自我的光彩。就像元代關漢卿的散曲不伏老：「我卻是蒸不爛煮不熟搥不扁炒不爆響噹噹的一粒銅豌豆」，這種生命情調，最常見於英雄的身上。不過，英雄並非人人都當得成，弄不好就是粉身碎骨。因此，有些人懂得適度地吸納社會的價值觀以調整自我，才能優遊於層層的社會框架中，而不至於因傲物而傷生。這種生命情調，最常見於智士的身上。對於一般人而言，自我總是擺蕩在順從與抗拒社會框架之間，因為我們總是很在意別人的看法，故而會產生不安、迷惘的情緒，這當然也是一種自我的樣態。甚且，很多人必須經歷這樣徬徨掙扎的過程，最終才能找到自我的定位。

基此，本書從古典詩中挑選了若干抒發自我意緒的典範性作品，與讀者分享，希望藉由這些詩人自我醒覺的經驗，可以提供讀者思索自我的借鑒。對於古代詩人而言，最明顯地表現思索自我的作品，大體與宦途上「出處進退」的境遇，以及是否獲得知音的感知，有密切的關係。這方面與現代人從社會致用的角度思索自我的定位，可相互呼應。

歸園田居乃是詩人抒發辭官歸隱心情的作品。回歸故里之後，詩人雖然必須從事繁重的農務，但是他甘之如飴，藉此顯示順適自我呼喚的愉悅。在獄詠蟬乃是詩人抒發因罪遭囚心情的作品。詩人以蟬自喻，表現出即便外在環境汙濁險惡，甚至承受不被理解的痛苦；但是仍然堅持高潔的情操。登幽州臺歌乃是詩人因宦途失意，登幽州臺有感之作。以小我生命飄浮於歷史長流之外的意象，這篇作品精確地傳遞出人們面對生命價值失落時，所產生的迷惘與哀傷。

照鏡見白髮凸顯了年華逝去而壯志難酬的焦慮。涼州詞呈現了面對無法抗拒、無法自主的生命悲情時，以表面的曠達來掩飾內心的恐懼與無奈的矛盾。月下獨酌則藉由邀請月、影共飲的樂事，寫盡英雄聖賢因為超越群眾而不被世人所理解的孤獨。

日沒賀延磧作乃詩人因為求取功名而置身邊地，面對荒寂的大地，不禁對向來堅持追求的事業，產生了懷疑。節婦吟乃是詩人面對知音的賞遇，以及個人進退的操守，二者之間發生衝突時，內心掙扎的境況。六月二十日夜渡海係詩人飽受遷謫的苦難之後，仍達觀看待人生的態度，從中我們可以領略到詩人自我主宰生命價值而不被外物所支配的不凡胸襟。過零丁洋描寫詩人捨生取義，這種堅持氣節的精神，足為愛國詩人的代表。

讀完了這些作品之後，讀者們是否受到啟發，而對自我有更深入的思索呢？更重要的是，讓詩人真實無偽的心靈，為你照見自我的樣貌。

歸園田居❶五首之三　晉　陶淵明❷

種豆南山❸下，草盛豆苗稀。晨興❹理荒穢❺，帶月❻荷鋤歸。道狹草木長，夕露沾我衣；衣沾不足惜，但使願無違。

❶歸園田居　這組詩共五首，大約作於東晉安帝義熙二年，此時詩人因「不堪吏職」辭去彭澤令，返回鄉里的第二年。整組詩各首之間相互照應，充分抒發歸耕之樂。本詩取其中第三首，描寫田園躬耕的實務及情味。

❷陶淵明　參頁一〇二注❷。

❸南山　指廬山。在陶淵明的故里在柴桑（今江西九江）附近。

❹晨興　早晨起床。

❺理荒穢　意指芟理雜草。理，整理。荒穢，雜草。

❻帶月　伴著月光。

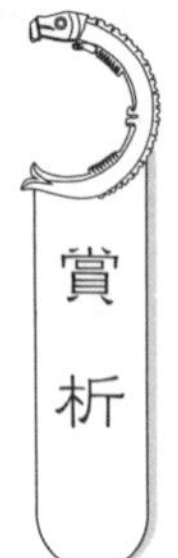
賞析

陶淵明對於田園生活的愛好，乃出自於性情。歸園田居第一首「少無適俗韻，性本愛丘山」。「俗韻」指的就是那種以名利富貴為價值的人生方向。「性本愛」則指出淵明對於山水的喜愛乃是出自本性。一般人往往在追逐功名的過程中，受到挫折，才轉而隱居山水。這是逃避失敗的手段，並非真的以山水田園為人生的歸宿。因此，就算身在山水田園之間，也無法達到當下即是的安定感；而往往迷失於蒐求奇山異水，永無寧心的一日。還有一些人，把山水田園當作獵取功名的手段。這是看準了當權者想要營造開明統治的心理，總要表示禮敬隱士，徵請出仕。在這種情況下，除非山水真的幫他掙到了名利，否則他將栖栖終日，怨天尤人。

倘若山水田園的生活，一向安逸，真可無憂無慮；而人本來就是好逸惡勞的動物，則陶淵明對於山水田園的喜好，也就稱不上「適性」，當然也就不值得後人如此推許。正因為田園生活有其勞動辛苦的一面，而詩人仍甘之如飴，這才使我們真切體會到他對田園的喜好，是出自本性。而他所營造出來獨特的田園生活，也就是自我價值的全幅朗現了。

首二句寫詩人種豆的地點以及種植的情況。「草盛豆苗稀」，可見種植的成果並不理想。三、四句寫詩人農事的時間。從「晨興」到「帶月」，可見詩人付出的時間甚多，然而若與前二句相較，則可以體會詩人付出與收成之間不成比例的那種辛勞。五、六句寫詩人因農事而衣著狼狽之狀。「草木長」係指田野荒蕪，有待整理，呈現農事繁雜的一面。「沾我衣」意味衣服沾滿露水，毫不光鮮。農事繁忙，容易讓外貌髒亂；同時天候難以掌握，未必有穩定的收入，基於功利報酬的考量，一般人對於農事往往不樂為之。然而，末二句「衣沾不足惜，但使願無違」則充分表露了詩人不懼農忙，甚至樂在其中的歡愉。所謂「願無違」可見農事本身，就是喜樂的泉源，就是成就的保證。當一個人能夠從內在自我肯定，而不再需要外在獎賞的肯定時，他的生命才能絕對逍遙。

選析陶淵明的詩，並不是為了把愛好山水田園，塑造成一個絕對理想的人格型態。因為每個人的「本性」都不同，誰都無須放棄自我，全然依隨別人的生命格套去過活。欣賞陶淵明的詩，著重於體會他自我覺醒的精神。果能如此，那麼「性本愛丘山」的讀者，固然可以追慕淵明；「性喜好貨利」的讀者，也應該在鈔票中活出自己。

延伸閱讀

軟草平莎過雨新，輕沙走馬路無塵。何時收時耦耕身？　日暖桑麻光似潑，風來蒿艾氣如薰。使君元是此中人。（宋蘇軾浣溪紗徐門石潭謝雨，道上作五首之五）

野外罕人事，窮巷寡輪鞅。白日掩荊扉，虛室絕塵想。時復墟曲中，披草共來往。相見無雜言，但道桑麻長。桑麻日已長，我土日已廣，常恐霜霰至，零落同草莽。（陶淵明歸園田居五首之二）

在獄詠蟬❶

唐　駱賓王❷

西陸❸蟬聲唱，南冠❹客思侵。那堪玄鬢❺影，來對白頭❻吟。露重飛難進❼，風多響易沉❽。無人信高潔，誰為表予心？

注釋

❶在獄詠蟬　高步瀛唐宋詩舉要卷四引錄清陳熙晉注，指出詩人因為任侍御史時，上疏諷諫而得罪當權，受誣陷以先前為長安主簿坐贓之罪入獄，在獄中寫作這首詩。當時是高宗儀鳳三年至調露元年之際。詩前有序，可以獲知詩人寫作的動機在藉著詠蟬，表露一己高潔的心志。

❷駱賓王　婺州義烏（今浙江金華）人。生卒年不詳。初為道王李元慶的僚屬，離開道王府後，閒居齊魯十二年。高宗乾封二年授奉禮郎，後從軍出塞，奉使巴蜀。母去世，返家居喪。期滿，調任長安主簿，坐贓。復於侍御史任上，數上疏言事，冒犯當權，被誣入獄，期間達一年。睿宗文明元年，徐敬業起兵討伐武后，駱賓王為之傳檄天下。徐敬業敗，駱賓王亡命，不知所終。與王勃、楊炯、盧照鄰並稱「初唐四傑」，有駱臨海文集。

❸西陸　指秋天。隋書天文志云：「日循黃道東行，……行西陸謂之秋」。

❹南冠　本指南方楚人所戴的冠帽，見左傳成公九年：晉侯視察軍府，楚國伶人鍾儀「南冠而縶」。晉侯問其身分。有司回答：是鄭人所獻楚囚。後以「南冠」喻指囚犯。

❺玄鬢　指蟬，因為蟬為黑色。

❻白頭　詩人入獄時，約已六十歲。白頭指其年紀老大。

❼露重飛難進　此指蟬翼因為被露水濡溼，舉翅困難。

❽風多響易沉　此指狂風將蟬聲吹散，無法遠播。

賞析

這首詩藉著描寫蟬的鳴聲、處境、居處、飲食來自喻，從而表露對自我的堅持。首二句點明蟬鳴的季節，以及此刻詩人的遭遇。秋天聞蟬，本足以令人感傷；更不堪的是，正逢作客他鄉，又遭囚禁的悲慘際遇。情感層層遞進，加重了哀痛的強度。

三、四句，又將此哀情推進一步。透過蟬「玄鬢」的特徵與一己「白頭」的對比，凸顯詩人年老遲暮之狀。因而他鄉作客，復逢牢獄之災，本是無可忍受之痛，復值年老之軀，則此痛幾乎難以負荷了。

五、六句描寫秋蟬處境危困。「露重」、「風多」是惡劣的外在環境。「飛難進」、「響易沉」則指蟬難以飛翔，無從揚聲的困境。詩人以此類喻，則「露重」、「風多」喻人生道路充滿險阻之意，更切實地說，則當權者之專橫與諛佞者之讒言，便隱約言外了。「飛難進」、「響易沉」則喻詩人難以受到重用；而上疏言事，更是不達天聽。

末二句則藉蟬之居處、飲食，類喻自身的節操。「高潔」本指蟬棲身高枝，餐風飲露的習性，在詩人有情的觀照下，這些習性均成了詩人投射自我的最佳象徵。「高潔」因而含有清高，不同流合汙的人格意義。「無人信」、「誰為表」二句傾吐了詩人的心志不被信任、無從表白的苦悶。

真正的強者，往往承受最深沉的寂寞。詩人因為自己的高潔「無人信」、「誰為表」而滿懷傷感，此為人之常情；然而這也表現了他的生命猶有所待，未能達到超曠自足的境界。

延伸閱讀

垂緌飲清露，流響出疏桐。居高聲自遠，非是藉秋風。（唐虞世南蟬）

本以高難飽，徒勞恨費聲。五更疏欲斷，一樹碧無情。薄宦梗猶泛，故園蕪已平。煩君最相警，我亦舉家清。（唐李商隱蟬）

登幽州臺歌❶

唐　陳子昂❷

前不見古人，後不見來者；念天地之悠悠❸，獨愴然❹而涕下。

注釋

❶登幽州臺歌　幽州臺，即薊北樓、燕臺，傳說燕昭王曾於此處築黃金臺，用來招納賢士。幽州，治所在今北京市大興縣。歌，屬於「歌行」，泛指後人模仿漢樂府的作品。唐人這類作品，往往只著重風格的承襲，而不講求合樂。徐師曾文體明辨云：「其放情長言，雜而無方者曰歌」，指出了以「歌」為題的詩，著重抒發慷慨激騰的情感。這首詩是詩人登上「幽州臺」後，面對蒼茫的天地，有感於生命存在之孤寂而作。

❷陳子昂　參頁一三三注❷。

❸悠悠　長遠貌。

❹愴然　悲痛的樣子。

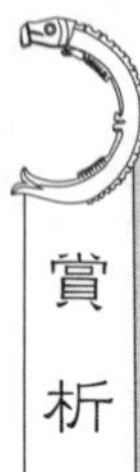

賞析

武后萬歲通天元年，建安郡王武攸宜北征契丹，陳子昂隨行。為求表現，陳子昂進言獻策，可惜不被採用。根據盧藏用陳氏別傳可知，陳子昂知道自己的意見與當權者不合，「因鉗默下列，但兼掌書記而已」。公暇之餘，他登上薊北樓，想起燕昭王築黃金臺招納賢士而得名將樂毅之事，心有所感，作了薊丘覽古盧居士藏用七首，並流淚歌唱登幽州臺歌。

綜上可知，詩人在創作這首詩時，正面臨著「求用」卻「無所施用」的窘境。「才」是內在自具的性能，未經實踐之前，它只是抽象的存在；必待社會實踐之後，它才能發揮具體的功效，從而讓生命找到價值的所在。因此當內在的才能，無法找到適切的施用場域時，人們往往感到焦慮、迷惘，甚至產生自我否定的念頭。

這首詩第一句，寫前人已遠，無從追跡。次句寫來者之蹤，猶渾茫無知。這二句表現了詩人想在古今相繼的歷史長流中，找到可以立身的位置，不幸這樣的想望，眼前盡是落空。因為感受到自我被摒棄在此一歷史長流之外，孤寂地飄蕩在無邊無際的宇宙中，無處掛搭，是故心頭湧起強烈的悲傷。此時，詩人所感受到價值失落的哀痛，已經超越個殊的遭遇，而契入了古往今來多數人共同的生命存在感。這首詩的價值，因此也就由個殊的登覽之作，提升到抒寫全人類生命經驗的高度。

延伸閱讀

我本不棄世，是人自棄我。一乘無倪舟，八極縱遠柂。燕客期躍馬，唐生安敢譏。採珠勿驚龍，大道可暗歸。故山有松月，遲爾翫清暉。（唐李白送蔡山人）

照鏡見白髮❶

唐　張九齡❷

夙昔青雲志❸，蹉跎白髮年。誰知明鏡裡，形影自相憐。

注釋

❶照鏡見白髮　全詩抒發年華逝去的焦慮。

❷張九齡　字子壽，韶州曲江（今廣東樂昌南）人。生於唐高宗儀鳳三年（西元六七八年），卒於唐玄宗開元二十八年（西元七四〇年）。武則天神功元年進士及第，又中制舉，授校書郎。玄宗先天元年，進左拾遺。開元十年，張說為宰相，親重九齡，稱他為「後出詞人之冠也」。宇文融、李林甫彈劾張說，九齡連坐，遭外放冀州任刺史，後轉任桂林都督，兼嶺南道按察選補使。開元二十二年，任中書令，舊唐書張九齡傳載：「天長節百僚上壽，多獻珍異，唯九齡進金鏡錄五卷，言前古興廢之道，上賞異之。」李林甫舉薦牛仙客為尚書，九齡諫阻。李林甫不悅，向玄宗進讒言，玄宗於秋日賜九齡白羽扇，從此疏遠之。後罷知政事，復貶為荊州長史。因病而卒。有曲江集二十卷。

❸青雲志　高遠宏大的志向。王勃滕王閣序：「窮且益堅，不墜青雲之志」。

賞析

這首詩首二句呈現今昔心志的轉變。「夙昔」一句指過去積極建立功業的心境。而「蹉跎」一句，一方面寫歲月消逝，青春不再；另一方面則指凌雲之志逐漸磨損。末二句則流露顧影自憐，不被人知的傷感。「誰知」可見無人理解的苦悶。「形影自相憐」，指鏡外的形軀與鏡內的身影相互憐惜。

當人們遭遇挫折的時候，往往容易將視域集中在一己的身上，而難以接納旁人的勸慰。一方面感覺自己是全天下最不幸的人；另一方面又認定旁人沒有自己的遭遇，無法契入內心真實的感受。這首詩末二句將這類自艾自憐的心態，很精簡地勾勒出來。

延伸閱讀

李白的秋浦歌末二句的詩意，與此詩若有相似之處。二人均從白髮所呈現形貌上的變化，引生暮年之愁。然而李白是「不知明鏡裡，何處得秋霜」，這種驚覺的反應，顯示了李白灑脫的性情，並不時時憐視自己的衰老；與張九齡這首詩比較起來，呈現了不一樣的人生觀。

白髮三千丈，緣愁似箇長。不知明鏡裡，何處得秋霜。（唐李白秋浦歌十七首之十五）

獨坐悲雙鬢，空堂欲二更。雨中山果落，燈下草蟲鳴。白髮終難變，黃金不可成。欲知除老病，惟有學無生。（唐王維秋夜獨坐）

鏡裡流年兩鬢殘，寸心自許尚如丹。衰遲罷試戎衣窄，悲憤猶爭寶劍寒。遠戍十年臨的博，壯圖萬里戰皐蘭。關河自古無窮事，誰料如今袖手看？（宋陸游書憤）

涼州詞❶二首之一　　唐　王翰❷

葡萄美酒夜光杯❸，欲飲琵琶❹馬上催。醉臥沙場君莫笑，古來征戰幾人回。

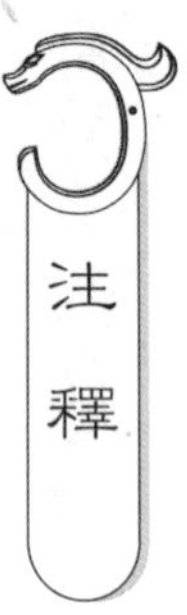

❶涼州詞　涼州，在今天的甘肅武威。樂府詩集近代曲辭中曾收有涼州歌，樂苑記載涼州是「宮調曲」，由開元中西涼都督郭知運所進獻。涼州是大曲，其結構複雜。王翰的涼州詞，是大曲中所配唱的一支曲詞，有二首，此為第一首，全詩抒發欲赴戰場前的無奈以及悲鬱的豪情。

❷王翰　字子羽，并州晉陽（今山西太原）人。生卒年不詳。唐睿宗景雲元年登進士第。少豪蕩，恃才不羈，自比王侯。并州刺史張嘉貞厚遇之。張說鎮并州時，尤加禮遇；及參政，召王翰為祕書省正字，擢駕部員外郎。張說罷相，王翰出任仙州別駕，因縱情田獵飲宴，再貶道州司馬，卒。

❸夜光杯　本指西胡獻給周穆王的「夜光常滿杯」，見漢東方朔海內十洲記：「周穆王時，西胡獻昆吾割玉刀及夜光常滿杯，……杯是白玉之精，光明夜照。冥夕出杯於庭以向天，比明而水汁已滿杯中也」。此處泛指珍貴的酒杯。

❹琵琶　胡地所用的彈撥樂器之一。劉熙釋名釋樂器云：「批把本出於胡中，馬上所鼓也。推手前曰批，引手卻曰把，象其鼓時，因以為名。」舊唐書音樂志：「五弦琵琶，稍小，蓋北國所出」。為唐代坐部伎及立部伎中常用之樂器。

這首詩前二句寫將赴戰場前縱情歡樂的場景。首句，「葡萄」寫酒液醇美。「夜光杯」寫酒器華貴。雖只寫飲宴之一隅，然而不難想見宴會的華奢與人群歡樂的激情。次句，寫出征之樂催人起行。「欲飲」呈現放縱物欲的渴望。「催」則點出征戰的時間迫在眉睫。在「欲飲」與「催」之間呈現了矛盾的張力。

末二句寫縱情飲酒的豪情。「醉臥沙場」，「醉臥」呼應首句的「美酒」，顯示了詩人在「充分享樂」與「清醒赴戰」之間選擇了前者。但是這種選擇的結果，與那些貪好杯中物的酒徒或是以享樂為人生意義的紈絝子弟不同。是故「君莫笑」意指希望旁人不要以常情來誤解自己飲酒的動機。此舉表達了強烈自我辯解的意味。末句點出醉飲的真正動機，在於「征戰等同赴死」的無奈。

戰爭，是人為的災難，也是因時代而來的命限。戰爭是集體意志的展現，由國家機器來操縱，其間沒有個人意志存在的空間。對於參與征戰的士卒而言，他們被迫加入戰場，像草芥般犧牲生命，不可能擁有實踐自我價值的自由。既然，遭遇這樣的時命，那麼該如何面對呢？詩中極寫物質的享樂，表面上似乎展現了不畏死亡的曠達，其實只是為了掩藏、逃避內心的恐懼，因為清醒地面對一場無法抗拒、毫無意義地犧牲生命的悲劇，真的太難了。

延伸閱讀

誓掃匈奴不顧身，五千貂錦喪胡塵。可憐無定河邊骨，猶是春閨夢裡人。（唐陳陶〈隴西行〉）

九月匈奴殺邊將，漢軍全沒遼水上。萬里無人收白骨，家家城下招魂葬。婦人依倚子與夫，同居貧賤心亦舒。夫死戰場子在腹，妾身雖存如晝燭。（唐張籍〈征婦怨〉）

青海長雲暗雪山，孤城遙望玉門關。黃沙百戰穿金甲，不破樓蘭終不還。（唐王昌齡〈從軍行〉）

月下獨酌❶

唐 李白❷

花間一壺酒，獨酌無相親。舉杯邀明月，對影成三人。月既不解飲，影徒隨我身。

暫伴月將❸影，行樂須及春。我歌月徘徊，我舞影凌亂。醒時同交歡，醉後各分散。永結無情遊，相期邈雲漢。

注釋

❶月下獨酌　這首詩約作於玄宗天寶三年，共有四首，此為第一首。全詩抒發月下獨飲的寂寞情懷。

❷李白　參頁一四五注❷。

❸將　和；與。

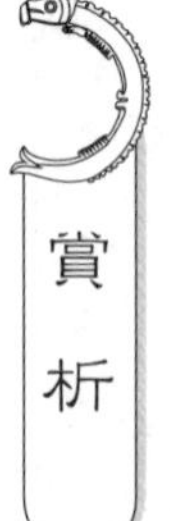

賞析

這首詩寫李白的孤寂，表面上很歡樂，內在卻隱含著深沉的悲涼。他的孤獨來自超越眾人，因而不被眾人所賞知，甚至遭到誤解。杜甫夢李白：「冠蓋滿京華，斯人獨憔悴」，頗能體會李白的孤寂。這是強者的孤寂，一如李白在將進酒所謂：「古來聖賢皆寂寞」。由於能夠以小我之生命，寫大我之共感，使得此篇詩作受到歷代文人所喜愛。

首二句，正面寫自己遺世的孤獨。「無相親」可有二層意義：一層指沒有人肯來親近，一起飲酒；另一層指詩人不想和人親近。這二層意義相依而存，因為人是彼此對待的。

三、四句，突生奇想，邀月與影共飲。從邀月與對影的行為來看，肯定了月和影之可親，則言外便含有人不可親之意。

五、六句，否定自己前述對於月、影的觀照。就客觀的事實而言，月是無情之物，遠在天邊，如何與詩人開懷暢飲；影子只是虛幻之象，依附在人的身上，無知無感，甚且一旦光線消失了，影子也跟著無蹤。那麼如何期待這樣無知而飄忽之物，能夠互通心曲呢？相較於前二句的肯定，此處卻轉生否定，可見詩意頓挫之樣態。

七、八句，寫聊盡及春行樂的心情。「及春」寫詩人珍惜美好時光。雖然明知月、影無情，卻還是暫時同樂。則人間無可樂之事的悲哀，言外不難推知。其表面雖寫歡樂，其實隱含著悲痛。

九、十句，寫月影交舞的狀態。表面上看來，詩人又歌又舞，有月、影相伴，而顯得熱鬧極了。事實上，偌大的空間裡，只見詩人醉酒後喃喃自語以及淩亂的腳步。

末四句，寫詩人似達而鬱的情思。清醒之時，詩人只想與月、影交遊。在有知的心境下，詩人自覺地遠離人群。他何嘗不想融入群體呢？否則便不會有找尋友伴共同飲酒的渴望，可是現實的社會裡，有多少人了解他、接納他呢？故而不如遁入另一個迷醉無知的世界吧。既然無知，那麼與月、影的分別，就不會令人感到傷痛。

「永結無情遊」二句，是決絕之語。既然人間無可親之友，那麼乾脆與月、影之物定交，既不須要付出情感，也不會有遭受傷害之虞。這並不是表示詩人完全沒有感情了；而是因為有情的心靈，將使他受不了人間無情之苦。

延伸閱讀

君不見黃河之水天上來，奔流到海不復回。君不見高堂明鏡悲白髮，朝如青絲暮成雪。人生得意須盡歡，莫使金樽空對月。天生我材必有用，千金散盡還復來。烹羊宰牛且為樂，會須一飲三百杯。岑夫子，丹丘生，將進酒，君莫停。與君歌一曲，請君為我傾耳聽。鐘鼓饌玉不足貴，但願長醉不用醒。古來聖賢皆寂寞，唯有飲者留其名。陳王昔時宴平樂，斗酒十千恣歡謔。主人為何言少錢？徑須沽取對君酌。五花馬，千金裘，呼兒將出換美酒，與爾同銷萬古愁。（唐李白將進酒）

日沒賀延磧作❶

唐　岑參❷

沙上見日出，沙上見日沒。悔向萬里來，功名是何物？

注釋

❶日沒賀延磧作　全詩由邊地觀看日落，引生追求功名的悔意。賀延磧，地名，即莫賀延沙磧，又名莫賀磧，位於今新疆哈密東南。磧，音ㄑㄧˋ。沙漠。這首詩作於天寶十三年，詩人赴北庭途中。

❷岑參　祖籍南陽（今河南南陽）。約生於唐玄宗開元三年（西元七一五年），約卒於唐代宗大曆四年（西元七六九年）。天寶三年進士及第，任職參軍。天寶八年到十年首次出塞，安西節度使高仙芝辟為書記。天寶十三年到至德二年，再次出塞，安西、北庭節度使封常清辟為判官。東歸後，累官左補闕，後出任嘉州刺史。大曆元年赴蜀，任劍南西川節度使杜鴻漸的幕僚，由於中原多故，遂客居蜀地不還，卒於成都，有岑嘉州集七卷。

賞析

有人總是對於未來充滿計畫，然而最後卻發現當初所想者，全然不符合眼前所需。莊子列禦寇曾經敘述朱泙漫向支離益學習殺龍的技術。在學習的過程中，他幻想將來可以施展絕技的情態。三年後，他學成了，卻發現無龍可殺。人活在世上，真的能夠準確知道自己真正需要的是什麼嗎？很多時候，我們在想像中把事物美化了，把未來簡化了，以致最終發現原先盡力追求的事物，其實並不是自己想要的。這首詩揭示了此一人生問題。

胡震亨唐音癸籤卷二十七談叢提到「唐詞人自禁林外節鎮幕府為盛，如高適之依哥舒翰，岑參之依高仙芝，杜甫之依嚴武，比比而是；中葉後猶多。蓋唐制，新及第人例就辟外幕，而布衣流落之士，更多因緣幕府，躡級進身。」透過這段唐朝官制的說明，我們可以了解詩中所提及遠赴邊塞與功名之間的關係。

這首詩的情意，集中在「悔」字。詩人見到邊塞地方，只有永無休止的日出日落，個人的青春，在單調的沙地裡，無聲無息地流失，不由得發出後悔追求功名的感嘆。然而「功名」是促使詩人遠赴邊塞的最大誘因。只要功名到手了，又何必在乎年歲的消逝？可是詩人卻說「功名是何物？」顯然他感知到了將生命虛耗在邊塞之中，所付出的代價，恐怕不是功名所能抵償。

那麼我們不妨想想，詩人因為將生命虛耗在邊塞之中，他損失些什麼？最大的損失，恐怕是與摯愛的親友相聚的時光。人命有限，等到白首，就算凱旋歸來，卻無人可以分享這分榮耀，那將是多麼令人扼腕的事。對於這些平淡的事物，當腦海被功名充塞之際，無法感知它們的珍貴。唯有當一個人孤獨地面對蒼茫無垠的天地時，才會感受到它的重要。

延伸閱讀

杜門不復出，久與世情疏。以此為長策，勸君歸舊廬。醉歌田舍酒，笑讀古人書。好是一生事，無勞獻

子虛。（唐王維送孟六歸襄陽）

生者為過客，死者為歸人。天地一逆旅，同悲萬古塵。月兔空擣藥，扶桑已成薪。白骨寂無言，青松豈知春？前後更歎息，浮榮何足珍。（唐李白擬古十二首之九）

節婦吟❶寄東平李司空師道　唐　張籍❷

君知妾有夫，贈妾雙明珠。感君纏綿意，繫在紅羅襦❸。妾家高樓連苑起，良人執戟❹明光❺裡。知君用心如日月，事夫誓擬同生死。還君明珠雙淚垂，恨不相逢未嫁時。

注釋

❶節婦吟　從這首詩的題目可知，寄詩的對象是李師道。李師道是中唐時頗跋扈的藩鎮，在憲宗元和五年時，任檢校尚書右僕射，十一年加司空之位。他十分欣賞張籍的才幹，想要徵用張籍。張籍寫作此詩，婉拒李師道之請。

❷張籍　字文昌，原籍吳郡（今江蘇蘇州），後寓居和州烏江（今安徽和縣烏江鎮）。約生於唐代宗大曆元年（西元七六六年），約卒於唐文宗大和四年（西元八三〇年）。德宗貞元十五年登進士第，累官太常寺太祝、國子助教、祕書郎。復經韓愈力薦，任國子博士。性狷直，即便面對韓愈，亦不改諷諫本色。孟郊寄張籍詩中曾稱之「西明寺後窮瞎張太祝」，可以想見張籍的仕途，並不十分得意。有張司業集。

❸羅襦　質地佳美的短衣。

❹執戟　意指侍衛之職。戟，兵器。

❺明光　本指漢未央宮西側的明光殿，因以金玉為簾，日夜光彩，故名。此可見三秦記。此外，雍錄卷二記載，漢代有三處「明光宮」。此處泛指朝廷宮殿。

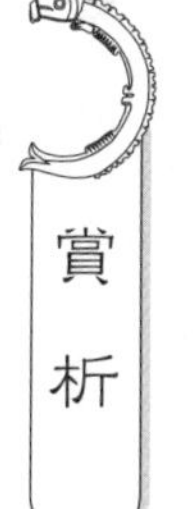

賞析

詩人藉著「節婦」自喻，婉轉地表露心跡。李師道貴為朝廷的重臣，然而對朝廷的態度倨傲；是故當他徵辟張籍時，張籍有所矜持而予以拒絕。然而李師道的賞識，對於張籍來說，也是難得的知音。當張籍面對可以施展抱負的機會，與潔身自守的選擇時，難免有些遲疑，這首詩最令人動心之處在此。另外，李師道的權勢與跋扈，也不宜直接得罪。否則，恐招禍端。

全詩假擬有夫之婦的口吻，揣寫女子面對追求者的心理過程，藉此類喻自己與李師道之間的關係。首二句寫男女之間的關係，以及女子所收到的贈物。三、四句寫女子如何對待禮物。「繫」的行為，表現了女子對追求者充滿感動的謝意。五、六句寫女子的居處及丈夫的英姿。「高樓連苑」顯示物質生活富裕，「良人執戟」則表示良人也是俊傑人物。如此丈夫可以託付終身。七、八句寫女子面對追求者與丈夫之間兩難的內心衝突。「如日月」誇讚追求者心地坦誠光明，對女子沒有非分之想，這分愛情實在可貴。「誓擬同生死」則表現女子與丈夫之間更存在著山盟海誓的決心。末二句寫女子忍痛放棄追求者，不免抱著無緣的遺憾。

宋朱熹以為張籍自喻節婦，其實不節；而清吳喬圍爐詩話卷三則云：「張籍此詩若無『感君纏綿意，繫在紅羅襦』二語，即徑直無情」。這些不同的論斷，呈現了不同時代文士面對出處進退的不同思考。這首詩所涵具個人「事業」與「操守」二者衝突的意義，也值得我們深入的思考。如何拒絕別人的好意，其實也是一種語言藝術。

延伸閱讀

主家十二樓，一身當三千。古來妾薄命，事主不盡年。起舞為主壽，相送南陽阡。忍著主衣裳，為人作春妍。有聲當徹天，有淚當徹泉。死者恐無知，妾身長自憐。（陳師道妾薄命二首之一）

按：陳師道早受知於曾鞏，許為曾鞏門人。東坡賞其才，欲收歸門下。陳師道作此詩以明志，以謝絕東坡好意。

六月二十日夜渡海❶

宋　蘇軾❷

參橫❸斗轉❹欲三更，苦雨終風也解晴。雲散月明誰點綴❺？天容海色本澄清。空餘魯叟乘桴意❻，粗識軒轅奏樂聲❼。九死南荒吾不恨，茲遊奇絕冠平生。

注釋

❶六月二十日夜渡海　根據王宗稷蘇文忠公年譜，可知這首詩作於哲宗元符三年。當時蘇軾在儋州（今海南島），因逢大赦，量移廉州（在今廣東）安置，於六月二十日夜渡海。全詩抒發屢遭貶謫的感悟，表現出清曠超逸的胸襟。

❷蘇軾　參頁一八二注❷。

❸參橫　參星橫空的時間，約初秋之時。

❹斗轉　斗杓迴轉，表夜間時序之移動。斗，即北斗星座。

❺雲散月明誰點綴　意謂烏雲散去，孤月朗照於天，一片空曠清明，更須何物點綴？語出晉書謝重傳，謝重擔任會稽王道子的驃騎長史，陪侍於道子之側。道子見到月夜明淨的景象，十分讚賞。謝重隨口回應：「如果加些微雲點綴，更好」，道子因而取笑謝重，說他心地不潔，想要汙染這片明淨的天空。

❻空餘魯叟乘桴意　此句以孔子乘桴典故，喻指自己如今只餘超脫塵世，歸隱江海之意。空餘，只剩之意。魯叟，指孔子。論語公冶長云：「子曰：道不行，乘桴浮於海」，後便以「乘桴於海」指因不得施展自己的抱負，而遠離塵世之意。

❼粗識軒轅奏樂聲　意指大略體會到了道家「無為無己」的境界。粗識，大略領會之意。軒轅，指黃帝。莊子天運記載黃帝之臣北門成與黃帝的對話，陳述三次聽聞「咸池之樂」的感受，藉此傳達「至樂即道」的玄理。所謂「至樂」，不在形式上的聲律，而在於奏樂或聞樂者以「無己」之精神，去符應「自然」之理。

賞析

這首詩乃是蘇軾歷經重重磨難之後，面對世事而有所徹悟之作。從中我們可以感受到他曠達的人生觀。首二句寫渡海的時間。「參橫斗轉欲三更」呼應題目「六月二十日夜」。次句寫風雨停歇，含有「虛」、「實」二義。實義指夜晚雨晴之景，虛義指人生苦難的終結。

三、四句寫雨後月出之景。這二句也有虛實之義。實義指雨停了，天空萬里無雲，月亮顯露光輝的佳景。當此際，月光照在海面上，一片澄靜清明的樣子。此義呼應了次句。王宗稷以為上句隱指章惇，章惇陷害蘇軾是「以小人之心度君子之腹」的行徑。下句指蘇軾自己，心中一片坦蕩光明。此處固然不必如王宗稷一般實指特定人物，然而這二句的確含有虛義，泛指蘇軾自認心中真誠出於本性，不是政敵的抹黑與曲解所能掩蔽。

五、六句寫出處進退的省思。上句用孔子乘桴的典故，以喻示自己歷經政治上的挫折，已了悟名利不可恃，而大道之難行，故只剩超離塵世，歸隱江海之意。下句從軒轅奏樂的典故，隱寓自己體會到了道家「泯除自我」與「安時處順」的心靈境界。

末二句可見詩人面對苦難時所展現超脫的襟懷。縱使置身蠻荒險地，幾近於死，詩人心中仍無怨恨。尾句意謂這趟蠻荒之行，讓他領略到終生所未嘗遊歷過的奇景。將旁人所謂貶謫之苦，從主觀心態上轉化為逍遙之遊。苦樂由內心而不由外境，確可呼應前述「粗識軒轅奏樂聲」的理趣。

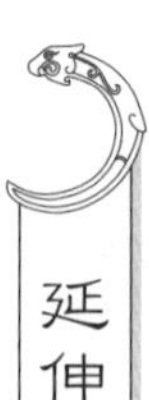

延伸閱讀

久為簪組累，幸此南夷謫。閒依農圃鄰，偶似山林客。曉耕翻露草，夜榜響溪石。來往不逢人，長歌楚天碧。（唐柳宗元溪居）

莫聽穿林打葉聲，何妨吟嘯且徐行！竹杖芒鞋輕勝馬，誰怕？一簑煙雨任平生。　料峭春風吹酒醒，微冷。山頭斜照卻相迎。回首向來蕭瑟處，歸去，也無風雨也無晴。（宋蘇軾定風波）

過零丁洋❶

宋　文天祥❷

辛苦遭逢起一經，干戈落落❸四周星❹。山河破碎風飄絮，身世浮沉雨打萍。惶恐灘❺頭說惶恐，零丁洋裡嘆零丁。人生自古誰無死？留取丹心照汗青❻。

注釋

❶過零丁洋　零丁洋，讀史方輿紀要卷一〇一廣東廣州府香山縣云：「零丁洋在縣東百七十里，文天祥為元兵所敗，被執，嘗經此，有零丁洋裡嘆零丁句」。香山縣，因國父孫中山故里所在，後改為中山縣。宋帝昺祥興元年，元將張弘範俘擄文天祥，迫他寫信招降厓山守將張世傑，文天祥不屈，以此詩明志。

❷文天祥　參頁一九八注❷。

❸落落　紛多貌。

❹四周星　四年。文天祥自端宗景炎元年勤王抗元，到帝昺祥興元年被俘，約四年。

❺惶恐灘　據讀史方輿紀要卷八十七江西吉安府萬安縣記載，贛江沿著萬安縣界北流，抵達城下，其間有十八灘，此其中一灘，本名黃公灘，因水流特別湍急，訛稱惶恐灘。

❻汗青　古人無紙，取竹簡為書，為防溼腐及蟲蛀，用微火炙烤之，以去除殘餘水分，這種過程稱為「殺青」或「汗青」。後泛指書籍、史冊之意。

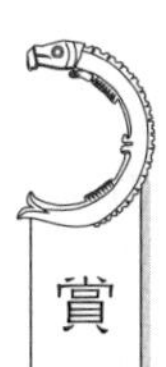

賞析

元軍迫使文天祥招降張世傑，文天祥回答說：「我不能背棄自己的父母，怎能要求別人背棄父母。」乃拒絕元軍的要求，並以此詩明志。首二句寫詩人勤王抗元意志的由來，以及所遭遇艱辛的歷程。文天祥之所以勤王抗元，依其所寫的正氣歌以及絕筆贊可以看出他一生的堅持。贊曰：「孔曰成仁，孟云取義，唯其義盡，所以仁至。讀聖賢書，所學何事。而今而後，庶幾無愧。」這是得自儒家經典的「常道」。自恭帝之後，他隨行於王側，轉徙於福州、碙洲、匡山之間，不斷地與實力雄厚、攻勢凌厲的元軍苦戰。

三、四句寫南宋末年的國勢以及詩人自身的際遇。「山河破碎」指南宋的國土在元軍的侵逼占據下，顯得支離破碎。「風飄絮」喻指南宋末年的帝王到處流徙，國勢飄搖，氣脈微弱，彷彿風中亂飛的綿絮。「身世浮沉」指詩人的安危與處境，也隨著國勢而起伏不定。「雨打萍」喻指自己失去國家，又得到處應戰，宛如無根的浮萍，復逢雨水襲打。

五、六句寫面對政局衰落的感觸。詩人巧妙地運用他轉戰各處所親身經歷的地名，雙關宋代面對元軍的侵逼，人民心中所感受到的恐懼，與宋軍潰敗，孤立無援的淒涼處境。

末二句則表明詩人盡忠的心志。在「保身降敵」與「捨生取義」之間，詩人選擇了後者。據宋史文天祥列傳的記載，文天祥遭元兵擒住之後，曾吞腦子（毒藥名）企圖自盡，未果。詩人以「國族」為義，即便面對自己的妻兒被俘，仍矢志不移，篤信「留名青史」是最值得追求的人生價值。從這首詩所流露出來的自我意識，可見他足以作為愛國詩人的代表。

延伸閱讀

我生我生何不辰，孤根不識桃李春。天寒日短空愁人，此風吹隨鐵馬塵。初憐骨肉鍾奇禍，如今骨肉更憐我。汝在空能嬰我懷，我死誰當收我骸。人生百年何醜好，黃粱得喪俱草草。嗚呼！六歌兮勿復道，出門一笑天地老。（文天祥亂離歌六首之六）

殘年哭知己，白日下荒臺。淚落吳江水，隨潮到海廻。故衣猶染碧，后土不憐才。未老山中客，唯應賦

八哀。（宋謝翺西臺哭所思）

按：謝翺受知於文天祥。天祥敗亡，謝翺登浙江嚴光釣魚臺設祭，痛哭，以竹如意擊石而歌，作西臺慟哭記。此詩所思者即文天祥。

■ 水經注擷英解讀

陳橋驛／著

《水經注》成書於西元六世紀，為北魏酈道元所著，是中國第一部以記載河道水系為主的綜合性地理著作。全書逐一闡述各水的源頭、支派、流向、流域、匯流及河道概況，並對每一流域內的地貌、氣候、地理沿革、風俗習慣等，都作了詳盡記述，在中國地理、考古、水利學上具有重要地位。本書作者陳橋驛教授以畢生研究和考據成果為基礎，擷錄《水經注》之「英華」，精心詳作「解讀」，既解佳處，又解難處。全書經、注文記敘詳實，觀點深入淺出，不僅可供酈學研究者作為評議參考，也適合一般讀者閱讀欣賞。

■ 筆記小說選讀

丁肇琴／編著

小說是很吸引人的一種文類，愛讀小說的人比比皆是；但是，您是否曾對著一部長達數百頁的小說望洋興嘆？既怕冗長的故事會消磨掉您讀書的趣味，也擔心未知的故事結局成為您日思夜想的心裡負擔？如果答案是肯定的，那麼，筆記小說絕對是您明智的抉擇！中國古典的筆記小說，一向以情節簡單、篇幅短小為其特色，稱得上是古典文學中的「極短篇小說」。在短則三、五十字，長則數百數千字的範圍內，告訴您一個完整的故事，給您一份精緻的感動，讓您能在午後的悠閒時光，輕鬆地「上友古人」！